Styx RIDERS

TOME 1 : LA COLÈRE D'HADÈS

Ce livre est une fiction. Les noms, caractères, professions, lieux, événements ou incidents sont les produits de l'imagination de l'auteur, utilisés de manière fictive. Toute ressemblance avec des personnes réelles, vivantes ou mortes, serait totalement fortuite.

Images de couverture :
© Volodymyr Tverdokhlib – Shutterstock
© Intueri – Shutterstock
Couverture : Camille Decoster

Collection dirigée par Arthur de Saint Vincent
Ouvrage dirigé par Camille Léonard
© 2023, Hugo Poche, Département de Hugo Publishing
34-36, rue La Pérouse
75116 Paris
www.hugopublishing.fr

ISBN : 9782755664416
Dépôt légal : février 2023
Imprimé en Espagne en octobre 2023 par Liberdúplex

KALYPSO CALDIN

Styx RIDERS

TOME 1 : LA COLÈRE D'HADÈS

Hugo Poche

NEW ROMANCE®

Qu'elles soient d'amour ou d'amitié :
aux évidences.

CHAPITRE 1

ASH

Putain de karma de merde !

Le passé vient de m'envoyer une balle en plein dans le crâne. Il a ressurgi sous les traits d'une meuf que je croyais ne plus jamais revoir, et qui est actuellement mariée à un toubib.

Mariée.

La blague, bordel ! J'ai dû sacrément faire chier les dieux pour me prendre un tel revers. Ce soir, je réalise que dix années peuvent tout changer… ou bien pas du tout. Une décennie devrait suffire à balayer la colère, non ? Ou au moins à la rendre plus supportable. Je le croyais, jusqu'à ce que cette pétasse revienne dans cette ville comme si de rien n'était.

– Arrête de picoler comme un trou, lâche Gun en s'installant à côté de moi. Tu en es à combien de verres ? Et pourquoi tu te fous une mine, d'abord ? Qu'est-ce que tu as sur le cœur ?

Des émotions négatives que même l'alcool ne parvient pas à effacer ni à maîtriser.

– J'ai rien de mieux à faire, grogné-je. Qu'est-ce que tu me veux ?

Au lieu de me répondre, mon meilleur pote pousse un soupir faussement rêveur.

– J'ai hâte de voir la gueule des tatouages que tu feras à tes clients demain matin. Je veux des photos.

– Ils seront parfaits, comme toujours, assuré-je.

– Ouais, en attendant, je m'inquiète pour toi. En bon vice-président, c'est normal que je prenne des nouvelles de mes troupes !

Il m'énerve, à se pavaner. Mais, dans le fond, il a raison. Le bras droit du chef se doit de veiller à ce que ses soldats puissent se foutre au garde-à-vous dans la seconde. Il ne parle pas d'alcool, parce que les soirées beuverie on ne les compte plus au sein du club. Il cherche surtout à me sonder à propos de mon état émotionnel.

– Je veux juste me détendre un peu, OK ?

Pour l'instant, le bar des Styx Riders est fermé au public : j'en profite pour picoler tranquillement. D'ici une heure, les lieux seront pleins à craquer de civils et de motards à la recherche de sensations fortes ; de filles venues pour la baise et de bikers tous plus frappés les uns que les autres. Le *Purgatoire* deviendra le repère des âmes damnées, comme trois fois par semaine depuis plus de dix ans. Pas que je m'en plaigne : les ouvertures au public permettent de blanchir l'argent des armes qu'on vend à travers le pays.

Gun commande un verre au barman, avant de redevenir sérieux.

– Allez, je veux tout savoir, insiste-t-il. Pourquoi tu chiales comme une vierge à qui on vient de trouer le cul ?

– Lâche-moi. Pas ce soir.

– Aucune chance. Réponds-moi, c'est un ordre.

Vice-président ou pas, j'ai envie de lui envoyer une bonne droite. Ça m'arrive de le faire, même si je me mange le revers de la médaille en pleine tronche ensuite. Gun et moi, c'est du solide. On se connaît depuis qu'on est mômes : mon paternel l'a élevé comme son propre fils. Voilà pourquoi il ne lâche pas l'affaire. Face à n'importe quel autre membre du club, il aurait sans doute attendu que la situation sente moins le roussi pour le forcer à parler. Mais je ne suis pas n'importe qui. Et lui non plus. Les hauts gradés se doivent de garder la tête hors de l'eau, j'en ai bien conscience.

– Je t'écoute, frangin, reprend-il. Parle-moi. Qui est-ce qu'on doit aller buter ?

Le moins qu'on puisse dire, c'est que la dévotion de cet abruti me touche profondément.

D'abord, les mots refusent de franchir mes lèvres. J'ai l'impression que, si je parle, de la merde sortira de ma bouche, assez pour que je me noie dedans. Du coup, j'inspire, je vide mon verre de bourbon d'une traite et j'attends que la rage cesse de couler dans mes veines. Je peux patienter longtemps… C'est bien connu qu'Ash Devon ne contrôle pas sa colère, et ce soir ne fait pas exception à la règle.

Enfin, je crache le morceau :

– Shirley est revenue.

Gun recrache sa boisson par tous les trous sous l'effet de la surprise. Je frappe dans son dos pour éviter qu'il clamse. Les mèches blondes échappées de son chignon dégueulasse trempent dans son verre alors qu'il tente de se remettre de la nouvelle. D'habitude, il est plutôt pâlot sous sa barbe claire, mais là il est tout rouge.

– Putain ! Shirley ! s'exclame-t-il.

– Ouais. Shirley.

Je commande un nouveau bourbon avant de l'avaler sans hésiter. Mon frère et moi restons un long moment silencieux. Cette connerie se passe de mots, je crois.

– Comment tu le sais ? finit-il par me demander.

– Je l'ai croisée à un carrefour l'autre jour. J'étais pas certain que c'était elle, alors pour m'en assurer j'ai envoyé Isaac enquêter.

Isaac fait partie des prospects des Styx Riders. Quand un mec veut entrer dans un club de bikers, aussi appelé un MC, il passe d'abord par la case « période d'essai ». Pendant quelques mois il devient le larbin des membres, et on l'envoie effectuer toutes sortes de missions merdiques. Par exemple, passer la nuit devant une maison pour rapporter des infos sur l'ex de son supérieur hiérarchique.

Je dois avouer que j'ai fait galérer Isaac, juste pour gagner du temps et réfléchir à l'éventualité du retour d'une certaine rouquine.

Tu parles. La réflexion ne m'a pas aidé à encaisser quand mes doutes ont été confirmés.

– Tu t'en branles, elle appartient au passé, lance Gun.

C'est bien la réflexion de quelqu'un qui n'a pas connu la douleur liée à un foutu cœur brisé, ça… Je n'en veux pas à mon ami : il n'a jamais été amoureux, lui.

L'amour. Vraiment une invention de la pire espèce !

– Qu'elle aille au diable, cette pute, conclut le vice-président face à mon silence.

Mon verre frappe le sien et un sourire étire mes lèvres.

– Amen, mon frère.

On finit par se lancer dans une partie de billard en évitant le sujet « Shirley ». Quelques gars se joignent à nous, l'ambiance dans ma tête passe de pesante à familiale. Gold, un membre de ma petite équipe perso d'*enforcers*, me propose un pari pour pimenter un peu la soirée, même si je me doute que c'est pour me remonter le moral. D'habitude il préfère ne pas trop s'impliquer, pourtant. Si je gagne, il bichonne ma bécane pendant trois semaines. Si je perds, en revanche, je devrai l'appeler « maître » pendant la même durée.

– Elle te vient d'où, cette idée à la con ? lui demandé-je.

– De Cassiopée. Elle prétend que je ne m'amuse pas assez.

La petite sœur de mon *enforcer* a des idées bien louches, quand même…

– OK. J'espère que tu vas kiffer nettoyer ma bécane, ricané-je.

Il me répond par un sourire plein d'assurance. Je prends le premier tour, lui le second et ainsi de suite. Chaque coup frappé dans les boules de billard me libère de mon humeur massacrante. Passer du temps avec mes frangins m'aide à gérer mon trop-plein d'émotions. Pour affronter les obstacles de la vie, il n'existe rien de mieux que le club, cette famille que je me suis choisie, composée de gros malades sur qui je peux compter.

Comme prévu, je gagne. Devant la mine faussement dégoûtée de Gold, je lance :

– Ma moto a besoin d'un bon nettoyage. Genre, maintenant.

L'*enforcer* capitule sans la moindre résistance. Un pari, c'est un pari. Il sort du *Purgatoire* en maugréant dans sa barbe qu'il ne suivra plus les conseils de sa sœur. Je tape dans les poings de Gun et retourne m'installer au comptoir avec lui.

– Rassure-moi, Ash, tu comptes pas faire le con ? me demande-t-il lorsque nous sommes loin des oreilles indiscrètes.

– Je n'ai pas l'intention de cramer la baraque de ma charmante ex, si c'est ce que tu cherches à savoir.

– Je te connais, tu en serais capable. C'est pour ça que je me sens obligé de te rappeler que le club n'a pas besoin d'un homicide sur les bras. Du moins, pas le genre d'homicide qu'on serait incapables de planquer.

Je grimace tout en précisant :

– Quadruple homicide. Shirley s'est maquée, ils ont deux gosses.

– Merde alors.

J'avoue, l'idée m'a traversé l'esprit d'aller rendre visite à la petite famille. Puis je me suis rappelé que j'avais bientôt trente piges, plus quinze. Je suis censé savoir contrôler ma frustration. Je resterai le plus loin possible de cette meuf et des démons qu'elle a apportés avec elle, ce sera mieux.

– Je ne leur ferai rien, affirmé-je.

– Tu m'en vois ravi, réplique Gun. Au fait, j'ai croisé Buck sur la route, tout à l'heure. Il m'a demandé de te donner ça.

Mon frère sort de sa poche un morceau de papier sur lequel sont inscrits les noms et adresses de plusieurs mauvais payeurs qui nous doivent de l'argent. Le club se débrouille pas mal dans l'art de se procurer et de vendre des armes, mais il arrive que certains clients oublient qu'on sait aussi faire disparaître des corps.

– Parfait, dis-je. J'ai une furieuse envie de calmer mes nerfs, tu vois.

Gun claque ses mains sur le comptoir, puis se lève.

– Quand tu seras sobre, décrète-t-il.

– Va te f…

– C'est un ordre, sergent. *Quand tu seras sobre.*

Une demi-heure plus tard, le bar ouvre ses portes au public. Je décide qu'il est temps pour moi de me barrer mais, au moment où je me prépare à foutre les voiles, une nana vêtue de cuir me rejoint, armée d'un sourire qui en dit long sur ses intentions. Elle fait partie des brebis, ces filles faciles qui gravitent autour des clubs de bikers. Elles pensent que, par le sexe, elles obtiendront une place auprès des mecs du MC. Sauf que nous sommes des enfoirés qui ont l'habitude de prendre, mais pas de donner.

J'observe la fille de la tête aux pieds, prenant conscience qu'une partie de jambes en l'air me permettra de décompresser. Elle a des tatouages sur le ventre et au-dessus de la poitrine. Je les reconnais : c'est moi qui les ai encrés sur sa peau. Et je me souviens de chacune de mes créations.

La brunette se glisse contre moi. Elle est loin d'être repoussante. Son parfum bon marché vient caresser mes narines tandis qu'elle me susurre :

– Salut, Ash. Tu n'as pas l'air d'avoir le moral ce soir. Je t'ai vu bouder, je me suis dit que tu aurais envie de compagnie.

Elle connaît mon nom. Je n'ai pas retenu le sien.

– Tu ne te souviens pas de moi, devine-t-elle avec une moue désolée.

– Si, bien sûr.

Elle gobe mon mensonge avec un sourire ravi. J'avale mon dernier shot, le claque sur le comptoir et enroule mon bras autour de la taille de la demoiselle.

– Tu as quelques minutes à m'accorder ? lui demandé-je.

– Même toute la nuit, si tu veux, me répond-elle.

Son regard se charge d'un appétit féroce ; son désir coule sur ma peau jusqu'à me faire bander.

– Pas la peine, déclaré-je. Une demi-heure suffira.

Je ne compte pas la baiser, une gâterie fera largement l'affaire. Je veux juste qu'elle soulage mon crâne de toutes mes pensées merdiques. Je l'attire dans une arrière-salle réservée aux membres du club et ferme la porte à clé. Immédiatement, le bruit de la musique s'atténue. Ça fait du bien.

Je déboucle ma ceinture, baisse mon futal et sors ma queue. La brunette comprend le message. Tel un prédateur, elle s'agenouille, attrape mon sexe dans sa main et l'entoure de ses lèvres. C'est le moment où je décide de ne plus réfléchir. Je prends appui contre la porte, la tête renversée en arrière. Je me laisse embarquer sur un océan de bien-être éphémère. La langue de la fille calme les tensions que j'ai accumulées les trois derniers jours, anesthésie mes muscles et mon âme.

Cette nana est douée. Elle calque ses mouvements sur mes pensées, comme si elle les percevait. Les minutes s'allongent, mon plaisir décuple. La brebis lâche quelques gémissements. Me tailler une pipe réveille son excitation, on dirait.

Le divertissement est toutefois de courte durée. L'image d'une certaine rousse aux grands yeux verts s'impose dans mon esprit. Ce visage aussi magnifique que démoniaque balaie mon désir. La réalité reprend ses droits, vient me foutre une patate en pleine gueule.

– Putain, Shirley ! m'écrié-je.

– Je m'appelle Cristal, me corrige la brebis.

D'une main, je la repousse et la force à se relever. J'ai débandé aussi sec en songeant à mon ex. Il n'y a plus de plaisir en moi, rien que de la colère.

Je reboutonne mon jean sans un regard pour la brunette.

– Attends, c'est tout ? s'impatiente-t-elle.

Elle espérait m'enfourcher, de la même manière qu'elle espère enfourcher la bécane d'un membre un jour. Ça n'arrivera jamais : cet honneur est réservé à nos femmes, à ces êtres d'exception capables de nous accepter corps et âme. Autant dire que celle qui m'est destinée sait se faire attendre.

– Retourne à côté et trouve-toi un autre gars, conseillé-je à Cristal. Ils sont chauds ce soir.

Sur ce, je rejoins la salle principale, encore plus nerveux qu'auparavant.

Alors que je me dirige vers le comptoir pour prendre un dernier verre, je remarque soudain un changement dans l'atmosphère. Il est ténu, mais ne m'échappe pas. Je suis le regard de quelques motards pour identifier l'origine de ce trouble. Une nana se tient debout au milieu de la pièce, l'air un peu paumé.

– C'est une blague ? ricané-je.

L'inconnue n'a rien à faire au *Purgatoire*. Elle est à l'opposé des nanas qui transpirent la rébellion, le sexe et la témérité que l'on trouve ici. Dans sa robe blanche à fleurs roses, elle ressemble à une gamine qu'on aurait balancée au cœur des enfers pour qu'elle se fasse bouffer toute crue. Ses boucles brunes ondulent sur ses épaules quand elle tourne la tête pour regarder autour d'elle, ce qui me permet de remarquer les plumes et les perles qui ornent ses cheveux.

Malgré tout, elle ne paraît pas terrifiée. Le visage détendu, elle observe ce qui l'entoure sans trahir le moindre jugement. J'attends le moment où elle se rendra compte que les loups ont la dalle et qu'elle ferait un bon repas. Ses yeux de biche s'arrêtent sur une brebis à moitié à poil, glissent sur un mec en train de gerber sur une table de billard.

Toujours aucune trace de dégoût sur ses traits chastes.

Soit elle est complètement défoncée, soit elle vient nous parler du bon Dieu et de la main salvatrice qu'il pourrait nous tendre.

Elle sourit, inconsciente du monde sombre et dégueulasse dans lequel elle vient de plonger.

Encore une minute et elle s'y noiera. Faut pas se leurrer, le bien se fait bouffer ici.

Un motard la bouscule sans s'arrêter ; elle recule, grimace. Enfin, quelques rides d'inquiétude plissent son front. Elle a pigé, la petite !

Soudain, elle se tourne vers moi et plonge son regard dans le mien. Pendant une seconde, mon âme vacille. Elle retrouve son sourire, comme si elle venait de trouver en moi un protecteur. Tu parles d'une ironie : je suis sans doute le mec le plus dangereux du coin.

J'avance vers elle avec détermination.

– Tout public ne veut pas dire « tout public », en fait, l'abordé-je en faisant référence à la pancarte sur la porte du bar. Tu devrais foutre le camp.

– J'aimerais bien. Je suis là pour ça, d'ailleurs, me répond-elle. J'ai besoin d'aide.

CHAPITRE 2

HEDEN

Le silence s'abat sur moi et sur le type venu à ma rencontre. On dirait que ma réponse le surprend. Il n'a pas l'air d'apprécier de me trouver là, mais c'est le cadet de mes soucis. J'ai besoin de me reposer, de trouver un téléphone et de faire le plein d'essence. Je me sens cruche d'être tombée en panne. Si mon biker de père l'apprenait, il me balancerait un truc du genre : « Tu te fous de moi ? Je t'ai appris à retaper toutes sortes de bagnoles et tu as le culot de tomber en rade sur le bas-côté ? »

Ou alors il sauterait sur sa moto, prendrait des hommes avec lui et viendrait me chercher *manu militari*. C'est plutôt ça, son style.

En attendant, mon interlocuteur ne me répond pas. À la place, il me détaille de ses yeux bleu glace dont la couleur happe toute ma concentration. Ils m'évoquent l'océan étincelant sous un soleil de plomb. Une puissance tranquille les illumine de l'intérieur, mêlée à une étincelle bien plus carnassière.

– Vous m'avez entendu ? insisté-je. Je ne vous embêterai qu'une minute.

Aucun biker ne m'impressionne en dehors de mon père. Surtout qu'au vu de sa position de président international des Faucheurs – un club parmi les plus influents au monde –, aucun de ceux qui ont croisé ma route ne s'est risqué à tenter de m'en mettre plein la vue.

Cet inconnu n'essaie même pas, pourtant il y parvient avec brio. Grand et large d'épaules, il a ce physique imposant qui coupe toute envie de lui chercher des noises. Son visage transpire une dureté accentuée par ses cheveux coupés ras et ses nombreux tatouages.

– Bon, écoutez, laissez tomber, je vais me débrouiller, finis-je par lâcher. C'est gentil d'avoir pris la peine de venir me saluer. Bonne soirée.

– C'est bon, relax. C'est quoi ton problème ?

Me relaxer ? Je suis tout ce qu'il y a de plus détendue. En dehors de ma patience sur le point d'éclater en morceaux, tout va pour le mieux.

– Je suis en panne d'essence, expliqué-je. J'ai besoin d'un téléphone portable pour appeler une dépanneuse, le mien n'a plus de batterie.

– En panne d'essence, hein ? Pas de bol, réplique le type.

Il fait un autre pas vers moi. L'air devient plus lourd. Toutefois, malgré mon envie de reculer, je reste campée sur mes jambes. Si ça se trouve, il veut juste me tester ? Essayer de me faire peur ? Je me concentre sur les œuvres encrées sur sa peau pour ne pas avoir à croiser son regard troublant. Les dessins aux contours sombres s'épanouissent sur ses mains, sur ses bras, dans son cou. Je m'attarde sur le visage féminin sublime qui s'étale sur le côté de son crâne. Des serpents prêts à mordre remplacent sa chevelure et ses yeux ne sont que deux orbites vides.

– On t'a déjà dit que c'était impoli de mater les gens de cette manière ? me lance le biker.

Surprise, je me concentre à nouveau sur son visage et lui souris. Il a pris une expression taquine qui le rend beaucoup plus humain.

– Absolument, réponds-je.

Plusieurs dizaines de centimètres me séparent de l'inconnu, pourtant sa chaleur m'entoure. Elle n'a rien de désagréable, pas plus que son parfum qui taquine mes narines.

– Vous êtes membre d'un club de moto ? demandé-je pour faire la conversation.

Mon père porte une veste sans manches dans le même style que celle de l'homme qui me fait face, mais avec des écussons différents. Il m'a expliqué qu'on pouvait connaître le rang d'un biker dans sa hiérarchie aux patchs cousus sur son blouson. Je ne parviens pas à deviner celui de ce motard. En revanche, son appartenance à un club nommé « Styx Riders » est évidente.

– Tu mates mon *cut* ? remarque-t-il en plissant les paupières.

– Que signifie « Styx Riders » ? le questionné-je en retour.

Il avance encore d'un pas, et je me rends compte que je recule au moment où mes fesses frappent le bord d'une table. Incapable de me détourner, je reste figée pendant plusieurs secondes. La main du biker se lève avec lenteur ; mon cœur s'emballe, avant de manquer de s'arrêter lorsque ses doigts se posent sur la ligne de mon menton. Très vite, ils s'enroulent autour d'une plume bleue.

– Que signifie-t-elle ? me demande-t-il.

– Si je vous réponds, vous m'aidez ?

– Marché conclu.

Il tire une chaise juste derrière lui et se laisse tomber dessus. Ses pieds chaussés de bottes de moto se posent sur la table, juste à côté de moi. J'ignore ce qui me pousse à continuer à discuter avec lui parce que, franchement, il mérite des claques. Mais j'entre dans la partie, curieuse de savoir s'il tiendra parole.

– C'est mon père qui m'a offert ces plumes, dis-je. Chez les Sioux Lakota, nous considérons qu'elles nous lient avec l'oiseau qui les portait. Celle-ci vient d'un merle bleu, elle est censée m'aider à trouver bonheur et accomplissement.

J'en ai bien besoin pour commencer ma nouvelle vie…

Le regard du biker reste braqué sur moi. Sa position nonchalante jure avec la tension dans ses muscles. Pourquoi est-il autant sur la défensive ?

– OK, on passe un marché, finit-il par lâcher. Tu me files une plume et je te prête un téléphone.

– Il me semble que vous avez ce qu'il faut en matière de protection, lui fais-je remarquer en désignant l'arme à sa ceinture.

– On a tous besoin de protection spirituelle. Allez, une seule.

D'un bond, le motard se remet sur ses pieds et pose ses mains sur la table, de chaque côté de ma taille. Sa brusque proximité dévore mon espace vital, aspire l'oxygène autour de moi. J'aimerais lui demander pourquoi il se comporte d'une façon aussi primale, mais c'est une autre question qui sort de ma bouche :

– Pourquoi vous en donnerais-je une ?

– Parce que je la veux, et que j'obtiens toujours ce que je désire, surtout de la part des nanas.

Je comprends pourquoi. Ce gars possède un sex-appeal impressionnant. Tout chez lui respire l'aplomb. Les femmes qui gravitent autour des bikers aiment ce genre d'assurance. D'ailleurs, il suffit que je tourne la tête pour remarquer les regards de certaines brebis posés sur moi. Elles n'apprécient pas l'intérêt que me porte le motard. Je sais ce qu'elles désirent : entrer dans la famille, devenir essentielles au club du coin.

Pendant une fraction de seconde, le passé m'emporte. J'imagine ma mère marcher entre ces tables, se faire reluquer comme un morceau de viande. Vingt ans plus tôt, m'aurait-elle considérée comme une menace elle aussi ?

Mon cœur se serre. Non, pas ma mère. Elle me ressemblait trop…

Ce n'est que lorsque l'inconnu fait claquer ses doigts devant mon visage que je reviens à la réalité. Je me rappelle pourquoi je suis entrée dans ce bar et, d'un coup, j'explose, ma patience épuisée :

– Vous avez l'intention de m'aider ?

L'homme doit se rendre compte que je suis à bout, parce qu'il cesse brusquement son jeu ridicule. Il m'attrape par les épaules et m'attire à lui. Mais avant que je ne m'écrase contre son torse, il me contourne avec une facilité incroyable.

– Regarde le mec là-bas, derrière le comptoir, souffle-t-il à mon oreille.

Au lieu de regarder dans la direction qu'il indique du doigt, je demeure hypnotisée par les dessins sur son biceps tendu. Ils sont sombres, torturés, empreints d'une douleur profonde.

– La vue te plaît, *petit chat* ?

Je m'oblige à ignorer ce surnom pour observer le type que l'inconnu me désigne. Il a la même dégaine que la plupart des mecs présents : tatouages, mine patibulaire, veste de cuir.

– Dis-lui qu'Ash t'a donné l'autorisation d'utiliser le téléphone public, me précise le biker.

Ash.

Ce prénom s'incruste d'une étrange façon dans mon esprit, comme si cet homme n'aurait pu s'appeler autrement.

Ash.

Mon premier contact à Black Lake. L'extrémité d'une chaîne que je compte étendre jusqu'à l'infini.

Du coin de l'œil, j'enregistre son profil pour ne pas l'oublier. Il n'arbore pas de barbe, contrairement aux autres motards autour de lui. Il se contente de laisser une ombre couvrir la partie inférieure de son visage, en osmose avec les ténèbres dans ses yeux pourtant clairs.

Il capte mon attention posée sur lui ; je me détourne en m'exclamant :

– D'accord, merci beaucoup ! Vous venez de me sauver la vie, Ash.

Au moment où je m'éloigne, ses doigts entourent mon poignet pour me retenir.

– Pas de plume ? tente-t-il.

– Vous ne m'avez pas vraiment prêté de téléphone, vous m'avez juste indiqué où en trouver un.

Sur ce, je me détache de lui après lui avoir adressé un dernier sourire. J'ai le sentiment de sortir d'une bulle invisible : je parviens à respirer plus facilement. Le biker émet une aura étouffante quand on se trouve près de lui…

Je me retourne, poussée par une étrange curiosité, mais il a disparu.

Mince alors, il est rapide.

Chassant mon trouble, je franchis les quelques mètres qui me séparent du barman et lui lance :

– Bonsoir ! J'ai besoin d'utiliser votre téléphone public, ma voiture est tombée en panne d'essence. C'est Ash qui m'envoie.

Plusieurs paires d'yeux me scrutent. D'autres Styx Riders, deviné-je au *cut* qu'ils portent.

– Le quoi ? grommelle le type que j'ai interpellé.

– Le téléphone public ? répété-je.

Ma voix part dans les aigus. Génial.

– Quel téléphone ?

– Celui du bar ?

Le barbu me regarde comme s'il avait affaire à une demeurée.

– On n'a pas de téléphone public, juste des portables perso. Tu t'es crue où ?

– Oh.

Les rires moqueurs fusent. Mes épaules s'affaissent. Je viens de me faire avoir comme une bleue… Pour ma défense, je suis épuisée. Je viens de faire plus de huit cents kilomètres en une journée et je meurs de faim.

Après un dernier sourire maladroit, je me dirige vers la sortie de l'établissement. Il ne me reste plus qu'à marcher jusqu'à la prochaine station-service. Il doit y en avoir une dans le coin, non ?

Cependant, à peine ai-je franchi la porte du bar qu'un bras tendu m'empêche de continuer. Sous la lueur rouge sang des néons, je reconnais le style graphique des tatouages d'Ash. Dans sa main, l'écran de son portable brille.

– On ne tient pas de téléphone à la disposition des clients, lâche-t-il.

– Je sais, votre ami me l'a dit, répliqué-je. C'est très fin de votre part, je me suis fait humilier.

Ash recrache la fumée de sa cigarette, la tête posée contre le mur, les paupières closes. Ses lèvres sont entrouvertes, et je me surprends à me demander ce que ça ferait de les embrasser.

Et maintenant, la fatigue me fait fantasmer. Parfait…

– Crois-moi, tu es sans doute la seule fille du bar qui ne s'est pas humiliée ce soir, déclare le biker. Tiens, appelle ta dépanneuse.

Il me tend son téléphone déverrouillé.

– Merci, j'en ai pour une minute.

Je cherche le numéro d'un garage sur Internet puis le compose en m'éloignant de quelques pas. Des Harley-Davidson bondent le parking. Mes motos préférées…

Un homme finit par me répondre au bout du fil. Je lui expose ma situation, mais il me coupe la parole. Son employé d'astreinte a eu un problème sur une intervention, il ne pourra pas venir m'aider avant demain matin.

– Demain matin ? couiné-je.

– Oui. J'enregistre tout de même votre demande ?

J'acquiesce. De toute façon, il faut bien que je parte d'ici… Je raccroche et retourne auprès d'Ash pour lui rendre son portable en essayant de masquer ma déception. Peine perdue, on dirait.

– Qu'est-ce qui ne va pas ? me demande-t-il.

– Rien.

– Ah bon ? Parce que tu ressembles à un petit chat que l'on va dépecer vivant et qui le sait très bien.

L'image m'écœure.

– C'est horrible ! Vous auriez pu utiliser une autre métaphore.

– Je te l'accorde. Accouche, je n'ai pas toute la nuit.

Je pousse un soupir las. J'ignore pourquoi j'ai autant besoin de me confier tout à coup. À cause de la tension que j'ai accumulée tout au long de mon trajet depuis Los Angeles ? Ou parce que mon nouveau départ ne commence pas aussi bien que je l'espérais ?

– La dépanneuse ne viendra pas avant demain matin, expliqué-je. Je vais dormir dans ma voiture, je crois.

– Dans ta voiture ? répète Ash.

Son ton est sérieux, cette fois. Je me tourne vers ma Mini garée maladroitement un peu plus loin et déclare :

– Oui, elle est plus confortable qu'elle en a l'air. J'ai une couverture et des cookies, ça devrait aller pour cette nuit.

Le biker secoue la tête.

– Tu réalises où tu te trouves, petit chat ?

– Je m'appelle Heden ! Pas « petit chat ». Et je sais où nous sommes, je ne suis pas idiote. On est…

Je me tords le cou pour lire l'enseigne du bar.

– … au *Purgatoire*.

Je marque un temps d'arrêt, surprise par le nom de l'établissement. Je n'avais pas pris la peine de lever les yeux avant d'entrer. Les Harley rutilantes accaparaient toute mon attention.

– Bienvenue en enfer, se sent obligé de lancer Ash.

Il marque une pause, puis ajoute :

– Tu peux pas pioncer dans ta caisse ici. Il y a des mecs pas très fréquentables qui traînent dans le coin, si tu vois ce que je veux dire.

Il me prend pour un animal blessé ou quoi ?

– J'ai une bombe au poivre, le rassuré-je.

– Et elle te servira à quoi si des voyous décident de foutre le feu à ta bagnole avec toi à l'intérieur ?

– Personne ne brûlera ma voiture, répliqué-je en haussant un sourcil. Pourquoi ferait-on ça ?

À nouveau, Ash tire une taffe sur sa cigarette puis souffle doucement la fumée. J'en profite pour observer une fois de plus sa bouche pleine et si bien dessinée.

– Tu continues de me mater, intervient-il.

– N'importe quoi. Je réfléchis.

– À la manière dont tu vas me remercier de t'avoir prêté mon téléphone ?

Il n'abandonne jamais, lui ! Je penche la tête sur le côté afin de détacher une plume de mes cheveux.

– N'attirez pas le courroux des mauvais esprits, Ash.

– Je m'en souviendrai.

Tout en faisant tourner la plume entre ses doigts, il ajoute :

– Tu n'as pas envie d'enlever le reste ?

Je comprends immédiatement où il veut en venir : son regard vaut mille mots.

– Je ne vais pas coucher avec vous parce que vous m'avez prêté un téléphone, déclaré-je.

– Dommage. Cela dit, c'est peut-être mieux comme ça. Je ne fais pas dans le détournement de mineure.

Une colère sourde m'envahit. J'ai toujours eu l'air plus jeune que je le suis, alors ça m'énerve qu'on me le rappelle.

– Je ne suis pas mineure, j'ai vingt-deux ans !

– Vraiment ? demande Ash d'une voix vibrante.

– Vous vouliez savoir mon âge, c'est ça ?

– Peut-être que oui, peut-être que non… Tu veux entrer boire un verre, Heden ?

Mon trouble l'amuse, on dirait. Mais nous pouvons être deux à jouer.

– Non, je ne bois pas de verres avec les hommes de plus de quarante ans, répliqué-je. Je ne fais pas dans le vieux croulant.

À son tour de tiquer. Ça fait un point partout. Il fronce les sourcils, ouvre la bouche et lance, choqué :

– C’est moi que tu viens de traiter de vieux croulant ?

En réalité, je lui donne trente ans, à peine. Cependant, hors de question de le lui avouer.

– Vous devriez vous trouver quelqu’un de votre âge, insisté-je.

– Tu aurais mieux fait de me poignarder avec ta plume.

– Je crois que c’est fait. Bonne nuit, Ash.

Sur ce, je me dirige vers ma Mini d’un pas décidé. Je la déverrouille, attrape une couverture dans mon coffre et m’enferme dans l’habitacle. Ash demeure immobile, toujours appuyé contre la façade du *Purgatoire*, le visage plongé dans l’ombre. J’allonge mon siège au maximum et ferme les yeux en m’efforçant de ne plus penser à lui. De ne plus penser à rien.

Malgré tout, des images de ma voiture en feu m’envahissent.

Je sens que je vais passer une nuit d’enfer.

CHAPITRE 3

ASH

Je rentre dans le bar, les nerfs moins à vif. La clope que je viens de fumer m'a détendu, je n'en espérais pas tant. Ou alors c'est cette fille, Heden, qui a réussi à effacer mes sombres préoccupations ? On peut dire qu'elle en a dans le froc pour m'avoir défié de la sorte. Peu de nanas m'ont déjà rembarré comme elle l'a fait. D'ailleurs, une de ses reparties continue de me trouer le crâne comme une foutue balle.

Vous devriez vous trouver quelqu'un de votre âge.

Sérieux, quelle attaque de merde !

Je m'approche des tables de billard. À cette heure-ci, la salle principale du *Purgatoire* étouffe sous les clients. Il est facile de reconnaître les gars du club puisqu'on porte tous un *cut* avec notre blason cousu dans le dos. Même les prospects ont droit à un patch qui leur est réservé, là où d'autres MC leur filent des vestes vierges. Pour mon paternel, un biker, même en bas de l'échelle, se doit d'arborer nos couleurs. Les Styx Riders ne sont pas de simples mortels.

– Snack, Isaac, venez par ici, ordonné-je.

Les intéressés abandonnent la partie pour venir à ma rencontre. Ils savent que s'ils veulent porter un jour les couleurs du club de manière officielle ils n'ont pas intérêt à refuser l'ordre d'un supérieur. Quels que soient l'heure ou l'endroit où ils se trouvent, si on les appelle, ils rappliquent. C'est la règle numéro un.

– Il y a une Mini Cooper rouge garée devant le bar, avec une fille à l'intérieur, dis-je. Je veux que vous vous postiez dans le coin cette nuit et que vous gardiez un œil sur elle.

– Sur la fille ou la caisse ? demande Snack avec étonnement.

Du haut de ses dix-neuf ans, l'Hispanique fait partie de nos plus jeunes recrues. Il apprendra avec le temps à dissimuler ses émotions. Porter un masque insondable devant nos ennemis est un avantage de taille… Isaac, un ex-soldat un peu barré sur les bords, maîtrise déjà ce point. Son visage couvert de cicatrices ne dévoile pas l'ombre d'une surprise face à mon ordre inhabituel. Il se contente de m'adresser un hochement de tête abrupt.

– Les deux, réponds-je. Il ne doit rien leur arriver. S'il se passe un truc, venez me chercher. Comme j'ai bu, je compte pioncer dans la salle de baise. Réveillez-moi à six heures tapantes demain matin.

Ils opinent derechef. Déjà, Isaac s'éloigne vers la sortie, là où Snack décide de me décocher un sourire amusé en attrapant un sachet de bouffe chinoise.

– C'est qui cette fille, sergent ? me lance-t-il.

Mon titre au sein des Styx Riders n'implique pas qu'on m'appelle de cette façon. La plupart des mecs se contentent d'Ash. L'un ou l'autre, ça m'est plutôt égal, sauf quand une certaine ironie transpire dans la voix de mes interlocuteurs. Comme en ce moment.

– Personne, grogné-je. Maintenant, bouge-toi avant que j'envoie Brady se charger de la surveillance à ta place et que je te traîne au bastion pour une séance de combat improvisée.

Bah voilà, son sourire de petit con fane. Marrant comme il suffit de rappeler à certains gars que les entraînements dans les sous-sols du *Purgatoire* peuvent s'avérer bien plus douloureux que de vrais affrontements pour les faire changer de comportement. Surtout quand c'est moi qui mène la danse.

– OK, je vais prendre soin de *personne*, lâche Snack. Bonne soirée, sergent !

Il quitte le bar et je retourne au comptoir. Gun discute avec mon paternel. Tous deux sont entourés de nanas super bien roulées, qui tentent d'attirer leur attention à coup de nichons presque à l'air.

– Je reste sur place, annoncé-je en me plantant à côté de mon père.

– C'est quoi cette tronche, fils ? réplique-t-il.

Je jette un coup d'œil au reflet que me renvoie le miroir derrière les étagères d'alcool. De quoi parle-t-il ? J'ai une tête normale, je me suis même rasé récemment. Ma frangine prétend que ça me rend moins primitif. Elle a sans doute raison, même si je dois avouer que mon apparence m'importe peu en règle générale.

Mon père, le président des Styx Riders, me cloue sur place de ses yeux bleus si semblables aux miens. Lui peut porter une barbe sans avoir l'air d'un ours mal léché prêt à égorger tout ce qui bouge. Ça lui va même plutôt bien, il ressemble à un hipster sur lequel le temps n'aurait pas de prise. La preuve : les minettes d'une vingtaine d'années n'hésitent pas à lui tourner autour. L'une d'elles, une jolie rouquine habillée d'une robe en cuir moulante, se glisse d'ailleurs entre lui et mon meilleur pote pour commander une tournée auprès du barman.

Tout à coup, le visage d'une autre rousse se superpose au sien, explosant dans mon crâne avec la violence d'une bombe. Pourquoi faut-il qu'elle soit revenue, celle-là ? La croiser après tant d'années a suffi à foutre mon quotidien en l'air.

– Alors ? insiste mon père comme si j'avais un truc à raconter.

– Alors rien, réponds-je. Je pars en bas pour tirer un peu.

Je ressens le besoin subit d'entendre le son rassurant des déflagrations pour oublier ma vie merdique l'espace de quelques instants.

– Tu devrais plutôt tirer un coup, propose Gun.

– Je te laisse le soin de t'occuper des demoiselles, répliqué-je.

Sur ce, je m'éloigne, mais à peine ai-je fait quelques pas que je me retourne et lance :

– Eh, Gun ?

– N'amour ?

– Tu me donnes quel âge ?

Surpris, il me mate, cherchant où est la plaisanterie. Mais je n'ai jamais été aussi sérieux. Si j'ai l'air d'avoir la quarantaine, comme l'a suggéré Heden, c'est que j'ai laissé ma vie partir en couilles.

– Tu te fous de moi ? Me dis pas que tu viens de choper la crise de la trentaine avant l'heure ! se marre mon ami.

Les nénettes autour de lui se font la même réflexion, je le devine à leurs jolis minois.

– Toi, reprends-je à l'attention d'une blonde à la plastique parfaite. Tu me donnes quel âge ?

Elle me dévore des yeux, puis ses lèvres s'étirent.

– Vingt-sept ans ?

Sa réponse me soulage. Mais pourquoi, bordel ? Depuis quand je fais une fixette sur mes années au compteur ?

– Ouais, pas loin. Vingt-neuf.

Et ça fait dix ans que Shirley et moi aurions dû nous marier. J'avais à peine dix-neuf piges à l'époque. Pas étonnant que ça n'ait pas marché !

Bref, il est temps que je pense à autre chose.

Je me détourne et m'apprête à partir mais, cette fois, c'est mon paternel qui me demande :

– Fils, c'était qui la fille en robe fleurie ?

– De qui tu parles ?

– De celle que tu as envoyée au comptoir pour te foutre de sa gueule, renchérit Gun. Un téléphone pour les clients, on aura tout vu… Tu es vraiment d'une humeur de merde, mon cœur.

Mes lèvres se retroussent en un rictus, et mon connard de frangin ricane. J'ai bien envie de lui foutre mon poing dans la tronche, à celui-là.

Je reporte mon attention sur mon père. Sa patience est surnaturelle. Il pourrait rester à me fixer pendant deux heures dans l'attente de ma réponse… Du coup, j'avoue :

– C'était juste une nana tombée en panne.

– En tout cas, tu as une de ses plumes coincée dans ta ceinture.

Papa m'adresse un clin d'œil et lève son verre pour trinquer à une chose que lui seul comprend. Je suis trop claqué pour entrer dans son jeu. Par chance, il n'insiste pas.

– Tu devrais te détendre, Ash, me conseille-t-il.

Il m'appelle rarement par mon prénom, sauf pour me signifier que c'est un ordre qu'il me donne. J'acquiesce, puis je me dirige vers une salle réservée aux Styx Riders dans laquelle plusieurs mecs baisent des brebis en rut. Je passe devant la scène d'orgie sans ralentir, même quand une meuf m'invite à la rejoindre. J'accède à une pièce où sont stockées des réserves d'alcool à n'en plus finir. Derrière une étagère, une porte s'ouvre sur un escalier en ciment que j'emprunte sans prendre la peine d'allumer la lumière : mes pieds connaissent le chemin par cœur. En revanche, dès que j'arrive en bas, les détecteurs de mouvement activent les néons incrustés au plafond.

Devant moi, un long couloir gris dessert plusieurs salles, toutes appartenant aux Styx Riders. Ce sous-sol confidentiel, nous l'appelons « le bastion ». Il héberge nos activités les moins recommandables…

Au lieu de me rendre au stand de tir comme je l'avais envisagé, je préfère aller frapper dans un sac de sable jusqu'à en avoir les bras en charpie. Une éternité plus tard, je dégouline de sueur, mes muscles hurlent à l'agonie, mais je continue de donner des coups monstrueux capables de briser les côtes d'un homme. Je suis bon en combat rapproché ; vraiment bon, même. Pendant des années, je me suis entraîné corps et âme à divers arts martiaux pour tenter d'étouffer la rage constante qui me broie encore les tripes aujourd'hui. À défaut de canaliser mon impulsivité, ça m'a rendu plus fort, plus rapide, plus destructeur.

Et dire que c'est à cause de Shirley que mon caractère frise la psychopathie. Qui aurait pu penser que l'abandon puisse changer quelqu'un si profondément ?

J'inspire lentement, frappe fort, expire.

– La dernière fois que je t'ai vu dans cet état, fils, tu t'es barré de Black Lake pendant plus de quinze jours sans rien dire à personne.

Je me retourne. Mon paternel se tient appuyé contre l'encadrement de la porte, les bras pliés sur son *cut* de président, le visage serein. Il me décoche le genre de sourire qui me tranquillisait quand j'étais gamin. Celui qui me dit : « N'oublie pas, je suis là pour te soutenir. » Sauf que je n'ai plus huit ans.

– Je ne foutrai pas le camp de la ville, si c'est ce qui t'inquiète, répliqué-je. J'avais quoi, à l'époque ? Quinze piges ? Je ne suis plus un gosse.

– Je me rappelle très bien que tu m'as dit la même chose ce jour-là. Pourtant, tu as volé ma Harley et tu t'es isolé dans les montagnes.

– Parce ma mère venait de foutre le camp à mille bornes de Black Lake après avoir demandé le divorce. Pourquoi tu remets ça sur le tapis ?

Mon père hausse les épaules sans se laisser déstabiliser par ma mauvaise humeur et me répond :

– Parce que je ne connais que deux femmes capables de te mettre dans cet état : ta mère et Shirley. Parle-moi.

– Je n'ai rien à dire.

– Très bien, alors tu vas m'écouter, dans ce cas. Je ne te laisserai pas redevenir la loque que tu as été à une époque : je refuse d'avoir l'impression de te perdre à nouveau. Quand ta colère deviendra si grande que tu en auras les tripes en feu, je veux que tu viennes me voir. C'est un ordre, sergent. Cette rage, tu la trimballes depuis un bout de temps et je sais qu'elle peut vite te monter à la tête.

Essoufflé, à bout de forces, j'enlève mes gants de boxe. Mon paternel me fixe sans ciller, dans l'attente d'une réaction de ma part.

Je n'ai pas envie de l'inquiéter au point qu'il remette en cause ma position au sein des Styx Riders. Un sergent d'armes se doit de maîtriser le moindre aspect de sa vie, de garder la tête froide, d'être prêt à réagir aux nombreux conflits liés au club. C'est à moi de régler les problèmes au sein du MC et à l'extérieur, je ne suis pas là pour les créer. Comme d'habitude, je saurai gérer. J'ai mis sept ans à devenir officier, j'ai grimpé les échelons sans profiter de mon statut de fils du président, rien qu'en utilisant mon mental. J'en ai même sué du sang à plusieurs reprises. Personne ne m'arrachera ça. Pas même un fantôme revenu du passé.

– Je vais bien, affirmé-je. Tu peux compter sur moi, je t'assure.

– Oh, je sais que je peux compter sur toi, je n'en ai jamais douté, reprend mon paternel. La vraie question, c'est celle-là : est-ce que tu as conscience que tu peux venir me voir à n'importe quel moment pour me dire que tu ne gères plus ? Je suis ton père avant d'être ton supérieur, je te rappelle. Ne pense pas que je sois incapable de compartimenter nos existences.

Cette fois, il n'attend aucune réponse de ma part : il quitte la pièce, me laissant seul face à moi-même. Je ne peux pas m'empêcher de me dire que les émotions sont des faiblesses capables de nous foutre à genoux. Et que ces connes pourraient un jour me coûter ma place dans le MC. Mon paternel s'illusionne s'il espère que je me dévoile à lui…

Je finis par aller prendre une douche froide dans des vestiaires aménagés. Ensuite, je me change et remonte à la surface. Je m'apprête à me considérer comme assez sobre pour reprendre la route et rentrer chez moi, quand la plume à ma ceinture tombe sur le plancher de la salle de baise. Un morceau d'innocence dans une pièce dédiée à la débauche et au sexe… Les mecs du club prennent les brebis contre les murs, sur les lits dégueulasses et à même le sol. Les gémissements se mêlent à la musique crachée par les baffles à côté. Dormir là me donne la nausée d'avance, mais je veux pouvoir intervenir si un truc arrive à Heden.

Marrant comme ce bout de femme est parvenu à attirer mon attention au point de me pousser à changer mes plans…

Concentré sur la plume bleue, je capte malgré tout la présence d'une blonde complètement nue dans mon dos. Je pivote dans sa direction, la détaille, souris devant son corps parfait. Mais si je veux pouvoir bosser convenablement demain, il faut que je renonce au cul pour ce soir.

– Plus tard, dis-je.

Elle n'insiste pas, s'intégrant aux ébats d'un groupe.

Je me demande quelle tronche tirerait Heden si elle entrait ici. Le sexe chez les bikers, en solo ou à plusieurs, possède un goût de normalité flippant. Ceux qui ne font pas partie du cercle peuvent en être choqués. Est-ce que la petite Amérindienne le serait, comme l'a été Shirley la première fois qu'elle a assisté par hasard à une scène de ce genre ? Sans même y être invitée, au passage. Est-ce que c'est ça qui l'a fait fuir ? Est-ce qu'elle ne m'a pas cru quand je lui ai dit que je ne participerais jamais à des orgies ?

Ça faisait un paquet d'années que je ne m'étais pas reposé ces questions. Tout simplement parce que j'avais réussi à l'oublier.

Faut que j'aille pioncer, sinon je vais me saouler jusqu'à ne plus me rappeler mon prénom. Ou exploser à force de ressasser. Du coup, pour ne pas songer à mon ex, je me concentre sur Heden alors que je m'allonge sur un pieu vide, dans une autre pièce. Son minois s'impose derrière mes paupières. C'est l'image la moins violente sur laquelle je parviens à me focaliser depuis des jours. Je porte la plume à mon nez. Le parfum fleuri qu'elle dégage chasse la puanteur du sexe dans mes narines. Il me plaît bien…

J'ignore si l'alcool me monte au cerveau brusquement ou si ça a un rapport avec ces effluves qui m'ouvrent une fenêtre sur le paradis, mais je me jure de foutre Heden dans mon lit. Rien que pour profiter de son odeur une nuit entière. Ça promet d'être intéressant de culbuter autre chose que ces nymphettes qui gravitent autour de moi.

Le sommeil finit par m'entraîner dans des abysses où l'Amérindienne ne trouve pas sa place. Je me vois debout au milieu d'une église, entouré de gens qui me matent avec des sourires mauvais. Ils savent ce qui va se passer. Je le sais aussi, pourtant je remonte l'allée centrale couverte de pétales de roses. Ils se flétrissent sous mes pas. Comme si je ne méritais pas de profiter de leur beauté. Comme si j'étais destiné à répandre le chaos autour de moi.

Devant l'autel, près du prêtre, Charon m'attend. Le passeur du Styx, l'entité chargée d'emmener les âmes vers leur dernière demeure, dans la mythologie grecque. Celui à qui chacun des membres du club doit jurer allégeance. Il m'observe avec un sourire énigmatique, et…

– Sergent !

J'ai à peine ouvert un œil sur la réalité que mon flingue touche le front de Snack. Tendu à l'extrême, immobile, le prospect me mate avec un sourire nerveux.

– Putain ! Tu veux crever ou quoi ? m'agacé-je.

Un mal de crâne carabiné me défonce le cerveau. J'ai l'impression de nager dans une mer de goudron et d'en avoir avalé la moitié.

– Salut, Ash. Il est six heures pile.

– Ta gueule.

– La mienne ne vaut pas la tienne au réveil. Si tu rangeais ton flingue, hein ?

Je m'exécute en me redressant. J'ai mal partout. Ma séance de frappe improvisée d'hier soir a laminé mes muscles pendant mon sommeil.

– Tu veux un truc à boire ? me propose Snack. Vodka ? Bière ? Bourbon ? Lait au chocolat ?

Il est sérieux pour le lait au chocolat : il est en train d'en boire une briquette à la paille. Ce mec vient de ruiner la réputation des Styx Riders.

– Prépare-moi deux cafés serrés pendant que je vais me doucher, lui ordonné-je.

Le club a aménagé le bâtiment de façon à le rendre aussi fonctionnel que possible pour les membres. On y trouve toutes les commodités utiles : douches, lits, frigos, de quoi y séjourner quand la vie nous fout à genoux ou quand nous avons besoin de la jouer discret un temps.

– Je t'ai pris ça aussi, avoue Snack en me tendant un sac plastique blanc dont s'échappe une bonne odeur de gaufres.

Ce gamin est un type bien, il a un cœur gros comme l'Amérique. Les nanas le kiffent parce qu'il est adorable, même avec les brebis les plus galeuses. Il pourrait donner son âme au diable ou se couper un bras pour ses frères et les gens qu'il aime.

– Merci, lui dis-je. Ça a été, la surveillance ?

– Aucun problème, *personne* est restée dans sa voiture toute la nuit. Des mecs ont tourné autour de la bagnole, mais il a suffi qu'on signale notre présence pour qu'ils foutent le camp.

J'opine, tapote l'épaule du môme, puis file prendre une douche. Quand je passe dans la salle principale, vide de tout client, je trouve des brebis endormies dans les bras de mes frères. Certaines ne portent plus leurs fringues.

Une fois lavé, je récupère le petit-déj' laissé par Snack avant de sortir du *Purgatoire*. J'ai autant besoin de m'en griller une que de boire trois litres de café pour me remettre de la soirée d'hier. La lumière du soleil agresse mes rétines ; un concerto de démons continue de foutre le bordel dans mon crâne. Putain de migraine à la con !

Je ne pige pas ce qui m'arrive. J'ai déjà vécu des nuits pires que celle-là… Et je refuse de croire que Shirley m'a retourné le cerveau. Je vaux mieux que ça.

Histoire d'oublier mon mal-être, je m'approche de la caisse d'Heden. Elle dort à poings fermés, la bouche ouverte, la bave aux lèvres. Ses cheveux partent dans tous les sens. Malgré tout, je la trouve mignonne.

Je me détourne et retrouve ma Harley garée devant le bar. Mon premier, seul et vrai amour. Elle, au moins, elle ne m'a jamais trahi… Le bruit de son moteur est comme le hurlement d'un loup à la pleine lune : puissant, il me transperce afin de me purifier de mes pensées parasites. Il n'existe rien de mieux que les balades à moto. Même la baise, ce n'est pas aussi exaltant.

Je m'arrête à côté de la portière d'Heden. Je l'observe en enregistrant chacun de ses traits harmonieux dans ma mémoire, puis je fais rugir mon moteur. Effet immédiat. Ni une ni deux, l'Amérindienne sursaute en hurlant comme si je venais de lui arracher sa petite culotte. Ses yeux terrifiés se posent sur moi, clignent, ne parviennent pas à revenir dans la réalité. Je suis tellement plié de rire que j'en ai mal aux côtes.

– Ça, c'était petit, finit-elle par lancer, encore sous le choc. Reculez.

– Quoi ?

– Laissez-moi sortir de ma voiture !

Mon petit bijou bloque sa portière. Je me décale. Heden bondit à l'extérieur, les poings sur les hanches.

– Vous avez fait ça pour m'énerver, m'accuse-t-elle.

– De quoi parles-tu, petit chat ? Pourquoi ferais-je ça ? Je ne te connais même pas.

C'est vrai, ça, réalisé-je. *Je ne la connais pas, cette fille.*

Dans ce cas, pourquoi est-ce que j'agis avec elle comme un foutu préado ?

– Pourtant, vous me harcelez depuis hier soir, réplique-t-elle.

– Sérieux ? On aura tout entendu. Maintenant qu'il fait jour, tu peux dégager ta voiture d'ici ?

Les sourcils d'Heden se froncent, mais elle ne recule pas, malgré notre différence de taille. Quand je disais qu'elle en a dans le froc…

– Pas la peine d'être aussi désagréable, m'envoie-t-elle.

– J'ai mal dormi.

– On est deux. Pourtant, je ne vous agresse pas. Vous manquez de manières, Ash.

– Tiens donc, le plaid et les cookies n'ont pas suffi à satisfaire mademoiselle ?

Elle roule des yeux en poussant un soupir. Ça m'amuse. Sans trop savoir pourquoi, j'aime la faire sortir de ses gonds.

– À plus, je dois y aller, lui dis-je.

Tout à coup, la surprise remplace l'énervement sur ses traits.

– Attendez, Ash ! s'exclame-t-elle. Vous partez ?

Elle n'est pas humaine. Comment peut-on changer d'humeur aussi vite ?

– Devine, lui lancé-je. Tu veux bien t'écarter ? Ça me ferait mal de devoir te rouler dessus.

Ses iris ensorcelants me dévisagent, me trouent la peau de leur douceur. Puis, après un instant, elle se décale d'un pas.

– Soyez prudent sur la route, me conseille-t-elle.

Sa recommandation me tire un demi-sourire. Peu de gens me demandent d'être prudent. Ma came, c'est plutôt le danger. On m'envoie là où il y a de la baston et des comptes à régler. Sergent d'armes, c'est loin d'être de tout repos.

– Tu réalises que je fais partie d'un club de bikers ? demandé-je à Heden.

– Et alors ?

Son ignorance est touchante.

– La prudence, je l'encule à sec.

Un sourire illumine son visage. Ça me fait l'effet d'une claque. J'avais dans l'idée de la faire réagir, et elle ne paraît pas choquée le moins du monde, juste curieuse.

– Vous parlez vraiment comme ça ? s'étonne-t-elle.

– Tu te comportes vraiment comme ça ?

– Comment ?

Comme une déesse tombée du ciel.

Je me tais. On ne reproche pas à quelqu'un d'être une bonne personne.

Son intérêt pour moi s'envole au moment où elle remarque le sachet de gaufres que j'ai coincé entre mes jambes. D'habitude, c'est juste un peu plus haut que les filles aiment mater… L'odeur sucrée a sûrement réveillé son estomac.

– Une petite faim ? deviné-je.

– Oh, non, je ne voudrais pas vous priver de votre petit déjeuner.

Son altruisme me saoule. Faut arrêter deux secondes, on ne vit pas dans un monde de Bisounours ! Et puis, j'avais l'intention de lui filer les pâtisseries depuis le début. Il y avait aussi un café pour elle, mais j'ai tellement la tête dans le cul que j'ai bu les deux.

Dès que je lui tends la gaufre, Heden l'attrape et la fourre à moitié dans sa bouche.

– Je mourais de faim ! s'exclame-t-elle. Je n'ai pas mangé depuis hier !

– Sérieusement ?

– Oui.

Elle se lèche les doigts un par un. Cette vision me colle une gaule d'enfer. Je ne peux pas m'empêcher d'imaginer ses mains autour de ma queue, sa langue sur mon gland. Si seulement elle n'avait pas l'air aussi paumée et innocente, je l'aurais prise sur ma moto et je l'aurais fait jouir jusqu'à ce qu'elle me supplie d'arrêter. Mais bon, je suppose que ça « manquerait de manières ».

– Oh, mon Dieu, c'est un délice, s'extasie-t-elle. Encore merci. Finalement, je crois que je vous apprécie.

Trop sympa.

– Bon, je te laisse en tête à tête avec la bouffe, elle te fait visiblement plus d'effet que moi, soupiré-je. Mon cœur se tord de douleur, si tu savais.

Heden pouffe. Le son couvre mes bras de chair de poule, emplit mon torse d'une chaleur que je n'avais pas éprouvée depuis une éternité.

– J'ai été ravie de vous rencontrer, Ash, me dit-elle.

– Faut que tu arrêtes, lui ordonné-je.

– Que j'arrête quoi ?

– De me vouvoyer. J'ai pas quarante piges, OK ?

CHAPITRE 4

HEDEN

Je souris à la demande d'Ash et réponds :

– D'accord, si vous arrêtez de m'appeler « petit chat ».

– Les chats sont tout ce qu'il y a de plus fascinants, se défend-il avec un sourire en coin. Ils sont effrontés, mais pourtant attachants. À la fois pleins de tendresse et de sauvagerie.

– Il n'empêche que vous vous moquez de moi.

– Pardon, petit chat ?

– Tu te moques de moi.

Avec une agilité étonnante pour quelqu'un d'aussi musclé, Ash descend de sa moto. Je ne peux pas m'empêcher d'apprécier la façon dont son jean moule ses jambes. Cependant, avant qu'il ne remarque mon indiscrétion, je vrille mon regard au sien. Mauvaise idée. Ses iris m'entraînent dans un océan bleu glace où il est impossible de nager. Il s'approche de moi, si près que son parfum bouscule mon âme. J'essaie de reculer pour retrouver un minimum de contenance, mais mes pieds restent collés au sol. Hypnotisée par le biker, j'ai l'impression d'être une biche face à un loup. Et quel loup… Son aura me fascine. Il marche, parle, se comporte comme si la Terre lui appartenait, avec une assurance pure.

C'est finalement lui qui recule d'un pas, comme pour m'autoriser à reprendre pied dans la réalité.

– Marché conclu, décide-t-il. Je ne me moquerai plus de toi.

Il me tend la main, je la saisis. Sa chaleur se propage dans mon avant-bras, accélère les battements de mon cœur. Mes doigts restent prisonniers des siens, et je n'ai aucune envie de les délivrer.

– Tu as de jolis tatouages, dis-je.

Il ricane. J'ajoute :

– Je les trouve… criants de réalisme. Ces créatures mythologiques semblent sortir de toi. Comme si c'était une évidence que tu les portes.

– « Jolis », ce n'est pas vraiment l'impression qu'ils sont censés donner, s'amuse Ash. Mais venant de toi, j'accepte le compliment.

– Venant de moi ?

Le regard du biker se charge d'une émotion différente de la moquerie qu'il exprime depuis le début de notre conversation. De la tendresse ?

Elle disparaît trop vite pour me permettre de m'en assurer.

– Laisse tomber, assène-t-il.

Il emprisonne toujours ma main. J'ignore ce qui m'attire chez lui. Son magnétisme ? Ses yeux si particuliers ? Pendant une poignée de secondes, nous nous contentons de nous fixer du regard. Lui ne cille pas. Je le sens en train d'essayer de lire dans mon esprit.

Je dégage enfin mes doigts de sa poigne, embarrassée.

– Ta dépanneuse arrive quand ? me demande-t-il alors.

– À huit heures trente.

Son visage s'assombrit, signe que ma réponse lui déplaît.

– C'est dans une éternité, lâche-t-il.

– Il ne fallait pas me réveiller, dans ce cas. Le temps à attendre m'aurait paru moins long.

– Tu as de la chance, petit chat, soupire-t-il en levant les yeux au ciel.

Il recommence avec ce surnom ! Pour cette fois, je fais mine de ne pas l'avoir entendu, et je l'interroge plutôt :

– De la chance ?

– Oui, de m'inspirer autant de sympathie. Bon, maintenant qu'on en est au stade supérieur de notre relation, dis-moi ce que tu fous à Black Lake.

Je m'appuie contre ma voiture tout en expliquant :

– Je viens y travailler. J'ai décroché mon diplôme récemment et maintenant, je plonge dans la vie active. J'ai voulu m'éloigner de Los Angeles et de ses rues étouffantes au profit d'une ville plus calme, plus proche de la nature. J'ai trouvé une employeuse ici par le biais d'Internet, alors me voilà. Le lac, mon Dieu, il est magnifique ! Je l'ai longé hier, et sa beauté m'a même fait oublier de remettre de l'essence.

Prenant conscience que je monopolise la parole, je me tais. De tout ce que je viens de dire, Ash ne retient qu'un détail :

– Tu aimes le lac ?

– Oui. Il est immense, calme et puissant à la fois.

– Intéressant. Donc, tu viens habiter ici. Faut quand même que je te mette en garde : il y a des parties de la ville que tu devras éviter. Surtout le quartier nord, il est rongé par les gangs.

J'ai fait des recherches sur Black Lake. La ville compte à peu près cent mille habitants, et en effet, certaines zones craignent, si j'en crois les infos locales. Mais l'endroit où je compte habiter est plutôt calme, d'après ma future patronne.

– Merci du conseil, dis-je.

– Je voulais te faire peur, précise Ash.

– Dommage, tu n'y parviendras pas.

Il me décoche un sourire en coin avant de grimper à nouveau sur sa moto. J'en déduis que notre conversation s'arrête là. À nouveau, le moteur de sa Harley résonne sur le parking. Le vrombissement réveille en moi de bons souvenirs, me rappelle que j'ai passé des heures sur une selle avec mon père, en train de défier l'asphalte et la vitesse. Mes vacances en sa compagnie me manquent.

– Je suis certain qu'on se reverra, me lance le biker. En attendant l'arrivée de la dépanneuse, tu ne risques rien, mes gars gardent un œil sur toi.

Je fais quelques pas pour observer les alentours, curieuse. Le *Purgatoire* est situé à l'entrée de Black Lake et est bordé par une forêt touffue. De l'autre côté de la rue se trouvent quelques commerces, mais ils sont tous fermés. Il n'y a pas un chat. Je ne vois pas qui pourrait bien essayer de s'en prendre à moi.

– J'appellerai la police en cas de problème, affirmé-je.

– Crois-moi, petit chat, il vaut mieux que tu t'en remettes aux Styx Riders. Les flics ne viennent pas par ici, faut pas trop compter sur leur protection.

– Pourquoi ?

– Ils sont souvent dépassés par la violence qui règne à Black Lake. Toujours heureuse de débarquer dans les enfers ?

Un frisson me parcourt. Je ne peux pas croire que je suis en danger ici, au cœur d'un paysage pareil.

– Passe une bonne journée, ajoute Ash avec un petit sourire ironique.

– C'est malin de ta part, vraiment.

Sur ce, il démarre pour de bon. Sa silhouette disparaît à l'horizon dans un nuage de poussière. Pendant plusieurs secondes, je reste incapable de détourner mon attention de la route. Les vibrations de la moto parcourent encore mes jambes, elles courent dans mes veines.

Un sourire m'échappe malgré les dernières paroles du motard. Il existe des rencontres qui bouleversent une vie. Parfois, elles sont fugaces, mais plus poignantes d'intensité que mille années. Elles s'imposent à nous avec violence ou douceur, elles marquent au fer rouge.

Ma rencontre avec le biker est de celles-là. Moi aussi, j'ai l'intime conviction qu'on se reverra.

Je retourne près de ma Mini pour attendre la dépanneuse. Un jeune homme est appuyé contre ma portière. Amusé, il me lance :

– Les nanas capables d'attirer l'attention d'Ash ne sont pas nombreuses.

– Tu as surveillé ma voiture cette nuit, deviné-je.

– Ouais. Ordre direct de la hiérarchie. On dirait que notre sergent d'armes t'a à la bonne… Ne lui dis jamais que je t'ai balancé ça, d'ailleurs. Il me casserait les jambes.

Il se détache de ma carrosserie et se dirige vers le *Purgatoire* en m'indiquant :

– Si tu as besoin de quoi que ce soit, frappe à la porte du bar et demande Snack.

J'acquiesce, et reste seule sur le parking jusqu'à l'arrivée de la dépanneuse. À mon grand étonnement, elle se pointe une heure plus tôt que prévu. L'homme qui en sort a le visage livide. Il a l'air malade… Quand je lui demande s'il va bien, il acquiesce trop vite en me disant qu'il est désolé de m'avoir fait attendre.

– Ne vous inquiétez pas, je me doute que je ne suis pas la seule personne en panne dans le coin, le rassuré-je.

Il jette un regard anxieux vers le *Purgatoire* avant de me suggérer :

– Vous pouvez monter à l'avant pendant que je charge votre voiture sur le plateau. Je vous conduis à la prochaine station-service.

Je m'exécute, soulagée que ma mésaventure touche bientôt à sa fin. D'une gentillesse extrême, le dépanneur accepte même de me prêter son portable. Je compose le numéro de ma patronne en priant intérieurement pour qu'elle réponde. À mon grand soulagement, elle décroche dès la troisième tonalité.

– Oh, salut Heden ! lance-t-elle. Je comptais passer avant l'ouverture de la boutique pour voir si tout allait bien.

Elle possède le genre de voix dynamique qui inspire une confiance immédiate. Nous discutons ensemble depuis deux semaines via Internet ou par téléphone, puisque je me voyais mal faire huit cents bornes pour signer mon contrat de travail et mon bail. Non seulement j'ai réussi haut la main l'entretien d'embauche qu'elle m'a fait passer par Skype, mais elle m'a aussi proposé d'occuper l'appartement meublé au-dessus du magasin. Je n'en reviens toujours pas ! Mes ailes se déploient, le monde s'étale devant moi, prêt à être conquis.

Embarrassée, je raconte mes ennuis à la jeune femme et lui indique que je n'ai pas encore eu le temps de m'installer. Cela ne semble pas la contrarier.

– Pas de problème, tout est OK pour moi, me dit-elle. Les compteurs sont ouverts depuis hier après-midi, tu pourras emménager tranquillement. Tu veux que je vienne plus tôt pour t'aider ?

– Ça ira, je me débrouillerai toute seule, réponds-je.

– On fera l'état des lieux ce soir, quand j'aurai fermé la fleuristerie. N'hésite pas à appeler en cas de problème ! Ciao.

Elle raccroche, et je rends le téléphone au dépanneur en le remerciant.

Enfin, une heure plus tard, mes cartons de vêtements s'empilent dans le couloir de mon nouveau chez moi. Bien plus grand que mon logement étudiant, l'appartement sent la noix de coco, le melon et les fleurs. La plupart des meubles appartiennent à Kris, ma patronne, je n'ai eu qu'à emporter l'essentiel. Par chance, ma vie rentre dans ma voiture.

J'ouvre les fenêtres pour profiter du soleil, mets immédiatement mon portable à charger, puis fais rapidement le tour des lieux. Tout est conforme aux photos que m'a envoyées Kris. Pas une seule tache sur les murs ou sur le sol. Les prises électriques fonctionnent toutes, les ampoules aussi. Je commence à disposer mes bougies parfumées un peu partout ; ensuite vient le tour des coussins moelleux. Je me promets d'en acheter d'autres très bientôt, maintenant que j'ai plus de place.

Aussi excitée qu'une puce, je passe la majeure partie de la journée à rendre mon intérieur plus personnel. Alors que je pose une photo de papa sur les étagères de la bibliothèque du salon, je me demande si je devrais l'appeler. Nous n'avons jamais vraiment vécu ensemble, puisque j'ai passé mon enfance en internat et ma vie de jeune adulte dans une chambre étudiante. Pourtant, je l'aime de tout mon cœur, et lui sans doute encore plus. Ce qui a toujours creusé un fossé entre nous, c'est son club de moto, ou plus exactement son désir de me tenir loin de son existence de président d'un réseau international de bikers. Il me préserve, estimant que ce monde est trop dangereux pour moi. Sa prévenance me touche. Toutefois, il ne parvient pas à comprendre que je n'ai rien de la fleur fragile qu'il imagine. Son univers ne m'effraie pas. J'ai bien conscience des ténèbres qui y règnent. Ma mère les côtoyait de près, il y est plongé lui aussi. Alors pourquoi n'aurais-je pas le droit de les découvrir à mon tour ?

Je tente d'imaginer la tête de papa si je lui racontais mon aventure d'hier au *Purgatoire*. À coup sûr, il friserait l'attaque cardiaque.

Du coup, je me dis qu'il vaut mieux que j'attende un jour ou deux avant de lui téléphoner, histoire d'avoir autre chose à lui raconter que ma rencontre avec les Styx Riders.

CHAPITRE 5

ASH

Je raccroche avant que le dépanneur puisse le faire. Marrant comme il suffit de remémorer à certains commerçants de Black Lake que les Styx Riders les protègent contre les gangs locaux pour qu'ils se bougent le cul plus vite. L'essentiel, c'est que tout s'est bien passé avec Heden : le mec l'a déposée à la station-service et sa voiture a redémarré sans problème.

Contrairement au type dont la voix tremblait au téléphone, cette nana m'a défié sans la moindre once de peur. Qu'elle ouvre les yeux ! Elle a affaire à un loup affamé. Et les biches n'approchent pas les loups affamés, sauf si elles veulent se faire bouffer.

Je n'arrive pas à me la chasser de la tête. Son sourire dénué de jugement a imprimé mon esprit. On ne m'en a jamais décoché de pareils.

Entre cette meuf qui bouscule mon quotidien et celle revenue tout droit des enfers, ça promet une bonne journée de merde…

J'accélère pour forcer le vent frais du matin à éparpiller mes pensées. Bientôt ne restent que le grondement animal de ma Harley, la route à perte de vue et le goût de liberté sur ma langue.

Je m'arrête devant la maison de mon premier *enforcer*, Reed. Avec lui, Gold et trois autres gars, on s'occupe des sales missions du club, qui réclament souvent de la patience et des tripes solides. Ce matin, nous allons rendre visite à quelques enflures qui doivent de la thune au club.

J'ai formé moi-même tous les membres de mon équipe, notamment au combat et au tir. Chacun des mecs de ma petite unité perso peut buter une armée de gars en trois secondes, d'une balle entre les deux yeux. Moi-même, j'ai tout appris de l'ancien sergent d'armes, un survivaliste un peu déjanté qui avait passé un bout de temps chez les SEAL avant d'être considéré comme inapte au combat. Plutôt que de continuer sa carrière en tant qu'agent de bureau, il a décidé de faire un gros *fuck* à l'Oncle Sam et de sauter du mauvais côté de la barrière. Ce sont les Styx Riders qui l'ont réceptionné. Il a servi le club pendant plus de deux décennies avant de casser sa pipe il y a sept ans. Que les dieux gardent son âme.

Reed est le plus vieux de mes *enforcers*. Père de deux mômes, mari exemplaire, il évite les beuveries et refuse net les orgies. Si ça, ce n'est pas de la dévotion à sa famille… Il me rejoint après avoir salué sa femme, Martia, sur le pas de la porte. Ensuite, on décolle pour passer prendre Gold. Mais c'est sa sœur, Cassiopée, qui sort de la maison en premier. Quand elle nous demande ce qu'on compte faire à cette heure-là, je lui réponds :

– Acheter de la bibine.

La plupart des gens prennent les bikers pour des alcooliques accros à la moto et la baise. On est tellement plus que ça… Les meilleurs marchands d'armes de l'État, des chefs d'entreprise qui brassent de la thune en permanence, et surtout des frères soudés.

OK, entre deux, on se bourre la gueule et on saute des meufs.

– Les magasins ne sont même pas ouverts, pouffe Cassie.

– Ah bon ? Et toi alors, tu fous quoi debout à cette heure-là ?

– J'ai un entraînement avec mon équipe de cheerleaders. Ah, voilà mon frangin.

L'adolescente doit se prendre un moustique dans l'œil, parce qu'elle papillonne des paupières un instant en affichant un drôle d'air.

– Ça va ? lui demandé-je.

– Euh… oui. À bientôt, Ash.

Déjà, elle se précipite vers sa voiture garée devant le garage. Dans la foulée, Gold nous rejoint, Reed et moi. Il porte ses éternelles Ray-Ban et son masque de mec qu'on ne doit pas faire chier.

Il nous salue d'un hochement de tête sans ouvrir la bouche. On pourrait croire que le pari qu'il a perdu hier lui reste en travers de la gorge mais en vrai, il est toujours silencieux. Contrairement aux autres gars, il est entré dans le club en devenant directement *enforcer*. Même pas de période d'essai ! Il a évité le bizutage des prospects en beauté. Ça n'arrive jamais, ce genre de trucs : il est l'exception qui confirme la règle. Sans doute parce que mon paternel le connaît depuis qu'il est môme et qu'il l'a pris sous son aile lorsqu'il est revenu des Marines avec le torse criblé de balles.

On a tous nos histoires ; beaucoup d'entre elles puent la merde à des kilomètres.

On reprend la route. Une heure plus tard, l'équipe est au complet. Nous rendons une petite visite à Rey, un mauvais payeur doublé d'un traître qui nous a vendu aux fédéraux. Grâce à mon paternel, on a évité de peu un face-à-face avec les hommes du gouvernement. Mais faut pas que ça se reproduise.

Le mec prend cher. Il servira d'exemple.

***

Le lendemain matin, je me gare devant mon salon de tatouage avec la sensation persistante de puer l'hémoglobine, malgré les trois douches que j'ai prises entre hier soir et ce matin. Il y a des jours où la violence et mon rôle de gros enfoiré me collent à la peau. C'est peut-être lié au fait que je dors trop peu depuis que j'ai appris le retour de Shirley.

Des mardis comme ça, je m'en passerais bien. Le ciel d'un gris presque noir est aussi joyeux que moi, de l'électricité statique poisse l'air. Ça schlingue l'orage, cette histoire.

Je prends le temps de m'allumer une clope, appuyé contre ma vitrine, les yeux levés vers les cieux. On dirait qu'une divinité m'envoie un message pour me signifier que je n'aurai jamais ma place là-haut.

Si mon père m'entendait, il me rappellerait à coup de claques derrière la tête que je ne suis pas le centre de ce foutu monde…

Je respire un grand coup pour me détendre. Je dérouille à cause de Shirley. Elle refuse de quitter mon cerveau. Son retour a ouvert dans mon esprit une porte que je croyais fermée à jamais. Plus que les sentiments que j'ai ressentis pour elle lorsque nous étions ensemble, c'est surtout ceux qu'elle m'a laissés en foutant le camp qui remuent mon âme. Les doutes, la colère, le goût âcre de la trahison. Si je les trimballe depuis longtemps, cette claque venue du passé les exacerbe. Ça me donne la gerbe. Il faut que je me vide la tête, et la seule véritable méthode qui marche pour ça c'est le dessin.

Cinq minutes plus tard, je franchis le seuil de mon salon de tatouage en laissant toutes mes pensées parasites derrière moi. Il y a une règle ici : pas de bagages, pas de rage, pas d'inquiétude. Juste la créativité.

Je me rends dans l'arrière-salle réservée au personnel. L'odeur de la peinture fraîche et du white-spirit me saute à la gorge. C'est con à dire, mais elle me calme. Sur les murs de cette pièce naît ma toute nouvelle création : une fresque représentant les Enfers de la Grèce antique.

À l'instant où je saisis mon pinceau, je n'existe plus. Le monde non plus. Le dessin est le seul truc légal dans lequel je suis bon, alors je peins à en avoir mal aux doigts, à en crever et à en perdre la notion du temps. La paix m'envahit, semblable à celle que je ressens quand je suis entouré par mes frangins du club. Salvatrice, puissante, elle me file la sensation de toucher l'immortalité, de la saisir du bout des doigts. Ma condition d'humain disparaît au fil des traits tracés, dévorée par les créatures mythologiques qui prennent forme peu à peu.

La clochette accrochée à la porte d'entrée retentit et me fait sortir de ma transe. Quelques secondes plus tard, Ross, mon employé, passe une tête dans l'arrière-salle. Il était encore gamin quand je l'ai pris en stage ici. Il était indiscipliné et grincheux, mais il possédait déjà le talent de créer des mondes d'encre et de peinture. Aujourd'hui, il est mon unique salarié et, vu mes sautes d'humeur, pas sûr qu'il en soit toujours content.

– Salut, boss, me dit-il. Ton premier client est arrivé. Il veut se faire tatouer sa girafe. J'ai essayé de le dissuader, mais rien à faire.

Je ne compte plus le nombre de mecs et de nanas qui se pointent avec des idées cheloues.

– J'arrive.

Les heures passent, mes clients n'en finissent pas de causer, de me raconter leur vie ou de commenter le logo des Styx Riders peint en gros sur le mur. Le moment de déjeuner arrive enfin. J'ai l'estomac dans les talons, le crâne en miettes. Faut que je picole moins et que je dorme plus. Pendant que Ross va nous chercher de la bouffe, je lis un article de presse évoquant une « forte hausse de criminalité envers les femmes à Black Lake ». Trois nanas ont été retrouvées battues à mort ces quinze derniers jours. C'est plutôt mauvais pour les affaires du club, parce qu'elles faisaient partie des habituées du *Purgatoire*. Je repousse mon téléphone en soupirant. La dernière fille s'en est sortie *in extremis*. Pendant sa convalescence à l'hôpital, le médecin du club a pu récupérer des infos sur son agresseur. Elle a eu peur de donner son nom, nous offrant juste une description approximative de son apparence et de ses tatouages. Mais ce n'est qu'une question de temps avant qu'on débusque ce chien.

Puisque Ross met des plombes à revenir, je me place derrière la vitrine pour observer les passants dans la rue piétonne. Le centre-ville brasse des milliers de personnes chaque jour : mon emplacement est plutôt cool pour les affaires. Mon salon, appelé le *Styx*, se situe juste en face d'une fleuristerie haute en couleur nommée *Chez Perséphone*. Les divinités s'affrontent, l'une d'une obscurité pesante, l'autre aussi lumineuse qu'un soleil.

Alors que je me tâte à envoyer un message à ma frangine, une silhouette fluette franchit la porte de la boutique de l'autre côté de la rue. Heden. Alors là, si je m'attendais à ça ! Elle scrute le ciel gris en grimaçant, plantée à côté des étalages extérieurs. Elle porte un tablier vert arborant le nom de la fleuristerie. Le vent malmène les plumes dans ses cheveux. Je jette un coup d'œil à celle qu'elle m'a offerte. Je l'ai placée dans un cadre, juste derrière la caisse de mon salon de tatouage. Allez savoir pourquoi je ne l'ai pas balancée…

Je repose mon attention sur l'Amérindienne. Elle est *fleuriste* ? Chez *Perséphone* ?

Je savais que Kris cherchait un employé ; j'ignorais qu'elle avait trouvé quelqu'un.

Heden se tourne un instant pour lancer quelques mots à travers la porte. Son jean noir, qui moule son cul à la perfection, me nargue.

Je récupère mon portable sur le comptoir et compose le numéro de ma sœur.

– Alors comme ça, tu as recruté ? demandé-je dès qu'elle décroche, avant qu'elle ne puisse monopoliser la conversation.

– Attends, tu n'es pas en train de mater ma nouvelle recrue, quand même ? s'insurge-t-elle.

– Oh que si. J'ai un faible pour les Amérindiennes.

– Je te défends de l'approcher.

On aura tout vu.

– J'approche Heden quand je veux, répliqué-je.

Le hoquet de Kris me fait marrer.

– Comment tu sais qu'elle s'appelle Heden ? s'étonne-t-elle.

– Rien ne m'échappe, tu as oublié ?

– Elle m'a raconté être tombée en panne hier. C'est toi qui l'as aidée ?

– Peut-être que oui, peut-être que non. On se voit plus tard, frangine, j'ai les infos que je voulais.

Je mets fin à la communication avant que Kris ne puisse m'interroger davantage, puis je sors de mon salon avec une soudaine envie d'aller faire un tour chez *Perséphone*, histoire de bousculer tout ce petit monde. Mais alors que je m'apprête à traverser la rue, mon portable sonne. Mon père. J'ai installé une sonnerie spéciale pour lui.

– Salut, dis-je en décrochant, les yeux rivés sur Heden.

Elle rentre les fleurs disposées devant le magasin. Bonne idée : le temps ne va pas aller en s'arrangeant au fil de la journée.

– Salut, fils, me répond mon paternel. J'organise une messe ce soir, faut qu'on parle des filles qui se sont fait tabasser.

– Buck t'a donné des infos ? Ou Milan ?

Buck est notre trésorier, et également le pirate informatique des Styx Riders. Une vraie bête capable de hacker même les sites du gouvernement. Milan, lui, bosse en tant que médecin légiste. Il soigne aussi les blessures les plus graves des membres du club, et il nous sert d'indic sur l'histoire des agressions.

– Ouais, on a un nom, me confirme mon père.

Parfait.

– J'y serai, déclaré-je. Je préviens mes *enforcers*. À ce soir.

CHAPITRE 6

HEDEN

Chez Perséphone est l'un de ces endroits magiques où les couleurs vous explosent au visage, où l'air sent bon, où rien de mauvais ne semble pouvoir arriver. De hautes colonnes entourées de lierre soutiennent un plafond voûté entièrement peint. La fresque, d'inspiration antique, représente une prairie où galopent des chevaux. Kris adore la Grèce et la mythologie, elle m'a même dit que c'était de famille.

Bref, entre les murs de cette boutique, je ne vois pas les heures défiler. J'essaie de prouver à ma patronne qu'elle a eu raison de m'embaucher. J'ai étudié les fleurs et la vente à l'université, et je faisais partie des meilleures élèves de ma formation.

Je termine ma troisième composition quand Kris me rejoint dans l'atelier.

– Tu as fini ? me demande-t-elle. Je vais aller ranger tes bouquets dans la chambre froide.

– Ne t'inquiète pas, je m'en occupe.

Ma patronne me sourit. Elle est si pétillante… Il suffit de lui adresser la parole pour saisir son énergie. Ses cheveux colorés en rose surprennent au début, ses lèvres percées aussi, mais elle m'a mise immédiatement à l'aise hier pendant l'état des lieux, puis aujourd'hui à la fleuristerie.

Je ramasse mes compositions et m'enfonce à l'arrière du magasin. Je n'ai pas encore eu le temps de détailler les lieux, raison pour laquelle le portrait dessiné sur l'un des murs m'interpelle. Il est aussi sombre que le reste de la boutique est lumineuse. Face à ses traits sévères, mon cœur s'emballe. Quelque chose dans ses yeux touche mon âme. On dirait qu'il me fixe… qu'il me *voit*. Je m'approche, hypnotisée.

– Voici Hadès.

– Pardon ?

Kris me contourne et me reprend gentiment la caisse de bouquets. Je suis restée plantée là une bonne minute sans bouger.

– Tu connais un peu la mythologie grecque ? ajoute-t-elle.

Je secoue la tête. Voilà, j'ai l'impression d'être stupide.

– Hadès est le dieu des enfers et l'époux de la déesse Perséphone, m'explique-t-elle. Un type que la plupart des gens trouvent arrogant et détestable.

– Mais il a quelque chose de spécial. Je n'arrive pas à saisir quoi…

Les iris du portrait pétillent d'insolence, de force pure. Ils sont d'un bleu clair étonnant, étrangement familier. Sur ses cheveux noirs coupés ras, le dieu porte une couronne métallique ornée d'une tête de mort. Son sourire cruel me donne des frissons.

– C'est mon frère qui a insisté pour le peindre ici après avoir décoré le reste de la boutique à mon goût, m'indique Kris. Il voulait que ce coin lui ressemble un peu.

La tendresse dans sa voix me fait sourire. J'arrive enfin à me détourner du regard hypnotique d'Hadès tandis que ma patronne poursuit :

– Bon, Heden, j'ai une mission spéciale pour toi. Je dois aller chercher mon fils à l'école, je peux te laisser la boutique pendant un quart d'heure ?

Une chance que je sache utiliser la caisse.

– Bien sûr.

– Merci. Je t'assure que je reviens vite. D'habitude, je suis obligée de fermer le temps de faire l'aller-retour, mais j'ai ma superbe nouvelle employée à présent ! Appelle-moi si tu as un problème. Ça va aller ?

J'acquiesce en lui jurant que je saurai gérer. *Chez Perséphone* est une petite boutique, il est facile d'avoir une vue globale sur les rayons tout en travaillant à l'arrière.

Une fois Kris partie, je m'affaire à ranger les décorations, à remettre en place des cartes de vœux ainsi que plusieurs peluches. Je m'occupe ensuite des boîtes de chocolat sur le présentoir destiné aux douceurs. Elles sont magnifiques : décorées de dorures et de mots gentils, elles se glissent dans les bouquets afin de multiplier le plaisir.

La clochette de la porte d'entrée résonne soudain. Mon possible premier client, c'est à moi de jouer ! Au minimum, je dois réussir à lui vendre une rose. Ou une carte. Voire une bougie parfumée !

– Bonjour, lancé-je avec entrain.

Mon cœur rate un battement. Ash se tient devant moi, portant sa veste en cuir sans manches aux couleurs des Styx Riders. Les mains enfoncées dans les poches de son jean noir, il me rejoint avec la démarche gracieuse d'un animal sauvage.

– Quelle bonne surprise, n'est-ce pas, petit chat ? Tu devrais fermer la bouche, les mouches vont y entrer.

Un sourire étire mes lèvres. Voilà un défi comme je les aime. Si j'arrive à vendre quelque chose au biker, plus aucun client ne me résistera, n'est-ce pas ?

Il appuie ses bras tatoués sur le comptoir en m'observant. Professionnelle, je lui demande :

– En quoi puis-je vous aider ?

– On se vouvoie à nouveau ?

– Vous n'avez pas tenu parole pour le surnom.

– Un point pour toi, ricane Ash. Mais il te va très bien, je t'assure.

Bon, il a encore décidé de me taquiner. Très bien, je ferai comme si de rien n'était.

– Tu es venu pour quelque chose en particulier ? l'interrogé-je.

– Pour toi.

Sa remarque me plaît un peu trop. Mes joues chauffent, ainsi que mon ventre.

Génial, mon corps décide de me trahir.

Ash attrape une boîte de chocolats à laquelle est accrochée une carte qui souhaite « beaucoup de bonheur aux mariés ».

– Alors, tu es la nouvelle fleuriste ?

– Oui.

Il continue à examiner le mot comme si de rien n'était. Je fronce les sourcils et lance :

– Tu me traques ? Tu sais que c'est illégal de suivre les gens ? Les filles qui n'ont rien demandé, par exemple. Genre, moi.

Avec un sérieux déconcertant, il déclare :

– Tu as tout compris : il y avait un GPS dans les gaufres. Tu as avalé la puce en les dévorant, j'y peux rien. Alors, tu aimes les fleurs ?

Il fait tourner la boîte de chocolats entre ses doigts. Depuis qu'il l'a saisie, son visage s'est assombri et on dirait qu'il n'arrive plus à la lâcher.

– Oui, réponds-je. Elles possèdent un pouvoir particulier, un langage qui leur est propre. Je les ai toujours adorées !

– Tu leur parles ?

Je me sens soudain ridicule. Je bredouille :

– Non, je… c'est juste que… j'aime écouter leur silence.

Ash arque un sourcil. Bon, d'accord, je m'enfonce. Précipitamment, j'ajoute :

– Elles apportent bonheur et réconfort. J'aime leur parfum, les regarder, les manipuler… J'ai toujours voulu devenir fleuriste. C'est grâce à ma mère, je crois. Elle aussi les adorait.

Je me tais en prenant conscience que ma voix a gagné en puissance et en vitesse. Tout à coup, je songe à mon père, déçu par mon rêve même s'il ne me l'avouera jamais. Pour lui, ma place serait dans un de ses garages à Los Angeles. Sous prétexte que je maîtrise la mécanique, il aimerait que je bosse avec lui. C'est certain que ça nous rapprocherait, mais…

– Je me sens à ma place parmi les fleurs, conclus-je.

Proche de ma mère.

– Alors pourquoi as-tu honte ? s'étonne Ash.

– Honte ?

– Ouais, tu flippes à l'idée que les autres ne pigent pas ton délire. On dirait presque que tu attends une autorisation. Mais qu'est-ce que tu en as à foutre de leur avis si tu te sens bien entourée par des bégonias et des roses ?

Je reste pantoise. Les paroles du biker me touchent. Aucun homme ne s'était soucié de mes passions jusque-là. C'est surprenant qu'Ash soit le premier.

Son demi-sourire m'électrocute. Pour retrouver une contenance, je lui demande :

– Es-tu ici pour une raison particulière ? Tu as des fleurs à offrir à ta petite amie ?

– Ma petite amie… répète-t-il en se marrant.

J'aimerais savoir ce qu'il pense de moi. S'il me trouve ennuyeuse ou intéressante. Je penche plutôt pour la première option. Après tout, c'est un motard, et je lui parle de fleurs.

– Tu en as une ? lancé-je. De petite amie.

– Sérieux, petit chat ? Tu es d'une subtilité rare.

Je ferme la bouche, piquée au vif. Il me taquine :

– Je t'intéresse ?

Puis, sans crier gare, il avance son visage vers le mien. Son énergie brûle ma peau, un filet de transpiration coule dans mon dos. Je secoue la tête, surprise par la soudaine sécheresse dans ma gorge. Un éclat victorieux brille dans les yeux cristallins du motard alors même que je m'écrie :

– Non !

– Tu as raison, réplique-t-il. Je suis pas un mec pour toi, c'est une évidence.

Il s'écarte. Je désigne les chocolats et lui demande :

– Tu comptes les acheter ? Ils sont à la praline, vraiment délicieux.

Pour toute réponse, il me sourit. S'il continue à manipuler la boîte ainsi, il va l'abîmer… Je tente de la lui reprendre. Anticipant mon geste, ses doigts glissent entre les miens, se soudent à ma peau. Des fourmis remontent dans mon poignet. Mes pensées s'éparpillent comme des abeilles affolées. J'essaie de me libérer, n'y parviens pas.

Je plonge mon regard dans celui d'Ash sans plus m'en détourner. Son parfum chasse celui des fleurs ; chaque inspiration m'imprègne de son odeur agréable.

– Tu as peur que je la vole ? s'amuse-t-il.

– Ce serait dommage de me forcer à appeler la police.

– Tu ferais ça ?

Il prononce ces mots avec une volupté trompeuse.

– Peut-être, soufflé-je.

– Je te file mon portable pour les contacter, vas-y.

– Je préfère utiliser le mien. Comme ça, si je disparais, ils me localiseront.

Ash éclate de rire sans faire mine de me lâcher. Étrange comme cette façon qu'il a de dévorer mon espace vital ne me pose aucun problème. Pourtant, je ne le connais pas.

– Pas bête, concède-t-il.

– Tu as un problème avec le mariage ? osé-je enfin lui demander, faisant référence à la manière dont il traite les pauvres chocolats.

Une tension soudaine sature l'air. Ash se referme comme une huître. Il se détache de moi, recule, cesse de sourire. Un froid glaçant s'échappe de sa personne.

Le mariage le répugne. Sinon, il ne réagirait pas ainsi.

– Je suis désolée, dis-je.

Il est à deux doigts de fuir. Pour ne pas le laisser s'en aller dans son état, je lui lance la première chose qui me passe par la tête :

– Hadès !

Le biker incline la tête sur le côté en plissant les paupières.

– Quoi, Hadès ?

– Tu as les mêmes yeux que son portrait, au fond de la fleuristerie.

– C'est ce qui s'appelle sauter du coq à l'âne, Heden.

Il pose la boîte de chocolats sur le comptoir. Tant pis pour moi. J'ai échoué à le faire rester.

– Au revoir, Ash, soufflé-je.

– Ouais. Salut.

Il fait un pas vers la sortie, puis se retourne et lâche :

– Pour ta gouverne, je n'ai pas les mêmes yeux qu'Hadès. C'est Hadès qui a les mêmes yeux que moi.

CHAPITRE 7

ASH

Heden me broie les tripes.

Je ne contrôle pas mes émotions en sa présence et, quand c'est le cas, j'ai tendance à me comporter comme le dernier des connards. J'ai cédé à l'envie de lui rendre une petite visite en voyant Kris partir pour aller chercher Alexander à l'école. Maintenant, je roucoule comme un pigeon, appréciant un peu trop les joues rosies de l'Amérindienne, son embarras, sa manière de répliquer. Elle ne me craint pas et ne cherche pas vraiment à me séduire, ça me change.

– Ash ! me hèle-t-elle.

Mon nom… J'ai envie qu'elle le crie au moment où je m'enfoncerai en elle, qu'elle le murmure juste avant de prendre mon sexe dans sa bouche.

– Petit chat ?

Elle grimace. Cette façon dont ses lèvres se retroussent me donne envie de lui fondre dessus pour l'embrasser.

– Le harcèlement, c'est mal, commente-t-elle en reprenant son sérieux.

Au lieu de répondre, je lui lâche le ricanement qui fait chier mon paternel et ma sœur. Ça ne loupe pas : Heden fronce les sourcils.

– Comment savais-tu où me trouver ? me demande-t-elle.

Je suis conscient que, si je ne lui donne pas un minimum d'explications, elle va flipper. Manquerait plus qu'elle me considère comme un psychopathe… Alors je lâche :

– Je bosse en face.

Ses yeux s'écarquillent.

– Au salon de tatouage ?

Ça me paraît évident.

– Ouaip, m'dame.

– Mais oui, le *Styx* ! J'aurais dû m'en douter, c'est tout à fait toi.

Je prends appui contre l'encadrement de la porte, curieux de savoir ce qu'elle entend par là. La devanture de ma boutique est en acier noir, les écritures sont dorées avec une police gothique. Elle trouve que ça me ressemble ?

– Ah ouais ? Dis-m'en plus, l'encouragé-je.

– Eh bien, c'est plein d'élégance, et en même temps très sombre.

– Tu me trouves élégant et sombre ?

Heden hausse les épaules, prise de court. Au même moment, une cliente qui examinait les fleurs à travers la vitrine me coule un regard en biais et décide de foutre le camp sans même mettre un pied à l'intérieur. La déception déforme les traits de l'Amérindienne.

– Tu vas t'en remettre ? lui lancé-je. Des gens vont et viennent ici toute la sainte journée.

– Je sais, mais elle aurait pu être ma première cliente. Je voulais faire mes preuves auprès de ma patronne. Lui montrer qu'elle a fait le bon choix en m'embauchant.

Kris a toujours eu un don pour cerner les gens. Je devine qu'Heden saura gérer au magasin. La preuve : j'ai failli acheter des fleurs en écoutant ses conneries sur leur langage et tout le toutim. C'est dire à quel point je suis à la limite de me foutre une balle.

– Tu en feras, des ventes, dis-je pour la rassurer.

– Oui… Enfin, bref, ce n'est rien. Alors comme ça, tu es tatoueur ?

Dans le fond, je sais bien que la fuite de la cliente potentielle est ma faute. Alors je m'avance jusqu'au comptoir et attrape trois boîtes de chocolats, en évitant celle qui parle du mariage. Certains démons gagnent à rester à l'écart…

Lorsque je sors mon portefeuille, Heden me dévisage, surprise.

– Quoi ? tiqué-je.

– Pour le meilleur des papis ? lit-elle sur l'une des cartes.

– J'adore mon papi.

Faux, c'est une raclure de première qui ne manque à personne là où il est aujourd'hui.

– Celle-ci, commente Heden en bipant la deuxième boîte avec sa machine, souhaite un bon rétablissement.

– Les accidents arrivent si vite…

– D'accord. Dans ce cas, à qui vas-tu offrir la dernière ? « Ma chérie, tu es mon plus beau rayon de soleil »…

C'est niais !

– Si tu veux savoir, il y a des tas de filles à qui je pourrais la donner, dis-je. Tu n'es pas censée me vendre tes machins sans me poser autant de questions, au fait ? Tu es flic ou quoi ?

– Désolée. Bonne journée, et merci pour tes achats !

Ça l'a mise de sacrée bonne humeur, cette situation.

– À bientôt, petit chat, la salué-je.

Subitement, elle semble accepter ce surnom comme un compliment, parce qu'elle me renvoie :

– À bientôt, Ash.

Peut-être que, mine de rien, c'en est devenu un. Je ne parviens pas à le charger d'autant de sarcasme que la première fois où je l'ai utilisé. Dommage, j'aurais voulu qu'Heden continue de râler.

– Qu'est-ce qui te dit qu'on se reverra bientôt ? tenté-je pour la titiller.

– On travaille l'un en face de l'autre, me rappelle-t-elle.

– Et ?

– Et on s'entend bien.

Pas faux.

– Et ? répété-je.

J'ai dans l'idée de la faire rougir. Au lieu de quoi elle hausse les épaules et m'imite :

– Tu poses trop de questions. Tu es flic ou quoi ?

J'ignore ce qui me retient de sauter par-dessus le comptoir et de lui rouler la pelle de sa vie.

Ah ouais. Mon éducation.

J'ai beau être un biker et un fils de biker, je sais me tenir un minimum.

– Pas mal, lâché-je.

Puis, sans un mot de plus, je quitte le magasin. Les heures suivantes, je les passe à bouffer les chocolats de papi et à tatouer une nana. Incapable de me sortir Heden de la tête, je songe à la classe avec laquelle elle m'a rembarré. J'aime les défis, et ma queue aussi, visiblement.

Un truc m'assure que je me fous dans une merde monstre. Pourtant, je n'ai pas envie de m'en extirper.

En fin d'après-midi, je m'enferme dans l'arrière-salle pour peindre. Au départ, je voulais représenter Cerbère, le chien des enfers, entouré de quelques âmes damnées. La fresque est déjà bien avancée. Mais ce soir, j'abandonne les visages tristes des tourmentés du royaume d'Hadès et je laisse ma main la jouer solo.

Ma main, mon putain de cœur, mes foutues tripes aussi.

En moins d'une heure, je crée un visage à Perséphone. C'est con : jusqu'alors, je l'imaginais blonde, gaulée à faire bander l'Olympe, avec des yeux verts d'une intensité piquante. Mais la déesse qui prend forme sur le mur est métisse, ses cheveux noirs tombent sur ses frêles épaules, elle a un sourire tendre et un regard pétillant de gentillesse. Et surtout, des plumes forment une couronne sur sa tête.

Je m'éloigne, balance mon pinceau par terre et mate Heden. Au milieu des flammes, elle reste droite, forte, pleine de compassion pour les âmes maudites autour d'elle. L'ambiance de ce portrait lui ressemble. Je la connais depuis deux jours, pourtant j'ai l'impression qu'elle m'est déjà familière.

Au moins, mon cerveau se focalise sur elle et pas sur Shirley. On dirait une sorte d'échappatoire offerte par des divinités à qui je plais là-haut. Franchement, ça me va.

J'attrape une bouteille de whisky laissée dans un coin, la lève en direction du plafond, puis bois une gorgée.

– Bien joué, j'avais au moins besoin de ça ! m'exclamé-je dans le silence de mon salon de tatouage. Espérons juste ne pas avoir affaire à une Pandore 2.0.

Mon portable sonne ; j'abandonne la bibine. C'est un SMS de Gun : il m'ordonne de me bouger le cul et de le rejoindre au bastion. La messe va commencer, on n'attend plus que moi.

Ma Harley résonne dans la rue piétonne, dans mon crâne, dans mon corps. Ses vibrations chassent mes pensées. En moins d'une seconde, il n'y a plus qu'elle et moi. Sa puissance déferle dans mes veines, me donne la sensation de pouvoir défier le temps et l'espace. C'est ce que j'aime le plus quand je conduis ma bécane : me perdre dans la vitesse, tout en gardant le contrôle.

J'arrive au *Purgatoire* en un temps record. La plupart des membres de la haute hiérarchie sont déjà installés dans l'arrière-salle réservée aux réunions d'affaires. On appelle ça des messes, sauf qu'au lieu de rendre des comptes à Dieu on le fait à notre président. Lequel me lance avec un regard assassin :

– Tu es en retard, fils.

– Je sais. Un truc m'a retenu.

– Assieds-toi.

Gun, placé à la droite de mon paternel, mate mon tee-shirt couvert de peinture. Je n'ai pas eu le temps de me changer. De toute façon, tout le monde connaît mon penchant pour l'art, on ne va pas me casser les couilles.

Je m'installe, et mon père commence la messe. Le silence tombe sur la pièce, fait assez rare lorsqu'une bonne dizaine de bikers sont coincés entre les quatre mêmes murs.

Comme d'habitude, notre prés' va droit au but :

– Vous n'êtes pas sans savoir que plusieurs nanas ont été violées et battues à Black Lake récemment. La dernière d'entre elles a décrit son agresseur, même si elle crevait de peur.

– Alors, on sait qui c'est ? demandé-je, pas d'humeur à m'éterniser ici.

– Il a un oiseau tatoué sur sa pommette, déclare mon père. Fils, tu en connais beaucoup, des gars avec un piaf sur la tronche ?

Je fronce les sourcils. Je me rappelle parfaitement le jour où le nouveau chef des Red Birds a passé la porte de mon salon pour que je lui dessine la silhouette d'un faucon sous l'œil gauche. Le prétentieux voulait fêter sa nouvelle position en tant que meneur de son gang, après la chute de son prédécesseur.

– Crayson, ricané-je. Je m'en souviens, je lui ai fait cracher mille boules pour un tatouage qui m'a pris vingt minutes. Il a failli me taper un scandale, mais je l'ai calmé.

– Ouais, intervient Gun. En lui foutant le canon de ton flingue dans la bouche.

– Alors, c'est Crayson ? grondé-je en faisant tourner l'une de mes chevalières autour de mon majeur.

– À vous de vous en assurer, répond mon père. S'il s'avère que c'est le cas, notre alliance avec les Red Birds ne tient plus.

Nous laissons certains gangs faire leurs petites affaires sur notre territoire. Leur présence nous sert de faire-valoir auprès des commerces qui nous paient pour leur sécurité, sans compter que les bandes organisées attirent l'attention des flics en foutant le bordel dans les rues de la ville. Du coup, ça permet aux Styx Riders de voler sous les radars : au moins, nous, on sait faire preuve de discrétion.

– On va aller causer à Crayson demain à l'aube, décrète Gun.

L'ordre en fait grimacer plus d'un dans la pièce. Peu des mecs présents sont efficaces quand on les tire du pieu de bon matin. Mais si le vice-président leur dit de se bouger le cul, ils se bougent le cul. Point final.

En quelques phrases, on boucle l'affaire : mon meilleur pote me somme de me présenter au *Purgatoire* demain à 6 heures avec mes *enforcers*. Pas de problème pour moi : les grasses mat' n'ont jamais fait partie de mes délires.

Le sujet Red Birds enfin clos, nous faisons le tour des affaires générales du club. Nous parlons surtout du nouveau garage que nous devons ouvrir d'ici quelques semaines à l'autre bout de la ville. Gold en sera le gérant. Tout a l'air de bien avancer, et c'est tant mieux.

Une demi-heure plus tard, la réunion se termine. Mes frangins se dispersent, mais un truc dans la façon dont mon paternel me regarde m'oblige à rester. Il attend que nous soyons seuls pour me demander :

– Comment tu vas, fils ?

– Comme sur des roulettes, lui réponds-je.

– Je t'ai élevé. Me manque pas de respect en me servant des bobards. Appelle ta mère.

– Quoi ?

– Elle m'a téléphoné, elle s'inquiète pour toi. Tes silences au bout du fil sont plus criants que tu le crois.

J'avale une gorgée de bourbon avec l'impression de consommer de l'essence.

– Puisque tu ne veux pas t'ouvrir à moi, parle avec elle, ajoute mon père.

Ça commence à me barber, cette connerie.

– De quoi ? grogné-je.

– De Shirley, par exemple.

Je manque de m'étouffer. Je me redresse, pris au dépourvu.

– Depuis combien de temps tu sais qu'elle est revenue en ville ? lancé-je.

Mon père hausse les épaules en s'allumant un cigare.

– Plusieurs jours, ses parents m'ont prévenu. Ils craignaient qu'on s'en prenne à elle. Je leur ai dit qu'il n'y avait pas de lézard. En dix ans, de l'eau a coulé sous les ponts. N'est-ce pas, Ash ?

Son regard acéré me défie de prétendre le contraire. Les Styx Riders possèdent un code d'honneur concernant les femmes. Ne jamais s'en prendre à elles… Si elles ne dégainent pas les premières, s'entend. J'avoue : une partie de moi espère voir Shirley débarquer avec un flingue.

– Je lui ferai rien, affirmé-je.

– Tu te contrôleras si elle tente d'entrer en contact avec toi ?

Mes mâchoires se crispent.

– Voilà pourquoi je te demande d'en parler à ta mère, reprend mon paternel. Elle s'y connaît mieux que quiconque en gonzesses, elle te conseillera. Tu n'es pas passé à autre chose, ça crève les yeux. Je suis ton président, mais je suis aussi ton père et je veux t'aider.

– Je vais gérer. La discussion est close, pa'.

En l'appelant ainsi, je marque le fossé qui subsiste entre son rôle de président et celui de géniteur. Je n'ai franchement pas envie de me prendre une mandale pour avoir outragé mon supérieur hiérarchique.

Heureusement pour moi, il n'insiste pas et me laisse partir.

CHAPITRE 8

HEDEN

Après ma journée de boulot, je file faire quelques emplettes pour décorer mon appartement. J'achète des cadres, une guirlande d'eucalyptus artificiel, des luminaires et même une tapisserie tissée à suspendre. Une fois tout ceci installé, mon salon me semble bien plus personnel et cosy ; sans compter qu'il sent trop bon grâce aux bougies parfumées.

Je me laisse tomber dans le canapé loué avec le logement : il serait capable de m'avaler toute crue tant il est moelleux. En détaillant le mur blanc derrière la télé, je me dis qu'il faut absolument que Kris me donne le numéro de l'artiste-peintre qui a décoré sa boutique. J'aimerais lui demander de dessiner un paysage, s'il travaille pour les particuliers. J'attrape le bloc de post-it sur la table basse et note cette idée afin de ne pas l'oublier. Ma mémoire de poisson rouge a tendance à me trahir…

À 19 heures, je suis focalisée sur mon assiette tournant dans le micro-ondes lorsque mon portable sonne.

– Bonsoir, papa ! dis-je en décrochant et en activant le haut-parleur.

– J'ai bien cru devoir envoyer quelques nomades pour m'assurer que tu vivais toujours, s'énerve-t-il, bourru.

Même si je n'ai jamais vraiment vécu avec mon père, il m'a appris certains mots du vocabulaire relatif aux bikers. Ainsi, les nomades, je sais ce que c'est : des équipes qui parcourent le pays sans véritable attache, mais qui font quand même partie de son club.

– Tu devais m'appeler dimanche à ton arrivée, ajoute-t-il.

– Excuse-moi, je m'installais, d'accord ? Et je t'ai envoyé un SMS hier !

Il grogne à la manière d'un ours mal léché.

– Je m'en carre, des SMS.

J'attends que l'orage passe en roulant des yeux. Bientôt, le nounours en lui se réveille.

– Déjà que je n'aime pas te savoir si loin de moi… soupire-t-il.

– Pardon, papa.

– C'est bon. Raconte-moi plutôt ta première journée de boulot. Il te plaît, ce job ?

Sans aucun doute !

Sa question m'offre une ouverture vers un sujet de conversation plus détendu. Je lui parle de Kris, de la boutique aux multiples références mythologiques dans la décoration… Cet après-midi, ma patronne m'a raconté plusieurs des légendes antiques. Ma préférée est celle d'Orphée, le héros qui a traversé les enfers pour retrouver sa femme. Leur histoire d'amour finit mal, mais je la trouve très belle.

Après la mythologie, j'enchaîne sur les compositions florales que j'ai réalisées – en gros, je monopolise la conversation pendant une demi-heure. Papa garde le silence, il a l'habitude. Puis la discussion dérive sur l'époque où il venait me chercher en moto à l'internat le jour des vacances pour aller camper.

– Tu te souviens du bébé sanglier que j'ai trouvé dans les fourrés, la première fois que tu m'as emmenée dormir à la belle étoile ? lui demandé-je.

– Ouais, tu avais dix ans.

Je venais de perdre ma mère. La pire expérience possible pour un enfant.

– Tu as voulu le ramener avec toi, ajoute mon père en ricanant. La laie a failli te tuer en te chargeant.

– Je gérais la situation ! m'insurgé-je.

Mon assurance vole un rire à papa. En réalité, je ne gérais rien du tout. Une bête monstrueuse a surgi de derrière un arbre afin de protéger son petit, me filant une frousse du diable. Alors j'ai couru à travers la nuit en hurlant à m'en déchirer la gorge, appelant ma mère, jusqu'à ce que mes jambes me brûlent et que mes larmes m'aveuglent. J'étais persuadée que le sanglier me poursuivait toujours. En réalité, c'était mon père qui me pourchassait, essayant de me rattraper.

J'ai fini par m'arrêter dans une clairière, essoufflée et morte de trouille. Et c'est là que c'est arrivé.

La pleine lune éclairait une étendue de fleurs sauvages, de celles qui faisaient rêver maman. Dans l'obscurité, les pétales ressemblaient à des étoiles colorées, protectrices. Leur beauté m'a frappée.

Quelque chose s'est produit cette nuit-là, quelque chose que je n'arrive toujours pas à expliquer. Je me suis sentie en sécurité, entière.

– Je t'ai retrouvée étendue par terre, endormie, termine mon père, attendri. Quand je t'ai prise dans mes bras, tu as ouvert les yeux et tu m'as murmuré : « Papa, plus tard je veux être une fleur. »

– « Les gens ne peuvent pas devenir des fleurs, mais ils peuvent vivre autour d'elles. » C'est ce que tu m'as répondu.

– Tu l'as réalisé, ton rêve de môme. Mais que tu sois partie aussi loin de moi pour y parvenir, ça me tue.

Une lame invisible me poignarde le ventre. Je ne suis pas fière d'avoir abandonné mon père, mais ma place ne se trouvait pas à Los Angeles. J'ignore si elle est dans la boutique de Kris, je ne suis pas voyante. J'ai juste un bon feeling.

– Si je me trompe, je reviendrai, dis-je.

Ça me terrifie de me dire que, peut-être, j'emprunte le mauvais chemin.

– Si tu te trompes, bébé, tu recommenceras jusqu'à réussir, me rassure mon père. Un Otila ne baisse jamais les bras.

C'est la devise familiale, et celle qu'il utilise pour motiver ses troupes au club.

Un Faucheur ne baisse jamais les bras. Il balance ses poings, en revanche.

– Et toi, alors ? enchaîné-je. Comment tu vas ?

– Impec. Je vais rappeler mes nomades.

– Quoi ? Tu les avais vraiment envoyés à Black Lake ?

– Tu ne répondais pas.

Je soupire en secouant la tête, puis déclare :

– Je vais raccrocher, je suis fatiguée.

– Fais attention à toi, d'accord ?

– Bien sûr ! Sinon, tes bikers me colleront aux fesses : tout sauf ça !

Il éclate de rire. Au même moment, le hurlement d'un moteur de Harley déchire la nuit. Je m'approche de la fenêtre pour détailler l'extérieur, ouvre le battant pour laisser le vent aérer la chambre et surtout, pour profiter d'une vue imprenable sur Ash.

Il n'est pas loin de minuit. Qu'est-ce qu'il vient faire à son salon de tatouage ?

Du trafic ?

Sans doute. C'est un biker, après tout.

Il s'allume une cigarette, appuyé contre la devanture du bâtiment. Son corps tout en muscles dissimule une partie du nom de sa boutique. Mon regard tombe sur l'écusson qui brille sur le réservoir à essence de la Harley. D'ici, je ne le vois pas avec précision, mais j'ai pu le détailler sur le parking du *Purgatoire* : il représente un homme dissimulé sous une cape noire, se tenant debout sur une barque.

– Cette moto… lâche mon père, qui a aussi entendu le rugissement du moteur.

Comme tout le quartier, j'imagine.

– Une Dyna Super Glide grise métallisée de 2005, indiqué-je.

– Elle appartient à l'un des membres des Styx Riders ?

– Oui.

Je ne suis pas étonnée que mon père connaisse le club local. Je suis même prête à parier que les deux MC sont alliés. Sinon, il m'aurait catégoriquement interdit de venir à Black Lake.

– Écoute, papa, je dois y aller ! reprends-je. Bonne nuit, je te rappelle demain.

– Bonne nuit, Heden.

Je mets fin à la communication et me tourne de nouveau vers Ash. Il pose sur moi un regard brûlant. Je me demande depuis combien de temps il a remarqué ma présence à la fenêtre.

– Tiens, tiens, on prend un bol d'air, petit chat ? me lance-t-il.

– Toi aussi, je vois.

Le biker s'avance jusque sous mon balcon, à la manière d'un Roméo des temps modernes.

– Je pourrais croire que tu m’espionnes, s’amuse-t-il.

– Tu sais que c’est interdit de te garer là ? répliqué-je. Si un habitant du quartier appelle la police pour se plaindre…

– J’aimerais bien voir ça, tiens. Qu’est-ce que tu fous ?

Ash jette sa cigarette et glisse ses mains dans ses poches. La lumière jaune du lampadaire sous lequel il se tient accentue les contours des tatouages sur ses bras.

– Je range mes cartons, lui réponds-je.

– Tu veux de l’aide ?

– Désolée, je ne fais pas entrer les étrangers chez moi.

Il éclate d’un rire moqueur. J’embraye :

– Tu comptes faire quoi dans ton salon à cette heure ?

– Planquer un corps.

Ash plaisante, bien sûr. Mais il ne sourit pas : il me sonde dans l’attente d’une réponse. Je me contente de hausser les épaules et de lâcher :

– Cool.

– Cool ? Tu es franchement zarbi, comme nana.

Sa remarque me refroidit.

– Bonne nuit, Ash.

– Tu es vexée, petit chat ? Ce n’était pas une insulte.

– Ah oui ?

– Mate-moi deux secondes…

Je le mate depuis que je l'ai rencontré, mais je tais ce détail.

– Tu crois que si j'avais voulu t'insulter, j'aurais employé ces mots-là ? poursuit-il.

– Non, peut-être pas, concédé-je. Mais je vais dormir ; demain, je bosse.

– Rêve de moi, alors.

CHAPITRE 9

ASH

Une visite au chef des Red Birds en guise de petit déjeuner, voilà ce qui m'attend ce matin. Mes *enforcers* m'accompagnent, on ne devrait pas mettre longtemps à boucler l'affaire. Une heure, grand max.

L'aube colore à peine le ciel. Crayson doit décuver ou se remettre d'un shoot de cocaïne dans sa planque dégueulasse. Il n'est pas le genre de mec qu'on craint, il n'a rien d'un vrai criminel. C'est un petit truand tout au plus, mais pas davantage. Son délire est d'enrôler des gamins dans son gang et de les envoyer voler pour lui, tout en restant planqué. Son prédécesseur, lui, avait l'étoffe d'un chef, raison pour laquelle les Styx ont décidé de signer une alliance avec lui. Mais, depuis que Crayson l'a remplacé, les Red Birds battent de l'aile…

On s'attend à trouver quelques gars, mais trop peu pour nous tenir tête. Si on se trompe, on a de quoi répliquer à une attaque, on sort toujours armés jusqu'aux dents pour ce genre de missions.

Silencieux, concentrés à l'extrême, les gars et moi attendons que le feu passe au vert sur le boulevard. Plus on approche du quartier nord de Black Lake, plus les rues perdent de leur superbe. Elles meurent lentement, désertées par les flics et les touristes. Encore deux minutes et on pénétrera dans une jungle sans merci contrôlée par les bandes organisées.

À mes côtés, Gun me lance un coup d'œil. En tant que plus haut placés dans la hiérarchie, on ouvre la marche.

– T'es sur les dents, frangin, remarque-t-il.

Ouais, et pas parce qu'on entrera en territoire hostile sous peu. Ça, je gère. En revanche, j'ai du mal avec les cauchemars bercés par une musique de mariage qui me hantent chaque nuit. Il faut vraiment que je trouve un moyen d'oublier mon passé. Je risque bien de buter quelqu'un si je n'y parviens pas.

– Je dors pas bien, lâché-je.

– Ça se voit.

Une voiture rouge se gare sur ma droite. Je n'y prête pas attention, concentré sur ma discussion merdique avec mon meilleur pote, jusqu'à ce que le ciel me tombe sur la gueule.

– Ash ?

Je tourne lentement la tête vers la conductrice, le corps parcouru de frissons, même si j'ai déjà reconnu sa voix. Dans le cabriolet, Shirley me sourit presque avec tendresse. Mon estomac se retourne.

Si je gerbe sur mon ex en guise de représailles, est-ce que ma colère cessera de me cramer les organes ?

Il y a peu de chances.

– Ça alors, s'exclame la rousse, c'est bien toi ! J'ai failli ne pas te reconnaître. Tu as gagné en muscles. Et tu t'es rasé les cheveux, aussi, ça te va bien.

Qu'est-ce que j'ai fait au karma ? C'est quoi son problème avec moi ? Pourquoi il a décidé de rendre ma vie aussi agréable qu'une amputation des burnes ?

Gun gronde, percevant le danger. Qui vient de moi, soyons clairs.

Shirley me regarde comme si elle ne m'avait pas broyé le cœur il y a dix ans. Son maquillage est discret, plus naturel qu'avant. Elle ressemble à une femme d'affaires épanouie. Ils sont loin, nos dix-neuf ans… Je me souviens de l'époque où cette garce se baladait en noir à longueur de journée, des piercings sur la tronche, ses cheveux teints en bleu dégueulasse. Qu'est-ce qui m'a pris de tomber amoureux d'elle ?

Et comment a-t-elle pu évoluer de cette façon ?

Engoncée dans un tailleur hors de prix, elle pue le bonheur. J'ai brutalement envie de détruire sa caisse à coups de batte de baseball. Elle a tourné la page, c'est clair.

Son sourire ne décroît pas, son regard ne se détourne pas. Une vague de froid monte progressivement dans mes bras, envahit ma cage thoracique, puis mon cerveau.

– Tu vis toujours à Black Lake ? ajoute-t-elle. Et tu n'as pas quitté les Styx Riders. Ça ne devrait pas m'étonner, ils comptaient beaucoup pour toi, déjà à l'époque.

Je rêve ou je perçois un reproche dans ses paroles ? Je serre les mâchoires à m'en péter les dents.

– Ash, calme-toi, m'ordonne Gun.

L'air se charge d'électricité, ça s'agite du côté des *enforcers* derrière. Dans ma bouche, le goût du sang renforce mon envie de meurtre. Je crois que je me suis mordu la lèvre.

Alors que Shirley continue de m'assaillir de remarques dont je ne comprends pas un seul mot, je crache :

– Barre-toi.

Mon ton tranchant la réduit au silence. Une moue contrariée déforme son visage, mais mon répit est de courte durée. Bien vite, elle rouvre la bouche et tente :

– Il faudra qu'on parle, Ash, c'est import…

Je ne la laisse pas terminer. Qu'elle aille se faire foutre ! Je démarre en trombe, manque de me prendre une bagnole par la droite, puis tourne dans une avenue à sens unique. Mon moteur hurle, mais pas assez fort pour étouffer ce qui bout en moi après ma rencontre avec Shirley.

Heureusement, mes frangins ne tardent pas à me rejoindre. Leurs bécanes réussissent là où la mienne a échoué.

Je me force à reprendre une vitesse normale alors que nous débouchons dans une rue commerçante. Si on se fait choper par les flics, c'est mort pour la mission « Red Birds ».

C'est toujours dans un état second que je pénètre dans la rue de Crayson. Ici, les maisons tombent en ruine, ça pue la merde, la dope, le trafic et la prostitution. D'ailleurs, des meufs *stones* se dandinent sur le trottoir en petite tenue, dans l'attente des clients.

Mon équipe et moi nous arrêtons devant une porte de garage sur laquelle un oiseau de proie est dessiné. Enfin, si on peut appeler ça un dessin… La baraque, miteuse, ne donne pas envie d'y séjourner.

Je me suis toujours demandé quel intérêt il y avait à entrer dans un gang. Chez les Styx Riders, les membres trouvent une famille soudée, des frères qui seront capables de soulever des montagnes les uns pour les autres. Mais, chez les Red Birds, qu'est-ce qu'on peut trouver de bien, franchement ? Ça m'échappe.

– Il nous a forcément entendus arriver, déclare Gun en sortant son flingue pour le munir d'un silencieux. Reed, Brick et Gold, allez surveiller l'arrière de la maison. Si Crayson cherche à se barrer, pétez-lui une jambe.

– Et les autres ?

– Laissez-les partir. Ça nous fera moins à gérer.

Il ordonne aux trois gars suivants d'encercler la maison, à deux autres de se placer de chaque côté de la rue pour faire le guet, et aux derniers de se tenir prêts à intervenir en renfort, au cas où. Alors que tout le monde s'active pour obéir aux directives, j'analyse les dangers potentiels. Un rottweiler attaché à un poteau s'égosille dans la cour devant la maison, tous crocs dehors. S'il se détache, on devra l'abattre.

– On boucle ça en dix minutes, Ash, lâche Gun.

– Ça marche.

Trois mecs sortent de la baraque et nous observent. Crayson n'est pas parmi eux.

– On peut savoir ce que les Styx Riders foutent ici ? gronde le plus vieux.

– Tu es le porte-parole de ton chef ? demande mon ami.

– Non, mais…

– Alors tu sauras que dalle.

Gun dépasse les types d'un pas assuré en marchant vers la porte d'entrée. Vexés, ils envisagent de sortir leurs flingues. Un bruit de gorge de ma part, et ils se tournent dans ma direction. Ils se rendent compte que cinq bikers aux airs patibulaires pointent leur petit groupe avec des flingues capables de les traverser en une seule déflagration.

– Je vous conseille de garder vos jouets bien au chaud, me marré-je. On revient très vite.

Je rejoins Gun, qui attend devant la porte d'entrée, prêt à tirer. Dans une main, je tiens une grenade fumigène que j'ai fabriquée moi-même.

– Maintenant.

Je la balance dans la maison et on ferme la porte. Une détonation légère retentit, suivie par quelques cris, des quintes de toux et des bruits de pas qui se rapprochent. Mon frangin et moi nous plaçons de chaque côté du seuil. Quand pas moins de quatre gars et six filles déboulent du trou à rats pour se précipiter sur la pelouse en vomissant leurs tripes, un sourire étire mes lèvres. Je chope l'un des mecs par le col et le plaque contre le pilier du porche.

– Il est où, Crayson ?

À mon ton, le gringalet devine que je ne suis pas d'humeur. Et c'est vrai : j'ai envie de défoncer quelques côtes et de broyer un os ou deux pour me défouler, éteindre cette rage née de la rencontre fortuite avec Shirley.

– Là-haut ! balance le type. Il… il est dans sa chambre depuis hier soir, je ne l'ai pas vu sortir.

– Combien de personnes à l'étage ?

– Deux, il est avec une fille.

– Si on lui tirait dans la jambe pour savoir s'il dit la vérité ? proposé-je.

Le gars vire au blanc, pire que la face d'un cadavre.

– Je ne mens pas, je vous jure ! clame-t-il.

– T'as plutôt intérêt, lui conseille Gun. Parce que je vais rester ici avec toi pendant que mon frangin va aller retrouver Crayson. Il va ensuite m'envoyer un SMS avec le nombre de types en trop qu'il aura trouvés là-haut, et ce sera le nombre de balles que je te collerai dans les jambes. Marché conclu ?

Mine de rien, je viens de recevoir mes ordres. Je dissimule mon nez et ma bouche sous un bandana, puis me précipite dans la maison. J'ai carte blanche concernant le chef des Red Birds, avec une unique consigne : le garder en vie.

***

Je ne sais pas combien de temps s'est écoulé. Dix minutes ? Une demi-heure ? Une heure entière ? Si Gun n'est pas encore intervenu, c'est que les flics n'ont pas rappliqué. Le cœur sur le point d'exploser, le souffle saccadé, je me penche sur Crayson. Sa gueule est maculée du sang que je lui ai fait verser.

À mon entrée dans la pièce, il a cherché à utiliser la fille en guise de bouclier. Rien que pour ça, après avoir ordonné à la meuf de partir, je l'ai tellement bastonné qu'il s'est mis à chialer. L'étape deux a suivi de près : lui faire avouer qu'il violentait des femmes avant de les laisser pour mortes dans la rue. Je lui ai fait croire qu'un de nos gars l'avait reconnu à l'oiseau tatoué sur sa pommette. D'abord, il a nié.

L'abruti. J'ai frappé. Plus fort. Faut croire que je suis bon à ça, presque autant qu'en dessin.

– L'une d'elles a dit ton nom avant de fondre en larmes ! lui ai-je craché en lui assenant une autre salve de coups.

Un autre mensonge, mais tout à fait plausible.

– Pourquoi tu fais ça ? ai-je ajouté.

Coup de poing. Coup de pied. Encore :

– Pourquoi ?

Grondement plus menaçant que celui d'un loup affamé.

– Elles bossent pour moi !

Une fois cette phrase sortie de sa bouche en sang, les autres ont suivi. Voici ce que je sais : Crayson vend de la drogue dans le quartier nord, mais ça ne lui convient plus. Il s'est lancé dans la prostitution en se servant de pauvres filles paumées. Certaines ne lui rapportent pas le fric qu'il souhaite, alors il les castagne.

Quel connard !

Je m'assois sur le lit sans le quitter du regard.

– Combien elles sont dans ton réseau ?

Crayson se redresse, à bout de souffle, le dos appuyé contre le mur. Je transpire à peine.

– Une dizaine, me répond-il. Mais je ne compte pas devenir proxénète, je ne voudrais pas faire de l'ombre aux Styx Riders.

Son hurlement s'élève dans la chambre quand mon talon frappe son genou. Il chiale de plus belle en se tenant la jambe.

– Primo, on n'oblige aucune nana à racoler, grondé-je. Secundo, je t'annonce officiellement que l'alliance entre ton gang et mon club ne tient plus.

Il sait ce que ça veut dire. Les Styx Riders tiennent certains gangs par les couilles parce que, sans nous, ils n'auraient ni armes ni territoires. Les Red Birds font partie de ceux-là, et Crayson le sait.

– Maintenant, tu as le choix, lâché-je. Soit je te tue, et, crois-moi, j'en ai une envie de malade. Soit je t'exile. Tu as trois secondes pour décider.

Il mate le canon de mon arme trop proche de sa figure et gueule :

– Je partirai ! Je partirai. Me tue pas !

– Que je ne te revoie plus, merdeux.

Je quitte la piaule sans un regard en arrière. Une boule obstrue ma gorge, j'ai la gerbe malgré mon assurance. En passant devant un miroir accroché au mur du couloir, je croise mon regard. C'est celui d'un inconnu, d'un animal en manque de sang. Habité par une fureur incontrôlable.

Je me détourne de mon reflet et retrouve Gun à l'extérieur. Il fume une clope en surveillant les membres du gang réunis au centre de la cour. Je lui explique en deux phrases que Crayson avait décidé de changer de carrière pour devenir mac.

– Il croyait franchement pouvoir foutre le bordel sur notre territoire ? ricane mon frangin.

À mon tour, je sors une cigarette. Mes doigts couverts de sang tremblent un peu.

– Tu as réussi à te calmer ? me demande Gun.

Non.

Comme s'il lisait dans mes pensées, mon ami reprend :

– Que je suis con. Ça fait dix piges que tu es dans le même état émotionnel qu'une grenade dégoupillée.

– Arrête ton char, ça fait juste deux ou trois semaines que Shirley est revenue.

– Je parle du mec que t'es devenu quand elle s'est barrée, frangin. On s'y est accommodés au club, parce que ça t'a rendu meilleur en plein de trucs, surtout sur le terrain. Mais là, son retour est en train de te faire péter un câble.

Il se fout de ma gueule ? Je ne prends même pas la peine de répondre, dévalant déjà les marches en direction de ma moto.

– Sergent ! m'appelle Gun.

Je me retourne, croise son regard dénué d'amusement.

– Maîtrise cette colère.

Je devine la fin de sa phrase : sinon, ce sera une mise à l'arrêt provisoire.

– Je gère la situation, grondé-je.

– Si tu le dis, se moque mon ami. Va te laver les mains, on prend la route dans cinq minutes.

Le temps de m'exécuter et de revenir, il annonce déjà aux Red Birds rassemblés devant la maison que le gang n'existe plus. Pris de stupeur, les mecs ne réagissent pas.

– Si vous avez une réclamation, Bradley Devon sera ravi de la recevoir, termine notre vice-président. Bien à vous, messieurs. Les Styx Riders vous saluent.

CHAPITRE 10

HEDEN

La première chose que j'ai remarquée en arrivant au travail ce matin, c'est la nervosité de Kris. Même si elle était toujours souriante avec moi, je l'ai vue plusieurs fois lancer des coups d'œil à son portable. À midi, elle est allée se réfugier à l'arrière du magasin puis s'est mise à hurler au téléphone :

– Espèce de sombre crétin ! Tu m'énerves, j'espère que tu souffres le martyre… Un gang, franchement… Bien fait pour toi, espèce de brute sanguinaire. Arrête de rire, j'en ai assez de passer ma vie à m'inquiéter… Qu'est-ce que j'ai fait au ciel pour avoir un frangin aussi perturbé ? Mais arrête de te marrer, j'ai dit… Quoi ? Oui, elle est là, mais ne change pas de sujet… Pourquoi ? Attends, ne raccroche pas !

Mon inquiétude pour ma patronne grandit, mais elle ne fait pas mine de vouloir me parler de ses affaires personnelles. Ce que je comprends tout à fait, bien entendu ! Je ne suis que son employée.

– C'est très réussi, les futurs mariés vont adorer, me lance-t-elle juste avant la fermeture.

Je souris devant ma nouvelle composition : des roses et des clématites assorties à des fleurs sauvages dans les tons violets. Le couple nous a commandé cinq gros bouquets comme celui-là, et chacun coûte cent cinquante dollars. C'est clair qu'ils ont intérêt à être sublimes !

– Merci. Ça a été, la route ?

Kris revient de l'école. Le temps est aussi joyeux que son humeur : gris et ponctué d'averses. De quoi faire frémir la Californienne que je suis.

– La route, oui… me répond ma patronne. Alexander, moyennement. J'ai dû lui avouer que son oncle ne le prendrait pas chez lui ce soir, comme prévu. Il me faut un bon café. Tu en veux un ?

– Avec plaisir.

Elle s'apprête à s'exécuter quand une tornade en chemise à carreaux traverse la pièce.

– Bonjour, Alexander, le salué-je.

– C'est trop nul ! s'exclame-t-il.

Le fils de Kris a six ans. Plutôt calme en temps normal, il est déjà passionné de lecture. Hier, il a épluché son album sur les dinosaures en attendant que sa mère ferme la boutique.

– Alexander, tu n'as pas oublié quelque chose ? le réprimande sa mère.

Il s'arrête, soupire et me regarde.

– Bonsoir, Heden, me dit-il. C'est ce crétin de Harvey qui est nul ! Et la pluie. Et je voulais aller au lac, ce soir !

– Je ne sais pas qui est Harvey, mais je suis de ton côté pour la pluie et le lac, déclaré-je. Ne t'en fais pas, ce n'est que partie remise, tu iras un autre jour. Il fera beau dans peu de temps.

Le petit garçon souffle et se laisse tomber sur une chaise décorée de fleurs en plastique. Il est loin de ressembler à sa mère : il a les cheveux blonds, un visage rond, une peau hâlée, et il est obligé de porter des lunettes à triple foyer. Kris m'a avoué que ce dernier détail le complexe beaucoup. Les autres enfants se moquent de lui à l'école, il n'a pas beaucoup de copains.

– Je m'en fiche qu'il fasse beau, Heden, grogne-t-il. Je devais dormir chez oncle Ash, ce soir. Mais il a changé d'avis !

Ce prénom me fait l'effet d'un électrochoc. Par instinct, je lève les yeux en direction du salon de tatouages. La moto de l'intéressé n'est pas garée devant, signe qu'il ne travaille pas aujourd'hui. Pourtant, il m'a dit le contraire cette nuit, lorsque nous discutions à travers ma fenêtre.

– Ash ? m'étonné-je.

Alexander hoche la tête, puis quitte la boutique pour retourner lire dans l'atelier. Je fronce les sourcils tandis que Kris revient avec les cafés. Elle me tend le mien et je lâche :

– Je connais Ash. Enfin, on parle bien du propriétaire de la boutique d'en face ?

Ma patronne ne semble pas surprise.

– Ouais, c'est mon frangin, confirme-t-elle.

Les pièces d'un puzzle mystérieux se mettent en place dans ma tête.

– Le *Styx* et *Chez Perséphone* ! m'exclamé-je. J'aurais dû m'en douter.

– Notre père est un passionné de mythologie, alors on baigne dedans depuis qu'on est jeunes. J'ignorais que mon frère était venu ici, en revanche.

Sans lui parler de notre première rencontre au *Purgatoire*, je lui apprends qu'Ash a acheté trois boîtes de chocolats. Kris se fige net.

– Tu as réussi à lui faire acheter un truc ? s'étonne-t-elle.

– Euh… je n'ai rien réussi du tout, c'est lui qui a décidé.

– Et il a payé ?

Elle est si choquée que j'éclate de rire.

– Bien sûr qu'il a payé… Je n'aurais pas dû accepter son argent ?

D'un revers de main, Kris balaie ma remarque et replace l'une de ses mèches roses derrière son oreille.

– Si, tu as bien fait, me rassure-t-elle. C'est juste qu'il a tendance à se servir quand un truc lui plaît dans ma boutique. Ne te laisse pas avoir par son charme. Je suis sa sœur et je l'aime de tout mon cœur, mais il n'est pas ce qu'il y a de plus fiable.

Les bikers le sont rarement.

– Pourquoi ?

– Disons qu'il… fourre sa queue partout.

Ah, je m'en doutais. Ça me rappelle l'histoire de mes parents. Mon père a mis ma mère enceinte il y a vingt-deux ans, alors qu'il ne ressentait rien d'autre qu'un désir charnel pour elle. Je suis un accident, un dommage collatéral. À l'époque, maman faisait partie des « brebis » personnelles de papa. Quand elle lui a annoncé sa grossesse, sa première réaction a été de suggérer qu'il n'était peut-être pas le géniteur. Après tout, les brebis couchent à droite et à gauche, non ? Pourquoi aurait-il eu confiance en elle ? Mais, neuf mois plus tard, il a été forcé de constater que ma bouille aux traits amérindiens corroborait le récit de ma mère. On aurait pu croire qu'il continuerait de me rejeter malgré tout. Ça n'a pas été le cas. Il m'a assumée, sans pourtant se mettre en couple avec maman. Il a tout fait pour que je sois heureuse. Ça veut bien dire qu'on peut être volage, et malgré tout choisir de devenir fiable lorsque c'est important ?

– C'est après Ash que tu hurlais ce midi, au téléphone, deviné-je.

– En effet, me confirme Kris. Ce soir, Alexander devait dormir chez lui. Mais il a prétendu ne pas être en état de recevoir le petit.

– Oh, je suis désolée.

Pour eux deux.

– Ça fait longtemps qu'il ne s'est pas défilé comme ça, soupire ma patronne. En général, quand ça concerne son neveu, Ash devient le meilleur oncle de la planète. C'est pour ça qu'Alexander est aussi déçu. Mais tu as raison, ce n'est que partie remise.

Pendant quelques minutes, nous restons silencieuses jusqu'à ce que, n'y tenant plus, je demande :

– Est-ce qu'il va bien ? Ash, je veux dire.

Kris me regarde avec une suspicion évidente. Je fais mine de me concentrer sur une rainure de la table.

– Tu es sûre qu'il n'a fait qu'acheter du chocolat ? me demande-t-elle.

– Oui.

– Vous ne vous êtes pas rencontrés ailleurs ?

Pourquoi ai-je le sentiment qu'elle connaît déjà la réponse ? Avec un soupir vaincu, je lui avoue que son frère m'a aidée quand je suis tombée en panne.

– Je me disais, aussi… C'est pour ça que tu n'arrêtes pas de regarder en direction du salon ? Ash te plaît ?

Mon visage vire au cramoisi, mon cœur se met à jouer au rodéo. Tout à coup, je regrette d'avoir été honnête.

– Non ! me défends-je. Pas du tout, il ne me plaît pas. Je l'ai rencontré il y a trois jours !

Devant ma mine effarée, Kris éclate de rire. Voilà, je me sens stupide. Qui a monté le thermostat ? J'ai beaucoup trop chaud.

– Je te taquine, Heden, me dit ma patronne. Tu n'as pas l'air d'être le genre de fille qui se fait avoir. Au fait, tu as quelque chose de prévu ce week-end ?

Sa question me surprend.

– Euh…

Étant donné que je ne connais personne à Black Lake en dehors d'elle et de son frère, je secoue la tête.

– Je fête mes vingt-huit ans samedi au bord du lac, avec des amis, embraye Kris. Tu pourrais venir, qu'en penses-tu ?

– Je vais y réfléchir.

Je dois d'abord déterminer si copiner avec ma patronne est une bonne idée…

CHAPITRE 11

ASH

Crayson a foutu le camp ce matin. Les Red Birds n'existent plus, et les anciens membres du gang se planquent pour ronger leur frein. Ça devrait permettre d'apaiser la tension dans les rues de Black Lake.

En revanche, moi, je suis toujours sur les nerfs, incapable de me détendre. Comme si le destin voulait enfoncer le clou plus profondément dans mon palpitant, je capte le coup d'œil morose que mon paternel me lance depuis l'autre bout du *Purgatoire*. Ce soir, le bar n'est pas ouvert au public ; nous sommes réunis entre Styx Riders pour passer du bon temps. Mais, pour ma part, je n'arrive pas à me laisser aller.

D'un mouvement du menton, mon père m'ordonne de rappliquer. Je demande à Snack de me remplacer au billard et le rejoins au comptoir, où il est assis avec Gun.

– Un problème ? demandé-je.

– Je viens d'avoir Isha Otila au téléphone.

Isha Otila ? C'est le président international des Faucheurs, un MC basé à Los Angeles. Les Styx ont une alliance avec lui. Il arrive qu'on lui vende du matos et qu'on s'entraide pour régler des problèmes qui concernent nos deux clubs.

– Qu'est-ce qu'il voulait ? enchaîne Gun, intrigué.

Mais c'est moi que mon père regarde lorsqu'il lâche :

– Il voulait me parler de sa fille.

– Sa fille ? répété-je, étonné.

– Tu sais qui elle est ?

Comment veut-il que j'en aie la moindre idée ? Je m'envoie trop souvent en l'air avec des inconnues.

– Annonce, grondé-je.

– Elle s'appelle Heden. Curieux hasard, n'est-ce pas ?

Je tombe de haut. Tandis que Gun se marre, je souffle, sonné :

– Bordel…

– Il veut qu'on garde un œil sur elle, reprend mon père. Elle n'a jamais été aussi loin de lui et il est un peu parano sur les bords.

Cette petite Amérindienne à la langue bien pendue, la fille d'un biker ? D'un président, en plus ? La vache, tu parles d'une surprise…

Papa me sourit avec bien trop de condescendance. Il éclate d'un rire ironique, tapote mon épaule puis m'abandonne. Gun prend illico son tabouret.

– Merde ! Heden est la fille d'Otila ! braille-t-il. Si tu couches avec elle, il te coupera les burnes !

Il a raison, j'en ai conscience. Mon cerveau me hurle « danger »... mais mon cœur ricane. Il n'en a rien à péter des risques. Ça fait un bail qu'il n'a plus peur de rien. Ni de personne.

– Ouais, lâché-je.

– Tu comptes faire quoi ?

– Ne pas changer mes plans.

Mon meilleur pote me décoche un coup d'œil méfiant.

– Qui consistent à...

Comme si j'allais lui répondre. À mon tour, je quitte le rez-de-chaussée du *Purgatoire* pour aller frapper dans un sac de sable, en bas. J'ai besoin d'expulser le trop-plein d'émotions et de questionnements qui se bousculent en moi. Mais fatiguer mon corps ne me suffit pas, cette fois, pas plus que la nuit qui suit, pendant laquelle je dors mal. Plusieurs fois au cours des jours d'après, j'hésite à pousser la porte de la fleuristerie de ma sœur en hurlant à pleins poumons : « Salut, Heden Otila, fille d'un président international aussi taré que puissant ! »

Je me demande si elle m'avouera d'elle-même qui est son père.

Le samedi arrive. Alors que je comate à moitié dans mon pieu, mon téléphone braille sous mon oreiller. La tête enfoncée dans le matelas, j'hésite entre le broyer et le balancer contre le mur. La murge que je me suis mise hier soir m'a été fatale. Gun et moi avons picolé jusqu'à ce que nos corps transpirent de l'alcool. Je ne me souviens même plus comment je suis rentré chez moi. Peut-être que je suis mort, ça expliquerait mon corps en miettes et ma migraine de malade.

– Tu peux arrêter cette sonnerie ?

La voix de la fille me réveille illico. Je me redresse en fixant la blondinette avec de grands yeux, incapable de me rappeler son nom ou comment je l'ai rencontrée. La seule chose qui est sûre, c'est que je l'ai baisée.

– Qu'est-ce que tu fous là ? lui lancé-je.

– Je t'ai ramené hier, tu n'étais pas vraiment en état de conduire. Tu m'as proposé de rester.

Je la reconnais : c'est une brebis. Son prénom commence par un C, je crois.

– J'ai fait ça ?

Jamais je n'ai invité de nanas à pioncer chez moi. Pourquoi un des frangins ne m'a-t-il pas raccompagné ? Au moins, je ne l'aurais pas sauté, lui.

Je mate rapidement la poubelle, histoire d'être certain d'avoir enfilé une capote avant la fille. C'est le cas. Je suis tellement soulagé que je pourrais lui proposer un café… À la place, je lui ordonne de partir. Elle le prend un peu mal et sort du pieu en soupirant. Ses gestes brusques font peur à mes chatons, qui avaient décidé de pioncer à mes pieds.

– Eh, fais gaffe à Tic, Tac et Boum, grogné-je.

– C'est tellement pas biker, ricane-t-elle.

Elle veut quoi ? Que je lui foute le canon d'un flingue dans la bouche en lui demandant si ça fait assez « biker » ? Qu'elle aille au diable, j'ai autre chose à foutre.

Alors que je me balade à poil dans ma maison après son départ, j'essaie d'ignorer mon portable qui continue de sonner et je me prépare le café le plus serré de la planète. Je finis par prendre l'appel tout en posant une coupelle de pâtée par terre pour nourrir les trois cerbères à griffes.

– Tu vas arrêter de me les casser ? lâché-je en décrochant. T'as vu l'heure ?

– Tu te fous de ma gueule ? hurle ma frangine.

J'éloigne l'appareil de mon oreille. Mon tympan vient d'exploser.

– T'as oublié ? Je suis sûre que t'as oublié ! Purée, ça me tue ! Je comptais sur toi, merde ! Tu avais promis !

Je m'enfonce dans mon canapé et pose mes chevilles sur ma table basse.

– De quoi tu parles ?

– Voilà, tu as zappé !

Kris flippe grave, et même si je ne suis pas encore bien opérationnel, ça me fait marrer. Ma sœur a tendance à fondre en larmes pour un oui ou un non, c'est la grande émotive de la famille.

– Tu me rafraîchis la mémoire ? la taquiné-je.

– Mon anniversaire, bouffon !

– Ton quoi ?

Elle frise l'arrêt cardiaque.

– Tu m'as juré que tu t'occupais de tout, s'exclame-t-elle. Il est déjà une heure de l'après-midi. Je vais devoir tout annuler.

– Boucle-la deux secondes, OK ? J'ai rien oublié du tout, tout est prêt. Ramène tes copines et arrête de beugler.

Un long silence suit ma réplique. J'ignore si Kris a envie de me tuer ou de m'embrasser. J'ai passé la journée d'hier à préparer sa fête débile, puisqu'elle a décidé d'organiser son anniversaire dans *ma* maison, comme chaque année. Elle aime profiter du lac, ça lui rappelle l'époque où on vivait ici avec mes vieux. Du moins, c'est ce qu'elle raconte. Elle veut surtout profiter du nombre de chambres inoccupées pour faire pioncer ses potes et foutre le bordel sans avoir à nettoyer.

– Tu n'avais pas oublié ? couine-t-elle.

– Nan.

Une parole est une parole. Quel que soit mon état émotionnel ou physique, je ne reviens jamais dessus.

– Merci ! Tu seras là ?

Hors de question, je vais foutre le camp pour le week-end. Passer une poignée d'heures dans la nature va me calmer.

– Aucune chance.

– Oh, Heden va être déçue.

Je me redresse un peu trop vite et manque d'écraser Tic, mon chaton noir. Il me lance un coup d'œil outré.

– Tu l'as invitée ? demandé-je.

– Ouais, elle va venir. Je l'ai harcelée toute la semaine pour qu'elle cède. Elle espère que tu seras là.

– Pourquoi donc ?

Ma sœur pouffe.

– Comme si tu l'ignorais. Hé, joli cœur, elle m'a tout raconté. On dirait qu'elle te plaît, non ?

C'est trop de conneries pour moi. Je raccroche, balance mon portable à côté de Tic, évite Boum une seconde avant de l'écraser, puis file à la salle de bain.

– Vous faites chier, les chats ! leur lancé-je. Cassez-vous de mes pattes !

C'est mon neveu qui a insisté pour que j'adopte ces démons. Un soir, on se baladait autour du lac, lui et moi, quand on est tombés sur un mec qui balançait un sac à l'eau. J'ai tout de suite pigé ce qu'il contenait en entendant les miaulements, Alexander aussi. Résultat des courses, je me retrouve avec des matous chiants au possible, puisque sa mère est allergique. La belle affaire !

Tac, le chaton noir et blanc, est assis sur le bord de mon lavabo. Ses yeux adorables me fixent, son ronronnement emplit la pièce d'un son serein. C'est la seule femelle du lot, j'ai l'air de lui plaire plus qu'aux autres.

– Essaie pas de me rouler, connasse, je sais que tu viens de l'enfer comme les deux autres.

En guise de réponse, elle miaule et vient se frotter contre mon bras au moment où j'attrape ma brosse à dents. Elle sait y faire, cette sale bestiole !

Je passe le reste de l'après-midi à somnoler, à dessiner et à vider les paquets de chips prévus pour la fête. Kris est la première à se pointer, une heure avant les invités. Pendant qu'elle prépare des cocktails, je fume une clope sur la grande terrasse, les yeux rivés sur l'étendue calme du lac.

– La semaine de congés que tu t'es prise, lance soudain ma sœur depuis la cuisine, ça a un rapport avec la rumeur qui dit que tu as failli buter un chef de gang ?

Bonne question. J'ai besoin de recul, c'est sûr. Parce que découvrir qu'Heden fait partie d'un club de bikers m'a perturbé ? Parce que retomber sur mon ex m'a broyé ? Parce que ma confrontation avec Crayson m'a fait péter un plomb et que j'ai eu besoin de temps pour rendormir mes démons ?

Tout ça à la fois. Mais, à Kris, je balance la réponse la plus simple et la plus douloureuse :

– J'ai croisé Shirley, l'autre jour.

Un bruit de verre brisé retentit, suivi par un chapelet de jurons à faire rougir le diable. Ma frangine et moi, on a toujours eu de l'imagination pour les gros mots.

– Elle est revenue ? s'exclame-t-elle, sous le choc, en déboulant sur le balcon.

– Faut croire.

Je chope le verre que Kris me tend et le descends d'une traite. L'alcool brûle ma gorge, mais pas mes pensées merdiques. Mon esprit part en couilles, j'ai envie de tout casser.

– Si je la croise, je la tue, affirme ma sœur.

– Je t'aiderai à planquer le corps.

Pendant plusieurs secondes, aucun de nous deux ne parle. Kris a accroché des guirlandes lumineuses autour des barreaux de la rambarde et, maintenant que la nuit tombe, le spectacle n'est pas moche. Peut-être que je les laisserai une fois la fête terminée.

– Tu dois passer à autre chose, Ash, lâche ma frangine.

– Tu ne m'apprends rien, ricané-je en sortant une énième clope.

– Tu n'as personne en vue actuellement ? Ça pourrait t'aider.

– Je m'envoie en l'air souvent.

– Tu sais que je ne parle pas de ça.

Je hausse les épaules.

– Tu as pensé à te caser ? insiste Kris.

– Arrête.

– Je suis sérieuse. T'engager dans un truc avec une fille qui te plaît, ça te permettrait de surmonter ta colère.

On sait tous les deux qu'elle aimerait me voir avec Heden. L'Amérindienne semble être l'échappatoire parfaite, sauf que… je suis un foutu biker qui passe son temps à baiser.

– Ça fait dix piges que je ne me suis pas engagé dans quelque chose de sérieux.

– Et alors ? Tu vas finir comme les vieux croûtons de ton club. Seul avec l'alcool. C'est triste.

Je ne réponds pas. Franchement, mon humeur est loin d'être à la discussion.

– Tu as décidé de rester à ma fête ? reprend ma sœur après plusieurs minutes de silence. Je croyais que tu devais partir camper dans les montagnes.

– Je croyais aussi.

J'attrape une bouteille de bière dans la glacière posée non loin de moi. J'avale de longues gorgées du liquide ambré avant de déclarer :

– J'ai envie de m'amuser un peu.

– Ouais, c'est ça, se moque Kris. Tu restes parce qu'Heden va se pointer.

– Peut-être.

– C'est une fille bien, tu sais ?

Bien entendu que je le sais. Ce genre de truc, ça se sent.

– Si tu tentes quelque chose avec elle… Que ce soit sérieux ou non, ne lui brise pas le cœur, me prévient ma frangine.

– C'est une menace ?

– Non, un conseil.

Kris me décoche un coup d'œil amusé. Elle ignore sans doute que si je fais le moindre mal à son employée, je signe mon arrêt de mort. Rien que d'approcher Heden risque de faire sortir papa Otila de ses gonds.

La sonnette de la porte d'entrée retentit, mettant fin à notre discussion. De l'autre côté de la maison, j'entends des voitures se garer, les cailloux crissant sous leurs pneus.

Les invités arrivent.

CHAPITRE 12

HEDEN

Je reste sans voix devant la maison d'Ash. J'imaginais que le biker vivait dans une cabane isolée ou un entrepôt désaffecté… Ridicule, je sais. Après tout, mon propre père ne vit pas dans une déchèterie. Mais cette maison… waouh. Mon imagination a fait une terrible erreur de jugement. Le chalet en bois doté de grandes baies vitrées sur tout son pourtour est tout simplement magnifique. Une longue terrasse surplombe le lac sur plusieurs mètres : il suffit de la traverser pour se retrouver dans l'eau.

Cet endroit ressemble à un morceau de paradis ceinturé d'eau et de forêt. Une énergie apaisante se dégage des galets sous mes pieds, une force pure émane des arbres majestueux qui bordent la rive. Et voilà, mon cœur s'emballe, mes jambes flageolent… Je crois que je viens de tomber amoureuse. C'est le lieu idéal quand on veut couler des jours heureux, loin du reste du monde.

J'évolue entre les groupes d'invités qui discutent près du lac. Je me souviens encore de l'argument clé de ma patronne quand elle a insisté pour que je vienne.

Ce sera en petit comité.

La blague ! Je n'ai même pas atteint l'entrée du chalet que j'ai déjà croisé vingt personnes. Enfin, peu importe. La foule ne m'effraie pas, ce sera l'occasion de faire de nouvelles connaissances.

Kris a placé des lanternes en papier un peu partout autour du lac et de la maison. Mais ce qui attire mon attention, ce sont les grosses Harley Davidson garées en file indienne dans une allée. Là où d'autres filles se baignent en riant, insensibles au froid qu'apporte ce début de soirée, je préfère approcher des montures de métal. La plupart d'entre elles sont récentes, mais d'autres semblent avoir été rénovées et retapées. En tout cas, elles rutilent toutes de mille feux sous le soleil couchant. Je les admire quelques instants, puis m'en éloigne pour ne pas attirer l'attention. Un peu plus loin, quelqu'un a allumé un feu où l'on grille de la guimauve. L'odeur sucrée se mêle à celle, plus sauvage, de la viande en train de cuire au barbecue. Mon estomac se réveille sur-le-champ. Je me promets d'aller me chercher à manger très bientôt, dès que j'aurai salué Kris.

Je grimpe une volée de marches pour me retrouver devant la porte d'entrée grande ouverte du chalet. Comme je m'en doutais, il y a autant d'invités à l'intérieur que dehors. Je tente de trouver un visage familier dans la foule, mais je ne connais pas grand monde à Black Lake. Kris reste invisible. Je la cherche à travers la maison, mon cadeau dans les mains. En terminant d'acheter de quoi décorer mon appartement, j'ai craqué pour une boule à neige qui lui plaira sûrement.

On me salue, je rends la pareille avec politesse. Les amis de ma patronne sont plutôt sympas, détendus. Pourtant, aucun ne me donne envie de m'arrêter pour faire un brin de causette. Dans le fond, j'espère trouver Ash. Ça fait plusieurs jours que je ne l'ai pas vu, il ne travaille plus à son salon de tatouages. Quand j'ai osé demander pourquoi à Kris, elle m'a répondu :

– Il est dans une période sans. Ça arrive parfois… T'inquiète, il va revenir.

Son regard plein de sous-entendus m'a immédiatement fait rougir.

Mon père m'a toujours dit de ne pas m'approcher de tout homme portant un *cut*, pour ma sécurité. Pourtant, avec Ash, je me sens en confiance. La preuve : il a veillé sur moi la semaine dernière, devant le *Purgatoire*. Et puis, je dois avouer que sa prestance me fascine. Son regard ne quitte pas ma mémoire…

Pour l'instant, il reste invisible. Je croise plusieurs types en blouson de cuir, mais ils n'appartiennent pas aux Styx Riders.

– Toi, tu as l'air perdue.

Je détache mon regard d'un crâne de buffle accroché sur le mur du salon et réponds à celui qui vient de m'aborder :

– Non, je suis nouvelle en ville, c'est différent.

Le jeune homme à la stature athlétique me décoche un sourire.

– Ah, dans ce cas, tu me vois dans l'obligation de t'offrir à boire pour te souhaiter la bienvenue. Attends une minute.

Il disparaît dans la foule, mais revient très vite avec deux grands gobelets rouges.

– Bienvenue à Black Lake, la ville des meilleures rencontres, me dit-il en m'en tendant un.

– Ah oui ?

– Tu viens de me rencontrer, après tout.

J'attrape le verre, amusée, et réplique :

– Je te laisse le bénéfice du doute.

– Tu m'en vois ravi. Je suis Warren Spie, deuxième du nom.

– Eh bien, Warren Spie, deuxième du nom, tu es la première personne à entamer une discussion avec moi ce soir. Je m'appelle Heden.

– Ce serait un crime de ne pas adresser la parole à une aussi jolie jeune femme.

Je fais mine de réfléchir à ce qu'il vient de me dire, puis demande :

– Donc, si j'avais été moche, tu ne m'aurais pas abordée ?

Embarrassé, Warren passe une main dans ses cheveux châtains.

– C'était maladroit, admet-il. Bien sûr que je t'aurais abordée. Tu me pardonnes ?

– Mmh, là encore, je te laisse le bénéfice du doute.

Il paraît soulagé de ne pas me voir fuir en courant. Du coin de l'œil, je cherche toujours Kris ou Ash. Ils restent invisibles. Peut-être que ma patronne a décidé de ne pas venir à son propre anniversaire ?

Warren continue d'animer notre conversation. Il m'indique être étudiant en art et je lui apprends que je suis fleuriste chez *Perséphone*.

– Ah oui ? J'adore cette boutique ! J'ai aidé Kris à la décorer…

Cette information pique mon intérêt.

– C'est toi qui as peint les murs ? le questionné-je.

Avant qu'il ne puisse me répondre, une présence dans mon dos efface son sourire.

– Non, c'est pas lui.

Mon cœur s'emballe au son de cette voix grave. Je me retourne. Ash arbore un rictus moqueur, qui s'accentue lorsqu'il lève son gobelet en direction de l'étudiant.

– Douglas. Quoi de neuf ?

– Salut, Ash. C'est Warren, pas Douglas.

– Ouais. Tu veux bien essayer de trouver ma frangine ? Je l'ai perdue du côté du barbecue.

L'étudiant ouvre la bouche, hésite un instant, puis opine.

– Bien sûr ! À plus tard, Heden.

Il s'éloigne à travers la pièce. J'adresse à Ash mon plus beau regard de reproches.

– Sérieusement ? l'attaqué-je.

– Quoi ?

– C'est ce qui s'appelle jeter un froid.

Je fais de mon mieux pour ne pas laisser transparaître mon trouble, même si l'énergie du motard m'englobe comme un doux cocon.

– Je peux te réchauffer, si tu veux, réplique-t-il, une étincelle brûlante dans le regard.

Ses yeux ! Bon sang, les croiser me plonge dans un océan clair, aux antipodes de l'aura sombre de leur propriétaire. J'hésite à lui répondre que je suis d'accord, rien que pour découvrir quels effets auront ses bras autour de moi, son corps contre le mien.

Un sourire étire soudain ses lèvres, comme s'il avait compris le tour qu'ont pris mes pensées.

– C'est une étrange façon d'approcher les gens, Ash, dis-je.

– C'est vrai, j'ai oublié de te dire bonjour. *Bonjour.*

Il s'approche d'un pas, dévorant l'espace entre nous. S'il n'entend pas mon cœur tambouriner dans ma poitrine, c'est qu'il devient sourd.

– Bonjour, murmuré-je à mon tour.

– Tu l'as eu où, ce verre ? demande-t-il en désignant mon gobelet.

– C'est Warren qui me l'a… hé !

Il me l'arrache des mains et le pose sur une petite table. Dans la foulée, je me retrouve avec *son* verre entre les doigts.

– Pourquoi as-tu fait ça ? m'insurgé-je.

– Ce mec est un chien, on ne sait pas ce qu'il pourrait faire.

Un chien ?

– Tu ne le connais même pas, rétorqué-je. Tu ignorais son prénom il y a une minute.

Ash hausse les épaules avec une moue innocente et récite :

– Warren Spie, étudiant en art. Il vient souvent dans mon salon pour me demander de l'embaucher en tant que tatoueur.

Il m'attrape tout à coup par la main et me conduit devant la buvette sans me demander mon avis.

– Tes parents ne t'ont jamais appris à ne pas accepter le verre d'un étranger ? me demande-t-il. Première règle de survie dans une soirée. Choisis ce que tu veux, puisque ce que je t'ai filé semble te donner envie de gerber.

– Je n'aime pas trop la vodka.

Ash se décapsule une bière en me désignant tout le panel de boissons. J'opte pour un jus d'orange, ce qui paraît l'amuser.

– Je tiens à te faire remarquer que je ne te connais pas plus que Warren, dis-je.

– Arrête, on a passé une nuit tous les deux.

– J'ai dormi dans ma voiture.

– Sur mon territoire. Je pionçais à moins de cent mètres de toi. Je ne suis plus un inconnu à tes yeux.

Je hausse les épaules avec un petit sourire. J'aime l'humour d'Ash, nos discussions un peu houleuses, sa voix. En lui jetant un coup d'œil en biais, je remarque que ses phalanges sont blessées. Il a les traits tirés, et son regard est assombri par une colère que je devine profonde. Kris m'a avoué qu'il n'allait pas bien ; pourtant, lorsqu'il s'adresse à moi, c'est comme au premier jour : sans aucune animosité, juste avec un peu de moquerie.

– Tu es quoi, alors, Ash ? l'interrogé-je.

– Ce que tu veux que je sois.

Une chaleur agréable parcourt mon corps, se loge dans mon bas-ventre. Au côté taquin du biker se mêle désormais une énergie prédatrice. Loin de m'effrayer, elle a plutôt tendance à réveiller mes propres instincts.

– Vraiment ? déclaré-je, décidant d'entrer dans son jeu.

– Vraiment.

Il avance un peu plus. Mon souffle se confond avec le sien.

– Alors, qu'est-ce qu'une fille comme toi veut, Heden ?

– Ce que je veux ?

Je suis incapable de détourner mon regard du sien. Son parfum imprègne mes sens, son sourire accélère les battements de mon cœur.

« *Toi* », souffle une voix dans ma tête.

Toutefois, je me retiens de le dire à voix haute. J'ai la certitude qu'Ash apprécierait un peu trop que je lui avoue mon attirance pour lui. Sans compter que je n'ai pas envie qu'il me prenne pour une fille facile. Beaucoup d'entre elles tournoient autour de lui en permanence, à mon avis.

– Heden, Heden, Heden.

Sa voix grave n'est plus qu'un murmure.

– Oui ?

Mes doigts brûlent de glisser sur ses joues, dans son cou tatoué, de se loger derrière sa nuque et de dévaler lentement ses épaules puissantes. Je me retiens, mais lui ne prend pas cette peine. Il n'hésite pas à venir frôler ma clavicule de son index, laissant une traînée bouillante dans son sillage. Ce contact m'électrise. J'en veux encore. Je ferme les paupières pour mieux apprécier la caresse.

– Faut que tu évites de rester figée comme une potiche si un mec t'approche de cette façon. Ma parole, zéro instinct de survie.

Le charme se brise.

– Une potiche ? répété-je.

– Ouais.

Ash me décoche un clin d'œil avant de me planter là. Je n'espérais pas vraiment un baiser sulfureux, mais de là à imaginer une insulte… La déception me submerge ; je frissonne.

Espèce d'imbécile !

J'ignore si c'est lui ou moi que j'insulte. Un peu des deux, sûrement.

– Heden ! Je te cherchais partout, Warren vient de me prévenir de ton arrivée.

Kris me serre dans ses bras, mais sa joie ne parvient pas à m'atteindre. Pourtant, c'est pour elle que je suis ici. Pour sa fête, pas pour Ash.

Comment un type peut-il me fasciner et m'énerver à ce point ?

– Joyeux anniversaire, me forcé-je à articuler. Merci de m'avoir invitée. Cette maison est parfaite, je l'aime beaucoup !

Ma patronne englobe la pièce du regard avec un large sourire.

– Elle appartenait à mes parents avant leur divorce, m'explique-t-elle. Quand mon frangin est devenu sergent d'armes, il l'a rachetée à notre père et c'est devenu son antre. Pas mal pour un biker, hein ?

– Absolument !

– Bon, tu t'amuses, au moins ?

J'opine avec un sourire. Les yeux de Kris luisent, je devine qu'elle n'en est pas à son premier verre.

– C'est pas mon frangin que j'ai vu il y a deux secondes ? enchaîne-t-elle. Vous étiez en train de parler ?

– Oui, mais il est parti… Il avait l'air…

Les mots me manquent.

– Déprimé ? Taciturne ? suggère Kris. Il l'est. Tu veux un secret ? C'est à cause d'une sale petite garce qu'il est dans cet état. Cela dit, c'est rare qu'il soit aussi mal. Ça lui passera.

Ma patronne soupire, puis me propose :

– Tu viens manger un morceau ? La viande du barbecue est bientôt prête.

– Avec plaisir ! Je meurs de faim.

Elle m'entraîne en direction de la sortie. Nous avons presque atteint la porte quand elle s'arrête net. Un juron d'une extrême vulgarité franchit ses lèvres.

– Il y a un problème ? demandé-je.

Kris a les yeux fixés sur une femme rousse qui vient d'entrer dans le salon. Sa beauté est à couper le souffle. Dans son tailleur noir et ses talons hauts, elle dégage un charme félin. Ses lèvres rouges s'étirent quand elle aperçoit ma patronne.

– Kris ? murmuré-je. Ça va ? Qui est-ce ?

L'intéressée se tourne vers moi, le visage soudain livide.

– Retrouve Ash, m'ordonne-t-elle. Fais ce que tu veux, mais empêche-le de venir dans cette pièce. S'il rapplique et aperçoit Shirley, on risque d'avoir un meurtre sur les bras.

– Shirley ?

– Son ex-fiancée, me précise ma patronne. Accessoirement, c'est aussi mon ancienne meilleure amie. À une époque elle était la bienvenue dans cette maison, mais plus maintenant. S'il te plaît, Heden, fais ça pour lui… Il ne se remettra pas de cette entrevue, il n'est pas prêt.

Sur ce, Kris me pousse discrètement vers la cuisine. À moi de jouer, je suppose ? Tant mieux : Ash et moi devons avoir une petite discussion entre quatre yeux…

CHAPITRE 13

ASH

Kris aurait dû me laisser gérer les stocks d'alcool. Aucune des bouteilles qu'elle a commandées n'est capable de m'envoyer dans le coma. Dommage, des vacances m'auraient fait du bien. Je ne veux plus songer à Heden, à son parfum, à ses grands yeux de biche égarée. À mon envie de lui rouler une pelle chaque fois que je me tiens près d'elle. Quelque chose me dit qu'elle n'a pas apprécié la manière dont je l'ai abandonnée dans le salon. C'est qu'elle se serait laissée embrasser, la jolie Amérindienne, raison pour laquelle je me suis senti obligé de mettre de la distance entre nous. Dans sa robe moulante en cuir, elle m'a retourné le cerveau. Cette nana ignore son pouvoir de séduction.

– Non, mais je rêve ! Tu crois que c'est une façon de traiter une fille ?

Quand on parle de la louve...

Je sépare ma bouche du goulot de la bouteille de vodka. Heden me fixe du regard avec une fureur maîtrisée, les poings sur les hanches.

– Mon petit chat, je suis content de te revoir, lui lancé-je. On dirait que tu ne peux plus te passer de moi.

– Ce n'est pas une réponse, ça.

– Tu veux que je te dise quoi ?

– Tu pourrais t'excuser ? Me donner une justification ? Utilise ce qui te sert de cerveau.

– Mes paroles dépassent souvent mes pensées. Tu es la nana la moins prudente de la Terre, mais la plus cool de toutes celles que je connaisse.

Le regard qu'Heden pose sur moi change brusquement. Sur ses joues, des fossettes se creusent.

– C'étaient des excuses ? me demande-t-elle.

Un rire incontrôlé m'échappe. Je m'appuie contre le frigo, les bras croisés sur mon torse.

– J'ai une tronche à m'excuser ? lui fais-je remarquer.

– Tu as une tête à claques, mais là n'est pas le sujet. Je ne suis pas une potiche.

Sa voix vient de partir dans les aigus. C'est qu'elle est réellement vexée, ma parole !

– Tu es quoi, alors ? lui envoyé-je en retour.

Choquée, elle ouvre la bouche puis la referme avant d'affirmer :

– Pas celle que tu crois.

– C'est-à-dire ?

Cette fois, c'est à son tour de dévorer l'espace entre nous. Elle pose les mains de chaque côté de mes épaules plaquées contre mon frigidaire américain et se dresse sur la pointe des pieds.

– Fragile ? murmure-t-elle à mon oreille.

Mon jean devient trop étroit. La plupart des gens qui se trouvaient dans ma cuisine l'ont désertée. Ils imaginent peut-être que ça va partir en baston ? Ou en une bonne séance de baise, vu la tournure que prend cette conversation…

Heden recule de plusieurs pas et m'observe, fière d'elle. Puisqu'elle est d'humeur taquine, autant entrer dans son jeu. Je pose la bouteille et passe les bras de chaque côté de son corps pour l'empêcher de fuir. Elle me jette d'abord un regard surpris, puis laisse sa langue humidifier ses lèvres. Cette vision m'arrache un grognement.

– Heden.

Encore une fois, j'avance mon visage jusqu'à ce que je sente son souffle sur ma peau. Ses yeux bruns s'écarquillent, sa candeur me broie les côtes. On dirait qu'il n'y a rien de mauvais chez cette nana. Un mec comme moi ne devrait pas l'approcher…

Mon sang se fige dans mes veines quand je décèle son désir. Dans sa manière de me mater, mais aussi dans la façon qu'a son corps de se tendre dans ma direction.

– Ash ?

Je veux reculer, je dois reculer. Je n'y arrive pas, mes pompes restent clouées au sol. Je lève la main pour attraper une mèche de cheveux noirs échappée de son chignon. Je prends conscience que, lorsqu'elle se tient près de moi, mes démons me foutent la paix. Là, tout de suite, je peux penser à Shirley sans avoir envie de l'envoyer croupir aux enfers. Heden est une sorte de… frein ?

– C'est comment, Black Lake ? finis-je par demander, en réussissant à m'écarter d'un pas.

L'Amérindienne est aussi surprise que moi par la question.

– C'est plutôt bien, me répond-elle. Mais je n'ai pas encore eu le temps de faire du tourisme.

– Et l'appart' au-dessus de la fleuristerie ?

Je bois une autre gorgée d'alcool pour oublier l'idée de la prendre sur ma moto afin de l'emmener découvrir les environs.

– Il est sympa, déclare-t-elle. Mais je n'ai plus d'eau chaude depuis quatre jours.

Kris ne lui a rien dit pour le ballon électrique. Faut qu'elle fasse plus attention à ses locataires, si elle ne souhaite pas que ce soit moi qui m'occupe d'eux.

– Je pourrais venir regarder ça, si tu veux, proposé-je.

– Ah oui ? Tu t'y connais un peu ?

– J'ai habité là-bas quelques mois, il y a plusieurs années.

– Dans mon appartement ?

– Ouaip, m'dame. Juste avant de m'acheter le petit palace dans lequel nous nous trouvons.

– J'espère que les serrures ont été changées.

– Ne me donne pas d'idées.

Heden papillonne des paupières et lâche :

– J'ai un doberman. Il s'appelle Assassin. Il est trop mignon, mais il n'aime pas les mecs qui m'insultent.

Je secoue la tête.

– Tu n'as pas de chien.

– Exact, il est chez mon père.

J'attends qu'elle m'en dise plus sur son paternel. Ça n'arrive pas.

– Tu vas revenir bosser au salon de tatouages ? me demande-t-elle à la place.

Elle a noté mon absence. Ce détail me fait l'effet d'un électrochoc ; j'ai envie de sourire comme un môme.

– Ouais, lundi, réponds-je. J'avais besoin d'air.

– D'accord.

Elle ne me pose pas de question, mais je la vois regarder en direction de la porte. Dès que je l'imite, elle reprend :

– Tu viendras quand chez moi ?

Serait-ce de l'empressement que je perçois dans sa voix ?

– Très vite, dis-je. Qu'est-ce qui se passe ?

Elle hausse les épaules un peu trop vite.

– Rien du tout. Ta maison est magnifique. Je n'imaginais pas un biker vivre dans ce genre de lieu.

– Tiens donc… Tu m'imaginais habiter où ?

– Je n'imaginais rien du tout, figure-toi. Pourquoi voudrais-tu que ce soit le cas ?

Kris débarque alors dans la cuisine. Son sourire est trop large pour être naturel.

– Salut vous deux, comment ça va ? nous lance-t-elle, faussement détachée.

– Bien, répond Heden. Et toi ?

– Très, très bien.

Elles échangent un coup d'œil. Fait chier, je n'aime pas me sentir largué.

– Cool.

Le silence retombe. Je soupire et, n'y tenant plus, demande :

– C'est quoi ce bordel ?

– De quoi tu parles ? s'indigne ma frangine. Tu viens, Heden ? La viande est prête, j'ai la dalle.

L'Amérindienne passe sous mon bras avec grâce pour rejoindre ma sœur. Je l'interpelle :

– Hé, mon petit chat…

Elle se retourne.

– Oui ?

– Tu m'imaginais vivre où ?

Elle éclate de rire. Ce son me frappe en plein cœur, j'en ai des frissons.

– Je suis une potiche, rappelle-toi, glousse-t-elle. Les potiches ne réfléchissent pas, si ?

Et bam ! Prends-toi ça dans ta sale tronche d'enfoiré.

Je lève la bouteille dans sa direction.

– Bonne soirée, Heden.

Déjà, elle s'éloigne avec ma frangine en riant comme une gamine. Moi aussi, je me marre.

Tout à coup, je ne peux plus échapper à la vérité.

Cette nana me plaît bien.

– Eh merde, soufflé-je en avalant une énième gorgée d'alcool.

Heden tourne la tête dans ma direction. C'est brutal, plaisant, ça paraît presque surnaturel. Son sourire me prend aux tripes. Je n'en ai jamais vu d'aussi beau.

Non, mon petit chat, tu n'es pas une potiche.

À cet instant, je comprends que j'ai pris ma décision.

Je la veux, et je l'aurai.

CHAPITRE 14

HEDEN

Un bruit d'aspirateur m'arrache des bras d'Ash. J'ouvre un œil, sentant déjà mon songe érotique m'échapper. Non, je refuse de revenir à la réalité ! Je referme immédiatement les paupières dans l'espoir de garder le biker pour moi, de me nourrir de son étreinte, de ses lèvres… Peine perdue. Mon rêve se fait engloutir par le tuyau en plastique démoniaque qui avale les chips à côté de ma tête. Je me redresse, le crâne lourd, le corps ankylosé, et essaie de déchiffrer l'heure sur ma montre.

9 h 15.

Non, *10* h 15.

– Vous pouvez éloigner ce truc ? demandé-je en dégageant l'aspirateur qui dévore mes cheveux. Arrêtez, s'il vous plaît… arrêtez. Ce n'est pas drôle !

L'inconnu n'a pas l'air de mon avis. Il se met à rire, avant de s'écarter en passant par-dessus le corps étendu de Kris. Le mot « prospect » est écrit sur son blouson de cuir sans manches. Ça ne m'étonne pas qu'Ash ait mandaté la base de sa hiérarchie pour nettoyer la maison. Papa m'a expliqué que les types qui veulent intégrer un club de bikers servaient d'abord d'hommes à tout faire. Souvent, les membres ne leur font pas de cadeaux.

Je regarde le type s'affairer en essayant d'imaginer mon père ou Ash à sa place. C'est difficile de l'envisager. Pourtant, même les alphas se sont un jour retrouvés en bas de la hiérarchie.

Je pousse un long soupir, encore ensommeillée.

Bon, où suis-je, déjà ? Ah, oui, chez Ash. Sa sœur dort allongée sur le tapis, la bave aux lèvres. Nous sommes seules dans le salon. Je me rappelle que le biker a mis les gens à la porte vers 5 heures. C'est flou, mais je me souviens avoir suivi la cohue vers l'extérieur jusqu'à ce qu'il attrape ma main et me lance :

– Pas toi, mon petit chat, tu restes ici.

Je me lève, vacille, tente de reprendre pied avec la réalité. Mes jambes sont en coton, mes collants effilés. J'ai dû les accrocher quelque part. Zut, j'aimais bien cette paire. C'est le risque quand on boit trop. Je meurs de faim, en tout cas. Il faut que je trouve un téléphone pour me commander un petit déjeuner décent.

– Kris ? Hé, Kris.

Ma patronne bouge, baragouine, mais n'ouvre pas les yeux.

– Tu ne devrais pas rentrer ? insisté-je. Où est Alexander ?

– Chez son grand-père, réussit-elle à articuler. Encore cinq minutes.

Elle replonge aussitôt dans un profond sommeil. Je ne comprends pas comment elle parvient à dormir avec le son agaçant de l'aspirateur.

– Vous êtes de corvée ? demandé-je à l'homme chargé du nettoyage.

– Non, je me suis réveillé à 7 heures un dimanche et je me suis dit : « Tiens, si j'allais nettoyer le bordel de la fille de mon président ? »

Je lui adresse un sourire désolé, puis j'enchaîne :

– Où est Ash ?

– Sur la terrasse.

J'opine en guise de remerciement, récupère mon petit sac à main, et traverse la cuisine pour sortir du chalet. Dehors, la lumière du soleil me brûle les yeux.

– Gueule de bois ? ricane une voix familière.

Ash est assis dans un canapé, les chevilles croisées sur la rambarde entourant la terrasse. Face au lac, il sirote une boisson chaude. Du café, deviné-je à l'odeur en approchant. Il m'en faut, je tuerais pour ça. Pieds nus, je le rejoins en fouillant dans mon sac. J'en tire quatre paquets de graines que je lui tends.

– Bonjour, Ash, le salué-je. Je te laisse des semences de lys des Incas pour dix dollars. Ce sont de très belles plantes, aux teintes surprenantes.

– Tu deales des fleurs ?

– C'est mieux que dealer de l'herbe. J'ai envie de commander des gaufres comme celles que tu m'as données le lendemain de notre rencontre, sauf que je n'ai pas d'argent sur moi.

– Mais tu as des graines…

– Ne me juge pas, c'est pour les planter quand je trouve le lieu idéal. Et ton balcon serait charmant avec des fleurs. Alors ?

Le biker boit une gorgée de café tandis que son regard fait la navette entre mes sachets en carton et mon visage. Je ne sais pas s'il me trouve drôle ou pitoyable. Sans doute un mélange des deux.

– OK, décide-t-il en tirant un billet de sa poche. J'espère que c'est de la bonne. Si tu m'as roulé, je te retrouverai.

– Merci ! Je vais commander mon petit déjeuner de ce pas.

– Laisse tomber, je m'en occupe. Assieds-toi.

Surprise, je m'affale à côté d'Ash. Mes jambes refusent de me porter davantage, j'ai l'impression de peser une tonne. Pendant qu'il pianote sur son téléphone, je lorgne sa tasse de café. Accepterait-il de me la céder contre deux chewing-gums ? Quand je lui pose la question, il lève les yeux au ciel et me répond :

– Tu peux juste demander et je t'en sers un, tu sais ? Pas la peine de me donner quoi que ce soit en échange. Tu m'as pris pour le Passeur, ou quoi ?

– Le Passeur de quoi ?

– Tiens. Tu causes beaucoup pour une meuf qui a une gueule de bois.

Il me donne sa tasse. La première gorgée a un goût de paradis, surtout dégustée dans un cadre aussi splendide. La lumière reflétée par l'eau du lac caresse mon âme. L'immensité sauvage me coupe le souffle. Une plénitude profonde m'envahit ; je me sens mieux tout à coup.

– C'est quoi, un passeur ? insisté-je.

– Pas « quoi », mais « qui ». Dans la mythologie grecque, il est celui qui vogue sur les fleuves des enfers pour faire traverser les âmes. Si tu ne donnes rien en échange du voyage, tu restes sur la rive.

– Je vois. Dans beaucoup de tribus amérindiennes, le troc est quelque chose d'important. Pour me faire comprendre le concept, quand j'avais quatre ans, mon père a commencé à me donner des objets en échange d'autres choses ou de services rendus. J'ai rapidement compris de quoi il retournait, mais on a continué à troquer ensemble pour s'amuser.

– Ah ouais, d'où les graines et la plume.

Je hoche la tête avec un sourire.

– Il m'arrive de troquer avec les gens, même s'ils trouvent ça louche, confirmé-je.

Le regard d'Ash se perd sur le lac. Bientôt, il me demande :

– Tu es de quelle tribu ?

– Les Sioux Lakota.

– Par ton père ?

– Oui. Ma mère était américaine. Merci pour le café et pour ton canapé, au fait. Même si je ne me souviens plus comment je me suis retrouvée dessus.

Ash m'adresse un sourire moqueur. Je remarque qu'il a l'air moins tendu qu'hier soir, plus reposé. Je suis les lignes de son visage carré, me surprends à penser que sa barbe de quelques jours lui va bien. Sa beauté ombrageuse me paraît en harmonie avec le décor qui nous entoure.

Au moment où il me regarde, je me détourne.

– Tu te rappelles que tu m'as roulé une pelle ? me lance-t-il alors.

L'oxygène quitte mes poumons, mon cœur manque douze battements. J'ai brusquement peur, parce que ça pourrait arriver. L'aura d'Ash me captive avec une violence troublante.

– C'est vrai, je t'ai embrassé ? bredouillé-je. Oh, non, je suis désolée.

– T'es sérieuse ? Tu t'excuses ?

– Oui, pardon. Je devais être bourrée.

Ash m'arrache la tasse des mains.

– Ouais, faudrait que tu sois déchirée pour m'embrasser, hein ? gronde-t-il.

– Non ! Ce n'est pas ce que je voulais dire, c'est juste que… je n'embrasse pas d'hommes en temps normal. Enfin, si… non, mais… laisse tomber.

Désespérée, je reporte mon attention sur le panorama. Je m'enfonce, et ma migraine ne m'aide pas à garder les idées claires.

– C'est bon, relax, mon petit chat, me rassure Ash. C'était de l'humour. Si tu m'avais embrassé, tu t'en serais souvenue, crois-moi.

– Tu m'as menti ?

– Ouais.

Sur ce, il se lève et rentre dans la maison. Quand il revient une minute plus tard, je n'ai toujours pas bougé, analysant ses paroles. Aimerait-il que je l'embrasse ? En tout cas, ça ne me dérangerait pas.

– Tiens, me dit-il en me tendant une nouvelle tasse.

– Oh, merci.

Je hume l'odeur alléchante du café pendant qu'il sort une cigarette de son paquet et l'allume. J'ai encore la mauvaise idée de me concentrer sur sa bouche. J'imagine facilement ses lèvres pleines parcourir chaque parcelle de ma peau, de mon esprit, de ma raison. Une chance qu'il ne soit pas télépathe… S'il lisait dans mes pensées, il saurait qu'il se trouve dans beaucoup d'entre elles. C'est perturbant. J'ai à la fois envie de m'accrocher au lien que nous sommes en train de créer et de le fuir.

Je ne suis pas idiote : mes parents m'ont parlé des bikers, et je sais ce qu'a vécu ma mère. J'ai conscience que ceux qui s'impliquent dans des histoires sérieuses sont rares. Papa n'en faisait pas partie…

– Alors comme ça, lancé-je soudain, tu es le frère de Kris ?

Ash réplique aussitôt :

– Alors comme ça, tu es la fille d'Isha Otila ?

Je n'ai pas vu le coup venir. Je reste interdite, la bouche entrouverte. Ash me fixe et je suis incapable de me soustraire à son regard.

– Ce n'est pas important, finis-je par dire. Il… il ne me parle jamais de sa vie de biker, ou presque. Pour moi, il est juste l'homme gentil qui m'a donné la vie, celui qui m'a emmenée faire le tour du pays sur une moto pendant toute mon enfance.

Généralement, les gens fuient quand ils apprennent que mon père est le chef de club de motards. Ash, lui, éclate de rire devant ma mine défaite.

– Tu comptais me le dire un jour ? me demande-t-il.

– C'est que… on est des connaissances, toi et moi. C'est vrai, on ne s'est vus que deux ou trois fois. Je ne voyais pas l'utilité d'aborder le sujet.

On dirait que je viens de lui donner une claque.

– Tu me brises le cœur, mon petit chat. Je croyais qu'il y avait un truc entre nous.

Encore cette moquerie sur son visage… Je lève les yeux au ciel.

– Tu m'as traitée de « potiche », je te rappelle. Ça a anéanti notre « relation », quelle qu'elle soit.

Ash se redresse et pose ses coudes sur ses genoux.

– Je t'ai aussi aidée à rester en vie le soir de ton arrivée, rétorque-t-il. Ça compense les conneries que je peux lâcher.

Il veut jouer à ça ? D'accord, on va jouer.

– Tu passes ton temps à me draguer et à t'éloigner ensuite, répliqué-je. Une vraie girouette, tu me donnes mal au crâne.

– J'ai été ton premier client.

– Tu as empêché Warren de devenir mon ami.

– Je t'ai laissée dormir sur mon canapé.

– Tu as des chambres d'amis, selon Kris. Et pourtant, tu as fait dormir ta sœur par terre !

– Elle le mérite.

J'éclate de rire, puis répète :

– Tu m'as traitée de « potiche », alors que je ne t'avais même pas agressé.

Cette fois, il ne trouve rien à répondre. De longues secondes passent, puis il lâche :

– C'est vrai. Je suis un sale con.

Après cela, nous restons silencieux. Je profite de la fraîcheur du vent sur mon visage, j'écoute le doux clapotis de l'eau, j'observe les nuages qui taquinent le sommet des montagnes au loin. J'ai encore mal à la tête et l'estomac en vrac, mais je me sens bien ici.

– C'est quoi ton histoire, Heden Otila ? me demande soudain Ash.

Ah ! Cette question m'a toujours rendue un peu nerveuse. Par où commencer ? Je repense à maman et mon cœur se brise. Son sourire me manque, sa voix aussi.

– J'ai vécu avec ma mère jusqu'à mes dix ans, à Los Angeles, commencé-je. On habitait un petit appartement juste au-dessus d'un magasin de sport. Le jour, elle y bossait en tant que coach ; le soir, elle faisait des heures dans un bar. Elle cumulait deux boulots pour qu'on s'en sorte. Et puis elle est tombée malade. Tout est allé très vite. Du jour au lendemain, elle n'était plus là.

Ash se masse le front, puis enchaîne :

– Et ton paternel, dans tout ça ? Dis-moi qu'il n'a pas agi comme le dernier des enfoirés… Il n'a pas abandonné ta mère quand il a appris qu'elle était en cloque, si ?

Une certaine tension transpire dans sa voix. Je secoue la tête.

– Non, mais ils n'ont jamais vécu ensemble. Ils n'étaient pas amoureux, ce qu'il y avait entre eux, c'était juste… du sexe. Cela dit, il est là pour moi depuis ma naissance, il a pris soin de moi. À la mort de ma mère, je suis allée habiter avec lui quelques jours.

Je laisse le café chaud chasser le souvenir de l'alcool dans ma gorge. Ash continue à m'interroger :

– Tu savais qui il était ?

– Non, je l'ai découvert à ce moment-là. Il voulait me préserver de votre monde, tu sais ? Alors il m'a envoyée dans un internat où j'ai passé tout le reste de ma scolarité. Les week-ends, il m'emmenait en balade et, pendant les vacances, on se promenait en moto…

Ces souvenirs me volent un sourire nostalgique.

– Il te tient hors de portée des méchants bikers et toi, tu plonges tête la première chez les Styx Riders, commente Ash. C'est du joli.

– Arrête de te moquer ! J'ignorais qu'il y avait un MC à Black Lake.

– Pas ton père. Tu as de la chance que notre club soit allié au sien, sinon, j'imagine qu'il aurait débarqué ici pour arracher ton joli petit cul de cette ville. En fait, il ne t'aurait même pas autorisée à venir.

Il a raison dans le fond, je le sais.

– Mon père a tiqué, mais n'a pas refusé de me laisser partir, avoué-je.

– Une chance pour moi, alors.

– Pourquoi ?

– Parce que je compte bien te mettre dans mon lit.

Tout en terminant mon café en silence, je songe à ce qu'Ash vient de me dire. Je pense à l'effet qu'il me fait quand nous sommes proches, à son énergie sécurisante, à la chaleur qu'il alimente dans mon ventre lorsqu'il me touche. Le rêve de cette nuit n'est pas un hasard. Le biker me fait clairement fantasmer.

– Tu veux coucher avec moi ? lui demandé-je.

Un juron franchit les lèvres d'Ash.

– Tu pourrais au moins paraître choquée, me lance-t-il.

– Bah non. Peut-être que, depuis le début, c'est toi qui es ma victime. Réfléchis-y.

Son regard brûlant me transperce la peau. Après un instant, il m'interpelle :

– Heden…

– Ash ?

– Ne t'engage pas sur cette route.

Tout à coup me vient une étrange illumination. Et s'il me croyait vierge ? Ça expliquerait son hésitation à me faire du rentre-dedans, alors qu'il couche probablement avec des filles qu'il ne connaît même pas. Mais, avant que je puisse le détromper, la sonnette de la porte d'entrée retentit, mettant un terme à la conversation. Ash se lève et entre dans la maison. Lorsqu'il revient quelques instants plus tard, il jette un sachet de gaufres sur mes genoux.

– Le petit-déj', commente-t-il.

Enfin ! Je me sentais dépérir.

– Merci !

Il s'assoit à nouveau près de moi, les avant-bras posés sur ses cuisses écartées. Je le détaille, me demandant si la tension qui s'était établie entre nous est définitivement retombée. Mais, soudain, il lâche :

– Arrête de me mater comme ça, mon petit chat. Je te jure que tu n'as pas idée des trucs que j'ai envie de te faire…

CHAPITRE 15

ASH

Heden me sonde de ses beaux yeux noisette. Elle pourrait réagir, me dire d'aller me faire foutre. Ou bien enlever ses fringues et bondir sur mes genoux. À la place, elle me demande, curieuse :

– Tu as envie de me faire quoi ?

Sa question m'achève. Il me faut une bière. Le café, c'est cool deux minutes.

– Des tas de trucs cochons, réponds-je.

Je me penche du côté de la glacière, la tire à moi et attrape une bouteille à l'intérieur. Heden continue de me fixer. Elle débarque d'où, cette nana ? Soudain, elle m'apprend :

– J'ai rompu avec mon copain. On ne vivait pas ensemble, mais on se voyait souvent.

Est-ce qu'elle est en train de me demander de le remplacer ? La conversation que j'ai eue hier avec Kris me revient en mémoire. C'était quoi son délire, déjà ? Tourner la page ? Ma frangine aimerait bien que je me trouve une gentille gonzesse et que je fonde une famille. Si seulement mon cœur pouvait accepter l'idée… La vie n'est jamais aussi facile. *Ma vie* n'est jamais aussi facile.

– Et alors ? demandé-je.

Heden se rapproche de moi sur le canapé. Sa cuisse touche la mienne, sa main également quand elle la pose sur son genou. C'est à peine un frôlement ; pourtant, ce contact résonne dans mon corps avec la puissance de mille Harley lancées à pleine vitesse. Je résiste pour ne pas empoigner l'Amérindienne par les hanches et la faire basculer sur mes jambes.

– Je me sens obligée de te dire que j'étais en couple, déclare-t-elle. Afin que tu comprennes que je ne suis pas un chaton.

– C'est-à-dire ?

– On faisait l'amour très souvent, lui et moi.

Je m'étrangle avec ma bière. L'alcool emballe mon cœur, à moins que ce soient les mots d'Heden ? Qu'est-ce qui lui prend de me balancer un truc pareil ? Je me doutais bien qu'elle n'était plus vierge, mais… qu'est-ce que ça veut dire, ça ?

– Bon, Ash, c'était un super moment, mais faut que j'y aille, lance-t-elle comme si de rien n'était.

– Sérieux ? Tu te tires maintenant ?

Visiblement, oui. Elle se lève, manque de tomber, se rattrape *in extremis*. Tout ça avec le sourire. C'est peut-être l'effet du sucre sur son organisme. Je devrais goûter ces gaufres, histoire de vérifier si

Snack n'a pas foutu de la drogue dedans avant de me les apporter.

– Oui, j'ai des projets importants, m'apprend Heden.

– Qu'est-ce que tu as prévu aujourd'hui, à part te goinfrer jusqu'à prendre trente kilos ? lui demandé-je, dubitatif.

– Hé !

– T'inquiète, tu peux prendre autant de poids que tu veux, je te kifferai quand même.

Ses joues virent au rose. C'est adorable. L'idée qu'elle foute le camp me file la nausée, il faut que je la retienne. Elle se tourne vers le lac en haussant les épaules. J'ai remarqué que la vue lui plaisait. Elle observe l'horizon, le visage illuminé. Tout à coup, elle baragouine une phrase que je ne comprends pas, la mine embarrassée.

– Répète, petit chat.

– Je compte regarder la saison huit d'*American Horror Story*.

– Attends… Tu vas aller te foutre devant la télé, alors que tu pourrais faire des trucs carrément mieux ?

– Pas devant la télé, reprend-elle en fronçant les sourcils, devant *American Horror Story*. Ce n'est pas la même chose. Il faut que je me douche, aussi… Ah oui, il le faut vraiment.

Alors qu'elle lève un bras pour sentir son aisselle, une idée me vient. Mon instinct me dit qu'elle est mauvaise, mais tant pis, j'ouvre déjà la bouche :

– Hé, laisse tomber ta série débile, je t'emmène.
– Où ça ?
– Faire de la moto. Tu as déjà grimpé sur une bécane, hein ?
– Oui, très souvent, avec mon père. Mais tu es sérieux ?
Il faut croire. Sa présence agit sur ma mauvaise humeur comme un calmant. Quand elle est près de moi, ma vie merdique d'alcoolique célibataire me semble à des années-lumière.
– On ne peut plus sérieux, confirmé-je.
– Je ne peux pas aller faire de la moto dans cette tenue, dit-elle en désignant sa robe en cuir.
– Je sais. On va arranger ça.
Je passe au salon, où Isaac, l'un des prospects du club, nettoie toujours le bordel qu'ont laissé les amis de Kris. Cette dernière comate au pied du canapé, étendue sur le tapis. Je la connais : elle n'émergera pas avant trois bonnes heures.
– Hé, frangine.
Elle grogne quand je la secoue.
– Quoi ? Dégage.
– Tu as encore des fringues à toi quelque part au chalet ?
Son silence m'indique qu'elle a replongé dans les bras de Morphée. Je me redresse, demande à Isaac de me filer l'aspirateur, puis mets le bout du tuyau contre l'oreille de ma sœur. Ça la réveille direct.
– Va te faire foutre, Ash !

Sa tronche vaut le détour. Je ris ; Heden aussi, même si elle essaie de ne pas le montrer. Je lui décoche un clin d'œil auquel elle réplique par un sourire. Encore une fois, la lumière qui émane d'elle me frappe. Elle a cette douceur en elle qui m'assure qu'on n'a rien à faire ensemble, que nos mondes sont incompatibles.

– Qu'est-ce que tu fous ? hurle Kris en se levant.

– Elles sont où, les fringues que tu planques ?

– Quelles fringues ?

– Arrête ton char, tu ne portais pas ça, hier.

Elle baisse les yeux sur son mini-short et son débardeur blancs.

– Tu vas cramer mes habits ? me demande-t-elle, suspicieuse.

– C'est tentant, je dois bien l'admettre. Mais non, c'est pour Heden.

– Heden ?

Ma frangine suit mon regard et remarque tout à coup la présence de son employée dans la pièce.

– Oh, Heden ! s'exclame-t-elle en courant dans ses bras. Tu es encore là, tu ne m'as pas laissée tomber…

En même temps, vu comment elles étaient déchirées hier, où l'Amérindienne aurait-elle pu aller ? Quand je l'ai allongée dans le canapé, je me souviens qu'elle m'a regardé avec de grands yeux luisants.

– Je suis contente, m'a-t-elle dit.

– Contente de quoi, petit chat ?

Je croyais qu'elle me répondrait un truc du genre : d'être dans tes bras, de te sentir contre moi. Mais non, elle a soufflé :

– Que tu ailles bien. Je suis contente… que tu ailles bien.

Ça m'a touché, plus que je l'aurais cru.

Je reviens au présent. Heden tapote le dos de Kris. Elle lève le pouce dans ma direction pour me signifier qu'elle gère la situation, puis murmure un truc à l'oreille de ma sœur. La seconde d'après, ma frangine tombe à nouveau dans le canapé, endormie.

– Je ne sais toujours pas où elle planque ses fringues, grogné-je.

– Seconde chambre, placard de gauche… à côté de ses godemichets, pouffe Heden. Tu n'as pas changé d'avis pour la balade à moto ?

Mon cerveau est cent pour cent prêt à accepter cette nana sur ma bécane. Mon corps, je l'ignore. On verra bien. Je me contente de hocher la tête, pris d'une étrange sensation dans la poitrine. Je suis sur le point d'exploser et, en même temps, j'ai envie de sourire à me faire des crampes au visage.

Cette fille me rend dingue.

– Je vais faire chauffer la bête pendant que tu te douches, dis-je. Rejoins-moi dehors.

Nous nous séparons. Vingt minutes plus tard, je l'attends toujours, le cul posé sur ma Harley. J'espère qu'elle n'a pas changé d'avis. Elle aurait raison, cela dit. Si j'étais elle, je me méfierais d'un mec comme moi.

Elle ne te repousse pas...

C'est vrai. J'ai parlé de la foutre dans mon lit, et elle est loin d'avoir la trouille. Au contraire...

J'ai hâte de voir où la conduira son impertinence. De savoir à quel moment elle reculera.

Si elle recule.

Je suis tiré de mes pensées par le hurlement du moteur de la bécane de Gun. Sa présence ici me surprend. J'attends qu'il se soit garé à côté de moi pour lui demander :

– Qu'est-ce que tu fous là ?

– Bonjour à toi aussi, chéri.

Il tire une clope de son paquet et m'en tend une.

– J'ai reçu un SMS de Kris, ajoute-t-il. Elle est complètement bourrée, hein ?

– Ouais. Qu'est-ce qu'elle t'a dit ?

– De la rejoindre. Elle m'a parlé d'aspirateur et de fleurs.

Je me mords la langue pour ne pas balancer une connerie. Gun est mon frangin, plus que n'importe qui d'autre dans le club. On a grandi ensemble. Il a toujours été là pour moi, pour mon paternel... et pour ma frangine. Quand le mec de Kris l'a abandonnée alors qu'elle venait de tomber enceinte, il s'est battu corps et âme pour qu'elle s'en remette. Plus les mois passent, plus je m'aperçois qu'ils sont intimes. C'est bizarre.

– Je vois, lâché-je.

– Elle a un truc à me raconter à propos d'hier soir, tu sais ce que c'est ?

– Non, mais tu peux aller lui demander. Elle est sur le canapé.

À cet instant, Heden apparaît sur le seuil du chalet.

– Tiens donc, se marre Gun en faisant mine de fixer le lac.

– Ta gueule.

– J'ai rien dit.

– Crois-moi, enfoiré, c'est mieux comme ça.

Avec un enthousiasme qu'elle ne parvient pas à dissimuler, Heden dévore l'espace entre nous. Elle porte un jean noir et un tee-shirt à l'effigie de Deadpool que j'ai offert à Kris à l'un de ses anniversaires précédents.

– Bonjour, lance l'Amérindienne à Gun.

– Salut. Tu ne serais pas Heden, par hasard ?

– Oui, c'est moi. On s'est déjà croisés quelque part, non ?

– Au *Purgatoire*, la semaine dernière, confirme Gun.

– Mais oui ! Je vous ai vu au comptoir. Vous étiez entouré de filles.

Mon meilleur ami grimace. Prends ça dans tes dents, petit con ! J'aurais aimé qu'Heden raconte ça devant Kris, juste pour me délecter de sa tronche.

– Prête, petit chat ? lui lancé-je.

Je grimpe sur ma Harley après lui avoir tendu un casque, qu'elle enfile sans hésiter.

– Au revoir, dit-elle à Gun en montant derrière moi.

À la seconde où elle entoure mon ventre de ses bras, le monde disparaît. C'est comme un écran qu'on vient d'éteindre, il fait noir et j'ai simplement conscience de sa présence, de son parfum, de ses mains au-dessus de mon tee-shirt. Son visage se pose contre mon dos, son souffle caresse mes oreilles. Pendant une seconde, je me nourris des sensations nouvelles qui m'assaillent. Cette plénitude, je ne l'ai pas ressentie depuis des années. C'est troublant.

Plaisant.

– Où va-t-on ? me demande-t-elle.

Sa voix me ramène à la réalité. Les vibrations de ma bécane traversent mon corps, concurrençant celles que fait naître Heden dans mes tripes. Gun, un peu en retrait, termine sa clope en m'observant d'une étrange façon. Si je lui demande à quoi il pense, il va forcément me répondre un truc qui ne me plaira pas. Alors je la boucle.

– Ash ? insiste Heden. Ça va ?

Non. L'impact qu'elle a sur moi est en train de bousiller mon âme. Cette même âme que j'ai mis des années à renforcer pour ne plus ressentir la douleur.

Mais tant pis. Je suis incapable de me priver de ce qu'elle me fait ressentir.

– Ouais, réponds-je. Pour ce qui est de la destination, c'est une surprise. Accroche-toi, mon petit chat.

CHAPITRE 16

HEDEN

Ash et moi roulons environ une heure. Une heure pendant laquelle je me délecte du vent dans mes cheveux, de sa caresse sur mon visage, des ondes que la Harley répand dans mon corps. La moto m'avait manqué. En prendre conscience me donne envie de hurler de joie, ou de pleurer toutes les larmes de mon corps, au choix. Je suis pressée de réitérer l'expérience avec mon père, ça fait une éternité qu'on n'a pas voyagé tous les deux. Peut-être que je peux trouver une bécane à un prix abordable dans le coin ? Il faut que je garde cette idée en tête.

Mais rouler avec Ash me procure des sensations inédites. Sentir ses abdos se contracter sous mes doigts, les muscles tendus de son dos, ses cuisses entre les miennes… tout cela me bouleverse. J'adore ça ! Il ne faut pas se mentir, le biker est très bel homme. Il ne m'attire cependant pas que physiquement… Je ne suis pas montée avec lui pour une balade juste parce qu'il est sexy, loin de là. Sa façon de me provoquer m'énerve, et celle qu'il a de me rendre service l'air de rien me touche beaucoup.

Nous grimpons dans les hauteurs. La forêt majestueuse autour de nous semble défier les pauvres humains que nous sommes. La route également. De plus en plus sinueuse, elle oblige Ash à ralentir. Tout est si sauvage par ici ! Les ravins menacent de nous dévorer, les hurlements des animaux concurrencent ceux de la moto, l'oxygène d'une pureté sans pareille nettoie nos poumons. La magie m'envahit, j'ai l'impression d'avoir à nouveau quinze ans.

Quelques minutes plus tard, Ash s'arrête sur un plateau où trois voitures sont garées. Je me laisse glisser à terre, les jambes en compote et le corps crispé. Décidément, je ne suis plus habituée à ce genre de balades…

– Ça alors…

Je m'avance jusqu'à une barrière de sécurité, le souffle coupé. La vallée s'étend sur des kilomètres à la ronde, toute en nuances de vert, de doré et de marron. Plusieurs lacs et ruisseaux ponctuent les forêts immenses. Le seul signe de civilisation, c'est Black Lake, perdue dans le creux des montagnes.

– Tu viens souvent ici ? demandé-je à Ash.

Il se place à mes côtés, les avant-bras posés sur la rambarde. C'est étrange, il semble aussi indomptable que la nature elle-même. Son énergie puissante rivalise avec celle des bois, la pureté de ses yeux avec celle des lacs. C'est peut-être pour ça qu'il a décidé d'habiter à l'écart de la ville ? Parce qu'il est comme la vallée : primitif. Et ça lui va bien.

– Ma mère nous emmenait ici quand on était gamins, Kris et moi, dit-il. Elle a trouvé l'endroit lors d'une de ses randonnées. Mon père adore la moto, mais elle, elle est plutôt marche et nature.

– Tu viens encore ici avec elle parfois ?

Le biker secoue la tête et un sourire triste étire ses lèvres.

– J'aimerais bien, mais elle a quitté Black Lake il y a longtemps. Elle s'est remariée et vit dans l'Ohio. Du coup, je passe ici de temps à autre, je prends des photos et je les lui envoie.

Il s'exécute en sortant son portable. Je laisse passer quelques secondes, puis lui glisse :

– Je suis désolée pour tes parents.

– Ne le sois pas. Je les préfère séparés que malheureux. Certaines personnes ne sont pas faites pour le mode de vie des bikers. Ma mère a tenu un sacré paquet de temps avant de craquer.

– Tu lui en veux d'être partie ?

– Pas du tout. Même si je t'avoue que j'en ai eu gros sur la patate à l'époque. Je venais d'avoir quinze ans. L'une des pires périodes de ma vie.

J'ai envie qu'il continue de me raconter son passé. Je me rends compte qu'on a tous les deux eu notre lot de tristesse. Nos histoires ne sont pas si différentes, dans le fond.

Soudain, Ash m'annonce :

– Bon, petit chat, prépare-toi à marcher quatre kilomètres. On décolle.

– Quoi ? Je croyais que c'était ici, notre destination.

Le désespoir dans ma voix lui tire un rire moqueur.

– Je suis un mec plein de surprises.

Quatre kilomètres ? Avec des ballerines et sans m'être préparée psychologiquement avant ? Je couine :

– Je ne suis pas bonne en sport…

– Une chance que tu sois bonne tout court, réplique Ash. Allez, s'il le faut, je te porterai.

– Je n'ai pas signé pour ça. Je vais t'attendre ici.

Je m'assois sur un muret. Ce lieu me va très bien, je le trouve grandiose. Alors que je ferme les yeux pour profiter de l'air frais, deux mains se posent de chaque côté de mes hanches, sans me toucher. Pourtant, une vague de chaleur me submerge, si intense qu'elle embrase mon corps tout entier, comme si les doigts d'Ash venaient de se glisser sous mes vêtements.

– Alors là, tu rêves, me dit-il. Je t'emmène.

Sa bouche frôle mon oreille avec légèreté, son torse se plaque contre mon dos, ses mains glissent le long de mes bras. La température grimpe de dix degrés. Je ferme les paupières dans l'espoir d'ignorer mon besoin subit de me retourner et de l'embrasser.

– Je te ralentirais, plaidé-je.

Aussi tendue que la corde d'un arc, je reste immobile. Le moindre mouvement pourrait empirer la situation, et il ne vaut mieux pas que je saute sur Ash ici. Mes os sont déjà en train de fondre. C'est possible, ça, d'ailleurs ?

– Heden, souffle-t-il. Ramène ton adorable cul au sommet de la montagne.

Sa bouche se pose sur mon cou et la mienne expulse un soupir. À deux doigts de dérailler, j'enfonce mes ongles dans mes paumes.

Quand les dents du biker me mordillent, je suis incapable de retenir un second gémissement.

Mais le charme se brise sur-le-champ.

Un froid anormal me saisit tout à coup, le vide se creuse dans ma poitrine. Ash vient de reculer. Je le regarde, hébétée. Son sourire est victorieux, ses yeux transpirent le désir.

– Grouille-toi, lance-t-il d'une voix grondante, sinon je te trimballe là-haut sur mes épaules.

Sans vraiment l'avoir décidé, je me mets debout. Mes jambes flageolent, mon cœur aussi. Je déteste cette attraction que le Styx Rider exerce sur moi, et en même temps… elle est sensationnelle. Jamais un homme ne m'a fait ressentir ça.

Histoire de dissimuler l'état dans lequel il m'a laissée, je le dépasse pour me diriger vers le seul sentier que je vois.

– Si tu marches à cette cadence, dans cinq cents mètres, tu t'écroules, me prévient Ash.

Peu importe. Je continue d'avancer à toute allure… mais, très vite, je déchante. Mes mollets commencent à brûler alors que la route monte, devient plus accidentée. Mes muscles ne vont pas tarder à crier grâce… Pour les ignorer, je me concentre sur les arbres, sur le chant du vent dans les feuilles, sur le bruit de la faune. Un écureuil traverse le sentier, un oiseau fait frémir la végétation au-dessus de ma tête.

Malgré moi, je finis tout de même par ralentir.

– On fatigue ? se moque Ash.

– Pas du tout. Je veux juste éviter de marcher sur un mulot.

– Ouais, c'est évident.

En quelques enjambées, le biker se glisse à ma hauteur. Son regard se pose sur mon visage. Ma gorge s'assèche, j'enfonce les mains dans mes poches de jean.

Reste concentrée, reste concentrée, reste concentrée…

Je m'arrête tout à coup, captivée par une fleur sauvage violette. Entourée de mauvaises herbes, elle est fière dans sa solitude.

– Une *cichorium intybus*, dis-je. Tu ne la trouves pas superbe ?

– Je suis pas très porté sur les fleurs et les papillons, me répond Ash.

– Mais tu aimes venir ici.

Il grogne. Un point pour moi.

– Tu la cueilles, qu'on se remette en route ? me lance-t-il.

Je me redresse pour lui faire face, les poings sur les hanches.

– Hors de question ! C'est interdit de cueillir les fleurs sauvages.

– Rappelle-moi, quel est ton métier, déjà ?

– Ce n'est pas la même chose ! répliqué-je avec un hoquet indigné. Cueillir une fleur juste parce que tu la trouves belle et offrir tout un bouquet pour rendre quelqu'un heureux, ça n'a rien à voir !

– OK, OK, sujet sensible. Te fous pas en boule pour ça.

Je ne suis pas en colère. Ou peut-être que si, un peu. Mais la *cichorium* n'y est pour rien. C'est surtout parce qu'un type que je connais à peine est capable de me retourner le corps et l'esprit.

– On y va ? demandé-je en faisant volte-face.

Sauf qu'Ash crochète mon poignet, m'oblige à le regarder et prend mon visage entre ses mains.

Ce serait le moment idéal pour qu'il m'embrasse.

Le temps s'arrête. Sa bouche est un appel à la luxure, l'idée de la posséder me fait vibrer tout entière.

– Sur une échelle de un à dix, à quel point ton paternel serait-il furax que tu te rapproches d'un biker ? me souffle-t-il.

La question me tétanise. Elle me déçoit, aussi, parce que je m'attendais à autre chose. Cela dit, elle n'en est pas moins pertinente.

– Aucune idée, je n’y ai pas songé, réponds-je. À quel biker fais-tu référence ? Ceux qui me suivent à la trace depuis une semaine ?

Ça lui en bouche un coin. Un autre point pour moi !

– Tu croyais que je n’avais pas remarqué que tu me fais surveiller ? enchaîné-je. Je l’ai deviné quand je me suis rendue au rayon serviettes hygiéniques de la supérette et qu’un motard y est allé aussi, comme par hasard.

Les mains d’Ash sont toujours posées sur mon visage ; quelques centimètres à peine me séparent de ses lèvres.

– Pas grave, ajouté-je précipitamment. J’ai l’habitude, c’était pire à Los Angeles. Les mecs de mon père me collaient aux basques en permanence. Au bout d’un moment, j’ai décidé de les ignorer. Je ferai pareil avec les Styx Riders. J’espère juste qu’à un moment vous vous rendrez compte que personne ne veut me tuer.

Je recule d’un pas, histoire qu’Ash me libère de sa prise. Tout à coup, je parviens mieux à respirer.

– On continue ? lancé-je. Il nous reste au moins trois kilomètres, non ?

– Heden.

– Oui ?

– Combien, sur une échelle de un à dix ?

Moi qui comptais éviter de donner une réponse ! Tant pis, je lâche :

– Je dirais quinze. Mais tu sais quoi ? Ça n'a pas d'importance, parce que mon père n'a aimé aucun de mes petits amis. Ça ne changera jamais, je me suis faite à l'idée.

Je tente de détailler l'expression d'Ash, afin de saisir si ce que je viens de lui annoncer lui pose problème. Mais il demeure soigneusement impassible, ça ne m'aide pas.

– D'accord, finit-il par déclarer. Au moins, je serai préparé aux conséquences quand toi et moi on s'enverra en l'air.

J'éclate de rire.

– Tu vas prendre tellement cher que je devrai rester à ton chevet pendant un mois, plaisanté-je. Mais ne t'en fais pas, je panserai tes blessures.

CHAPITRE 17

ASH

Elle a bien balancé les mots « petit ami » ? Comme si une véritable histoire entre elle et moi était possible ? Ça me trotte dans la tête, alors que ça ne devrait pas. Ce n'est pas la première fois qu'une nana me propose un plan de ce genre, les brebis tentent souvent le coup. Si ça n'avait pas été elle, je lui aurais dit d'aller se faire foutre, d'ailleurs. Mais là, je suis incapable de l'envisager.

Petit ami.

Elle me croit assez bien pour elle ? N'a-t-elle pas remarqué que je suis le genre de mec qui fout tout en l'air ? J'ai merdé il y a dix ans et je le paie encore.

Je me laisse quelques secondes pour imaginer à quoi je ressemblerais dans une relation amoureuse. Est-ce que je me comporterais comme le dernier des enfoirés ? C'est possible. Probable, en fait. J'ai perdu la main. Depuis que Shirley m'a largué, je navigue dans un océan de ténèbres, privé de repères.

Normal qu'à la première lueur vacillante à l'horizon, je me mette à péter un plomb et à me poser des tas de questions. Depuis quand une fille que je connais à peine me met-elle dans un tel état ? Le truc, c'est que j'ai donné dans le cœur brisé. Je n'ai pas envie de prendre le risque qu'on me foute un coup de poignard dans le dos à nouveau.

– Oh, regarde celle-là ! Mais ce sont des cosmos ! Il y en a de toutes les couleurs !

Une chose est sûre : Heden est différente de Shirley. Je me demande si elle comprendrait quel genre de lien m'unit à mes frangins. Si, quand je ne rentrerais pas le soir, elle me ferait un caca nerveux en disant que je ne prends pas assez soin d'elle. Si elle plongerait dans une humeur de merde toute la sainte journée parce j'ai préféré vendre des flingues plutôt que de l'inviter au ciné. Mon ex-fiancée ne supportait pas que les Styx Riders jouent un si grand rôle dans ma vie. Combien de disputes avons-nous essuyées à cause de ces conneries ? À cause de moi ? Ou à cause d'elle, parce qu'elle cherchait à m'éloigner des gars ?

– Regarde, des cirses ! J'aime trop leur couleur rose.

Heden court partout, se fout à genoux, s'extasie, se redresse, saute de fleur en fleur. On dirait une abeille qui a la dalle. Ou un chiot qui découvre l'extérieur pour la première fois. Forcément, on avance moins vite que je le pensais, mais dans le fond je m'en tape. Si j'ai pris ce chemin, c'est pour faire durer le plaisir. La compagnie de l'Amérindienne a quelque chose de jouissif.

– Ce serait cool qu'on arrive à bon port avant la nuit, lui lancé-je malgré tout, incapable de résister à l'envie de la taquiner.

Heden connaît le monde des bikers, son père en fait partie. J'ai cet espoir fou que ma vie pourrait ressembler à autre chose auprès d'elle. Cela fait dix ans que je n'ai plus vraiment songé à me caser, et, maintenant que je le fais, je me rends compte que ça me fait encore trop mal, là, dans ma cage thoracique.

– Oh, tu as raison, me répond Heden. Allons-y.

Elle marche sans se déconcentrer pendant… quoi ? Cinq minutes ? Ensuite, j'entends son souffle se saccader.

– Tu vas tenir le coup ? m'inquiété-je.

– Absolument, prétend-elle en me servant un sourire lumineux.

À la rougeur de son visage, on dirait qu'elle vient de courir vingt bornes sans s'arrêter. Elle n'est franchement pas sportive, c'est le moins qu'on puisse dire. Une chance que je lui aie menti sur le nombre de kilomètres à parcourir…

Quand, dix minutes plus tard, les arbres autour du sentier se clairsèment, laissant place au plateau le plus haut de la montagne, elle se fige. Voilà, nous sommes arrivés à destination. Sur le toit du monde… Heden fait face à l'immensité, les yeux écarquillés. Ici tout paraît si petit, si lointain… Même notre propre existence est avalée par la verdure omniprésente qui couvre collines et montagnes. Elle est noyée dans les lacs où semblent se réfugier les rayons du soleil. Tant de majesté m'a toujours inspiré. C'est ici que j'ai commencé à dessiner quand j'avais onze ans. Je me suis entraîné face à ce paysage jusqu'à en avoir les doigts en bouillie.

Heden s'approche du vide et se laisse tomber en position assise. Elle ne dit toujours rien. Je sais quel effet ça fait, la première fois. Et les mille suivantes aussi.

Nous ne sommes pas les seuls à avoir décidé de profiter du coin. Des couples avec des mômes font des photos, un sexagénaire appuyé sur sa canne contemple le panorama, des ados picolent tranquillement assis sur des rondins. Je me dirige vers le *food truck* de Juan, une connaissance à moi qui fait les meilleurs tacos du pays. Je lui en commande deux ; pendant que ça cuit, il jette un coup d'œil à Heden.

– Tu es venu avec une fille, mon ami, remarque-t-il. C'est bien la première fois.

Ça me surprend autant que lui.

– Tout arrive, faut croire.

– Le rencard se passe comment ?

Je me fige.

– Le quoi ?

– C'est bien un rencard, non ? insiste le Mexicain.

Je secoue la tête.

– Pourtant, ça y ressemble, lâche-t-il en haussant les épaules. Bon appétit. Si la demoiselle veut du rabe, qu'elle n'hésite pas.

Je récupère les tacos et marche jusqu'à Heden, encore sonné par cet échange. Un rencard, n'importe quoi. J'ai juste emmené l'Amérindienne faire un tour pour qu'elle découvre la région !

– Merci, murmure-t-elle au moment où je m'installe à ses côtés.

– Pourquoi ?

– Pour ça. Je n'ai jamais rien vu d'aussi beau.

Je suis à deux doigts de lui dire que moi, si. Ce serait beaucoup trop cliché. Mais j'en crève d'envie, dans le fond, parce que c'est vrai.

– Même quand tu partais en balade avec ton paternel ? demandé-je à la place. Tu as dû voir du pays avec lui, non ?

– J'ai visité des endroits sublimes, en effet. Mais aujourd'hui c'est différent, tu es…

Tu es là.

Je n'ai pas besoin d'entendre les mots pour les ressentir.

C'est bizarre, cette situation. Ça fait un bail que je ne me suis pas senti aussi détendu.

– Tiens, dis-je à Heden en lui tendant un taco. Pour te remettre de la montée.

– Oh, génial ! Je meurs de faim !

Ses yeux se révulsent de bonheur, elle renverse la tête en arrière en avalant la première bouchée.

– Haaaaaaaaan, c'est trop bon !

– Faut que tu rencontres Snack. Si vous vous inscriviez au prochain concours de mangeurs de hot-dogs, vous défonceriez tous les participants.

– Je connais Snack. On s'est parlé rapidement au *Purgatoire*. Il y a vraiment un concours de mangeurs de hot-dogs ? Quand ?

Je me retiens de sourire.

– Dans quelques jours, réponds-je. Je t'y emmènerai.

– Tiens-moi au courant, histoire que je jeûne avant.

– Où est-ce que tu fourres tout ce que tu bouffes ?

Elle a déjà dévoré la moitié de son déjeuner.

– Ce sont les quatre kilomètres qu'on vient de parcourir qui m'ont donné aussi faim, prétend-elle.

– On en a fait à peine un et demi.

– C'est vrai ? Alors c'est l'alcool d'hier. Je n'ai presque rien mangé à la fête.

J'éclate de rire. Elle fronce les sourcils.

– Pourquoi tu te moques ?

– Tu t'es servi trois parts de gâteau.

– Mais… non.

Oh que si. Cette nuit, j'ai été incapable de la quitter des yeux. J'ai même abandonné mon projet d'aller picoler au *Purgatoire* pour la mater jusqu'à ce que je sois trop crevé pour garder les paupières ouvertes.

– D'accord, admet-elle. Mais ce fondant au chocolat était vraiment trop bon. On n'a rien fait de mieux sur cette planète que la nourriture.

Je me tourne vers elle. Pour ma part, je n'ai pas encore touché à ma bouffe. J'ai un nœud dans l'estomac. Toutefois, contrairement à ceux qui me donnent la gerbe habituellement, celui-ci est plutôt agréable.

Je crois que je suis heureux.

À moins que je sois à deux doigts de déclarer une gastro.

Heden lâche un râle à réveiller les morts, lève les bras en l'air et se laisse tomber en arrière. Elle a fini son taco en deux minutes chrono.

– Mon pote Juan m'a dit que si tu en voulais encore, tu pouvais aller demander, lui indiqué-je. Je crois qu'il ne réalisait pas à quoi il s'engageait.

– Non, ça ira, s'exclame-t-elle en riant. Ces quatre kilomètres m'ont achevée !

– Un et demi, lui répété-je.

Elle ne me répond pas, les yeux fermés, le corps complètement détendu. Je pose mon déjeuner à côté de moi et l'observe. Le tee-shirt Deadpool qu'elle porte est remonté jusqu'à son nombril, laissant apparaître la peau hâlée de son ventre. J'ai envie de glisser ma main dessous, de caresser ses seins, d'embrasser son cou. Je voudrais sentir son parfum, passer les doigts dans ses cheveux, sur ses lèvres douces, puis les perdre plus bas. Même le décor puissant ne parvient pas à m'enlever ces idées de la tête. Je veux posséder cette fille. La faire mienne. Je veux qu'elle crie mon nom, que ce dernier s'imprime dans son esprit à jamais.

Elle ouvre les yeux, accroche les miens. Encore une fois, on dirait qu'elle savait que je la regardais.

Elle se mord la lèvre inférieure en fermant ses petits poings. Je suis à deux doigts de m'échouer sur elle pour prendre possession de sa bouche.

Mais son téléphone sonne.

Putain de téléphone à la con !

Sans me quitter du regard, elle décroche.

– Allô ? Oh, salut papa !

Fait. Chier.

– Oui, ça va très bien. Je suis…

Elle se penche vers moi et me souffle :

– On est où ?

– Sur le pic d'Hadès.

– Sur… le pic d'Hadès, répète-t-elle pour son père. La vue est incroyable ! Je t'y emmènerai. Faut marcher quatre kilomètres au moins, mais c'est facile. Bien sûr que j'ai réussi à monter ! Avec qui ? Oh, un membre des Styx Riders.

Les pieds dans le plat. Parfois, je me demande si cette nana réfléchit avant de parler. Elle n'a aucun filtre. Mais la situation devient intéressante, je ne peux pas le nier.

– Pardon ? Tu veux lui parler ? glapit-elle. Pourquoi ? Non, c'est inutile… Je te jure que… Oui… je sais, mais…

– Passe-le-moi.

Je tends la main vers Heden afin qu'elle me donne le téléphone. Horrifiée, elle secoue la tête. Pourtant, elle finit par obtempérer, la mine désolée.

– Tu l'auras voulu, me prévient-elle.

Mon clin d'œil est loin de la détendre. Je porte l'appareil à mon oreille et lance :

– Salut, Isha. Ça fait quoi ? Six, sept ans qu'on ne s'est pas vus ?

CHAPITRE 18

HEDEN

Je n'en reviens pas ! Mon père et Ash se connaissent. Sérieusement ?

– Mets le haut-parleur, ordonné-je au biker.

Bien entendu, il ne m'obéit pas.

– Oui… dit-il à mon père. Ash Devon… le fils de Bradley… c'est ça… Ça remonte, en effet.

Un sourire terrible étire ses lèvres. Mon cœur manque de s'arrêter de battre quand il continue avec une voix pleine de sous-entendus :

– Ta fille ? Oh oui, plein de fois… partout… On allait le refaire, justement…

Un ange passe. J'imagine déjà quelles fleurs vont orner la tombe d'Ash dans une poignée de jours… Je lui bondis dessus avant qu'il empire notre cas et lui commande :

– Rends-moi ce téléphone !

Il rit et m'esquive en levant le bras pour me bloquer. Ça me tue de ne pas savoir ce que lui répond mon père. J'envisage le pire. Il menace certainement le Styx Rider de le faire fondre dans un bain d'acide. Ou de le délester de ses parties génitales.

– Ash ! Arrête !

Allez savoir comment, je me retrouve à califourchon sur lui. Ça pourrait être terriblement romantique si je n'étais pas en train d'essayer de l'empêcher de commettre l'irréparable.

– Depuis combien de temps je connais Heden ? Dans quel sens du terme ?

J'aiderai mon père à l'enterrer, c'est officiel...

Je me fige, la bouche entrouverte d'effroi. Ash me fixe du regard avec un demi-sourire amusé, qui contraste avec la lueur sauvage dans ses yeux.

– Une semaine, ajoute-t-il. Elle est tombée en panne devant le *Purgatoire*... Aucun problème, salut.

Il me tend mon portable.

– Papa biker veut causer.

– Monstre !

Je m'empare du téléphone et j'affirme à mon terrifiant géniteur, la gorge sèche :

– Ce n'est pas du tout ce que tu crois !

– Pourquoi ne m'as-tu rien dit pour ta panne ?

Ah, je pensais qu'il aborderait un sujet plus fâcheux... Ça me va.

– Parce que c'est arrangé, réponds-je. Ash m'a aidée. Et puis, je n'ai plus dix ans, je te rappelle.

Papa pousse un soupir.

– Tu sais quel rôle joue le fils Devon dans son club ?

La main de l'intéressé se pose sur ma cuisse. Ce contact répand un incendie jusque dans mon bas-ventre. Je pourrais me dégager, si je ne trouvais pas la sensation extrêmement agréable. Comme s'il me défiait de l'arrêter, Ash fait glisser ses doigts vers mes hanches tandis que mon père gronde :

– Heden, tu es toujours là ?

– Oui… Enfin, non, je ne sais pas quel est son rôle. Pourquoi ?

– Je connais ta facilité à t'attacher aux gens. Tu vois ce qu'il y a de meilleur en chacun… mais n'oublie pas qu'on a tous une part d'ombre. Les bikers plus que n'importe qui d'autre. Nous ne sommes pas des enfants de chœur.

D'un mouvement brusque, je dégage la main d'Ash. C'est sans compter sur ses réflexes. Encore une fois, je me retrouve sous son emprise. Son sourire devient plus sauvage, carnassier.

– Où veux-tu en venir ? demandé-je à mon père.

– Avant de t'engager sur un terrain miné, pose les bonnes questions, me met-il en garde.

– Mais… il n'y a rien entre lui et moi !

Ash cesse de me taquiner. À son tour, il me fait signe d'activer le haut-parleur. Il peut aller se faire voir, puisqu'il m'a ouvertement ignorée un peu plus tôt.

– Fais attention, Heden, poursuit mon père. Si un mec comme lui s'intéresse à toi, ce n'est pas simplement parce que tu aimes les Harley et que tu es la principale source de revenus de Netflix.

– Je ne suis pas la…

– Il va vouloir te mettre dans son lit. Ce genre de type ne cherche qu'une seule chose : baiser.

C'est cru. Tout à fait le genre de mon père.

– Et alors ?

Papa gronde. Ma réponse ne lui convient pas. Aucune importance : il faudra bien qu'il finisse par comprendre que je ne suis plus une enfant.

– Nous sommes amis, ajouté-je.

– Juste amis ? m'interroge mon père.

– Oui.

– Il a intérêt à ce que vous le soyez encore quand je me pointerai à Black Lake. Je ne suis pas dupe, j'ai grillé son délire.

Sur ce, papa raccroche. J'expulse tout l'air de mes poumons, histoire de remettre de l'ordre dans mes pensées avant d'affronter Ash.

– Qu'est-ce qu'il a dit ? me demande ce dernier.

– Que si tu m'enlèves mes fringues, il te coupe en morceaux pour te jeter dans le lac.

Loin d'être affecté, le biker éclate de rire.

– J'aimerais bien voir ça.

– Et à toi, qu'est-ce qu'il a dit ?

– Il voulait savoir si on baisait.

La fin est proche.

– Il n'a pas eu l'air de me croire quand je lui ai dit que oui, poursuit-il. Je sais pas pourquoi…

Tous les dieux soient loués ! Ash va continuer de vivre, et moi aussi.

– Je ne suis pas du genre à sauter sur le premier biker venu, c'est pour ça, avancé-je.

– J'espère bien.

Je m'allonge, le visage tourné vers le ciel qui se charge de nuages. L'air humide annonce une pluie imminente.

– À quoi tu penses ? me demande soudain Ash.

– Pourquoi appelle-t-on cet endroit le pic d'Hadès ?

– Parce que la légende raconte que Perséphone, lassée de l'Olympe et des enfers, serait venue ici et y aurait élu domicile.

– En Amérique ?

– Faut croire qu'elle aime voyager.

Elle me paraît étrange, cette légende.

– Tu viens d'inventer cette histoire ? soupçonné-je.

– Ouais. Ce pic n'a pas de nom, ce qui veut dire qu'on peut le baptiser comme on veut.

Je lève les yeux au ciel. Au fil des minutes qui passent, le ciel devient de plus en plus sombre. Ash continue à me parler. J'apprends que c'est son père qui a fondé les Styx Riders il y a plus de vingt ans.

– J'ai très vite voulu devenir un membre officiel, me raconte-t-il.

– Tu avais quel âge quand tu es entré dans le club ?

– Seize ans.

C'est tôt. Faire un tel choix de vie pendant l'adolescence et ne plus en dévier… Voilà un destin un peu triste.

– Quel est ton rôle dans la hiérarchie ? enchaîné-je.

Les muscles du dos du biker se tendent, ses mâchoires carrées se contractent. Je savais qu'il aurait cette réaction : papa avait la même lorsque je lui posais des questions auxquelles il ne voulait pas répondre.

– Je suis pas sûr que tu sois prête à entendre ça, souffle-t-il.

– Pourquoi ?

– Parce que ça ne te plaira pas.

Déçue, je hoche la tête en silence. Si Ash n'est pas prêt à se dévoiler, je ne peux pas l'y forcer. On a tous nos secrets, une part de nous qu'on ne souhaite pas montrer.

Au loin, un coup de tonnerre résonne. Les touristes quittent les lieux précipitamment. Le vent enfle, agitant les branchages des arbres en contrebas. Ceux-ci s'entrechoquent en une mélodie qui accélère les battements de mon cœur.

– Les esprits chantent, chuchoté-je.

– Quoi ?

– C'est ce que mon père m'a raconté, une fois. Les bourrasques dans les arbres créent un son particulier…

– Les esprits chantent, répète Ash. C'est bon, j'ai pigé. C'est vrai que je préfère cette version à celle de l'estomac de Perséphone qui gargouille.

– Ça vient encore de toi, ça ?

– À ton avis ?

Quand j'ouvre les paupières, le biker me regarde avec une expression étrange. Contrairement à d'habitude, il n'est pas moqueur. Dans ses yeux, c'est plutôt de la tendresse que je lis.

– Allez, on décampe, décide-t-il. Le temps va se gâter.

– Comment peut-il changer aussi vite ?

– Bienvenue à Black Lake, petit chat.

Il est déjà prêt à partir. L'atmosphère sent l'orage. Cette odeur me plaît bien, surtout mêlée à celle d'Ash. Je fronce les sourcils en voyant ce dernier tourner le dos au sentier que nous avons emprunté pour venir.

– On va où ? lui demandé-je.

– On rentre. Cette route-là est plus courte.

– Il y avait un autre chemin ? m'exclamé-je. Tu veux dire que tu aurais pu m'éviter les crampes ?

– Ouais, mais ça aurait été tellement moins drôle…

Maintenant que j'y réfléchis, c'est logique. Jamais la camionnette du vendeur de tacos n'aurait pu monter par l'étroit sentier que nous avons pris tout à l'heure.

– Ton humour laisse à désirer, grogné-je.

– Tu entends la montagne chanter ? réplique Ash. Elle nous dit de foutre le camp. En piste.

Le ciel se déchire. Un éclair illumine le paysage, la pluie s'abat sur ma tête sans prévenir. Voyant que le biker ricane devant ma mine déconfite, je grogne :

– Ce n'est pas marrant.

– Tu veux que je te dise un truc encore moins drôle ? Tu vas devoir courir !

Il part en sprint. Pendant une seconde, je me demande si ça vaut la peine de l'imiter. Il s'arrête une centaine de mètres plus loin, je n'ai pas bougé d'un cil. Il porte deux doigts à ses lèvres et siffle. Je pousse un long soupir. Bon, quand il faut y aller, il faut y aller… Il est déjà arrivé à sa moto depuis un bail quand je le rejoins, essoufflée, la poitrine en feu et trempée jusqu'aux os.

– Je… suis… crevée !

Lui a toujours fière allure, même dégoulinant de pluie. Je me demande s'il est passé par l'armée. Il a la carrure d'un soldat, une coupe de cheveux militaire, le visage strict… Un uniforme lui irait bien, même si j'aime aussi son blouson et ses jeans.

Un autre coup de tonnerre résonne, suivi de près par un éclair. Ash m'attrape par le bras et déclare :

– Amène-toi.

Il m'entraîne vers la forêt. L'orage est tellement violent que je n'y vois pas à un mètre. Je manque de tomber toutes les deux secondes ; heureusement, Ash me retient à chaque fois. Quand enfin la pluie s'arrête net, je me rends compte que nous venons d'entrer dans une grotte sombre. Dehors, le vent redouble de colère, comme si nous savoir à l'abri lui déplaisait.

Les esprits ne chantent plus, ils nous maudissent. Ou alors, Perséphone nous en veut de quitter sa petite fête.

– Mais c'est quoi, cette région ! pesté-je.

– Tu t'y feras si tu restes. Ça va ?

Mis à part que je claque des dents, des genoux, de l'âme ? Oui.

– On va faire brûler quelques branches, ça risque de durer un moment, m'indique Ash.

La perspective me plaît beaucoup. Par chance, des morceaux de bois ont été conservés au sec par l'abri de la grotte.

– Comment tu connais cet endroit ? demandé-je au biker.

– J'ai baisé ma première copine ici.

– Charmant.

Dix minutes plus tard, un feu rougeoyant repousse le froid. Je m'en approche autant que je peux pour tenter de me sécher.

– Je te préviens : si tu t'immoles, je te balance à l'extérieur, me dit Ash. Je ne veux pas crever dans ces flammes-là, je suis déjà destiné à souffrir dans celles des enfers.

– Parce que t'es un sale con ?

– T'as tout compris, mon petit chat.

Dans la lueur orangée qui baigne désormais les lieux, je remarque à quel point le visage d'Ash est marqué par la douleur, même s'il fait tout pour la cacher. Je me demande s'il sait que, parfois, ce masque tombe. Il est beau, mais il est triste.

Je repense à son ex-fiancée, Shirley. Est-ce à cause d'elle qu'il a cette mine tendue ? Qu'il a les mains abîmées de cette façon ?

– Tu t'es fait ça comment ? lui demandé-je.

Il suit mon regard jusqu'à ses phalanges, puis me répond abruptement :

– J'ai cogné un mec jusqu'à ce qu'il soit à deux doigts de crever.

CHAPITRE 19

ASH

Il existe deux façons de savoir si quelqu'un nous accepte tel qu'on est : balancer la vérité à la manière d'une bombe comme je viens de le faire, ou se montrer patient. La seconde option, je l'ai choisie il y a dix piges et elle ne m'a pas fait de cadeaux. La première est plus brutale, et sans doute plus dangereuse.

Je me dis qu'Heden sait à quoi s'attendre à propos des bikers, puisque son paternel est dans le milieu. Mais en même temps, c'était le cas de Shirley aussi, on se connaissait depuis toujours. Ce qui me fout encore en rage la concernant, c'est surtout l'avenir qu'elle m'a fait miroiter… jusqu'à ce qu'elle me l'arrache d'un seul coup. Prétendre que je ne l'avais pas vu venir serait mentir. Elle tiquait chaque fois que je passais du temps avec les frangins, quand je revenais de mission en tant que prospect, ou quand je refusais de lui parler du club.

J'ai fait l'erreur de penser que notre amour serait plus fort que ça.

Je préfère me montrer franc avec Heden. Si elle cherche à s'accrocher, je veux qu'elle sache à qui.

– Il le méritait ? demande-t-elle, à ma grande surprise.

– Il tabassait des filles.

Elle hoche la tête en essayant de rester imperturbable. Sauf que c'est mon truc, l'impassibilité, pas le sien. Je vois bien qu'elle est chamboulée. J'aimerais qu'elle me dise ce qu'elle pense, mais lui demander reviendrait à lui prouver que j'en ai quelque chose à faire… n'est-ce pas ? Je préfère rester sur mes gardes. Je me méfie de la sympathie qu'elle m'inspire alors que je la connais à peine. Alors je me réfugie derrière la moquerie pour cacher qu'au fond, je suis ravagé par une tempête aussi puissante que celle qui souffle à l'extérieur.

– Ça te fait quoi de passer la journée avec un psycho ? lancé-je.

– *American Horror Story* ou toi, je ne sais pas ce qui me terrifie le plus, me répond Heden d'un ton faussement léger.

– Je pourrais te donner la réponse.

Et ça pourrirait franchement l'ambiance. Déjà qu'elle n'est pas au beau fixe…

Le regard noisette de l'Amérindienne se pose sur les flammes. Elle tremble un peu moins. Je m'en veux de ne pas avoir vérifié les prévisions météo avant de partir. Mon impulsivité me revient souvent à la gueule.

– Pourquoi as-tu tout plaqué pour venir ici ? demandé-je soudain. Ne me dis pas que c'est pour ta carrière de fleuriste.

Heden hausse les épaules, songeuse.

– J'avais envie de découvrir le monde. Et puis…

Elle rougit à la lueur des flammes.

– Et puis ? l'encouragé-je.

– Tu as déjà eu le cœur brisé, Ash ?

Oh oui. Même écrasé, haché et jeté à des clébards affamés.

Je m'abstiens d'avouer ça à haute voix. Cette partie de ma vie, je souhaite la garder pour moi. Quel abruti irait parler de son ex à une meuf qu'il souhaite baiser ?

– C'est pour ça que tu as quitté Los Angeles ? supposé-je. À cause d'un connard ?

– Disons plutôt qu'il n'était pas celui qu'il me fallait. C'était un ado dans le corps d'un homme. Au bout de plusieurs mois, ça lasse.

Tu m'étonnes. J'ai hâte de lui montrer ce qu'est un vrai mec.

– Ce qui m'a déçue, c'est son absence de réaction lorsque j'ai décidé de rompre, poursuit Heden. J'aurais apprécié qu'il cherche à sauver notre aventure, qu'il me prouve que, pour lui, ce n'était pas juste… une amourette, tu vois ?

Des milliers de fois, je me suis demandé si Shirley avait souhaité la même chose. Que je la retrouve, que je la supplie de rester, que je lui offre ce qu'elle a toujours désiré : la stabilité, la sécurité.

– Je comprends ce que tu veux dire, mon petit chat, affirmé-je.

Heden sourit. Je me dis que son ex et la mienne méritent de crever dans une lente agonie. Lui pour avoir abandonné une fille comme elle, Shirley pour m'avoir quitté sans aucune explication.

– Ce ne serait pas du sang, sur la roche ? s'exclame-t-elle soudain en fixant du regard un point invisible dans mon dos.

Je me retourne aussi sec. Le changement de sujet tombe à pic, avouons-le. Heden se trompe : c'est du grès rouge qu'elle voit. Mais, plutôt que le lui expliquer, je préfère la faire marcher :

– C'est vrai que tu es nouvelle. Tu ne connais pas l'histoire de Frank.

– Frank ?

– On raconte qu'il y a quelques années, une série de meurtres sanglants a été commise en ville. Un jour, les flics ont retrouvé l'assassin et une course-poursuite s'est engagée. Elle s'est terminée dans cette grotte. Frank a été buté juste ici, sans la moindre sommation. Son fantôme erre toujours, à la recherche de nouvelles victimes.

Heden écarquille les yeux… puis éclate de rire.

– N'importe quoi. Tu essaies vraiment de me faire croire une chose pareille ?

– Pense ce que tu veux. Heureusement que je suis là. Si tu avais été seule, Frank aurait sans doute déjà rappliqué.

– Que ferait une fille seule ici ?

– Va savoir. Tu fais quoi, toi, quand tu es seule chez toi ?

– Je regarde Netflix.

– C'est tout ?

Heden fronce les sourcils, puis énumère :

– Je lis, j'écoute de la musique, je téléphone à mon père, je décore… Attends, tu ne parles pas de mes passe-temps, en fait ?

Elle reste choquée un instant mais, très vite, elle se marre.

– Je fais ça aussi, ajoute-t-elle face à mon silence éloquent.

– Quoi donc ?

– Ce à quoi tu penses. Dans mon lit, sous la douche…

La vision d'elle qui envahit mon esprit me rend fou. Je l'imagine nue, allongée sous ses draps, en train de se caresser. Le feu qui nous sépare est bien moins puissant que celui qui m'enflamme. Je me lève d'un bond, la queue comprimée par mon jean, prêt à fondre sur la belle Amérindienne.

Mais, une fois de plus, nous sommes interrompus par une sonnerie de portable. Le mien, cette fois.

Foutue technologie ! J'ai envie de balancer l'appareil contre le mur.

C'est Ross, mon employé au salon de tatouages, qui cherche à me joindre. Il ne me contacte jamais le week-end sauf s'il y a un problème. Il faut que je prenne cet appel…

Ma grimace fait rire Heden.

– Réponds, m'ordonne-t-elle.

– Je reviens. Il va falloir qu'on parle sérieusement tous les deux.

Ses yeux brillent d'un millier d'étoiles.

– D'accord, accepte-t-elle, guillerette.

– Fais gaffe à Frank. Il ne faut surtout pas prononcer son nom dans la grotte.

– Mais tu viens de le faire… plusieurs fois ! Hé !

Je sors sous la flotte. Les trombes d'eau qui me percutent réussissent à peine à me remettre de ma gaule.

– Salut Ross, lancé-je en décrochant. Ça a intérêt à être important.

Des grésillements retentissent à l'autre bout du fil. Le réseau n'est pas très bon ici. Je me dirige vers la route, espérant que je capterai mieux si je m'en rapproche.

– Ash ? Je t'entends mal, me dit mon employé.

– Qu'est-ce que tu veux ?

J'arrive à saisir le principal :

– Le salon a été vandalisé. Les passants ont vu un gamin s'enfuir en courant.

– Merde…

Une colère sourde me crame le bide.

– Tu vas venir ? me demande Ross.

– Ouais. Je te rejoins sur place.

Celui qui a tagué ma boutique va crever dans d'atroces souffrances. Personne ne s'attaque à ce qui m'appartient, jamais.

Je raccroche, aussi trempé que vert de rage, et je m'appuie contre un arbre pour prendre le temps d'inspirer et de me calmer… Mon tête à tête avec Heden ne doit pas se finir sur une crise de nerfs, au risque de tout gâcher entre nous.

– Fait chier.

CHAPITRE 20

HEDEN

Frank n'est pas réel, j'en suis certaine. Je commence à cerner l'humour d'Ash : il cherche sans arrêt à me rouler dans la farine. Cette fois, je ne marche pas. Les mains tendues devant notre feu de camp, je me force à me concentrer sur la chaleur. Un soupir m'échappe ; je lance un coup d'œil vers le fond de la grotte. Les ténèbres qui y règnent sont quand même bien flippantes.

Non, je ne dois pas penser à ça !

Afin de me préserver des visions sanglantes qui m'assaillent, je m'oblige à me focaliser sur Ash. Sur la sincérité avec laquelle il m'a avoué avoir frappé quelqu'un jusqu'à en avoir les mains écorchées. Sur la tension que j'ai remarquée dans ses yeux à ce moment-là, comme s'il craignait ma réaction. Je dois l'admettre, l'imaginer tabasser un homme me dérange. Mais, étrangement, cela ne m'effraie pas, même si ça devrait. L'aura apaisante qu'il dégage quand je suis avec lui m'empêche de paniquer. Lorsqu'il me regarde, ce n'est pas de la violence que je perçois : c'est de l'humour, un brin de tendresse et beaucoup de désir. C'est ce qui m'attire chez lui : non seulement il me fait rire, mais il me procure surtout la sensation que rien de terrible ne pourra jamais m'arriver. Enfin, tant qu'il restera à côté de moi. J'ignore quoi penser de ce lien qui se noue entre nous, aussi sauvage que rapide. Pour l'instant, je suis le courant sans lutter. On verra bien pour la suite.

La manière dont Ash s'est levé juste avant que son téléphone ne sonne me laisse penser qu'il s'apprêtait à m'embrasser. Je l'aurais laissé faire. J'ai bien compris qu'il tâtait le terrain, qu'il ne souhaitait pas me brusquer… Mais il peut y aller.

Le sexe ne m'effraie pas.

Contrairement au silence de cette grotte.

– Ash, soufflé-je. Tu m'entends ?

En réponse, un bruit léger, mais glaçant s'élève. Trop près de moi. Ça ne peut pas être le biker, je l'aurais vu approcher.

– Il y a quelqu'un ?

Frank n'existe pas, me répété-je.

C'est évident que le criminel est une pure invention. Alors qu'est-ce qui vient de frôler le bas de mon dos ? Mon cœur explose. Je bondis sur mes pieds et me précipite à l'extérieur. Qu'importent la pluie, le froid, les arbres. Je suis soudain terrorisée.

– Ash !

Je crie son nom avec tant de désespoir… C'est pathétique.

– Ash, il faut qu'on s'en aille ! Vite !

Où est-il ? Je doute qu'il soit parti aussi loin. Me voilà maintenant au milieu de la forêt, aveuglée par l'averse. Je rebrousse chemin pour revenir vers la grotte quand un craquement macabre retentit. Impossible de savoir d'où il vient. Mon sang se glace dans mes veines.

Je déteste le biker de m'avoir effrayée avec son histoire stupide ! Entre aimer les films d'horreur et vouloir en vivre un, il y a une sacrée différence.

– Ash, tu es là ?

Je plisse les yeux dans l'espoir de le distinguer dans la purée de pois. Le marron et le vert se mêlent au gris de la pluie, mes pieds s'enfoncent dans la boue.

Une main se pose soudain sur mon épaule. Mon hurlement résonne à travers la forêt. Alors, quand le tueur crochète mes bras et m'oblige à faire volte-face, je crie encore.

Mais ce n'est pas Frank. C'est Ash. Il dégouline de partout et son regard oscille entre la colère et l'inquiétude.

– Qu'est-ce que tu fous, Heden ?

Ma terreur s'envole, laissant place au soulagement. Ce qui se passe ensuite est entièrement dicté par l'adrénaline. Ma bouche s'abat sur celle du Styx Rider, mes mains entourent sa nuque et mon corps se plaque contre son torse. Il lui faut une demi-seconde pour réagir. Sa langue se fraye un passage entre mes lèvres, possède la mienne avec tant d'ardeur qu'un soupir m'échappe. Le froid, la pluie, le monde disparaissent. Ils n'ont plus aucune importance. Seul Ash continue d'exister, de résonner dans mon être tout entier. Il saisit mes hanches, me soulève et me plaque contre une surface dure. Quand j'enroule mes jambes autour de lui, nos corps s'emboîtent à la perfection, comme s'ils étaient faits l'un pour l'autre.

Le biker s'arrache à notre baiser. Sa main droite glisse dans mes cheveux, s'y cramponne. De la gauche, il caresse mes côtes sous mon tee-shirt, embrasant mon épiderme. Quand il saisit l'un de mes seins, je suis incapable de retenir un gémissement. D'une pression des pieds, je l'oblige à se coller davantage contre moi. Je sens son sourire contre ma peau et mes veines prennent feu. Ce que je ressens est extraordinaire, plus grisant que tout ce que j'ai vécu jusque-là.

Je me cabre pour apprécier l'érection d'Ash entre mes jambes. Son désir irradie mon âme, je le perçois dans ma chair. Ma raison vacille. Je le veux en moi.

Je le veux tout entier.

– Ash…

– Heden…

Il s'empare de nouveau de ma bouche avec une sauvagerie animale. Ce n'est pas désagréable, au contraire.

Mais, la seconde d'après, il recule comme si je l'avais brûlé. Mes pieds touchent à nouveau le sol, mes jambes flageolent. Le retour à la réalité est brutal. C'est comme si on venait de m'arracher toute ma chaleur.

Ash, les mains plaquées de chaque côté de mon visage, me dévore des yeux. Essoufflée, je reste immobile. *La pluie ne tombe plus*, remarqué-je. L'air s'emplit d'un arôme de terre mouillée, les oiseaux se sont remis à chanter. Une éclaircie perce le couvert des arbres. Mais ce qui continue à emplir mon univers, c'est le biker. J'ai encore le goût de sa langue dans ma bouche, son parfum dans mes narines.

On dirait qu'il attend que je parle. Ou alors, il fait une attaque cérébrale, je ne sais pas trop.

– Frank a essayé de m'arracher un bras, dis-je pour briser le silence.

– Frank ?

Ash éclate de rire. Sans crier gare, il s'approche de moi et enfonce son visage au creux de mon épaule.

– Il faudra que je pense à le remercier, ajoute-t-il en déposant de légers baisers dans mon cou. Sans cela, jamais tu ne m'aurais sauté dessus.

– Je ne t'ai pas… Bon, d'accord, c'est parce que j'avais peur.

Le visage du biker se fend d'un sourire moqueur, puis il déclare :

– Faut qu'on rentre. Crois-moi, je suis le premier à penser qu'on devrait s'envoyer en l'air sur-le-champ, mais j'ai un truc urgent à faire. Amène-toi.

Je le suis de près, la tête envahie de questions. Que va-t-il se passer maintenant ? Je ne peux pas faire comme si mon attirance pour lui ne comptait pas, notre baiser vient de me le prouver. Est-ce qu'il me voit plutôt comme une conquête d'un soir ou comme une éventuelle petite amie ?

Je n'ai toujours pas de réponse quand nous rejoignons sa Harley encore trempée et l'enfourchons pour descendre de la montagne. Comme à l'aller, je pose mon visage contre le dos d'Ash et me délecte du roulis de ses muscles sous sa veste. Pour ne pas songer à ce qui vient de se passer entre nous, je me laisse imprégner par le paysage. Tout est si beau, si calme… Je me jure de revenir ici avec ma voiture, de temps en temps.

Lorsque nous rejoignons le chalet au bord du lac, le biker arrête sa moto. Il a l'air soucieux.

– Quelque chose ne va pas ? lui demandé-je en lui rendant le casque qu'il m'a prêté.

Pour toute réponse, il secoue la tête. Je comprends le message : il ne souhaite pas en parler. Très bien, je ne peux pas le forcer à se confier.

– Merci pour tout, Ash, lui dis-je. C'était un super moment.

– Heden !

La voix de Kris me pousse à me retourner. Elle me rejoint en courant, la mine plus fraîche que ce matin.

– Tu étais où ? me demande-t-elle, curieuse.

– Ash me faisait visiter le coin.

– Mon frangin, cette âme si charitable, pouffe-t-elle.

– Ta gueule, Kris, grogne l'intéressé. Bon, faut que j'y aille. On se voit plus tard, Heden ?

Il me décoche un clin d'œil, puis démarre. Mon cœur joue au rodéo dans ma poitrine, mes doigts brûlent de le toucher à nouveau.

– Ça va, Heden ? s'inquiète Kris. C'est quoi cette tête ?

– Quelle tête ?

C'est malin, mon visage vient de virer au cramoisi. Si avec ça Kris ne se doute de rien, je suis vraiment chanceuse.

– Je ne sais pas… lâche-t-elle, l'air de rien. Je te trouve bizarre.

Je hausse les épaules. Je me vois mal lui dire que j'ai embrassé son frère dans la forêt et que c'était plutôt chaud.

– Bon, allez, il faut que je parte, lance-t-elle. Je dois aller récupérer Alex chez son grand-père. À demain ?

Elle me serre dans ses bras comme si nous étions amies. Peut-être que nous le sommes, d'ailleurs, même si nous nous connaissons seulement depuis quelques jours.

– Merci pour la boule à neige, au fait, me dit-elle. Elle est sublime.

Un dernier baiser sur ma joue, et elle rejoint sa voiture. Je ne tarde pas à l'imiter.

L'après-midi touche à sa fin lorsque je regagne mon appartement. J'enlève mes chaussures dans l'entrée et file me réfugier sous la douche. Malgré le froid qui régnait dans la forêt, une espèce de chaleur poisseuse continue de me coller à la peau. L'eau fraîche me fait du bien : elle a le don de soulager mon corps de toute tension sexuelle et de me débarrasser de ma frustration.

Gelée, mais étrangement heureuse et détendue, je pense à Ash. À notre baiser, à ce que j'ai ressenti dans ses bras. Les paroles de mon père me reviennent en mémoire.

Si un mec comme lui s'intéresse à toi, ce n'est pas simplement parce que tu aimes les Harley et que tu es la principale source de revenus de Netflix.

Je ne suis pas idiote, je sais que les hommes comme Ash aiment le sexe. Une partie de moi espère que notre relation ne se résumera pas qu'à ça. L'autre me supplie d'arrêter de réfléchir et de me laisser aller.

C'est cette dernière résolution que je prends en sortant de la cabine de douche.

CHAPITRE 21

ASH

T'es mort.

Le graffiti sur la devanture de mon salon de tatouages me fait à la fois rire et grincer des dents. Le mec qui a taggué ça ne réalise pas que, de nous deux, c'est lui qui va morfler. Il veut me voir passer l'arme à gauche ? Il va comprendre que la Grande Faucheuse, c'est moi.

– Tu as une idée de qui a fait ça ? me demande Ross en désignant la vitre éclatée.

Un inconscient.

– Nan, mais je trouverai. Tu peux rentrer chez toi, je m'occupe du reste.

Mon employé hoche la tête puis s'éloigne. Dans la foulée, j'appelle mon assurance, qui me signale qu'elle envoie un gars pour sécuriser la boutique le temps que les travaux soient effectués. En attendant qu'il se pointe, je me cale contre la façade, les yeux rivés sur la fenêtre d'Heden. J'espère que je l'apercevrai avant de foutre le camp pour le club. Mais les minutes passent et elle n'apparaît pas. Pourquoi suis-je aussi déçu ? Un truc ne tourne pas rond chez moi, c'est clair.

Une fois le vigile arrivé, je prends la route. L'Amérindienne me trotte toujours dans le crâne. Son baiser, la façon dont elle m'a sauté dessus, la fougue avec laquelle son corps a répondu au mien… Impossible de chasser tout cela de mon esprit. Le goût de ses lèvres imprègne encore ma bouche. Sous mes doigts, c'est la douceur de sa peau que je sens.

Je suis foutu. Définitivement. Cette nana s'est creusé un passage dans mon cœur à vif et on dirait qu'elle compte bien y rester.

Son rire résonne à mes oreilles. Je deviens barge. Je suis même prêt à m'attirer les foudres de son paternel pour la faire mienne !

Je me gare devant le *Purgatoire*. Il y a déjà pas mal de monde : une rangée de bécanes accroche la lueur du soleil couchant. C'est beau à en crever. Je m'en grille une en profitant du paysage.

– À quoi tu penses ? intervient Gun en sortant du bâtiment.

– À la façon dont je te défoncerai si tu te tapes ma frangine.

Faut jamais chercher à savoir ce que je pense. Ma tête est un gros bordel ambulant. Moi-même, je m'y perds parfois.

– Arrête, tu avais ce sourire… soupire mon meilleur ami. Le même que tu as affiché quand Heden est sortie du chalet, ce matin.

Un rire silencieux secoue mes épaules. Pour le coup, je ne sais pas quoi répondre.

– Tu l'as emmenée où ? enchaîne Gun.

– Dans un vieux motel du coin. On a baisé toute la journée.

– Ouais, c'est ça. Me prends pas pour un bleu, tu l'as fait monter sur ta Harley. Rappelle-moi la dernière fois qu'une fille l'a enfourchée ? Ah, je m'en souviens. Jamais.

Je me détache du mur et envoie un coup de poing amical dans l'épaule de mon pote.

– Arrête de me péter les burnes et ramène-toi, on va s'entraîner un peu avant de picoler, décidé-je.

Pendant l'heure suivante, j'offre une séance de self-défense aux quelques gars présents en me servant de mon ami comme cobaye. Quand on remonte dans la salle principale, tout le monde s'éparpille, sauf Gun, qui me colle jusqu'au comptoir.

– Putain, tu m'as niqué le bras ! gronde-t-il.

– De quoi tu parles, vice-président adoré ? Tu sais que je n'oserais jamais.

– T'as voulu te venger, trou du cul.

Il a raison, mais je n'avoue pas. Je ratisse la salle du regard, habité par une paix intérieure que je ne ressens qu'entre ces murs, près de mes frangins. Des mecs se tapent des brebis à même les chaises, d'autres m'imitent en s'enfilant verre sur verre. Je repère Snack qui joue au billard avec les autres prospects tout en avalant un demi-sandwich. Je fronce les sourcils et indique à Gun :

– Attends, je reviens. Sers-moi un autre bourbon.

Mon meilleur ami fait un signe de tête au barman. Déjà, je traverse la salle pour rejoindre l'estomac sur pattes. D'un mouvement du menton, je lui ordonne de me suivre à l'écart des autres.

– Un problème ? me demande-t-il.

– Tu t'es inscrit pour le concours de mangeurs de hot-dogs chez *Rosi* ?

Il opine.

– C'est le plus important de l'année. Celui qui gagne a un an de bouffe gratos.

– Je t'ai trouvé un binôme, annoncé-je.

Snack écarquille les yeux.

– Un binôme ? C'est trop tard pour l'inscrire, je…

– Arrange-toi pour faire participer Heden Otila.

Je n'aime pas la façon dont mon frangin me mate subitement. On dirait que je viens de lui foutre un coup de boule.

– Quoi ? grogné-je.

– Rien, comme tu veux. Elle est d'accord ?

– À ton avis, tête de nœud ? À vous deux, vous allez écraser la concurrence.

Je lui tapote l'épaule et me dirige à nouveau vers Gun. Une brebis passe devant moi, engoncée dans une mini-jupe noire et un soutien-gorge. Son clin d'œil aguicheur ne me fait aucun effet. Quand elle s'éloigne avec un air déçu, j'entends une femme se marrer sur ma droite.

– C'est qu'Ash s'assagit !

Vanessa… Cette grande blonde qui pourrait être ma mère lève son verre de tequila dans ma direction. Elle bosse pour mon paternel en gérant les affaires de la *Luxure*, le club de strip-tease possédé par les Styx Riders. Parfois, elle aime se perdre ici. Peut-être pour garder un œil sur ses filles, dont beaucoup tentent de séduire les membres du MC à leurs heures perdues ?

– Tu sais bien que je suis la sagesse incarnée, Van, lui lancé-je en retour.

– Tu m'en diras tant.

Je la salue, puis rejoins Gun, qui textote.

– Accouche, tu trafiques quoi avec Kris ? lui demandé-je.

– Rien du tout.

Je hausse un sourcil. Je ne suis pas certain de pouvoir le croire.

Il me vient soudain une sorte d'illumination céleste.

– Bordel, elle te fait galérer, lâché-je.

– Quoi ?

– Avoue, ma frangine te fait galérer ! C'est du Kris tout craché, ça.

La tronche de mon pote vaut le détour. Je viens de marquer un point.

– Ta gueule, Ash. Tu y connais quoi, toi, d'abord ? Tu n'as pas eu de meuf depuis une éternité.

– Je connais Kris, c'est suffisant.

– Moi aussi. Depuis toujours, je te rappelle. J'avais quinze ans qu'elle me filait déjà la migraine en me suivant partout et en me faisant des blagues débiles.

Ce retour en arrière est une aubaine : le moyen idéal pour moi d'oublier mon présent chaotique pour un temps. Pendant l'heure qui suit, mon meilleur ami et moi parlons de notre enfance. Celle de Gun n'a pas été simple : ses parents se sont tirés en l'abandonnant dans leur maison avec ses clébards. C'est mon paternel qui l'a trouvé.

Le sentiment de trahison ne l'a jamais quitté.

J'ignore si c'est l'effet de l'alcool ou l'ambiance familiale qui règne au *Purgatoire* mais, cette fois, Gun réussit à parler de son passé sans se foutre en boule.

– Gipsy, tu te souviens de Gipsy ? me demande-t-il en se marrant.

– Cette sale bête me détestait !

Gun sourit. Il adorait son bouledogue… Bien vite, il passe une main dans ses cheveux blonds et souffle un grand coup. Je suis certain qu'il songe à l'enfoiré qui a buté Gipsy. Un chauffard, qui l'a renversé en plein après-midi juste devant la maison où on vivait à l'époque.

On avait seize ans.

Le soir suivant, on a retrouvé ce mec et on l'a tabassé jusqu'à ce qu'il crache ses poumons.

En nous en prenant à lui, on a perdu ce qui faisait de nous des adolescents.

– Normal, tu as toujours été plus branché félins, ricane Gun. D'ailleurs, c'est encore le cas. On cause de « ton petit chat » ?

Le coup de coude qu'il se prend dans les côtes lui fait recracher l'alcool qu'il venait d'avaler. En guise de représailles, il m'envoie une mandale dans la mâchoire. Je me marre comme un abruti et lève mon verre en nettoyant le sang qui coule de ma bouche.

– À cet enfoiré de Gipsy, paix à son âme, déclaré-je.

– À ton petit chat, réplique Gun. Quelque chose me dit que c'est pas pour son âme que je devrais prier.

On continue de picoler. Mes pensées reviennent irrémédiablement à Heden.

Heden…

C'est marrant : quand une nana passe, je crois parfois l'apercevoir. Je me fais la remarque qu'il me faut son numéro. J'envoie illico un SMS à Kris pour qu'elle me le file.

Tu veux toujours la pécho ?

me répond-elle.

Je ne suis pas d'humeur à ce qu'elle me fasse galérer, alors je tape :

Grouille-toi.

J'ai appris pour ton salon.
Ça ne te perturbe pas ?

Tellement peu que je viens seulement d'y repenser.

Je pousse un soupir, commande une bière et la sirote en rédigeant un message à ma frangine pour lui expliquer que je ne risque rien. Ce n'est pas la première fois qu'on me menace de mort…

Elle finit par m'envoyer le numéro d'Heden. Je l'utilise aussitôt.

Salut, mon petit chat. Tu fais quoi ?

Le SMS part. Je me sens comme un prépubère dans l'attente de la réaction de la fille qu'il kiffe.

C'est qui ?
me renvoie Heden avec un smiley diable.

Le pote de Frank, d'ailleurs
ce dernier te salue.

Voilà, je repense à notre baiser. Heden est un véritable brasier quand on l'allume, je l'ai capté à la seconde où elle a plaqué ses lèvres contre les miennes. Ma queue réagit à ce souvenir comme si j'avais encore la langue enfoncée dans sa bouche.

Je l'ai dit : un foutu prépubère.

Une photo envahit mon écran : je distingue une télé et un saladier de pop-corn posé sur des jambes nues halées. Le tout accompagné d'un commentaire :

Pour répondre à ta question,
j'ai rendez-vous avec Netflix.

Sans que je puisse réagir, elle me souhaite une bonne nuit.

Ça clôt l'une des plus belles journées de ma vie.

CHAPITRE 22

HEDEN

Quand je quitte *Chez Perséphone* le jeudi soir après ma journée de travail, Kris m'arrête alors que je la salue sur le pas de la porte.

– Faudra quand même que tu me dises, lance-t-elle.

– Que je te dise quoi ?

– Pourquoi tu es de si bonne humeur depuis le début de la semaine. Un rapport avec mon frère ?

Ah. Elle est clairvoyante… C'est vrai qu'avec Ash, on reste en contact depuis notre balade dans les montagnes. Que ce soit par SMS ou au téléphone, on parle tous les jours. Son humour me séduit de plus en plus. C'est marrant, mais c'est toujours ce qui m'attire en premier chez un homme.

– Il n'y a rien de bien sérieux, réponds-je sans pouvoir me retenir de rougir.

– Je sais, réplique Kris. Passe une bonne soirée, je te rappelle que demain on doit décoller à six heures.

– Je serai là.

Nous sommes chargées d'apporter des compositions florales mortuaires à l'église du coin. Pas l'aspect le plus réjouissant du métier.

Ma patronne me salue de la main. Je fais un pas pour quitter la boutique, mais je me ravise soudain, me retourne et demande :

– Kris, il y a une question que je me pose depuis ta fête d'anniversaire…

– Laquelle ?

Je lance un coup d'œil nerveux au salon de tatouages, comme si Ash pouvait nous entendre. Bien que ce soit ridicule, je baisse d'un ton pour demander :

– Shirley, l'ex-fiancée d'Ash… Pourquoi est-elle venue ?

Je n'ai pas eu le cran d'aborder le sujet avec Kris ces derniers jours. Toutefois, j'ai besoin de savoir à quoi m'attendre : il fallait bien que je rassemble mon courage un jour ou l'autre.

– Ah… Shirley, soupire-t-elle en fermant les yeux un instant. Elle voulait lui parler, pour s'excuser. Du moins, c'est ce qu'elle prétend.

– Ils ne se voient plus, n'est-ce pas ?

Je connais très bien la réponse, sauf que le doute m'assaille tout de même.

– Bien sûr que non ! m'assure ma patronne.

Elle me dévisage un instant et, constatant sans doute à ma mine inquiète que j'ai besoin d'en savoir plus pour être apaisée, elle ajoute :

– Shirley était très proche de notre famille, à Ash et moi. Je ne m'attendais pas à ce qu'elle vienne à ma fête d'anniversaire mais, quelque part, ça ne m'étonne pas.

– Elle voulait s'excuser de quoi ?

– Ça, Heden, il faudra le demander directement à mon frère.

– Je comprends. Merci, Kris.

À peine sortie de la boutique, je jette un rapide coup d'œil en face, au salon de tatouages. Des ouvriers sont en train de remplacer la vitrine. J'espère pour Ash que le vandale ne viendra pas de sitôt dégrader la nouvelle…

Immobile, je ne me rends pas compte tout de suite que le biker m'observe depuis le côté de l'atelier. Dès que je le vois, mes lèvres s'étirent en un sourire et je m'approche de lui.

– Comment va la fleuriste ? me demande-t-il.

– Aussi bien que le tatoueur, je suppose.

– Ah. Si mal que ça ?

Je prends aussitôt une mine inquiète, mais il éclate de rire et reprend :

– *Calmos*, je plaisante. Ça roule pour moi.

– Les travaux avancent plutôt vite. Tu ne sais toujours pas qui s'en est pris à ton salon ?

Je croise les bras sur ma poitrine, parce que j'ignore quoi faire avec mes mains. Rectificatif : j'ai envie de les poser sur Ash, ce qui ferait assez mauvais genre, alors je me retiens. Je ne souhaite toujours pas qu'il me prenne pour une fille facile.

Depuis le week-end dernier, nous ne nous sommes vus qu'en coup de vent, et nous n'avons même pas reparlé de notre baiser. Il aide l'un de ses amis à organiser l'ouverture d'un garage en ville, m'a-t-il expliqué par SMS. Cela ne nous a pas laissé la possibilité de clarifier notre relation.

– Pas encore, me répond-il. Tu es super sexy en rouge, au fait.

Je baisse les yeux vers ma robe de couleur vive.

– Oh, merci. C'est pour cacher le sang, dis-je en montrant mes mains blessées par les épines de rose.

Ash hausse un sourcil.

– Attends-moi deux secondes.

Il s'engouffre dans sa boutique mais revient très vite, une boule de tissu à la main. Quand il me la balance, je comprends que c'est un tee-shirt floqué du logo des Styx Riders.

– Le noir, c'est mieux, décrète-t-il.

– Oh, c'est un cadeau ?

– Ouais, mais ne le mets que si tu es chez toi. Je n'ai pas envie que quelqu'un s'en prenne à toi dans la rue en croyant que tu fais partie du club. Ça pourrait arriver.

Je vois très bien de quoi il parle. Les clubs de motards, surtout lorsqu'ils versent dans la criminalité, se font des tonnes d'ennemis. La prudence reste de mise. Malgré tout, le geste d'Ash me fait très plaisir.

– Ce sera l'un de mes pyjamas les plus sympas, dis-je.

– Tu me montreras les autres ?

La lueur taquine dans son regard ne m'échappe pas. Mais je ne réagis pas à sa remarque et lâche :

– Bon, je vais devoir y aller, j'ai des courses à faire. À bientôt, Ash.

Il me salue d'un hochement de tête, un sourire étirant toujours ses lèvres.

– Ce soir, je reste bosser ici, m'indique-t-il. Ouvre ta fenêtre et montre-moi comment le tee-shirt te va.

– Très bien. Je t'enverrai un message !

Me voilà partie pour la supérette. Remplir le caddie me prend environ une demi-heure. Je viens de passer dans le rayon gâteaux pour la troisième fois quand je me souviens qu'il me faut une nouvelle pomme de douche. Je me dirige vers la section bricolage, mais je me fige soudain, surprise. Là, à quelques mètres de moi, une jolie rousse en tailleur vert se tient face aux étagères, concentrée sur des caches de prise électrique. Shirley…

Un drôle de sentiment me prend à la gorge. Ce n'est pas son statut d'ex qui me dérange, mais la certitude qu'elle a fait du mal à Ash.

Je prends une profonde inspiration et pousse mon caddie dans l'allée. Je me focalise sur les articles présentés quand la jeune femme m'interpelle :

– Excusez-moi, vous y connaissez quelque chose en électricité ?

– Euh… non, désolée.

– Zut. Mon mari devait s'occuper de nos prises, mais il a été appelé à l'hôpital pour une opération importante. Il est médecin.

– D'accord. Vous devriez demander à un vendeur…

Je lui montre un type au bout du rayon.

– Quelle bonne idée !

La rousse s'éloigne sur ses hauts talons. Je ne peux pas m'empêcher de me dire qu'elle est à des années-lumière de ce que je m'imagine du type de femme d'Ash.

– Bonjour, interpelle-t-elle le vendeur. Je viens d'acheter une nouvelle gazinière, mais il n'y a pas de branchement adéquat dans ma cuisine.

L'homme lui pose des questions pour déterminer ce dont elle a besoin. J'en profite pour la détailler discrètement. Elle est magnifique. Je me demande à quoi ressemblait son histoire avec Ash. Et ce pour quoi elle souhaite aujourd'hui s'excuser…

Un enfant bouscule soudain mon caddie. Ça a le mérite de me ramener à la réalité. Le temps de rentrer, de préparer à dîner et d'appeler brièvement mon père, le soir tombe déjà. J'envoie un SMS à Ash :

Tu fais quoi ?

Aucune réponse n'arrive. Je me concentre sur l'écran de ma télévision, mais l'épisode est étrangement plat. Résultat des courses : je me lève quatre fois pour aller chercher de la nourriture. À la cinquième, je m'arrête derrière la fenêtre et observe la lumière diffusée par le salon de tatouages d'Ash. Il travaille encore, comme il me l'avait annoncé. Ça me fait de la peine qu'il ne prenne pas de repos. J'attrape ma veste dans l'entrée, des restes du dessert dans un Tupperware, et je sors. Mais, une fois plantée devant la porte fermée de sa boutique, mon courage est soufflé par la brise froide de la nuit. Et si je le dérangeais ? Il ne bosse certainement pas aussi tard uniquement pour le plaisir.

Je bloque ma respiration, mes pensées et mes doutes pour me décider à frapper. Les doigts serrés autour de ma boîte en plastique, je ferme les yeux et compte.

Un.

Deux.

Trois, quatre, cinq…

Le battant s'ouvre à treize. Sous mon regard subjugué, la silhouette athlétique d'Ash se dessine, baignée de lumière rouge. La première pensée qui me vient à l'esprit, c'est qu'il dégage la même force ténébreuse que le portrait d'Hadès dans la boutique de Kris. Le dieu des enfers.

– Je passais dans le coin avec du gâteau, lui dis-je. Et je voulais te montrer ça !

Mon corps tout entier est dans l'attente de sa réaction lorsque je désigne le tee-shirt trop grand que je porte. Le patch des Styx Riders s'étend sur ma poitrine, doux au toucher.

– Ça alors, lâche Ash tout bas. C'est que le côté biker te va bien, petit chat.

Sa voix gronde de désir tandis que son regard s'illumine, comme quand je l'ai embrassé dans la forêt. J'espère secrètement qu'il va me prendre le Tupperware des mains, m'attraper par les hanches et me plaquer contre l'encadrement de la porte. Mes joues s'embrasent devant son rictus animal. Pourquoi suis-je certaine qu'il vient de lire mes pensées sur mon visage ?

– Ravie que la vue te plaise, soufflé-je.

– Tu m'étonnes…

Je reste droite, immobile, un sourire idiot aux lèvres. Si Ash me laisse plantée là plus longtemps, je sens que je vais me liquéfier. Mais il s'écarte pour m'inviter à entrer. C'est la première fois que je pénètre dans sa boutique. La salle principale est sombre et mystérieuse, à l'image du propriétaire. Dans une seconde pièce trône un fauteuil vide qui doit accueillir les clients.

Du coin de l'œil, je remarque qu'Ash vient d'ouvrir la boîte que je lui ai donnée et qu'il engloutit une bouchée du gâteau qu'elle contenait… avant de la recracher, l'air dégoûté.

– C'est à gerber !

– Je sais, répliqué-je. Je suis plus douée pour manger que pour faire à manger.

– Ouais, je vois le genre. Je vais te filer un truc en échange de ce poison.

– Pourquoi ?

– C'est pas ton délire, le troc ? Puisque tu m'as donné du gâteau, je te passe un truc. Prête ?

Je détourne mon attention des scènes mythologiques sanglantes dessinées sur les murs alors qu'Ash me saisit par la taille et me soulève. La seconde d'après, j'atterris sur le fauteuil au centre de la pièce. La lueur tamisée lui donne l'allure d'une créature des ténèbres cruellement sexy. Je n'ai cependant pas le temps de m'extasier davantage sur sa beauté obscure : déjà, il écrase ses lèvres sur les miennes. Sa langue s'introduit dans ma bouche, elle l'envahit, la possède. Un soupir m'échappe quand il me plaque contre lui et m'enserre dans ses bras d'acier.

L'une de ses mains s'aventure dans le bas de mon dos, l'autre remonte jusqu'à mes omoplates en glissant sous mon tee-shirt. La chaleur s'empare de moi, j'ai la sensation de me noyer dans un océan de bonheur pur.

– C'est l'échange le plus jubilatoire de ma vie, avoué-je.

Les lèvres d'Ash se sont perdues dans mon cou, elles me font l'effet d'un tisonnier chauffé à blanc. Je me cramponne à ses épaules. La perspective de sentir sa langue sur mon corps tout entier décuple l'incendie dans mon bas-ventre.

Mais, soudain, le biker s'écarte de moi avec un sourire moqueur.

– Rien à voir avec ça. Reste sur ce fauteuil et soulève la manche du tee-shirt. Je vais te tatouer.

– Quoi ?

– Pas le choix, tu ne sortiras pas de là tant que tu ne m'auras pas offert le privilège de te marquer.

Cette remarque a quelque chose d'animal. D'excitant.

– Allez, insiste-t-il d'une voix faussement suave. Sois gentille, mon petit chat.

Il se glisse jusqu'à une commode d'un noir d'ébène et en tire un bandeau en soie.

– Hors de question ! protesté-je.

Ses deux mains se plaquent de chaque côté de mes hanches avant que je puisse fuir. Zut !

– Ce sera temporaire. Et gratuit, me rassure-t-il. Fais-moi confiance, Heden.

Son souffle avale le mien. La gorge nouée, je regarde sa bouche si proche. Son goût me manque.

– Il va rester combien de temps ? demandé-je.

– Dix jours, grand maximum.

– Je choisis le dessin !

– Hors de question.

Si j'avais su dans quelle galère je me fourrais, je l'aurais gardé, ce gâteau !

Ash est toujours trop proche de moi. Ses yeux d'un bleu hypnotique tiennent les miens en otage. Sans crier gare, il dépose un léger baiser sur mon front, puis couvre la partie supérieure de mon visage avec le bandeau.

– C'est nécessaire ? soupiré-je.

Ce truc fait monter mon angoisse ! Ash va pouvoir me tatouer ce qu'il veut sans que je puisse m'y opposer. Il demeure cependant inflexible :

– Ouais. Reste bien sage et donne-moi ton bras gauche.

Les minutes suivantes sont un véritable calvaire. Le biker s'active sur ma peau sans que je puisse deviner à quoi va ressembler le tatouage. Il ne s'écarte qu'après ce qui me semble une éternité.

– C'est terminé, me dit-il. Une chance que tu ne sois pas une cliente, je t'aurais déjà foutue à la porte.

J'ignore sa pique et me déleste du bandeau. Je m'attends à découvrir un dessin humoristique et un peu honteux que j'essaierai d'enlever ce soir dans la douche.

En fait, sur mon bras s'étale la plus belle œuvre que j'ai jamais vue.

Ash a représenté sur mon biceps le lit d'un fleuve en colère. Il entoure mon bras comme un bracelet. Au-dessus, sur l'eau, une moto défie la gravité. Le pilote a une tête de squelette. Une fille magnifique se tient juste derrière, cramponnée à sa taille. Elle porte une robe à fleurs, ses cheveux longs ondulent dans l'air, quelques plumes entortillées entre ses mèches.

– Le Styx ? deviné-je.

Je remarque que, sous la surface du fleuve, des visages tristes sont disséminés.

– Peut-être, déclare Ash.

– Le motard… c'est la mort ?

– Hmmm. C'est Charon, le passeur dont je t'ai parlé, celui qui est chargé de ramener les âmes aux enfers.

– Tu es Charon ?

Ma question surprend le biker. Je me sens obligée d'ajouter :

– Je veux dire, c'est le personnage auquel tu t'identifies ?

Lentement, Ash se redresse jusqu'à poser ses coudes sur ses genoux écartés. Son regard emprisonne à nouveau le mien.

– Non… Si je devais me comparer à un élément de la mythologique grecque, ce serait le dieu Hadès, affirme-t-il.

– Parce qu'il est terrifiant ? plaisanté-je.

Cette fois, il se lève. Je le regarde ranger son matériel, attraper un trousseau de clés, ramasser le Tupperware. Le tout sans répondre à ma question. Je m'y suis résolue lorsqu'il lâche :

– Parce qu'on se ressemble sur bien des points, lui et moi. Je crois que, quelque part, on trimballe les mêmes ténèbres…

Ses paroles m'enserrent l'estomac. Il y a tant de peine dissimulée dans la voix du biker…

– Je suis le sergent d'armes des Styx Riders, ajoute-t-il. L'enfoiré qu'on envoie quand la situation dégénère. Un instrument de mort.

Un silence écrasant s'abat sur la pièce. Ash conclut :

– Faut que tu saches dans quel genre de merde tu nages si tu choisis de continuer sur cette voie. Je tenais à te le dire avant que ça aille plus loin entre nous.

Ses aveux m'ont glacé le sang. Hébétée, je me lève et me dirige vers la porte. Je dois réfléchir à ce qu'il vient de me révéler, digérer la nouvelle.

Les fleurs ne survivent pas aux flammes.

C'est ce que mon père m'a dit il y a des années, avant de me conduire à l'internat. J'ai l'impression de commencer à comprendre ce que cela signifiait.

Sur le seuil, je m'arrête, puis me retourne.

– Ash ? lancé-je.

– Heden.

– Tu as déjà tué quelqu'un ?

Il faut que je sache.

Un masque de douleur profonde vient tordre les traits d'ordinaire impassibles du biker. Il n'a pas besoin de l'exprimer à voix haute : j'ai ma réponse.

– Des innocents ? soufflé-je.

– Jamais.

– Je vais… y aller. On se voit plus tard.

Encore un peu sonnée, je lui souhaite bonne nuit et quitte le local.

CHAPITRE 23

ASH

J'ai besoin de temps pour réfléchir,
je te recontacte bientôt.

Non, Heden, tu n'as pas besoin de temps pour réfléchir. Tu as besoin d'un bon psy. Je t'ai avoué que je suis un tueur...

C'est ça que j'aurais dû lui envoyer en réponse à son SMS. Au lieu de quoi je me suis contenté du silence. Elle veut du temps ? Je vais lui en filer autant qu'elle le souhaite. Faire comme si son visage ne flottait pas derrière mes paupières chaque fois que je ferme les yeux.

Pour m'empêcher de songer à elle, je bosse comme un malade. Le dimanche soir, j'ai les yeux explosés, le crâne douloureux, et une furieuse envie de balancer tout ordinateur qui croisera mon chemin. Je ne suis clairement pas doué pour l'administratif. Mais, au moins, ça m'empêche de me concentrer sur cette voix qui me murmure : « Tu as merdé, bouffon. »

Peut-être, ou peut-être pas.

Est-ce que je regrette d'avoir été honnête avec la seule nana de mon entourage qui le mérite ? Non.

Est-ce que je flippe à l'idée qu'elle finisse par m'envoyer « ça va pas le faire, ciao » ? Ouais.

Putain, ouais.

Est-ce que je l'encaisserais ? Sans problème. On va mettre ça sur le compte de l'expérience. Mais ça ne veut pas dire que j'envisage l'éventualité avec un foutu sourire.

Enfin, advienne que pourra. Le karma et moi, on n'a jamais été très potes.

À peine ai-je fini de griffonner un dessin pour un futur tatouage de Gun que je choisis d'affronter la nuit au lieu du sommeil. Je sors sur la terrasse du chalet. La lune lointaine déchire l'obscurité. Elle se reflète sur la surface du lac. Comme si dominer le ciel ne lui suffisait pas, elle tente de gouverner la terre aussi.

– Va te faire foutre, c'est mon territoire.

Si elle avait eu un majeur, elle me l'aurait tendu à coup sûr. Comme Heden, elle ne me craint pas. Sans doute parce qu'elles sont faites de la même lumière. Au début, je pensais qu'une fille comme l'Amérindienne n'avait rien à foutre dans un monde de ténèbres comme le mien. Je me suis gouré. Elle trempe dedans depuis qu'elle est môme, c'est juste que ça ne l'a pas corrompue. Et puis, c'est dans le noir qu'on brille le plus, non ?

Je prends une bouffée d'oxygène et, soudain, je plonge dans le lac. L'eau se resserre autour de mon corps, me chope à la gorge, écrase ma poitrine. Je ne laisse pas au froid le temps de me tétaniser ; déjà, je nage.

Ça m'a toujours détendu. Le lac a ce pouvoir de me vider l'esprit, d'emporter mes doutes, les questions, le passé.

Au bout d'un long moment, épuisé, les poumons en feu, je me laisse flotter. Des mains glaciales et invisibles parcourent mon épiderme, comme si elles voulaient m'entraîner vers le fond. Qu'elles essaient. Je suis chez moi dans les ténèbres.

Quand je retourne sur la rive, mes dents claquent et mes muscles hurlent. Pourtant, je ne me suis pas senti aussi léger depuis un moment. Je retourne sous mon porche, où m'attend mon père. J'ignore depuis combien de temps il patiente, mais il en est déjà à sa troisième clope et à la moitié d'une bouteille de bourbon.

– Un jour, tu ne reviendras pas de ce genre de lubie, me lance-t-il en guise de salut.

– T'inquiète. On se comprend, le lac et moi, on renferme autant de démons l'un que l'autre.

J'allume le chauffage extérieur, prends place dans le canapé et me sers un verre. J'attends de savoir si c'est mon paternel qui est venu me rendre visite ou mon président. L'un et l'autre auraient de très bonnes raisons de le faire. Ça fait trois jours que je n'ai pas donné de nouvelles.

– Tu dors, au moins, fils ? me demande mon père.

– Ouais. Mais tu ne t'es pas pointé pour vérifier si je respectais bien mes huit heures de sommeil, j'imagine.

– Je suis là pour savoir comment tu vas.

Il avale une gorgée de sa boisson. Je délaisse la mienne. Il me faut un café brûlant, mes organes sont en train de geler.

Mon père me suit dans la cuisine.

– Je vais bien, lui assuré-je.

– Tu mens. Je t'ai dit que tu pouvais me parler, alors tu attends quoi ? Qu'est-ce qui cloche ? Shirley, encore ?

– Pas cette fois.

Me sentir « bien », j'ai oublié ce que ça faisait. Depuis dix ans.

Mon paternel me fixe de son regard acéré. Une grimace m'échappe.

– Alors c'est la fille Otila ? embraye-t-il.

Je manque de recracher mon café. Ce type lit dans les pensées, j'en suis maintenant certain. Trop flippant ! Ou alors, Gun lui a balancé que je la côtoyais un peu trop souvent pour qu'elle soit une simple connaissance.

– Je t'écoute, insiste-t-il. Tu restes silencieux, tu passes toutes tes nuits dans ton salon de tatouages et tu es plus impulsif que d'habitude.

Il se peut, en effet, que j'aie cassé la gueule d'un mec l'autre soir, au *Purgatoire*. Il n'avait qu'à pas me mater de travers.

– Bah, entre elle et moi, c'est bizarre, soupiré-je.

– Bizarre comment ?

– Elle a réussi à me détourner de Shirley par sa simple présence. Et je lui ai parlé de ce que je fais dans le club.

Ma langue pèse une tonne. Prononcer ces mots rend la situation trop réelle. Faut croire que je ne pouvais pas y échapper.

Mon père s'installe sur une chaise après s'être servi un café lui aussi.

– Tu la connais depuis deux semaines, me fait-il remarquer.

– Je sais ! C'est juste que quand je suis avec elle, je… il se passe quelque chose, même si je n'arrive pas à déterminer quoi exactement.

Mon paternel se masse le front.

– Tu as trouvé en cette fille l'échappatoire qu'il te fallait, analyse-t-il. D'un côté, ça me rassure, de l'autre je me dis que tu n'as pas conscience de ce dans quoi tu t'enfonces.

– Arrête. Je ne suis plus un gamin, je saurai gérer.

Papa sourit, puis me demande :

– Comment a-t-elle réagi ?

– À ton avis ? Elle a dit qu'elle avait besoin de temps.

– Au moins, elle n'a pas quitté la ville.

Voilà, je repense illico à Shirley. J'ai l'impression de me tenir sur une corde raide. D'un côté, la meuf qui m'a trahi, de l'autre, celle qui me fait oublier mes émotions les plus sombres.

– Pourquoi tu lui as parlé de ton rôle dans la hiérarchie ? reprend mon père.

La question à cent mille dollars !

– Parce que… j'avais la certitude que je devais le faire.

Je marque une pause, puis ajoute :

– Je me fourre dans une merde sans nom, hein ?

– De quoi tu parles ?

– De cette nana, de son sourire, de ses yeux… Elle m'a tiré une balle en plein dans le palpitant.

Un étrange silence tombe sur la cuisine. Je viens de dire tout haut ce que j'ai du mal à admettre depuis le début. Heden me plaît. Elle a réussi à éveiller mon âme, ce que je croyais impossible après dix années de souffrance.

Mon paternel pousse un soupir en se gardant de commenter.

– Qu'est-ce que je fais ? murmuré-je.

– Ce n'est pas une mauvaise chose de s'ouvrir à de nouvelles perspectives.

– Tu parles. La dernière fois, ça a failli me détruire !

Il est bien placé pour le savoir. Gun et lui ont tout fait pour que je remonte la pente. Sans eux, ça fait longtemps que je serais six pieds sous terre. Paye ta fragilité ! Les cœurs brisés peuvent être fatals.

– Je me contenterai du sexe, décidé-je.

– Ouais, c'est ce qu'on verra, se marre mon père.

– Je ne la laisserai pas m'entraîner avec elle…

– Un truc me dit que t'es dedans jusqu'au cou, fils. T'as le droit d'être heureux, il n'y a aucun mal à craquer pour une nana.

– C'est la fille d'un président, lui rappelé-je.

– Si elle revient vers toi, ce sera pas facile, c'est clair. Tu devras sans doute affronter son père, mais pire encore…

– Pire ?

En dehors d'un mec qui gère tout un réseau de clubs à travers le monde, je ne vois pas.

– Toi-même.

Ah ouais, pas faux.

– Tu devras faire un travail sur toi, continue mon père. Ne pas oublier que toutes les femmes ne sont pas comme Shirley.

Entendre ce prénom me donne la gerbe.

– En gros, tu me demandes de ne pas tout foutre en l'air ? récapitulé-je.

– Je te connais. Ton impulsivité est ta plus grande faiblesse.

Il frappe ses mains sur ses cuisses, puis se lève.

– Faut que je rentre, mais je veux te voir demain au bastion, annonce-t-il. En forme. Et en paix avec tes pensées.

Il attrape sa veste et l'enfile. Mon rire sans joie lui fait froncer les sourcils.

– Sors-toi les doigts du cul, m'exhorte-t-il. Je t'ai appris à être fier de l'homme que tu es, à faire face à l'adversité. Me déçois pas.

Sans se retourner, il traverse la cuisine. Sur le pas de la porte, il marque un arrêt, puis lance :

– Il est temps que tu tournes la page. Un truc me dit que cette fille peut t'y aider… Mais l'important, c'est que tu avances. Bonne nuit.

Mon paternel dans toute sa splendeur.

– C'est ça, ouais, lui réponds-je. Bonne nuit.

CHAPITRE 24

HEDEN

L'aveu d'Ash continue de me hanter. J'y pense en permanence : quand je mange, devant Netflix et même en lisant un bon livre. La dureté dans son regard lorsqu'il m'a annoncé ce qu'il fait pour son club… Elle m'a perturbée bien plus que le sens de ses mots. J'ai compris qu'il me posait un ultimatum : l'accepter tout entier ou abandonner la partie. S'il y a bien une chose que m'a apprise mon père, c'est qu'un biker restera toujours un biker. Il vit pour les siens, il mourra pour les siens.

Papa… Parlons-en, d'ailleurs. Pourquoi ne m'a-t-il rien dit quand il a su que je m'attachais à Ash ? Un simple SMS aurait suffi ! Du genre : « C'est un tueur. Je t'aime, bisous. »

Un sergent d'armes, me reprend ma conscience, *pas un tueur.*

Ah oui, c'est différent. Ces messieurs protègent leur club, leur famille, règlent les conflits. Ce ne sont pas des assassins, Google me l'a promis.

Avec un soupir, je croque dans ma seconde barre énergétique de la journée en jetant un coup d'œil au salon de tatouages. J'ai envoyé un message à mon père il y a quelques minutes.

Il m'a dit ce qu'il est.

Tout simplement.

Sur la table, entre les paillettes et la mousse lyophilisée, mon portable vibre.

Et ?

Bonne question. J'ai eu des jours pour réfléchir, pourtant la réponse n'est pas plus claire à mes yeux. Je secoue la tête, puis tape :

Et je l'aime bien. Il me fait rire,
il est tendre, parfois un peu bourru…
Personne ne m'a jamais regardée
comme il le fait…

Je me ravise et efface ces quelques phrases. Il vaut mieux qu'elles restent bien sagement dans mon esprit. Elles n'en sont pas moins criantes de vérité. Ash reste l'homme que j'ai rencontré il y a deux semaines : celui qui a demandé qu'on protège ma voiture, qui m'a acheté trois boîtes de chocolats par gentillesse, qui m'a emmenée dans la montagne pour manger un taco devant un paysage à couper le souffle, qui m'a embrassée et tatouée.

En repensant à tous ces moments agréables, je souris. Du bout des doigts, je frôle le dessin sur mon bras, celui-là même devant lequel ma patronne a failli faire une attaque lorsqu'elle l'a découvert.

– C'est qu'il s'améliore, le frangin ! s'est-elle exclamée. À ma connaissance, il n'avait encore jamais tatoué une fille qui lui plaît…

Qui lui plaît.

Ce morceau de phrase me trotte toujours dans l'esprit. Kris a-t-elle raison ? Mon cœur clame que oui, que je ne laisse pas Ash indifférent. Sinon, il ne m'aurait rien dit sur son rôle chez les Styx Riders, n'est-ce pas ? Enfin, je crois.

Je pousse un nouveau soupir au moment où une cliente entre dans la fleuristerie. Comme ma patronne est occupée dans la chambre froide, je file accueillir la jeune femme, qui cherche un bouquet pour sa sœur. Quinze minutes plus tard, elle repart satisfaite, et moi, je replonge dans mes pensées.

Je dois avouer que plus les jours passent, moins je suis choquée par ce qu'Ash m'a révélé. Aujourd'hui, par exemple, il me manque. Je devrais fuir à toutes jambes, non ? Alors pourquoi une étrange acceptation s'impose-t-elle lentement en moi ?

Je sens une migraine monter sous mon crâne. Je réfléchis trop. Quelque part, je souhaiterais que mon instinct de survie se rebelle davantage et qu'il arrête de me montrer de bons souvenirs en compagnie du biker.

Je souffle et délaisse les cartes que je suis en train de personnaliser en vue d'un mariage dans quelques jours. Je dois trouver des citations originales en rapport avec l'amour et la musique. Si un certain motard cessait de hanter mon cerveau, peut-être que j'y parviendrais ?

L'heure du déjeuner arrive enfin. Je m'apprête à quitter la boutique quand un homme entre. Une étrange déception me saisit lorsque je me rends compte que ce n'est pas Ash. Puis je me souviens que c'est à moi de lui tendre la main. Lui attend simplement que je prenne une décision.

Est-ce que l'attente le rend aussi fébrile que moi ?

– Excusez-moi, dis-je au client, on ferme pour… oh.

Je le reconnais soudain : c'est Warren, l'étudiant avec qui j'ai discuté à la soirée d'anniversaire de Kris. Il faut que je sois plus attentive, j'ai failli ne pas le reconnaître.

– Salut, Heden, comment tu vas ? me lance-t-il avec un sourire charmant.

– Très bien. Tu cherches Kris ? Elle est dans l'arrière-boutique, en train de régler quelques détails avec un livreur.

Il hoche la tête, la posture détendue, les mains dans les poches, puis embraye :

– C'est bien que je tombe sur toi, en réalité. Tu peux peut-être m'aider ? Je cherche un bouquet pour ma mère.

– Quelles fleurs aime-t-elle ?

– Toutes, c'est ça le problème. Je voudrais les lui offrir pour lui dire qu'elle est la meilleure maman de la planète. Tu as une idée de ce qu'il me faudrait ?

Le visage de ma propre mère s'impose derrière mes paupières. C'est si inattendu que j'en perds mon sourire et mon professionnalisme. Petite, je lui créais des bouquets pour lui rappeler qu'elle était géniale…

Une douleur sourde s'empare de ma poitrine. Je me détourne en faisant signe à Warren de me suivre entre les rayonnages. J'attrape une composition et lui dis :

– Ce sont des graminées, des fleurs de saison, et des roses. Ta mère aime les couleurs pastel ?

– Elle adore. Ce bouquet est magnifique, je prends !

Son achat me paraît un peu impulsif.

– Tu es sûr ? lui demandé-je. Tu ne veux pas que je te montre d'autres fleurs ?

Warren secoue la tête.

– On dit que la première impression est la bonne, déclare-t-il pendant que je me glisse derrière la caisse.

Je note une intonation particulière dans sa voix, comme s'il désirait me transmettre un message.

– Tu as certainement raison, réponds-je.

Et même complètement raison. Je me souviens de la première fois que j'ai vu Ash, au *Purgatoire*.

Son aura assurée m'a frappée, tout comme son côté primal, sa sauvagerie aussi séduisante que terrifiante.

– Heden, ça va ?

Je prends conscience que je me tiens immobile, les yeux rivés sur le salon de tatouages. Mon cœur me hurle de courir y retrouver le biker ; mon cerveau émet une certaine réserve.

Je me reconcentre sur Warren et le rassure :

– Très bien, ne t'inquiète pas.

– Vraiment ? Tu as l'air un peu dans les nuages.

– Ça va, je t'assure.

– OK… je peux les faire livrer ? me demande-t-il en montrant les fleurs. Ma mère habite à deux heures d'ici, je n'ai pas le temps d'aller lui rendre visite.

Ça me broie le cœur, parce que, moi, je donnerais tout pour revoir la mienne.

– Très bien, elle les recevra demain, dis-je. Je vais les mettre dans la chambre froide, j'arrive.

À mon retour, j'encaisse Warren silencieusement, le remercie et attends qu'il parte. Sauf qu'il reste là à me fixer du regard. Histoire d'être certaine de ne pas avoir du chocolat sur le nez, je passe une main sur mon visage.

– Tu as déjeuné ? me questionne-t-il brusquement.

– Non, pas encore.

– Si tu es libre ce midi, ça te dirait qu'on aille manger un truc ensemble ?

J'hésite, pas vraiment emballée. Warren le remarque et ajoute :

– Juste entre amis.

Mes défenses tombent. C'est vrai que je meurs de faim ! Prendre l'air m'aidera à réfléchir.

– Très bien, dis-je. Attends-moi, je vais chercher mes affaires.

Dans l'arrière-boutique, Kris vient de raccrocher.

– Ça va ? lui demandé-je.

– Ouais, j'ai réglé le truc, c'est bon. Tu pars ?

– Je vais déjeuner avec Warren. Il est venu acheter un bouquet de fleurs à sa mère. Je reviens dans une heure.

Les sourcils de ma patronne se froncent, et mon niveau de nervosité remonte. Sans doute parce que je sais que le jeune homme ne me voit pas seulement comme une amie : il a clairement essayé de me draguer le week-end dernier. J'espère qu'il ne repassera pas à l'assaut ce midi.

– Tout va bien ? s'inquiète Kris.

– Oui, pourquoi ?

Elle hausse les épaules.

– Je te trouve un peu à l'ouest depuis le début de la semaine.

– Oh… je suis désolée. Je te jure que je ferai plus attention cet après-midi.

– Calme-toi ! Ce n'était pas une remontrance. Je m'assure juste que tout roule pour toi.

– Oh, oui, parfaitement.

– Même avec Ash ?

Je me mords la lèvre.

– C'est… un peu compliqué, mais ça va, je te jure.

– C'est toujours le cas avec lui. Compliqué, je veux dire. Je sais que je suis ta patronne, mais si tu as besoin d'en parler…

Je hoche la tête et désigne la pièce principale du pouce. Je n'ai pas envie d'aborder le sujet maintenant. C'est ma guerre, c'est à moi de combattre.

– Merci. J'y vais, tu veux que je te rapporte quelque chose à manger ?

– Une viennoiserie à la crème quand tu reviendras, si ça ne t'embête pas !

– D'accord. À tout à l'heure, alors.

Déjà, Kris compose un autre numéro. Je rejoins Warren, et nous partons manger dans le fast-food le plus proche de la fleuristerie. À peine sommes-nous installés que je perçois une certaine gêne entre nous. Le silence n'a rien de tranquille.

– Alors, cette ville te plaît ? finit-il par me demander. Tu as eu le temps de visiter ?

– Pas vraiment. En revanche, j'ai fait une randonnée de quatre kilomètres en montagne !

« *Un et demi, mon petit chat.* »

C'est terrible : même alors qu'Ash n'est pas là, sa voix résonne dans ma tête.

– Dans quel coin ? enchaîne Warren.

– Au pic d'Hadès

– Jamais entendu parler.

Je me rappelle alors que l'endroit ne porte pas officiellement ce nom, mais je n'ai pas vraiment envie de m'expliquer, si bien que je déclare juste :

– C'était vraiment super.

– Ça t'intéresserait d'aller randonner avec moi ? Je connais un sentier facile d'à peine six kilomètres.

– Eh bien…

Comment lui dire que c'est avec une autre personne que je voudrais aller me balader ?

– Je suis libre ce week-end, si tu veux, poursuit le blondinet.

– Je ne suis pas libre, moi…

Il s'adosse contre la banquette.

– Le week-end d'apr…

– Tu ne comprends pas, le coupé-je. Je veux dire que je vois quelqu'un. Arrête-moi si je me trompe, mais tu n'envisages pas une sortie entre amis, n'est-ce pas ?

D'abord surpris, il finit par rougir en passant une main dans ses cheveux.

– Tu vois quelqu'un ? me demande-t-il. C'est le frère de Kris ?

– Comment tu le sais ?

– Je l'ai vu te mater à la fête, et j'ai vu aussi ton sourire en sa présence.

Warren marque une pause, puis reprend :

– C'est un biker, tu sais ? Ce genre de mec n'a aucun état d'âme. Ils sont tous pareil : de gros blaireaux sans cervelle. Tu devrais te méfier de lui.

Ses mots me choquent. Je pense à mon père. Il encastrerait l'étudiant dans le mur s'il l'entendait dire de telles choses.

– Mon père est président d'un MC, dis-je simplement.

Warren déglutit puis bredouille :

– Désolé, je ne voulais pas l'insulter…

Autant dire que le reste du déjeuner se déroule dans un silence des plus tendus.

CHAPITRE 25

ASH

Je commande un menu complet, imité par Gun. La nana derrière le comptoir nous mate comme si on débarquait de Mars ou comme si on allait la braquer. Les Styx Riders ont une alliance avec certains restaus du coin, mais celui-ci n'en fait pas partie. Si c'était le cas, notre patch serait collé à la vue de tous les clients.

Une fois servis, sacs plastiques en main, nous rejoignons nos bécanes garées sur le parking. En s'installant sur la sienne, mon meilleur pote grogne :

– On aurait pu s'asseoir à l'intérieur, ça aurait été plus confortable. T'abuses, Ash.

– Me saoule pas, je suis pas d'humeur.

– C'est qu'il est de mauvais poil, le sergent d'armes.

Le fast-food était rempli de gamins bruyants et de mères que notre vue a suffi à mettre au bord de la crise d'hystérie. Subir cette compagnie, non merci.

Si je suis venu ici, c'est uniquement parce que Gun a insisté pour que je l'accompagne. Un déjeuner entre potes, qu'il a dit. La blague, je le sens venir à des kilomètres, l'enfoiré ! Il souhaite juste me tirer les vers du nez. Bonne chance à lui, je ne compte pas parler d'Heden.

Le cul vissé sur la selle de ma moto, je fixe du regard l'énorme singe gonflable posé sur le toit du restau. Ce truc est flippant. Comment les gamins arrivent à passer devant sans se mettre à chialer ?

J'entame mon burger en silence.

– Arrête de ruminer, me lance Gun.

Comment pourrais-je avoir le moral ? Heden m'a mis en pause, la partie est au point mort pour moi depuis cinq putains de jours. Pas un message, pas une visite, que dalle. J'essaie de garder la tête froide, mais c'est foutu. Elle ne reviendra pas. Quel con de lui avoir dévoilé mon côté le plus sombre ! Quand j'y pense, j'ai envie de me balancer un coup de poing.

Une voiture nous dépasse, Gun et moi. Face au visage scandalisé de la mère de famille au volant, je dresse mon majeur. Au moins, elle sera choquée pour un truc valable.

Mon meilleur ami se marre. Il laisse la caisse s'éloigner, puis lance :

– C'est comment, avec ton petit chat ?

– J'ai pas envie de parler de ça.

– J'en conclus qu'il y a de l'eau dans le gaz. Me dis pas qu'elle t'a chopé en train de baiser une brebis ?

J'aurais préféré. Son manque de réaction me bousille. Être détesté pour ce qu'on est au fond de soi, ça fait mal.

Je dois me rendre à l'évidence. Qu'est-ce que j'espérais avec cette nana ?

Sans répondre, je me lève, embarque le reste de mon repas et vais le foutre dans la première poubelle. Je n'ai plus faim de toute façon.

– Ah ouais, c'est à ce point-là ?

La sollicitude dans la voix de mon meilleur pote me déchire les tripes.

– Je m'arrache, décrété-je.

– Tu es sûr ? Tu ne veux pas parler ?

Non, ça n'a jamais été mon délire, et il le sait. Je suis plutôt du genre à broyer du noir jusqu'à ce que ça passe. Et ça passera forcément, hein ? Après tout, il n'y avait rien de fou entre Heden et moi.

Ouais, si seulement c'était aussi facile.

Je suis sur le point de démarrer ma moto quand le karma me tombe sur le coin de la tronche. La petite Amérindienne sort du restau, accompagnée par un mec. Et pas n'importe lequel : l'enfoiré qui la draguait à la fête d'anniversaire de ma sœur.

Ma cage thoracique s'ouvre en deux. Une main invisible chope mon palpitant, l'écrase entre ses doigts. La gerbe remonte dans ma gorge.

Gun me mate, dans l'attente de ma réaction.

– Ash… tente-t-il.

– Laisse tomber.

Je démarre en trombe. Je m'en tape qu'Heden entende mon moteur rugir et me voie. Son silence m'offrait déjà un avant-goût de ce que je refusais d'admettre : elle a pris sa décision, c'est terminé entre nous.

Qu'elle vive heureuse avec un autre mec, alors. Dans le fond, je m'en balance !

Le trajet qui me mène au *Purgatoire* ne suffit pas à calmer la douleur qui vient de se réveiller en moi. J'aimerais penser d'Heden que c'est une garce, j'aimerais me dire que je la déteste, qu'elle n'a jamais vraiment compté. Mais c'est faux. Ça ne me ferait pas aussi mal si c'était le cas.

Comment quelqu'un peut-il s'imposer avec autant de force en si peu de temps ? Deux semaines, c'est tout ce qu'il lui a fallu pour se faire une place dans mon cœur que je croyais barricadé.

Gun m'a suivi depuis le fast-food. Alors que je descends de ma Harley, il m'interpelle :

– Attends, mon pote.

– C'est bon.

– Je comprends que…

À ce moment précis, un truc se brise dans mon crâne. Tout devient noir. Puis rouge. Et quand la couleur revient, que le paysage se redessine, Gun est plaqué contre le mur du *Purgatoire*. Je respire avec difficulté, j'en ai mal à la gorge. Mais ça, c'est sans doute parce qu'un poids invisible s'est logé dans ma trachée.

– Nan, soufflé-je. Nan, tu n'as aucune idée de ce que ça fait. Je refuse de redonner dans cette merde, pas une seconde fois !

Forcément, je repense à Shirley, ce qui ne m'aide pas à reprendre le contrôle.

Je recule, libère mon meilleur pote. J'ai bien conscience qu'il aurait pu répliquer, me foutre à genou, me briser quelques os. Il ne l'a pas fait.

– Ash.

La froideur dans sa voix me fait comprendre qu'il est passé de pote à vice-président.

– Je sais, j'ai merdé, dis-je. Laisse-moi… juste quelques heures. Je vais me calmer, OK ?

Ça, je n'en suis pas certain. Toutes les cellules de mon corps se rebiffent, mon cerveau grille. Faudrait davantage qu'un plongeon dans le lac pour éteindre les flammes qui me rongent.

Heden ! Je te hais de me faire ressentir ça…

Le visage grave, Gun hoche la tête. Après ce que je viens de faire, j'ai franchement intérêt à rattraper le coup. Plus tard, je me le promets. Là, il faut que je me libère l'esprit.

Dans la salle principale du *Purgatoire*, les brebis pullulent. Certains de mes frères en baisent sur les tables de billard, l'une d'elles est même en train de se faire prendre sur le comptoir. Une odeur de cigarette se mêle au parfum écœurant du sexe et de la transpiration. J'attrape une bouteille de bourbon au moment où une nana à demi-habillée m'agrippe par le bras. Elle pue l'alcool.

Le père d'Heden a dû lui faire un topo sur ce qui se passe dans les QG des MC. Peut-être qu'elle pense que mes frangins et moi-même passons notre temps à baiser comme des animaux ? Qu'on trompe nos nanas ?

C'est vrai pour certains bikers. Pas chez les Styx Riders.

On a un code d'honneur, chez nous. Si on trouve une régulière, on ne touche plus aux brebis. Finies, les conneries de niquer à droite et à gauche. Plusieurs de mes frères ont déjà déniché leur moitié. Parfois, je les envie.

J'aurais pu offrir ça à Heden.

Ou pas.

Peut-être qu'un enfoiré reste toujours un enfoiré ?

– Tu veux un peu de compagnie, bébé ?

Une blondinette frotte sa poitrine contre mon biceps. Elle agrippe ma main, qu'elle fourre entre ses jambes. Son excitation humidifie ma peau. Je bois une rasade de bourbon à la bouteille, ferme les yeux, respire. L'image d'Heden et de l'étudiant ne quitte pas mon esprit.

Mon portable vibre soudain dans ma poche. Tiens donc, devinez qui revient d'entre les morts…

Désolée, chérie, j'ai autre chose à foutre.

– Barre-toi, lancé-je à la brebis. Je veux être seul.

Elle s'éloigne ; à la place, Gun me rejoint.

– Tu vas te comporter encore longtemps comme un gamin de quatre ans ? grogne-t-il. Sérieux, tu me déçois. Il l'a à peine effleurée, ce gars.

– Rien à carrer.

– Ils ne se tenaient pas la main, et tu as vu la tête de ta copine ? Ce mec avait l'air de la dégoûter.

– Pourtant elle mangeait avec lui, pas avec moi.

J'essaie de me souvenir de l'expression d'Heden quand je l'ai aperçue sur le parking. Je n'y arrive pas. Faut dire que c'est la présence de l'autre qui a envahi ma conscience.

Mon téléphone sonne de nouveau.

– Réponds, m'encourage Gun.

– Même pas en rêve.

– Très mature. Allez, je te paie une bière.

Il se lève et contourne le comptoir. Le gars qu'on a engagé comme barman a l'habitude : ça fait une paye qu'il ne s'étonne plus de la lubie de mon meilleur ami de jouer les employés de temps à autre.

Mon pote me décapsule une bière, s'en sert une, puis insiste :

– Alors, tu vas finir par prendre l'appel d'Heden, oui ou non ?

C'est inévitable si je ne veux pas tout foutre en l'air. Je prends conscience que j'ai fui au lieu d'assumer. Tu parles d'un comportement de sergent d'armes !

Autant que je mette les choses à plat. Si elle préfère un mec comme Warren, plus stable que l'enfoiré que je suis, je veux le savoir, quitte à souffrir. Au pire, elle me dira d'aller me faire mettre, de continuer mon existence de biker solitaire.

Au mieux, on parviendra à construire un truc solide. J'espère.

Franchement, depuis quand je suis prêt à me caser, moi ? Ah ouais, depuis que ce bout de femme est entré dans ma vie.

Mon portable vibre pour la troisième fois. Heden, encore. Mes doigts brûlent d'appuyer sur l'icône verte qui s'affiche sur mon écran ; mon cerveau surchauffe.

– Tu veux que je t'aide à retrouver ta dignité ? me lance Gun.

– Va te faire foutre.

Ma décision est déjà prise, sauf que mon meilleur pote l'ignore. Du coup, sans me laisser deux secondes pour souffler, il me devance.

– Je gère, déclare-t-il en attrapant le portable.

– Non, mais j'all…

– Téléphone d'Ash, lâche-t-il en décrochant.

Il va empirer la situation ! Sans crier gare, je bondis dans sa direction, à peine retenu par le comptoir. Des bouteilles s'écrasent au sol dans un bruit de verre brisé. Dans la foulée, je me prends le canon du flingue de Gun dans le front. Très malin ! Je retombe en arrière, sonné.

Il ne paie rien pour attendre. Je me doute bien qu'il ne tirera pas, mais il me fout dans une situation sacrément délicate.

– Pourquoi c'est moi qui réponds ? continue cet abruti à l'attention d'Heden. Parce qu'Ash est aux chiottes… Ouais, il cherche sa paire de couilles. C'est ça.

On aura tout vu. Dès qu'il raccroche, je lui casse les côtes. Ce sera mérité.

Il opine plusieurs fois en agrémentant ses mouvements de tête de « mmh » et de « oui, je me doute ». Ne pas savoir ce qu'Heden lui raconte me rend cinglé. Le scénario le plus probable, c'est qu'elle lui balance : « C'est vraiment un gros blaireau, ton pote. Il s'est barré sans chercher à comprendre la situation. Tu devrais lui tirer une balle dans le bide, ça le calmerait. Nan, mais il est sorti par quel trou pour être aussi con ? »

Avec un autre vocabulaire, voilà tout.

Je me masse le front en attrapant ma bière, puis je gronde à Gun :

– Passe-la-moi.

Il m'ignore.

– Oui, c'est bon, on va faire ça… OK. Allez, à plus.

Ensuite, au lieu de me filer le portable pour que je puisse reprendre la communication, il le balance contre le mur avec une violence inouïe. L'appareil éclate en morceaux.

– Oups, j'ai trébuché, ironise-t-il.

– Bordel, pourquoi t'as fait ça ?

– Tu m'y as obligé. Si tu as une objection, parle à mon canon… ricane-t-il en montrant l'arme toujours braquée sur moi.

Une vraie cour de récréation. Si mon père nous trouve comme ça, on va se manger la raclée de nos vies.

Mais bon, il a l'habitude.

Mon doigt d'honneur fait éclater Gun de rire.

Il se marrera moins quand je lui aurai bousillé sa sale gueule contre la façade du bâtiment.

– Je vais prendre l'air, décidé-je.

– Reste dans le coin. On doit causer, après.

De toute façon, je ne vois pas trop où je pourrais aller. À la fleuristerie ? Je dirais quoi à Heden ? « Ouais, j'ai merdé, je me suis comporté comme un abruti jaloux. Tu me pardonnes ? »

En vrai, je passe pour un mec possessif, mais je ne le suis pas. C'est juste que je superpose mon ancienne relation avec Shirley sur celle qui se profile avec Heden. Mon ex a choisi de se barrer pour un type blindé de thunes et bien sous tous rapports. L'idée que l'Amérindienne fasse le même choix me rend malade.

Est-ce que je lui en voudrais ? Nan. Elle mérite le meilleur. Est-ce que ça me ferait mal ? Merde, ouais ! Et c'est parce que j'anticipais cette foutue douleur que j'ai réagi comme ça sur le parking.

Avec une envie de me baffer, je m'appuie contre le mur du *Purgatoire*, non loin des motos alignées. L'air frais me soulage : le vent de la montagne nettoie mes poumons, mon âme. Il balaie la tension qui me colle à la peau depuis le fast-food.

– Ash Devon ?

– Ouais.

J'ouvre les yeux. Un gamin se tient à deux mètres de moi. Il doit avoir seize ou dix-sept ans, mais il a la tronche d'un môme qui a été contraint de grandir trop vite. J'en connais un rayon : j'avais son âge quand j'ai découvert la partie la plus sombre de mon être. Son apparence m'interpelle : il porte une veste et un jean classiques d'où dépassent des tatouages. Certains noircissent ses mains, d'autres son cou. Deux lettres, « RB », sont incrustées sous son oreille. Son appartenance à un gang est évidente. Et pas n'importe quel gang : les Red Birds, celui que dirigeait Crayson…

Je fais mine de ne pas avoir capté et tente de virer l'adolescent :

– Le bar ouvre ce soir seulement. Tu ne peux pas rentrer maintenant.

– Je m'en tape. Je suis pas là pour ça.

Ses yeux sont aussi noirs que ses cheveux. À le voir comme ça, on pourrait croire que son âme l'est également. Mais je suis prêt à parier qu'il ne fait que se donner un air de gros dur.

– Alors tu veux que je t'arrange tes tatouages ? supposé-je. C'est franchement pas du bon travail. Une clope ?

J'extirpe mon paquet de ma veste avec lenteur, pour qu'il puisse constater que je ne sors pas de flingue. À cran, il est à deux doigts de dégainer le sien, dont je distingue la forme sous son tee-shirt blanc. Inutile de lui filer une raison de se faire descendre.

La fureur déforme son visage, il respire fort. Doucement, je lui demande :

– Qu'est-ce que tu veux, petit ?

– Te tuer.

– Ambitieux.

Je crache la fumée de ma cigarette, incapable de retenir un rire. Pourtant, ce n'est pas tous les jours qu'on me fait face avec autant d'aplomb.

– Tu as dissous mon gang ! s'écrie le gamin.

– Tu as bousillé la façade de mon salon, on est quittes.

Il recule d'un pas. La surprise remplace fugacement la colère sur ses traits et je pige que j'ai visé juste. Je n'étais pas sûr de moi ; j'ai juste tenté ma chance. Du coup, ça me donne envie de lui balancer mon poing dans la tronche. Sauf que le jour où je m'en prendrai à un gosse n'est pas arrivé.

– Tu ne penses pas que je t'ai rendu service, plutôt ? continué-je. Ton gang ne reposait sur rien de bien solide. Il m'a suffi de m'occuper de ton chef pour détruire la structure totale, tu te rends compte ? Ta bande aurait fini par imploser, de toute façon.

Je hausse un sourcil quand l'adolescent dégaine son flingue et le pointe sur moi. Gun, ça passe encore. Un parfait inconnu, moyennement.

– Parce que tu crois que ton club est plus solide ? me lance-t-il.

– Ouais, sans aucun doute. On est des frères, une famille. Pas juste des mecs qu'on a enrôlés quand ils étaient trop jeunes pour comprendre ce qui leur arrivait.

Une grimace retrousse les lèvres du môme. Je hausse les épaules.

– Si un de mes frangins sort, tu es mort, ajouté-je. Tu t'en rends compte, gamin ?

– Tu m'as tout pris ! Les Red Birds étaient ma seule chance !

Ses mains tremblent, ses yeux brillent. Il voudrait paraître imperturbable, mais je devine son âme en peine.

– C'est Crayson qui t'envoie ? lui demandé-je.

– Non ! Tu ne comprends pas, putain !

– Alors explique-moi. Mais avant, baisse cette arme. Tu ne veux pas crever, n'est-ce pas ?

Il recule de quelques pas, mais choisit de continuer à me menacer. Je prie intérieurement pour qu'aucun de mes frères ne déboule sur le parking. Ce serait le drame : chez nous, on tire d'abord et on réfléchit ensuite. Même si foutre des baffes à ce gosse me démange, ce n'est pas un tueur. Je sens ce genre de trucs. L'expérience, sans doute.

Maintenant, il regrette de s'être pointé ici, on dirait. Je le devine sur le point de mettre les voiles.

– C'est quoi ton nom ? l'interrogé-je calmement.

La seule façon de tranquilliser un animal sauvage blessé, c'est de garder le contrôle sur ses propres émotions.

Marrant que je sache gérer ce genre de situations, mais que je pète un boulon dès qu'Heden est concernée.

– Réponds, petit, insisté-je.

– Ta gueule…

– C'est quoi ton nom ?

Les larmes coulent, ça y est. Il a l'air d'en avoir bavé, ce gosse. Le problème avec cet enculé de Crayson, c'est qu'il est parvenu à faire croire à des gamins comme lui qu'il était leur seule chance…

Des voix nous parviennent derrière la porte du *Purgatoire*. Le battant s'ouvre. Paniqué, le môme fout le camp en vitesse.

– Putain, lâché-je.

– Ash, ça va ? demande l'un de mes potes. C'était qui ce gamin ?

Bonne question. Un truc me dit que lui et moi, on se reverra. Je me jure de tenter de le retrouver avant qu'il fasse une grosse connerie.

– Ça va, affirmé-je. Je reviens d'ici un moment, OK ? Si Gun me cherche, dites-lui de m'attendre. J'ai un petit chat à fouetter.

Cette parenthèse m'a au moins permis de reprendre pied avec la réalité. Il faut que je parle à Heden.

Avant de devenir cinglé.

CHAPITRE 26

HEDEN

Kris vient de me donner ma première mission solo : décorer une chambre funéraire afin qu'elle soit prête à accueillir la famille du défunt. Parfois, le métier de fleuriste demande du sang-froid et un cœur bien accroché… J'ai un rapport plutôt compliqué avec la mort depuis le décès de ma mère. Sauf que, pendant mes études, j'ai bien compris que si je voulais continuer dans la branche que j'ai choisie, je devais encaisser, comme aujourd'hui.

Avant de me rendre au funérarium, je prends tout de même la décision de passer en coup de vent au *Purgatoire*. Ash s'y trouve, selon Gun. J'ai été surprise qu'il décroche à la place du tatoueur. Ce dernier a refusé de me répondre pour une raison qui m'échappe encore. Je me remémore la façon dont il a quitté le parking du fast-food et mon cœur se serre. Vraiment, je ne le comprends pas. Pourquoi m'en veut-il ? La dernière fois que nous

nous sommes parlé, il craignait que je prenne la décision de partir en courant à cause de son rôle dans le club. Quelque chose cloche…

Je suis déterminée à savoir quelle mouche l'a piqué ; voilà pourquoi je me gare devant la ribambelle de Harley Davidson alignées devant le bar. En voir autant éveille le souvenir des heures que j'ai passées à les retaper en compagnie de mon père. Ça me manque, surtout quand je suis stressée.

Là, je le suis puissance un million. Irritée, blessée et triste, aussi.

Snack se tient à côté de la porte d'entrée du bâtiment. Adossé au mur, il contemple le paysage.

– Salut, Heden, me lance-t-il. Tu t'es paumée ?

Qu'il se souvienne de mon prénom me touche. Après tout, nous ne nous sommes parlé que quelques minutes le lendemain de mon arrivée à Black Lake.

– Bonjour, Snack, lui réponds-je. Je suis ici pour Ash.

– Il est derrière le bar, faut que tu fasses le tour. Je te proposerais bien de boire un truc avant de l'affronter, mais vaut mieux pas que tu entres. Là-dedans, c'est un peu… le paradis de la luxure, si tu vois ce que je veux dire.

En effet. À une époque, mon père m'empêchait de me rendre à ses bastions pour que je ne sois pas choquée par ce qui s'y passe. Même aujourd'hui, les gens ont tendance à me considérer comme fragile… Parfois, ça me fait marrer.

– Tu entends quoi par « affronter » ? demandé-je à Snack.

– Ash est de mauvais poil. Du coup, il prend l'air. Pourquoi, je ne sais pas. Le faire parler sans torture est impossible.

Je hoche la tête, résolue à régler cette histoire. Ne pas reculer devant l'adversité, c'est ce que mon père m'a appris. Même avec un cœur qui bat à mille à l'heure et des jambes flageolantes.

Ash me doit une explication, et je vais l'obtenir.

D'une démarche faussement assurée, je contourne le *Purgatoire*. Derrière, je découvre un terrain jonché de palettes, de tonneaux et de packs de boisson. Le tatoueur me tourne le dos, penché sur une Harley Davidson Fat Boy, un modèle récent plus bas et plus léger que ses congénères. Ash marmonne en observant les amortisseurs de direction. Je prends une inspiration silencieuse, puis lance :

– Alors, c'est ici que tu te planques ?

Première bombe lancée ! Maintenant, il suffit juste de garder la tête droite.

Les épaules d'Ash se crispent. Il se redresse avec lenteur, puis me regarde, les sourcils froncés.

– Bordel, Heden. Qu'est-ce que tu fous là ?

Je m'attendais à autre chose, je l'avoue. Un « bonjour », peut-être ? Exaspérée, je lâche :

– Tu sais, je croyais vraiment que les bikers étaient du genre à porter leurs couilles.

– Tu penses que je ne porte pas mes couilles ?

– Clairement pas. Tu as laissé ton ami répondre à ta place au téléphone ! Tu as quel âge, enfin ?

– C'est pas ce que tu crois…

– Je t'en prie, ne me prends pas pour une imbécile. J'ai l'habitude des types lunatiques, tu n'as pas idée d'à quel point mon père l'est. C'est peut-être un truc de biker… Mais lui, au moins, quand quelque chose ne va pas, il me fait face. Je ne suis pas parfaite, je fais des erreurs, mais dans ce cas-là je préfère qu'on soit sincère avec moi plutôt qu'on se la joue *drama queen*.

Les traits d'Ash s'assombrissent.

– Tu viens juste de me traiter de *drama queen* ?

Je rêve ! Parmi tout ce que je lui ai balancé, il n'a retenu que ça ?

– Non, je viens de te traiter de lâche, le corrigé-je. C'est pire.

– Heden, gronde-t-il.

– Tu l'es, non ? Lâche. Au lieu de venir me parler sur le parking du fast-food, tu t'es enfui, puis tu m'as ignorée.

– Je pensais que Warren suffirait à te tenir compagnie.

Ash est jaloux ? Si je m'attendais à ça…

En d'autres circonstances, ça aurait pu me toucher. Là, je trouve ça juste puéril.

– C'était un simple déjeuner, soupiré-je. J'ignorais que tu étais le genre de mec à foutre des barreaux autour d'une fille.

Je déteste sentir la partie la plus obscure de moi-même émerger. Papa a raison, on a tous un côté sombre et le tatoueur parvient à animer le mien.

Mes paroles lui arrachent une grimace. Il passe une main sale dans ses cheveux, puis tente :

– Heden, écoute…

Je n'en ai pas envie : je voudrais partir, c'est tout. Mes yeux me piquent, une boule invisible se loge dans ma gorge.

– Ne te fatigue pas, Ash, le coupé-je. Tu sais quoi, je vais te laisser tranquille. C'est ce que tu voulais, non ? Sinon, tu aurais au moins eu le courage de m'envoyer un SMS.

– J'allais te…

– Tu me rappelles mon ex, et c'est vraiment douloureux. Lui aussi m'ignorait quand ça l'arrangeait, lorsque je tentais d'apaiser la situation. C'est pour ça que je l'ai quitté. J'en ai assez de passer ma vie à me confronter à des murs. Tu es un adulte, nom de Dieu ! Comporte-toi comme tel. Tu veux que je te dise ? J'étais même prête à composer avec ton rôle de sergent d'armes. Je t'avais demandé du temps, mais… tu n'as pensé qu'à ta petite personne. Ça m'énerve, alors je vais arrêter là. Je dois retourner au boulot, un mort attend que je prépare des fleurs pour son dernier voyage. Salut.

Le cœur plus gros qu'une pastèque, je tourne les talons et marche sans ralentir jusqu'à ma voiture. Une fois derrière le volant, une envie de hurler me brûle les poumons. Au lieu de quoi je ravale ma colère et démarre. Ash se tient maintenant à côté des motos. Il m'observe m'éloigner sans esquisser le moindre mouvement.

J'inspire profondément afin de me calmer. L'odeur des fleurs dans mon coffre et sur le siège arrière réussit à chasser un peu ma tension. Tant mieux…

Dès que j'arrive à destination, je lance un coup d'œil à mon portable : Ash n'a pas donné signe de vie. Quelle idiote d'y avoir cru ! À quoi je m'attendais ?

J'entre dans la chambre funéraire en décidant de ne plus penser à lui. Le personnel me salue, puis me donne les instructions concernant la déco. Je les écoute en essayant de ne pas me laisser perturber par le cadavre du vieil homme qui vient de rejoindre les anges. La mort en général me rappelle ma mère. Je sais que je ne devrais pas songer à elle de cette façon, et je m'en veux. Mais la dernière image que j'ai d'elle, qui était pourtant si forte, c'est son corps allongé dans un cercueil, dans une pièce vide comme celle-ci. Il y avait très peu de fleurs autour d'elle. À cette époque, je ne comprenais pas pourquoi. J'ai appris plus tard que seule Vanessa, sa meilleure amie de l'époque, avait donné de l'argent pour son enterrement. Ma mère faisait partie de ces filles faciles qui aiment coucher avec les bikers : les « brebis ». Plus particulièrement, elle « appartenait » à mon père, dans le sens où elle couchait uniquement avec lui. À sa mort, les membres du club ne lui ont pas rendu le moindre hommage.

La peine et la colère me coupent le souffle. Ma mère méritait tellement plus d'estime…

Je reprends mes esprits, bien décidée à ne pas me laisser dévorer par les ombres. Je vais rendre la chambre de ce vieil homme plus belle que jamais ! Pour lui, pour sa famille, pour moi aussi et, indirectement, pour ma mère. Sans plus tarder, je me mets au boulot.

Trois heures plus tard, je retourne à la fleuristerie, le dos en vrac. Évidemment, en passant devant le salon d'Ash, je songe à nouveau à notre altercation et mon humeur vacille une fois de plus.

Heureusement, Alexander, le fils de Kris, me remonte le moral à peine passée la porte de la boutique.

– Heden, tu es revenue ! s'exclame-t-il. Devine un peu combien j'ai eu à mon exposé ?

– Mmh… A+ ?

– Oui ! Si tu veux, je peux te lire ce que j'ai écrit. C'est important de savoir comment sont formés les tsunamis, non ?

Derrière la caisse, Kris rit.

– Heden va rentrer chez elle, mon cœur, dit-elle à son fils.

– Non, je peux rester encore un peu, ajouté-je aussitôt.

Le sourire de ma patronne fane sur ses lèvres quand elle croise mon regard. Sans doute parce qu'elle sent ma bonne humeur factice. Ma mission au funérarium m'a affectée plus que je veux bien le montrer, tout comme ma dispute avec Ash.

– Ça va ? s'enquiert-elle.

– Oui, ne t'inquiète pas, réponds-je. Je vais avec Alexander à l'arrière, j'ai hâte qu'il me lise son exposé ! Les tsunamis sont fascinants.

Fou de joie, le petit garçon m'entraîne à sa suite. Après m'avoir parlé longuement de son devoir, il m'avoue qu'il a des chatons chez son oncle : Tic, Tac et Boum.

– Je ne peux pas les garder à la maison, maman est allergique, m'explique-t-il. Du coup, c'est Ash qui s'en occupe. Ils sont trop beaux, je te les montrerai un jour.

– Si tu veux.

Je reste avec lui jusqu'à la fermeture de la boutique, puis rentre chez moi. Mais je n'arrive toujours pas à me détendre. Mes muscles me font mal et je broie du noir. Rien n'arrive à me faire sourire, même les SMS un peu loufoques de mon père. Je ne lui ai pas parlé des tensions entre Ash et moi, prétendant que j'avais juste un coup de blues. Je n'ai pas envie de le voir débarquer en ville pour remonter les bretelles du biker à grands coups de masse…

Tu es sûre que je ne dois péter les jambes de personne ? me demande-t-il pour la troisième fois, soupçonneux.

Promis. Je suis un peu fatiguée, c'est
tout. Maman me manque, aujourd'hui.

Aussitôt, mon père m'appelle. Malgré ses airs bourrus et sa surprotection, c'est un parent en or.

– Parle-moi, lance-t-il dès que je décroche. Je ne vais pas te laisser broyer du noir. On est bien d'accord que ton état concerne ta mère et pas un certain sergent d'armes ?

Je perçois la menace dans sa voix. Si je réponds que si, alors Ash va regretter d'être venu au monde. Du coup, je parle plutôt de ma mission au funérarium.

– Je vais venir, décrète papa dès que j'ai terminé.

– Surtout pas ! Enfin, je veux dire, ça ira mieux demain. Tout ça, ce n'est pas un drame.

Si mon père débarque, il rendra la situation encore plus compliquée. Je n'ai pas besoin de ça…

Bien vite, notre conversation dévie vers des sujets plus neutres. Quand je raccroche, je me sens déjà moins crispée.

Sans réfléchir, je lance le film *Le Secret de Charlie*[1]. Je m'aperçois de mon erreur après quelques minutes seulement. Mes larmes se mettent à couler ; je remplis ma bouche et mon estomac de pop-corn jusqu'à exploser.

Le lendemain matin, ma tête ressemble à celle d'un panda qu'on aurait privé de sommeil pendant deux mois. Mais ce n'est rien comparé à celle que Kris arbore lorsque j'arrive à la boutique.

– Que se passe-t-il ? lui demandé-je.

---

1. Film ayant le deuil comme thème principal.

– Le fournisseur avec qui je me suis disputée… Il n'honorera pas sa commande, l'un de ses camions est en rade. Tu parles, je suis certaine qu'il ment !

– Je peux faire quelque chose ? Aller chercher les fleurs en voiture, par exemple ? Il me faudrait plusieurs allers-retours, mais…

– C'est adorable, mais on a trop de travail pour que l'une de nous quitte le magasin.

En effet, elle va devoir passer la matinée à s'occuper d'un couple sur le point de se marier. Je suis donc missionnée à la caisse et à la vente.

Le silence tombe entre nous pendant que je cherche mentalement une solution. Mon moral dans les chaussettes ne m'aide pas. J'adore mon boulot, les fleurs, les couleurs, les parfums. Il suffit que j'entre chez *Perséphone* pour me sentir beaucoup mieux, en général. Pas ce matin. Tout ça à cause d'un type d'un mètre quatre-vingt-quinze couvert de tatouages qui a hanté mes rêves cette nuit. Je souhaite que la situation s'arrange entre nous ; mais, pour cela, il doit faire le premier pas. Il a toutes les cartes en main. Comme dirait papa : c'est à celui qui tient l'arme de tirer en premier…

La clochette au-dessus de la porte me tire soudain de mes pensées. Ash franchit le seuil de la boutique avec assurance, concentré de muscles et de force à l'état pur. Pendant une seconde, je retiens mon souffle. Puis je me rappelle qu'il a tout gâché entre nous. Ma fascination s'envole au profit d'une indifférence totale.

Du moins, c'est ce que j'affiche.

Il n'est pas rare qu'il vienne à la fleuristerie. Après tout, il est le frère de ma patronne. Aujourd'hui, cependant, j'aurais aimé qu'il s'abstienne. Non : j'aurais aimé qu'il soit là pour moi. Pour me dire qu'il est désolé. On peut toujours rêver, n'est-ce pas ?

– Salut, le tatoueur, lance Kris. C'est quoi cette tronche ?

– T'occupe. Tu as vu la tienne ? Je te prends un café.

La cafetière se trouve juste dans mon dos. Et, parce que je ne suis pas du genre à fuir, contrairement à une certaine personne, je reste immobile.

À l'approche d'Ash, mon corps se réveille. Une douce chaleur naît dans le creux de mon ventre ; des ondes traversent mes bras, mes jambes, mes os. Mes doigts se figent sur le raphia que j'étais en train d'enrouler autour d'un bouquet.

– Heden, lâche le biker.

Sa main effleure la mienne, me jetant dans un brasier. Mon désir est toutefois moins vivace que ma peine.

– Ash.

– Je peux ?

Il montre mon magnifique mug orné d'une licorne.

– Je l'ai déjà utilisé. Il y a d'autres tasses dans la salle de pause.

Le tatoueur disparaît un court instant. Kris me dévisage d'une façon étrange, puis pousse un long soupir.

– Il a merdé, c'est ça ? suppose-t-elle. C'est pour ça que tu es si triste ?

– Je ne suis pas t…

– Je m'en doutais. Je vais le tuer !

– Quoi ?

Déjà, Ash revient, une tasse vide à la main. L'une des miennes, celle décorée de petits hiboux et de bonshommes de neige.

– Tu vas buter qui ? ricane-t-il à l'attention de sa sœur en se servant son café.

– Laisse tomber, ça ne te regarde pas.

– Pourquoi tu es de mauvaise humeur ? Chez *Perséphone* c'est pas censé être l'éclate en permanence ?

Pendant que Kris lui raconte notre problème de fournisseur, je vais faire un tour dans la chambre froide pour vérifier les bouquets qu'on doit livrer ce midi. À mon retour, le biker ne se trouve plus dans la boutique. Au lieu de me soulager, ça me déçoit. Franchement, mon cœur et mon cerveau pourraient se mettre d'accord…

Je tente de ne plus songer à Ash pendant le reste de la matinée. Une heure passe. Puis, à ma grande surprise, au moment où mes pensées se focalisent enfin sur de magnifiques clématites, la porte de la boutique s'ouvre à nouveau sur lui. Des pétales de fleurs multicolores couvrent sa veste, de la terre poisse son tee-shirt et son jean est dans un piteux état. On dirait qu'il s'est roulé dans une prairie…

Sa sœur revient de l'arrière-salle, folle de joie.

– Tu es le meilleur blaireau de la planète ! s'exclame-t-elle.

Elle le serre dans ses bras en ignorant son grognement.

– Kris, lâche-moi, on nous mate.

Il fait référence à deux enfants accompagnés par leur mère. Les petits démons affichent des sourires moqueurs.

– Notre problème de fleurs est réglé ! m'annonce ma patronne. Ash et Gun sont allés les chercher ensemble. Ils les ont déposées dans la chambre froide.

– Ah bon ? Je ne les ai pas vus entrer.

– Ils sont passés par derrière.

La mère de famille choisit cet instant pour quémander l'aide de Kris. J'attends que toutes les deux se soient éloignées, puis je demande à Ash :

– Tu as vraiment fait ça ?

– Ouais. N'aie pas l'air si choquée, je pourrais crever pour ma sœur si la situation l'exigeait.

Ses iris ne me quittent pas, semblables à deux morceaux de glace. En silence, je hoche la tête.

– Il y a une chose sur laquelle tu te goures, mon petit chat, reprend le biker. Deux, en fait. Je prends des décisions à la con, c'est clair, et je me laisse facilement dominer par mes émotions, mais je ne suis pas lâche. Hier, c'est vrai que je n'ai pas été un modèle de courage. Parce que j'ai été submergé par un sentiment d'une force que tu ne peux pas imaginer.

Eh bien, c'est ce qui s'appelle trancher dans le vif. Je ne m'attendais pas à ce qu'Ash s'adresse à moi avec autant de franchise, et ça me soulage.

– La jalousie ? proposé-je.

– Non. J'y ai cru également. Ça y ressemble, hein ? Mais j'en viens à ta seconde erreur de jugement : je ne suis pas du genre à foutre des barrières autour des gens que j'apprécie. Jamais. J'ai tourné les talons parce qu'en vérité, je n'ai pas éprouvé une peur aussi puissante depuis une éternité.

De la peur ? Peur de quoi ?

– Ce que je ressens pour toi est tellement fort que ça me bousille de l'intérieur, poursuit-il. Tu as ce pouvoir de briser mon armure, d'atteindre ce que je cache derrière…

Avec lenteur, il se détache du comptoir et se dirige vers moi. Son regard ne me quitte que le temps de se servir un nouveau café.

– Tu as peur de ce que tu éprouves pour moi ? bredouillé-je.

Un rire silencieux secoue les épaules du biker.

– Non, mon petit chat. Je flippe de ce qui pourrait m'arriver si je t'autorise à entrer là-dedans, répond-il en tapotant son torse. J'ai préféré t'éjecter quand je t'ai vue avec ce mec, tout simplement parce que je me suis dit que tu avais pris ta décision. J'ai déjà laissé une personne me détruire de l'intérieur, je ne pouvais pas accepter de reprendre un tel risque.

– Ça a changé ?

– Ouais, j'y ai réfléchi toute la nuit. Je n'ai pas envie d'arrêter ce qu'il y a entre nous. Hier, si je n'ai pas répondu à tes appels, c'est parce que je craignais d'entendre ce que tu avais à me dire. Et voilà que tu te pointes comme une fleur sur mon territoire et que tu m'en fous plein la gueule… C'était mérité.

Il boit une gorgée de café, puis soupire.

– Je suis désolé. Je ne te promets pas que si tu me pardonnes ça tournera toujours rond entre nous. Je suis un peu rouillé en ce qui concerne les relations comme la nôtre… mais tu m'as prouvé que tu n'étais pas du genre à te retirer du jeu sans te battre.

Un étrange sentiment me saisit. Ma bouche sèche refuse d'expulser le moindre mot, parce que mes pensées s'entrechoquent. En moi, la joie se confronte à la colère. Pour me donner un peu de temps, je fais mine de me concentrer sur autre chose. Et là, j'aperçois Kris. Elle fixe son frère avec des yeux ronds, les lèvres entrouvertes.

– Si jamais tu considères que ça vaut le coup, passe me voir au salon, reprend Ash. Et si tu préfères mettre un terme à ce qu'on vit tous les deux, envoie-moi juste un SMS. Ma frangine te donnera le numéro de mon téléphone professionnel, un connard a explosé l'autre contre un mur hier.

Sur ce, il se dirige vers la porte. À la dernière seconde, il se retourne pour me lancer :

– On t'a dit que tu parlais trop quand t'étais en rogne ?

– Tout le temps, réponds-je.

Ash se marre, puis s'en va. Un poids déserte mes épaules, j'ai l'impression d'avoir perdu quinze kilos d'un seul coup. Un sourire stupide étire mes lèvres. Je devine que la situation ne sera pas simple si j'accepte de pardonner au tatoueur, mais on y arrivera.

– Par le trident de Poséidon ! s'exclame Kris en me rejoignant. Ôte-moi d'un doute, mon frère a bien dit qu'il était désolé ?

– On dirait.

– Je connais ce mec depuis ma naissance et il réussit encore à me surprendre.

Mon regard tombe sur une boîte de chocolats posée sur le présentoir de la caisse. « Je te souhaite plein de bonheur » est écrit sur le couvercle.

Peut-être que je regretterai la décision que je m'apprête à prendre, mais je considère cela comme un signe.

On mérite tous une seconde chance. Et je vais en offrir une à Ash.

CHAPITRE 27

ASH

Le mec en train de passer sous mon aiguille n'a pas bronché une seule fois, malgré les heures que je viens de passer à charcuter son dos. La moto sportive que j'ai gravée à jamais sur sa peau en jette, toute en puissance et en beauté. Le gars s'est ramené avec ce dessin à la main, il n'est pas de moi. C'est rare. Souvent, on me demande de tout gérer de A à Z. Remarque, ça me fait moins de boulot.

Si je pouvais avoir des clients aussi silencieux plus souvent, ça me ferait des vacances.

D'habitude j'alimente un minimum la conversation, mais je ne suis pas d'humeur. Le type non plus, d'ailleurs. La tristesse qu'il trimballe est palpable. Ce genre de trucs me saute tout de suite aux yeux, en général. Être sergent d'armes ne se résume pas à buter, mais aussi à observer.

– J’aurais besoin d’un autre rendez-vous pour écrire « Joram » sous la moto, m’indique-t-il une fois que nous en avons terminé.

– Je m’occupe de noter ça dans une minute.

Le gars se lève, enfile son tee-shirt, me remercie d’un hochement de tête et s’éclipse. Je me retrouve seul, et j’en profite pour ranger et nettoyer le salon. Il est près de vingt heures mais quelque chose me dit que je vais rester ici encore un moment.

Je n’en mène pas large. Heden ne s’est pas pointée. Cela veut tout dire : j’ai loupé le coche avec elle.

Prends ça dans ta tronche de branleur, Ash Devon.

L’amertume me bousille la gorge, mon palpitant crève lentement. Quelle idée à la con d’avoir parlé de mes sentiments à cette nana !

Soudain, une silhouette sortie des ténèbres apparaît devant moi. Je sursaute. Cela tire un rire amusé à Heden, qui lève un bras pour me montrer les sachets de bouffe qu’elle transporte.

– On ne pouvait pas parler l’estomac vide, déclare-t-elle.

Sa présence m’explose à la tronche. Passé le choc, le bonheur m’envahit. Bordel, c’est un délice !

Heden traverse la pièce, pose son fardeau sur une table, puis se retourne. Je suis incapable de détacher mon regard de sa silhouette. Je me leurrais en me disant que si elle ne venait pas ça ne me ferait rien. Sa présence bouleverse toutes mes pensées.

– Sur la route du restau, je suis encore tombée en panne, me raconte-t-elle en rougissant. J'avais zappé de mettre de l'essence, une fois de plus… J'ai dû marcher pendant une demi-heure. La nourriture est froide.

Un jour, cette nana oubliera sa tête quelque part.

– Donc, tu as juste laissé ta voiture sur le bord de la route ?

– Oui, j'irai la récupérer demain. Pour l'instant, il y a plus important.

– Manger ?

Elle secoue la tête en riant.

– Parler.

Comme si sa place se trouvait dans mon royaume, elle s'installe dans un fauteuil noir en cuir et entreprend de sortir les plats un à un des sachets. Vive le four à micro-ondes, parce qu'elle a raison : ils sont froids. Pendant qu'ils chauffent, j'analyse le silence. Tendu, tranquille ou suspect ? Impossible d'en être certain. Heden me retourne le cerveau, j'en perds mon instinct !

Une délicieuse odeur de nourriture envahit la pièce, se mêlant au parfum de la jolie fleuriste. Mon estomac se réveille ; il me rappelle que je n'ai rien avalé depuis ce matin. J'étais trop soucieux pour manger quoi que ce soit…

Sans ouvrir la bouche, je récupère les plats et m'installe face à Heden. Son regard accroche une œuvre sur le mur, derrière moi.

Le miroir.

Ce tableau, je l'ai peint il y a des années, poussé par mes tourments, mes démons, ma noirceur. C'est l'une de mes créations les plus terribles et les plus douloureuses. Pas qu'elle soit horrible ou particulièrement glauque ; la plupart des gens la trouvent plutôt belle, même. En réalité, j'ai saigné pour la peindre.

– C'est… commence Heden.

Elle cherche ses mots.

– … tellement sombre.

Non, c'est pire. C'est moi. Ce que je cache, ce que tu vas découvrir si on continue d'arpenter cette voie ensemble.

– Qu'est-ce que c'est ? embraye-t-elle.

Je n'ai pas besoin de me tourner pour visualiser chaque détail de la fresque. La silhouette humanoïde d'un monstre au corps zébré de cicatrices fait face à un miroir. Sa peau à vif s'ouvre sur des os brisés, les plaies crachent du sang. Des cornes sortent de son crâne.

Le démon fixe du regard le reflet d'un homme sans visage, au corps sain.

– Le bien contre le mal, finis-je par répondre.

Mon bien contre mon mal.

Le regard d'Heden, plein de chaleur, harponne le mien.

– Les fleurs autour du miroir meurent, dit-elle dans un souffle.

– Je sais.

Pendant une poignée de secondes, elle me contemple sans jugement. Puis elle comprend :

– C’est toi, n’est-ce pas ? Deux facettes d’une même pièce.

Un coup de poing invisible me cueille dans l’estomac. Cette nana vient de lire dans mon âme comme dans un livre ouvert. Peut-être qu’elle possède des pouvoirs à la con.

Je me penche en avant, les coudes sur les genoux. Si je m’écoutais, je choperais Heden par la taille et je la traînerais dans la pièce à côté pour la prendre sur un fauteuil. Par désir autant que pour ne plus avoir à parler de cette peinture… Mais je me suis promis de ne plus me montrer lâche, alors je demande :

– Qu’est-ce qui te fait dire ça ?

– Dans la glace, l’humain a le même tatouage que toi sur le côté de son crâne. Cette fille avec des serpents à la place des cheveux… Les détails sont époustouflants.

Heden se tait. Entre nous, le silence s’étire. Sans doute espère-t-elle un récit larmoyant lié à cette œuvre. Aucune chance que je me lance là-dedans, que je lui parle de la période au cours de laquelle j’ai cru me noyer chaque jour. Que je lui révèle pourquoi Shirley m’a abandonné.

Ma bouche s’assèche. Un de ces quatre, j’aurai le courage de montrer à Heden le tas sanguinolent que je suis à l’intérieur. Pas maintenant. J’ai atteint mon quota d’aveux dangereux pour la journée.

– Je suis content que tu sois là, dis-je simplement.

Le message passe avec brio : la discussion est close. Heden s'enfonce dans le dossier de son siège, son regard s'égarant sur mon tee-shirt sale.

Faut vraiment que je prenne une douche.

– J'ai réfléchi, lâche-t-elle soudain.

– Ah oui ?

Un nœud me serre l'estomac. Dire qu'il n'y a que dans ce genre de situations que je me sens nerveux… Dans une romance à l'eau de rose, je serais le premier à crever. Sauf que ce n'est pas le genre de films où les gens crèvent. Alors, pourquoi ai-je du mal à respirer ? Peut-être que si, les héros meurent, finalement ?

Pour faire baisser ma tension, je choisis de prendre la voie de l'humour.

– Tu as compris que mettre de l'essence dans ta caisse, c'est important ? ironisé-je.

– Arrête de te moquer !

Le visage d'Heden prend feu. C'est mignon.

– J'ai décidé de tenter l'aventure, ajoute-t-elle. Avec toi.

– Tu prends ça pour un voyage autour du monde ou quoi ?

Si je balance des conneries, c'est parce que ses paroles m'agrippent le cœur. Ce vieux palpitant que je croyais mort bat comme un malade.

Bordel, ce que c'est bon de me sentir à nouveau vivant.

– Ash, tu te moques encore ?

Non, je m'étouffe avec mon propre bonheur. Mortel, ce truc.

Face à l'air scandalisé d'Heden, mon esprit cède. Sans tenir compte de la bouffe sur la table ou de la table elle-même, je bondis sur la jeune femme. Son fauteuil frappe le mur, elle hoquette de surprise. Déjà, je scelle mes lèvres aux siennes, avide de leur goût fruité, de leur douceur. Mon corps se détend d'un coup, comme si un truc avait lâché en moi.

Une fois sa surprise passée, Heden glisse sa langue entre mes dents. Ses bras se pendent à ma nuque et son parfum renverse tous les doutes que j'ai pu avoir ces derniers jours. Cette fille me tuera. L'impact qu'elle a sur moi… Je n'ai jamais rien connu de tel.

Je me force à reculer et pose mon front contre le sien, essoufflé. Sous notre poids commun, le fauteuil grince.

– Tu sais ce que ça implique ? demandé-je.

– Oui.

Le club, les dangers que je cours… Est-elle vraiment en train de les accepter ?

– Avant, ajoute-t-elle, j'ai deux conditions.

Elle devrait en avoir douze mille, plutôt !

– Je t'écoute.

– Je connais le mode de vie des bikers, votre tendance à coucher à droite et à gauche… Jure-moi que je serai la seule.

Je trouve ça normal qu'Heden mette les points sur les « i » mais, dans le fond, ça me vexe. Bien sûr que pour elle je suis prêt à renoncer aux brebis.

– Toujours, affirmé-je. Et ta seconde condition ?

– Si quelque chose ne va pas, tu me parles. Tu n'hésites pas, tu ne fuis pas. OK ?

Ça risque d'être difficile, mais je suis prêt à faire des efforts. Le fantôme de Shirley se dressera forcément entre nous. Elle m'a trop bousillé pour que ma future vie en couple soit un long fleuve tranquille… Elle ressemblera plutôt au Styx en colère.

– Marché conclu.

– Tu es sûr ?

– Je te jure que je me comporterai bien avec toi.

Heden fronce les sourcils, se doutant que derrière mes mots se cache une espérance à laquelle je me raccroche, moi aussi. Je prierai tous les dieux pour que ça fonctionne entre elle et moi.

Un sourire fend son visage, finissant de m'achever. Le bonheur me bousille les méninges ; je suis sur le point de gerber des papillons en forme de cœur.

– Pourquoi tu fais cette grimace, Ash ? s'inquiète-t-elle. On dirait que tu as avalé de travers.

– Je viens de comprendre le pouvoir que tu as sur moi.

C'en est douloureux. Et délicieux. Comment un truc pareil est-il possible ? Sa tendresse, son rire me soulagent. Aussi efficaces qu'un bouclier, plus destructeurs qu'une arme.

Heden passe ses bras autour de ma taille et pose la tête contre mon torse. La soie de ses cheveux sous ma main cicatrise chacune de mes plaies. Je ne me suis pas senti si bien depuis un bail.

– Merci… soufflé-je.

De me guérir, de me soutenir, de me sourire. De me laisser une chance.

– Maintenant, on va finir de manger et aller récupérer ta bagnole, enchaîné-je. Je te sauterais bien, là, tout de suite, mais je fais genre.

Elle pouffe.

– Tu fais genre de quoi ?

– De ne pas être un enfoiré.

– Trop tard, je le sais déjà, réplique-t-elle avec un clin d'œil.

***

J'ai décidé de me rendre utile à Heden, raison pour laquelle je poireaute au comptoir du magasin de bricolage de Black Lake. Je me suis dit que j'allais réparer son ballon d'eau chaude.

Je ne me doutais pas que je plongeais tout droit aux enfers.

Ça se passait très bien, puis une harpie s'est matérialisée à côté de moi sur ses hauts talons. Le diable en personne… Faut croire que les dieux m'en veulent.

– Ash, quelle coïncidence de se rencontrer ici ! s'exclame Shirley après plus de deux minutes de silence.

Un trou béant s'ouvre sous mes pieds. Mon ex-fiancée cherche un truc dans son sac à main, inconsciente de l'effet que sa voix a sur moi. Chacune de mes cellules se rebelle. Comment peut-elle se comporter comme si elle ne m'avait pas trahi ?

Les poings serrés, je me force à me concentrer sur le poster derrière le comptoir du service après-vente. Une employée me jette des coups d'œil fréquents. Faut croire qu'elle a senti ma tension.

– Mon collègue arrive dans une minute avec la pièce que vous avez demandée, m'indique-t-elle en me servant un sourire désolé.

Ma montre affiche 18 heures. Il fait quoi, ce vendeur à la con ? Je lui ai juste demandé un contacteur de tableau électrique, pas un réacteur nucléaire !

Les ongles de Shirley claquent sur le comptoir. La pression dans l'air frôle l'intolérable. Pour ne pas me focaliser sur le sentiment de trahison qui me crame le bide, je tente de visualiser le sourire d'Heden. Il est pur, comme tout ce qui vient d'elle. Quand je me tiens à ses côtés, j'ai la sensation de baigner dans la lumière du soleil. C'est foutrement délicieux. Je n'en reviens toujours pas de ce qui se passe entre nous. Qu'elle m'ait donné ma chance.

– Ash ?

Non.

Que quelqu'un fasse taire mon ex ! Ça ferait des vacances à tout le monde.

Ça me tue de ressentir autant de colère pour cette nana : ça signifie que je n'ai pas tourné complètement la page. Je me déteste pour cette prise de conscience.

– Es-tu disposé à me parler ? continue Shirley.

Non.

– Ne t'avise même pas d'essayer, tu as perdu ce droit quand je t'ai appelé un bon millier de fois après ta fuite et que tu n'as jamais décroché, craché-je. C'est à ce moment-là qu'on aurait pu causer.

Elle prend un air attristé qu'on pourrait facilement croire sincère. Mais Shirley a toujours été douée pour la comédie.

– Je suis déso… commence-t-elle

– Il vient, ce contacteur ? hurlé-je en frappant sur le comptoir en bois.

Si l'employé ne se pointe pas dans les dix secondes, je me tire. Je me contenterai de montrer à Heden comment mettre son chauffe-eau en marche forcée.

– Il arrive tout de suite, glapit la vendeuse face à moi.

Ma patience atteint ses limites, surtout quand Shirley revient à la charge.

– Écoute, Ash, ça fait dix ans…

– Et alors ? Tu vas me dire que de l'eau a coulé sous les ponts ? Qu'on a évolué, que le passé n'a pas d'importance ? Putain, si tu me balances un bobard pareil, je te jure que je t'explose la tronche.

Les couleurs quittent le visage de mon ex et ses yeux verts papillonnent tandis que le message se creuse un passage dans sa conscience.

– Je suis revenue à Black Lake parce que mon grand-père est mort, annonce-t-elle.

Je suis désolé pour lui, vraiment. Les parents et grands-parents de Shirley sont de bonnes personnes. Quand elle a foutu le camp, ils se sont excusés pour elle auprès de moi. Sa mère s'est rendue tellement malade qu'elle est allée à l'hosto.

Même ça, ça n'a pas fait revenir miss Talons Aiguilles.

– Tu vas repartir ? grogné-je.

Si elle me répond « oui », je picole jusqu'au bout de la nuit pour fêter ça. Mais elle balaie tous mes espoirs.

– Non, je reste.

– Pourquoi ?

– Parce que ma grand-mère a besoin de moi.

Un rire sans joie m'échappe.

– Tu te soucies des autres, maintenant ?

– C'est à moi que tu dis ça ? Attends, je te rappelle qu'à une époque il n'y avait que ton club de bikers qui comptait, les autres pouvaient bien aller se faire voir.

Elle a crié cette dernière phrase. On dirait que j'ai foutu le doigt sur un truc qui la blesse encore. Je me rappelle qu'à de nombreuses reprises, elle m'a conseillé de quitter les Styx Riders.

– C'est toujours le cas, dis-je.

Elle secoue la tête en prenant un air résolu. Moi qui voulais la pousser dans ses retranchements, c'est raté. Elle la tient d'où, sa subite tranquillité ? Il y a dix ans, il suffisait que j'allume la mèche pour déclencher une explosion de malade.

– Tu es heureux ? me demande-t-elle.

La vache, cette conversation part complètement en vrille.

– Plus heureux que quand on était ensemble ? insiste-t-elle. Tu as trouvé ce que tu cherchais auprès de tes frères ?

– Putain, juste… ferme-la. T'as pas le droit de me poser ces questions, va te faire foutre !

Plus d'une minute s'est écoulée. Tant pis pour le contacteur, je me casse. J'y suis résolu lorsque, juste à temps, le vendeur réapparaît. Il me tend la pièce ; je la lui arrache des mains puis remonte l'allée principale à grands pas jusqu'à la caisse.

– Ash ! m'interpelle Shirley. Il faudra qu'on en parle.

En guise de réponse, je dresse mon majeur.

Cinq minutes plus tard, j'enfourche ma bécane et prends la direction de l'appartement d'Heden. Je suis obligé de m'arrêter en route, parce que mes nerfs menacent de me lâcher. Si je vais voir l'Amérindienne dans cet état, je risque de tout foutre en l'air, encore une fois.

En équilibre sur ma moto, je compte jusqu'à deux cents. Un truc que m'a conseillé Kris. Mais ça ne fonctionne pas… Alors je sors une clope en essayant d'oublier l'image de Shirley.

Mon téléphone sonne dans la poche intérieure de mon *cut*.

– Ouais ? grogné-je en décrochant.

– Salut mon poussin.

– Salut, m'man. T'es sérieuse avec ce vieux surnom merdique ?

– Tu n'avais qu'à pas me saluer aussi grossièrement.

Je tiens de ma mère bien plus de choses qu'il y paraît, y compris mon impulsivité. Un sourire étire mes lèvres malgré mon humeur massacrante.

– Comment tu vas ? lui demandé-je.

– Oh, tu sais, comme d'habitude. Très bien.

Mariée à un type que je connais à peine, elle file le parfait amour avec lui depuis quelques années. Elle est la première à m'avoir brisé le cœur quand elle a divorcé de mon paternel lorsque j'étais adolescent. Pourtant, c'est elle qui m'a aidé à supporter le départ de Shirley quatre ans plus tard. Elle est revenue à Black Lake et, pendant des jours, elle est restée à mes côtés alors que je broyais du noir, réussissant à me sortir la tête des flots là où mes frangins et mon père n'y parvenaient pas. Dans le genre force de la nature, elle surpasse n'importe qui.

– Ton père m'a appelée pour me parler de ton problème, m'annonce-t-elle de but en blanc. Alors comme ça, Shirley est revenue ? Comment tu le vis ? Surtout, ne me dis pas que tu t'en fous, Ash, je te connais, je sais que ce n'est pas le cas.

Je cherche mes mots. Si je balance à ma mère que je vais bien, elle me harcèlera jusqu'à ce que je crache le morceau. Alors je décide d'être honnête avec elle, même si ça me donne l'impression de baisser un bouclier devant une épée prête à me transpercer.

– Comment une meuf pour qui je ne ressens plus d'amour peut-elle me foutre à genoux comme ça, hein ? dis-je. Elle a un mec et des gosses, tu te rends compte de l'ironie ?

– Je comprends ce que tu ressens. Tu trouves injuste qu'elle ait réussi à avancer… alors que tu es resté au point mort par sa faute ?

– Elle n'a pas le droit de revenir et de bousiller l'armure que je me suis forgée après son départ. Je ne suis plus amoureux d'elle, c'est clair, pourtant j'ai cette colère de merde qui me ronge dès que je pense à elle… C'est quoi mon problème ? Pourquoi je ne contrôle plus rien depuis son retour ?

– Parce que c'était ton premier amour, et on n'oublie jamais son premier amour. J'en sais quelque chose, soupire ma mère. Tu te rends compte qu'il est nécessaire que tu passes à autre chose ?

Venant d'elle, j'accepte cette évidence avec plus de facilité que quand mon père me la balance.

L'image d'Heden vient de se superposer à celle de Shirley dans ma tête. Je me raccroche à son regard plein de gentillesse, à la courbe alléchante de ses lèvres, à cette chance incroyable qu'elle m'a donnée. Je n'ai pas envie de tout bousiller avec elle…

– T'as raison, dis-je. J'ai rencontré quelqu'un.

– Oh, parle-moi d'elle !

Je raconte à ma mère tout ce qu'elle veut savoir sur ma jolie Amérindienne. Et des détails, elle en demande…

Au fil de la conversation, ma rage reflue au profit d'une émotion bien plus douce. C'est provisoire, je le sais, mais ça me fait du bien.

– Tu ne trouves pas que c'est un peu tôt pour te lancer dans une histoire avec elle ? finit par me demander ma mère. Ça fait, quoi… deux semaines que tu la connais ?

– Trois. Et non, je ne trouve pas que c'est tôt. Il y a un truc entre nous, c'est certain. Je l'ai senti dès que j'ai posé mon regard sur elle.

– Il y avait une brèche et tu t'es engouffré dedans sans réfléchir ?

Présentée de cette manière, on dirait que ma relation avec Heden n'est qu'une diversion pour m'aider à oublier Shirley. Cependant, je sais au fond de moi que c'est bien plus que ça.

– Je sais que ça y ressemble, mais tu te trompes. Tu te rappelles le jour où j'ai fait mon premier vrai dessin ? Tu m'avais acheté un kit génial à l'époque.

– Tu avais huit ans et tu m'as dessiné un chien à trois têtes, pouffe ma mère. Oui, je m'en rappelle très bien.

Je m'étais inspiré d'un livre qui parlait de mythologie. Il appartenait à mon père, bien sûr.

– J'ai su ce jour-là que je deviendrais artiste, sans aucun doute possible, continué-je. Avec Heden, c'est pareil. C'est une évidence. Personne ne m'a jamais regardé comme elle le fait. Elle sait qui je suis, elle sait que je ne laisserai jamais tomber les Styx Riders ; pourtant, elle m'observe tout le temps comme si j'étais… une bonne personne ?

Voilà que je me mets à raconter des conneries. Depuis quand ai-je besoin de justifier mes actes ?

– Tu es quelqu'un de bien, n'en doute jamais, déclare ma mère. Tu n'as pas besoin d'une fille pour en être certain, OK ?

Je souris.

– Ça me fait tout drôle quand c'est toi qui me le dis, lancé-je, des trémolos feints dans la voix.

– Ne te moque pas de moi, Ash. Écoute, si tu penses que tu peux être heureux avec Heden, alors je te le souhaite. Mais il faudra également que tu tournes la page avec Shirley. Tu ne réussiras pas à avancer vraiment tant que tu ne lui auras pas parlé.

– Je ne suis pas prêt à lui faire face. Pas maintenant que j'ai une chance de l'oublier.

– Comprendre la raison de son départ pourrait t'aider, non ? C'est important. C'est elle qui t'a laissé la colère qui t'habite, celle qui te rend si impulsif. Tu ne penses pas qu'elle est la seule qui pourra te la reprendre ?

Plutôt crever que d'envisager un autre face-à-face.

– Non.

– Ton père s'inquiète pour toi, tu le sais ?

Je garde le silence. Ma mère revient à la charge :

– Heden connaît ton histoire ?

– Je ne lui ai encore rien dit.

– Tu comptes le faire ?

J'aime ma mère de toutes mes tripes, mais elle a tendance à appuyer là où ça fait mal.

– Arrête… soupiré-je.

– C'est important d'avoir une base solide dans une relation.

– Je sais.

– Quand ce sera fait, appelle-moi. Ne reste pas dans ton coin, OK ?

Elle doit deviner que je vais mettre fin à la communication, parce qu'elle ajoute :

– Je t'aime, Ash. Embrasse ta sœur, Alexander et ton père pour moi.

Je raccroche et redémarre aussitôt ma moto pour me rendre chez Heden, espérant que la voir me détendra. Je m'arrête derrière la fleuristerie et monte à l'étage. On dirait que l'Amérindienne m'a entendu arriver, parce qu'elle ouvre la porte avant même que je frappe.

Là, c'est le drame.

J'oublie ma mère, j'oublie Shirley, j'oublie même d'être sympa. J'éclate de rire face à la mine outrée de ma petite amie – car nous sommes ensemble, à présent, n'est-ce pas ? Le moins qu'on puisse dire, c'est qu'elle n'attendait pas de visite. Immobile, elle me fixe avec ses grands yeux de biche, habillée d'un affreux pyjama à l'effigie de Bob l'Éponge.

– J'ai offert le même à Alexander pour Noël, m'esclaffé-je.

– Ne te moque plus jamais de ce pyjama, tu ignores ce que j'ai en dessous…

Mon sourire fane sur mes lèvres en imaginant les sous-vêtements qu'elle peut porter. Comment une nana peut-elle éveiller autant de désir en moi même avec des fringues pareilles ?

– Tu me montres ? lui demandé-je d'une voix grave.

Une lueur victorieuse traverse son regard. Elle pense m'avoir aussi facilement ?

– Je n'en sais trop rien, tu m'embrasses avant ? s'amuse-t-elle.

Ah bon, elle veut jouer à ça ?

Je désigne d'un mouvement du menton le saladier qu'elle tient sous le bras et prétends :

– Non, je suis allergique au pop-corn. Si j'en approche un grain, c'est moi qui éclate. Puisque ta bouche a été en contact avec cette merde, pas de bol pour toi.

Face à la déception d'Heden, j'ai bien du mal à rester sérieux. C'est tellement facile de la faire marcher…

– Mais… pourquoi tu ne me l'as pas dit ? me demande-t-elle, catastrophée.

– Parce que tu ne me l'as pas demandé. Bouge de là, l'électricien vient d'arriver.

Elle s'écarte. J'entre et me dirige tout droit vers le tableau des fusibles. Je sais exactement où il se trouve : j'en ai passé, des années, dans cet appartement, le temps que je rachète l'ancienne maison de mes parents. Mais à l'époque, les lieux ne sentaient pas la bougie parfumée, le pop-corn et la pâtisserie.

– Comment ça, « l'électricien » ? baragouine Heden.

– Je suis là pour te remettre l'eau chaude.

Et plus si affinité.

– Euh… OK.

Je lui explique que son problème ne vient pas du chauffe-eau en lui-même. Même si elle ne pige qu'un mot sur trois à mon discours, elle hoche la tête et me laisse changer son contacteur. Pendant la coupure générale de courant, elle me tient la lampe torche. Adorable…

Quand je termine le boulot, des étoiles pétillent dans ses yeux. Sans crier gare, elle me saute dans les bras au moment où l'électricité revient.

– Merci, merci, merci…

Je dois me faire violence pour ne pas la plaquer contre le mur et l'embrasser sauvagement. Ses cheveux en bataille entrent dans ma bouche, mais c'est le fait qu'elle ne porte pas de soutif qui m'interpelle. Le bout de ses seins chatouille mon torse, embrasant mes cellules. Mon jean devient tout à coup plus étroit. Chaque inspiration m'imprègne un peu plus de son odeur.

– Heden, grondé-je.

Ses bras se resserrent autour de moi. L'une de mes mains se pose au creux de son dos, l'autre sur son fessier de rêve. Bordel, elle n'a pas de culotte non plus ! Remarque, les sous-vêtements auraient été de trop avec ce que je compte lui faire.

– Oui ?

Elle est dans un état similaire au mien, je l'entends à sa voix. Mais je ne peux pas craquer, l'utiliser pour dissiper la tension qui me reste encore de ma discussion avec Shirley. Ce ne serait pas juste. Alors je lui rappelle :

– Pop-corn.

– C'est vrai, je suis désolée ! répond-elle en me libérant. Excuse-moi !

Résultat des courses, elle marche dans son saladier posé par terre et en renverse le contenu. Un tapis de maïs soufflé se répand partout dans le couloir.

– Pas de chance, je vais devoir me barrer, lâché-je. Je sens déjà ma gorge gonfler et ma vue se troubler rien qu'à l'odeur.

Je me tourne vers la porte, mais elle me retient :

– Attends ! Ne pars pas.

Je me retourne.

– Est-ce que ça va ? me demande-t-elle

Je fronce les sourcils, incapable de savoir quoi répondre.

– Pourquoi ? finis-je par répliquer.

Je m'appuie contre la porte fermée, curieux de savoir d'où vient ce trouble chez Heden.

– Tu as l’air soucieux, me dit-elle. Il s’est passé un truc ?

– Ouais, c’est juste…

Shirley.

Je la déteste d’avoir encore un tel impact sur moi.

– T’inquiète, OK ? ajouté-je. Ça va.

– Je te ne crois pas, mais je vais faire semblant, rétorque Heden.

Elle marque une pause, puis déclare :

– Je sais ce qui te remonterait le moral : on devrait coucher ensemble. Genre, là, tout de suite.

CHAPITRE 28

HEDEN

L'expression d'Ash vaut le détour. J'ai compris qu'il se fichait de moi à propos du pop-corn, alors j'ai décidé de prendre ma revanche.

– Mais non, c'est vrai… tu es allergique, ironisé-je. Tant pis. Bonne soirée !

– Bonne soirée ? s'étrangle-t-il.

Je me tourne pour m'éloigner, mais mes pantoufles glissent sur le sol couvert de maïs soufflé. Ash bondit pour me rattraper avec une vivacité hors du commun. J'entends un bruit de tissu qui se déchire ; au même moment, un courant d'air froid effleure ma poitrine. Mon haut de pyjama n'a pas résisté au mouvement brusque.

Pendant une seconde, je songe à dissimuler mes seins.

Puis je change d'avis.

– Oups, lâché-je.

Le souffle d'Ash se coupe. Il fixe ma poitrine avec une intensité si brûlante que je la ressens à l'intérieur de moi. Je me redresse et recule de quelques pas. Aussi droite que possible, les mains sur les hanches, je laisse un sourire fleurir sur mes lèvres.

– C'est tellement dommage que ce maudit pop-corn soit entre nous, soupiré-je.

– Heden…

Mon nom sonne comme une supplication dans la bouche du biker. Je prends mon air le plus innocent et papillonne des paupières.

– Ash ? Tu sembles nerveux, non ?

C'est le moins qu'on puisse dire. Il me dévisage comme si une deuxième tête venait de me pousser. Ou quatre seins, vu la trajectoire de son regard. Mais ils sont toujours deux, et ils sont tendus dans sa direction, l'appelant silencieusement.

– Tu aimes la vue ? ajouté-je. Tu pourrais en profiter.

Les traits d'Ash s'assombrissent. Une lutte interne fait rage en lui, je la devine à sa façon de m'observer. Histoire de l'achever, j'ôte mon haut en le laissant glisser par terre. Mon corps à demi-dénudé a un effet immédiat sur lui. En une seconde, il m'écrase contre son torse, cramponne ses mains à mes cheveux, enfouit son visage dans le creux de mon épaule. Le bruit des grains de maïs écrasés se mêle à celui de ma respiration saccadée.

– Le pop-corn, Ash… soupiré-je.

Il grommelle quelque chose qui ressemble à « je m'en carre de ton pop-corn ». Bah tiens, tout à coup, il n'est plus allergique ! Dingue, le pouvoir qu'a le désir sur un homme. Je m'apprête à le lui faire remarquer mais, sous l'assaut de ses baisers, mes neurones se font la malle. On dirait que le désir a une sacrée emprise sur moi aussi. Entre les bras d'Ash, je suis aussi malléable qu'un pantin. Ses lèvres parcourent mon cou, ma clavicule, reviennent sur mon menton, puis la caresse de sa bouche se transforme en une délicieuse torture quand il plante ses dents dans mon épaule. Je halète et m'arc-boute, à la fois surprise et excitée.

Le ventre envahi par de la lave en fusion, j'attire le biker toujours plus près de moi. Il me plaque contre le mur en un geste dénué de douceur. Alors que je suis prise au piège entre les briques froides et sa chair brûlante, mes pensées s'éparpillent. Plus rien n'a d'importance en dehors de cet homme que je désire depuis des jours. Quand il me soulève par les hanches afin d'atteindre ma poitrine, je me mords les lèvres pour ne pas gémir. Sa bouche se referme sur mon mamelon tendu, sa langue experte caresse le bout de chair érigé jusqu'à ce que je laisse échapper une plainte étouffée. Il prend alors soin de mon second téton, avec toujours plus d'appétit.

– Ash…

Ses doigts pressent mes fesses, m'attirent contre son bassin. Mon souffle s'étrangle dans ma gorge quand mon sexe frotte contre la bosse qui déforme l'avant de son pantalon.

Le tatoueur exhale un soupir de frustration.

– Heden, tu me fais un effet de dingue ! s'exclame-t-il.

Ah, ça, je m'en rends bien compte : son érection qui appuie contre mon bas-ventre me fait passer le message haut et fort.

Ses lèvres reprennent leur chemin sur ma peau. Le tracé humide laissé par sa langue me brûle. Des frissons remontent le long de ma colonne vertébrale.

Enfin, sa bouche s'écrase contre la mienne. C'est encore meilleur que nos précédents baisers. Sa paume descend entre mes seins, s'attarde un instant sur mon ventre, puis sa main glisse sous la ceinture de mon pantalon et vient s'insérer entre mes jambes. Ses doigts me pénètrent avec une troublante ardeur, comme si Ash voulait me faire payer mon impertinence. C'est aussi brutal que délicieux. Mes hanches roulent au rythme des gestes du biker, alors que son pouce entame des mouvements circulaires sur la partie la plus sensible de mon intimité. Je me cramponne à lui de toutes mes forces, la tête appuyée sur son épaule. Mes soupirs deviennent des gémissements à mesure que la température monte dans mon corps.

– Oh, mon Dieu…

Ash rit contre mes lèvres. Nos souffles s'entremêlent. Il cesse alors de me caresser pour écarter les vêtements qui font encore barrage entre nous.

J'entends le bruit d'un emballage de préservatif qui se déchire. Une poignée de secondes plus tard, le biker relève ma cuisse d'une main, et de l'autre guide son sexe jusqu'à mes chairs offertes. Son regard accroche le mien comme s'il voulait se nourrir de toutes les émotions qui y tourbillonnent.

Sans prévenir, il s'enfonce en moi. Mes doigts crochètent ses épaules tandis que mon bas-ventre, mes jambes, mon être tout entier se liquéfient. Submergée par le plaisir, je m'accroche à lui comme s'il était ma bouée de sauvetage. Il gronde, en écho aux sons qu'expulse ma propre bouche.

Mes entrailles prennent feu sous l'assaut de ses baisers et de ses coups de reins.

Ses va-et-vient deviennent plus lancinants et plus rapides, toujours plus excitants. Je halète. La poigne d'Ash se raffermit sur ma cuisse, c'en est presque douloureux. Mais le mélange de ses coups de boutoir et de la possessivité de sa prise décuple mon plaisir. Rapidement, je sens les prémisses de l'orgasme monter en moi. Le biker doit s'en rendre compte, car il ralentit la cadence.

– Ash, oh, bon sang…

J'enfonce mes ongles dans son dos, attire son bassin plus près et pousse un cri alors que son sexe brise toutes mes défenses, toutes mes pensées cohérentes. Il aime ce qu'il entend et ce qu'il voit. Ses mouvements s'allongent, se font plus brutaux. J'ai l'impression de fondre entre ses bras.

Ma bouche s'entrouvre. J'ai du mal à reprendre mon souffle, ballottée par le désir qui continue d'enfler. L'air me manque. Je suis rongée par des flammes dont je ne soupçonnais pas l'existence.

Enfin, le pic de mon plaisir ricoche à travers mon corps comme une explosion brûlante. Je m'affaisse contre Ash, anéantie par l'orgasme que je viens d'avoir. Le biker lâche un son à mi-chemin entre le rire et le grondement animal. Sa satisfaction de mâle est palpable.

– Heden, souffle-t-il.

Plaqué contre moi, il donne libre cours à son ardeur. Plus rien ne semble retenir ses mouvements désordonnés. Le temps se délite. Il ne reste que lui, moi, et cet incendie qui nous dévore tous les deux, jusqu'à ce que lui aussi succombe au plaisir.

Ash finit par me décoller du mur. Sans me lâcher, il me conduit dans la chambre.

– J'espère que tu n'as pas prévu de dormir beaucoup, murmure-t-il à mon oreille en se laissant tomber sur moi.

***

Ce sont les rayons du soleil qui me tirent du sommeil le lendemain matin. Ils s'insinuent dans la chambre à travers les ouvertures de mon volet, emplissent la pièce d'une étrange aura féérique. À moins que ce ne soit moi qui voie des paillettes partout ?

Je tourne la tête vers Ash. Il est encore profondément endormi. Du bout des doigts, je caresse son cou couvert de tatouages, remonte vers son menton, puis frôle la créature mythologique gravée sur le côté de son crâne. Une partie de moi craint de rêver ce qui est en train de se produire. Mais la chaleur du biker m'englobe, plus réelle que jamais.

Un sourire étire ses lèvres. Toutefois, il ne se réveille pas. Je souris moi aussi.

Je tente un mouvement pour m'éclipser. Aucune chance ! Les jambes d'Ash sont entortillées aux miennes, son bras couvre ma poitrine. Si je bouge, je le réveille. Alors je reste immobile : je n'ai pas envie que le charme se rompe.

Un grondement résonne dans la pièce. La main du tatoueur se crispe sur mon épaule et, dans un souffle, il laisse échapper un prénom :

– Shirley.

S'il n'y avait pas autant de rage dans ces deux syllabes, sans doute ressentirais-je de la jalousie. Est-ce qu'il me parlera un jour de ce qui s'est passé entre eux ? Je l'espère.

– Chhht, murmuré-je.

Mon intervention calme Ash. Il change de position, se mettant sur le dos, ce qui me libère de son étreinte bouillante.

– Mon petit chat ? appelle-t-il d'une voix pâteuse

– Je suis là, réponds-je, comprenant qu'il dort encore à moitié.

– Merci…

Un souffle, à peine. Mais voilà, mon cœur vient d'exploser de bonheur. Des papillons se répandent dans mon corps. J'ignore pourquoi Ash ressent le besoin de me remercier… Je constate juste que ça a l'air important.

Les élancements indignés de ma vessie me ramènent à la réalité. Discrètement, je me glisse hors du lit, enfile une robe de chambre, puis file dans la pièce principale. Un foutoir monstre y règne : les pop-corns éparpillés jonchent encore le sol. Ma flemme prend le dessus : plutôt que de les ramasser tout de suite, je me sers un café à la machine à expresso et me laisse tomber dans le canapé. Il me reste une bonne heure avant de devoir me préparer à aller chez Kris. Ma patronne m'a demandé si je pouvais garder Alex le temps qu'elle aille lui chercher un cadeau d'anniversaire. Comment réagira-t-elle quand elle apprendra que j'ai couché avec son frère ?

Trois fois…

Les minutes suivantes, je les passe à remplir mon estomac vide en écoutant de la musique sur mon téléphone, puis je me faufile sous la douche. Je souris quand je me rends compte que je dégage encore le parfum d'Ash.

Je reste sous le jet une bonne demi-heure, profitant de l'eau chaude. Se laver à l'eau froide, ça va bien cinq minutes…

Quand je sors de la salle de bains, la porte de la chambre est ouverte. Ash ne se trouve plus dans le lit, constaté-je, déçue. Ni dans l'appartement. Le pire ? Il n'a laissé aucun mot. Tel un fantôme, il s'est éclipsé.

C'est un biker, intervient la voix agaçante de mon père dans mon esprit.

Je ne peux pas dire que je ne savais pas à quoi m'attendre. Les hommes comme Ash n'ont pas d'attache, l'arrivée de la fleuriste du coin n'y changera rien.

Je m'efforce d'ignorer la crampe dans ma poitrine, attrape mon sac à main, mon téléphone et sors. Je démarre ma voiture et me mets à rouler.

Au moment où je me gare devant chez Kris, mon portable vibre. « Ash », m'indique l'écran. Telle une affamée devant un stand de bonbons, j'ouvre le message.

Je t'aurais bien rejointe dans la
douche, mais je suis
un con et les cons se barrent quand la
fille a le dos tourné. À très vite. A.

Un sourire stupide étire mes lèvres. Ma patronne le remarque illico en m'ouvrant la porte. Il faut dire aussi que mon visage s'embrase, comme si je venais d'être prise en flagrant délit pour une faute grave.

– La nuit a été bonne ? me lance-t-elle.

Ash a-t-il déjà tout raconté à sa sœur ? J'en doute. Il n'est pas de ce genre-là… si ? Oh non. Ma patronne !

– Pourquoi ? répliqué-je en feignant la naïveté.

– Tu donnes l'impression de t'être envoyée en l'air, c'est tout.

Ne sachant que répondre, je hoche la tête, puis demande pour changer de sujet :

– Alexander est réveillé ?

– Non, il dort encore. Une vraie marmotte ! Fais comme chez toi, je dois y aller.

Kris dépose un baiser sur ma joue, puis file vers sa Range Rover. Restée seule, je fais un tour du rez-de-chaussée. La déco me rappelle celle de *Chez Perséphone* : elle est très colorée, chaude, et vivante. Il y a des fleurs partout, l'air est chargé de leur parfum.

Le garage est la dernière pièce que je découvre. Il est rempli de bric-à-brac : je n'ai jamais vu autant d'outils, de livres et de pièces de moto groupés dans un seul endroit. Au milieu de cet amoncellement, un trésor attire mon attention : une Harley à la carrosserie noire rutilante dont le moteur a été réparé. Ou plutôt, quelqu'un a tenté de le réparer sans y parvenir. Je me penche et attrape le radiateur d'huile usé posé près de la roue arrière. À qui appartient cette moto ? Du bout des doigts, je frôle son guidon, puis sa selle défraîchie. La couche de poussière qui la recouvre me prouve que cela fait un certain temps que la bécane est abandonnée là.

– Heden !

La voix d'Alexander brise le silence. Il me percute, enroule ses bras autour de ma taille et s'accroche à moi de toutes ses forces. Je souris.

– Salut, bonhomme. Bien dormi ?

– Oui, répond-il en replaçant ses lunettes convenablement. J'ai vu ton foulard sur la chaise, celui avec les fleurs. Il sent drôlement bon !

– Ça, c'est adorable.

– Tu viens manger avec moi ?

Déjà, il m'attrape par la main et me conduit à la cuisine. Tout en lui préparant un petit déjeuner de roi, je l'interroge sur la Harley abandonnée dans le garage.

– Elle appartenait à maman, mais elle a arrêté de rouler il y a longtemps, m'apprend-il.

– Pourquoi ?

– Ash et grand-père aiment la moto… mais ce n'est pas aussi important pour elle.

– Oh, je vois. Que compte-t-elle faire de la sienne ?

– La vendre. Tu peux me donner le sirop d'érable ?

Très vite, la discussion dérive sur des sujets plus anodins. Alexander entreprend de me raconter ses rêves. Cet enfant adore les fruits. Allez comprendre, il a passé une partie de la nuit dans la peau d'une pomme, et il en parle comme si ça avait été absolument génial.

– Plus personne ne se moquait de moi ! s'exclame-t-il. Parce que dans le monde des fruits la pomme est super balèze. Tu ne trouves pas ?

– Si, absolument.

– C'est quoi ton fruit préféré ?

Comment lui dire que c'est plutôt aux pâtisseries que je voue un culte ? Mais j'adore les cocktails ! Surtout celui à la grenade. Je l'explique à Alexander et, la bouche pleine, il me demande :

– Tu me feras goûter un jour ?

– Quand tu seras plus grand. Tiens, prends cette serviette. Tu as du chocolat partout.

Après avoir dévoré la moitié des réserves de la maison, Alexander m'invite à regarder les dessins animés avec lui. Sa mère revient peu de temps après, les mains vides.

– Maman ! crie-t-il en bondissant vers elle.

– Mon petit cœur ! Tu as été sage avec Heden ?

– Oui, je veux qu'elle reste avec nous.

– On déjeune ensemble ? me propose Kris en caressant les cheveux de son adorable tête blonde. Comme ça, on partira pour la boutique toutes les deux en début d'après-midi.

– Non, je vais aller me promener ce matin. Mais merci.

Telle une véritable amie, ma patronne me prend dans ses bras afin de me remercier. Nous discutons quelques minutes en évitant le sujet « Ash » – d'accord, c'est moi qui l'évite –, puis nous en venons à parler de motos.

– Kris, bafouillé-je, je suis désolée d'avoir joué ma curieuse, mais j'ai remarqué la Harley dans ton garage. Elle n'a pas été manipulée depuis combien de temps ?

– Presque trois ans. Je vais la vendre en l'état, je n'ai plus envie de m'en occuper. Ash devait me chercher de potentiels acheteurs, mais… c'est Ash. Il oublie vite.

– Tu en veux combien ?

– Heden, je ne suis pas sûre que…

– Combien ? Je suis intéressée.

– Elle n'est plus en état de rouler, il y a des tonnes de réparations à faire dessus.

Ça ne m'effraie pas, au contraire. Bricoler me permettra de renouer indirectement avec mon père. Il y a encore six mois, on passait des heures sur des bécanes pour leur redonner vie.

– Je m'en occuperai, affirmé-je.

– Sérieux ? s'exclame Kris en écarquillant les yeux.

– Avec mon père, l'été dernier, on a remis sur roues une Shovel 1200 FLH. La tienne est une Sportster de 2010, je pense pouvoir gérer. Dans le pire des cas, j'appellerai papa pour qu'il me donne des tuyaux.

Le silence s'abat sur la cuisine. Dans la pièce à côté, un personnage de cartoon rit aux éclats.

– Tu vas la stocker où ? me demande ma patronne.

Je hausse les épaules. Je n'avais pas pensé à ce détail.

– Aucune idée, avoué-je, dépitée.

Kris réfléchit un instant, puis me dit :

– Tu peux utiliser la vieille remise de la fleuristerie, elle ne sert plus à rien.

– Ça veut dire oui ? Tu acceptes de me vendre ta moto ?

– Bon sang, Heden, tu es un OVNI. Je ne te croyais pas amatrice de Harley. Sache toutefois que les pièces à remplacer vont te coûter beaucoup d'argent.

J'en ai conscience. Mais le jeu en vaut la chandelle.

– Ash est au courant de ta double vie de motarde ? ajoute Kris.

– Je devrais lui en parler ? Ce n'est pas si exceptionnel, si ?

Ma patronne pouffe en se resservant un café.

– Tu as raison, il va juste te kiffer encore plus, déclare-t-elle. Garde le secret, j'ai hâte de voir sa tête quand tu enfourcheras Betty.

Sur ce, nous échangeons toutes les deux un sourire de connivence.

CHAPITRE 29

ASH

Avec noisettes, sans noisettes, chocolat blanc, chocolat noir ? Impossible de me décider sur une pâte à tartiner. Depuis quand en existe-t-il six millions de sortes ? Au moins, je peux déjà virer les pots qui contiennent de l'huile de palme. Je suis peut-être un enfoiré de biker, mais l'avenir de la faune sur cette foutue planète m'importe un minimum.

Voilà, il me reste à choisir entre trois millions de variétés. Merde, il existe moins de types d'armes que ça !

Histoire de me racheter pour mon comportement de connard hier matin, j'ai décidé de préparer une surprise pour Heden. Vu son talent aux fourneaux, vaut mieux que je me charge du petit-déj' en lui cuisinant les meilleurs pancakes du monde. Reste à savoir ce qu'on va foutre dessus… Je les aime nature, mais elle ?

Je pousse un soupir. Du coin de l'œil, je remarque un type qui avance entre les rayonnages de la supérette, la démarche chancelante, le souffle court. Plusieurs signaux d'alarme explosent dans mon crâne. L'air se charge d'une odeur familière : celle du danger imminent.

– Toi, là, rejoins le caissier, gronde le mec en braquant un flingue sur moi.

Lentement, je pose les pots de pâte à tartiner et lève les mains en l'air. Faut en avoir dans le froc pour me menacer alors que je n'ai pas encore bu mon café.

– Putain, sérieusement ? lâché-je.

– Ta gueule. Obéis ou je te bute !

Le Glock entre les doigts du type tremble. Ses yeux injectés de sang brillent d'une lueur malsaine. Avec son teint de cadavre et sa veste trop grande, il fait peine à voir.

– Tu veux connaître l'ironie de la situation, mec ? répliqué-je. À la base, je suis juste là pour montrer à une nana que je ne suis pas un connard. Et toi, tu te ramènes avec ta face de camé et tu bousilles mes plans.

Surpris par mon calme, le drogué perd ses moyens, assez pour me prouver qu'il en est à son coup d'essai.

– Ouais, je suis aussi choqué que toi, ajouté-je. Qui aurait cru que j'étais le genre de mec capable de se lever tôt pour jouer le cuistot ?

Pas de bol, ce type a choisi la mauvaise supérette, le mauvais jour et le mauvais gars à emmerder. Il ne semble pas encore en avoir pleinement conscience, parce qu'il me lance :

– Si tu veux pas te retrouver avec une balle dans les couilles, tu ferais mieux de m'écouter.

J'obtempère et rejoins l'employé recroquevillé à genoux sur le sol. Il n'est pas blessé. C'est déjà ça.

– Couche-toi par terre, m'ordonne le braqueur.

– Alors là, tu peux toujours courir. Baisse ton pistolet.

– Va te faire foutre, Styx Rider.

Donc, il sait qui je suis ? Décidément, pas très malin, le camé.

Tout en continuant de me menacer du bout de son arme, il contourne la caisse, rafle l'argent qui s'y trouve et repart vers la porte.

Dommage pour lui, cette supérette est sous contrat avec mon club.

Les Styx Riders ont une entente avec une grande partie des commerces de Black Lake. En échange de notre protection contre les gangs ou les petites frappes dans le genre du blondinet, ils nous paient chaque mois. Pour cette raison, je vais devoir faire la tête au carré à ce type, histoire de dissuader les autres crapules de l'imiter.

– Reste tranquille, siffle-t-il en me voyant approcher.

Je m'apprête à le désarmer, mais un client choisit d'entrer au même moment. Un adolescent de seize ou dix-sept ans, tatoué, la peau dorée, le regard sombre, la tronche patibulaire.

Quelle blague du destin ! C'est le merdeux qui m'a menacé devant le *Purgatoire*.

Il s'arrête à peine la porte de la boutique passée. Il est surpris au moins autant que moi. Il doit crécher dans le coin, parce qu'il a l'air d'être venu ici pour faire ses courses, rien d'autre.

Toi aussi tu veux te racheter auprès de ta nana après avoir fait le con ?

Le visage du gamin se ferme. La colère imprègne ses traits. Quand je le regarde, comme ça, il me fait penser à l'ado que j'étais à son âge. À l'époque, mon enfance n'était déjà plus qu'un souvenir. On grandit trop vite au milieu des flingues, du danger, des bandes de rues et des clubs de motards.

Avant même de le voir foutre une main dans son dos, je devine qu'il va sortir une arme. Fait chier ! Depuis quand les gosses ont des pistolets ?

Le drogué a repéré lui aussi le mouvement du gamin. D'un geste vif, il détourne son arme de moi pour le viser. C'est loin d'être l'idée du siècle. Je profite de l'ouverture pour le percuter façon joueur de rugby. Son flingue lui échappe des mains, le coup part, la balle frôle mon pied… Une chance que j'aie songé à rabattre son bras vers le sol.

Le mec hurle. Et il n'a encore rien vu ! Je le retourne sur le dos pour l'obliger à me regarder et lui envoie mon poing dans la gueule. Son cri meurt lorsque mon genou lui écrase la cage thoracique. Ses yeux creusés par les cernes ruissellent de larmes. J'abats une nouvelle fois mes phalanges dans sa tronche. Le sang gicle, son teint pâle devient rouge. Un truc cède au fond de moi. Une chaîne fragile, qui retient d'habitude la partie la plus primitive de mon être. Mon besoin de violence prend le dessus, ma vision se brouille, la rage m'envahit.

Un coup pour m'avoir menacé.

Un autre pour avoir manqué de buter un gamin.

Un autre pour avoir gâché la surprise que je prévoyais pour Heden.

Encore et encore.

Jusqu'à ce que le bruit d'un chargeur retentisse à mon oreille et qu'un objet froid se pose contre ma tempe. Le sang cesse de bouillonner dans mes veines, le magasin se redessine derrière les taches vermeilles qui brouillent ma vision. Des griffes lacèrent ma poitrine ; je prends conscience que j'ai arrêté de respirer. En soufflant lentement par la bouche, je regarde l'adolescent.

– Ça fait deux fois que tu me tiens en joue avec un flingue, grondé-je.

Ma voix ressemble à celle d'un monstre, mes mains me font mal, ma tête aussi. Mon cœur palpite dans mon crâne, comme s'il voulait le défoncer pour s'en échapper. Un peu comme j'ai défoncé celui du camé.

– Tu vas le tuer, clame le gamin. Recule !

Tu parles d'un gangster ! Combien d'entre eux possèdent autant d'humanité ? Trop peu. Je viens de piger un truc important : ce gosse a beau jouer les durs, il ne me butera pas. Il a sans doute les couilles pour le faire, mais il a surtout une conscience pour se retenir.

D'un revers de bras, j'essuie le sang sur mon visage, puis me lève. Le drogué ne bouge plus, étendu par terre, entouré par une flaque sombre dans laquelle flotte mon reflet. Sa poitrine se soulève à un rythme régulier. Au moins, il vit encore.

Le silence tombe sur le magasin. Le vendeur a profité du désordre pour s'enfermer dans la réserve. Les flics vont rappliquer.

– Tu comptes tirer ou pas ? demandé-je.

Une grimace déforme les lèvres de l'adolescent. Il pousse un soupir tendu, lâche le neuf millimètres, passe une main dans ses cheveux noirs en bataille. J'attrape un chiffon sur la caisse et ramasse l'arme.

– Je m'arrache, décide-t-il.

– Pas maintenant. Va chercher les enregistrements des caméras de vidéosurveillance, puis rejoins-moi dans la ruelle à côté du magasin.

– Attends, tu es sérieux ? Tu crois que je vais t'aider ?

– Pense aux empreintes.

– Quelles empreintes ?

– Celles sur le flingue, juste là. Tu n'as pas envie de te retrouver en cabane, si ?

– Sale enfoiré. Tu vas me balancer ?

Jamais de la vie, mais ça, il n'en sait rien.

– Les cassettes, tout de suite, insisté-je.

– À la base, je venais juste chercher du lait pour ma mère ! proteste-t-il.

Au loin, des sirènes de police retentissent déjà. J'attrape le braqueur toujours inconscient et le traîne sur le sol jusqu'à une porte de secours donnant sur l'arrière du bâtiment. Je le lâche entre deux bennes à ordure, me baisse à sa hauteur, tapote ses joues… Il met à peu près dix secondes pour se réveiller, en état de choc.

– Barre-toi, et dis à tes camés de potes que quiconque s'en prend de près ou de loin aux Styx Riders n'aura pas ta chance, lui ordonné-je. Si je te revois traîner dans le coin, je te colle une balle entre les deux yeux.

Il détale. Je me redresse et me retourne. Le gamin m'a rejoint avec les cassettes. Je les attrape, les broie sous mes pompes, lance un coup d'œil à l'adolescent. Il n'a pas bronché.

– Fous le camp, toi aussi, lui dis-je.

– Tu as du sang partout sur toi…

– Je sais.

Je hausse les épaules et m'éloigne le plus vite possible. Essoufflé, la tête pleine d'images sanguinolentes, j'essuie le flingue avec le chiffon, puis le balance dans une poubelle. Les doigts écorchés, je sors mon portable et commence à écrire un message à Heden.

J'ai encore dû tabasser un mec.
Le triste rôle d'un sergent
d'armes… Tu veux toujours de l'enfoiré
que je suis ?

Mais je l'efface avant de le lui envoyer.

***

La scène à la supérette tourne encore et encore dans ma tête. Même si plus de vingt-quatre heures ont passé, j'ai toujours l'impression de puer le sang à des kilomètres. D'habitude, la violence ne me pèse pas autant. Sauf que je sens le fossé qui se creuse entre le mec que je suis avec Heden et celui que je deviens lorsque la situation dégénère. Quand mon petit chat découvrira cette partie de moi, que fera-t-elle ?

Parce que c'est bien joli de savoir ce que je fais pour les Styx Riders, c'est une autre paire de manches de le voir.

La fille que je tatoue lâche un bruit de gorge pour attirer mon attention. Elle a beau avoir un corps à se damner et me foutre ses miches sous le nez, je m'en carre. Heden est la seule à faire battre mon cœur.

Ma parole, à ce rythme-là, je vais crever en me noyant dans la niaiserie.

– Vous pensez qu'il sera joli sur moi ? me demande la nana.

– Mmh ?

– Le tatouage !

Elle souhaite se faire encrer sous la poitrine le même dessin que Rihanna. Mon avis, c'est que chaque œuvre doit rester unique, refléter ce qu'on est, qui on est, ce qu'on aimerait devenir… Pas imiter quelqu'un d'autre.

– C'est pas moi qui vais le trimballer le reste de ma vie, répliqué-je.

– Rihanna est mon modèle, je veux lui ressembler ! s'exclame la jeune femme sans m'avoir écouté. Je compte me faire faire tous ses tatouages.

Cette conversation me file la gerbe. Je me tais jusqu'à ce que je termine la déesse égyptienne, Isis. La nana reboutonne son chemisier avec une lenteur qui en dit long. On lui a sûrement raconté que j'aimais sauter les filles ici… C'était vrai, avant. Mais désormais j'ai une promesse à tenir.

Je la laisse se rhabiller et retourne dans la salle principale. Mon regard tombe illico sur la fleuristerie de l'autre côté de la rue. Heden parle à un mec dans un costume trois-pièces. Il secoue la tête pendant qu'elle lui propose plusieurs bouquets. Je me demande ce qu'il cherche à se faire pardonner, cet enfoiré. Cependant, bien vite, je me concentre exclusivement sur mon petit chat. Dans sa robe verte décorée de jonquilles blanches, elle dégage une aura lumineuse. Ses jambes hâlées attirent mon regard, et je me souviens de la force avec laquelle elles se sont enroulées autour de ma taille, de leur douceur sous mes mains. Je ressens le besoin soudain de plonger mon visage dans les cheveux bruns d'Heden, de m'enfoncer en elle, de l'entendre murmurer mon nom.

Bon sang, Ash, dans quelle merde tu te fourres ?

Ma cliente sort de la pièce arrière, ce qui me tire de mes pensées. Je l'encaisse, puis je me remets au travail.

En fin de journée, la porte de mon salon s'ouvre sur un môme blond.

– Mon neveu préféré ! m'exclamé-je. Comment ça va ?

Alexander est le seul gamin de mon entourage, alors forcément, en sa présence, je me transforme en un foutu nounours. Je ne peux rien y faire. Il m'a ensorcelé dès l'instant où j'ai posé les yeux sur lui.

C'est sans doute pour ça que j'ai pris plaisir à tabasser son géniteur jusqu'à ce qu'il me supplie de l'achever. Ce connard se trouve à quelques centaines de kilomètres d'ici, avec l'interdiction de remettre les pieds à Black Lake.

Personne ne fait de mal à ma frangine. Et encore moins à son môme.

– Bonsoir, Ash, me dit mon neveu. Tu sais ce que maman va m'offrir pour mon anniversaire ?

Ouais : une trottinette électrique. Mais si je vends la mèche, Kris va m'enterrer dans son jardin.

Je secoue la tête. Alexander s'installe sur le tabouret derrière la caisse et pioche dans le saladier de bonbons sur le comptoir. Il n'a pas l'air dans son assiette, je suis sûr que c'est en rapport avec l'école. On se moque de lui à cause de ses lunettes et de sa passion pour la lecture. Ça me fout en boule. Je dois me faire violence pour ne pas filer tout droit là-bas et demander un tête-à-tête avec le directeur et les parents des harceleurs.

– Raconte-moi ta journée, lui ordonné-je.

– Ça va.

– Me mens pas. Je te connais.

Il me dit qu'il a eu une bonne note en anglais, que Pamela – sa voisine de table – lui a donné une carte Pokémon, et que sa maîtresse l'a félicité pour ses résultats scolaires.

– Il s'est rien passé d'autre ?

Alexander attrape un crayon afin de griffonner sur une feuille. Il secoue ses boucles blondes, les sourcils froncés. J'aimerais savoir lire dans les pensées, juste pour l'aider. S'il refuse de me parler, je ne peux pas le forcer. Faut que l'initiative vienne de lui, sinon il se braquera.

– Oncle Ash ? finit-il par demander.

– Ouais ?

– Tu crois que quand je serai adulte, je ne serai plus obligé de porter des lunettes ?

Tellement d'espoir transpire dans sa voix… Ça me brise le cœur de ne rien pouvoir lui promettre.

– Je ne sais pas, je ne suis pas opticien, lui réponds-je. Mais, plus tu grandiras, moins les gens y feront attention. Et tu sais, ce n'est pas une mauvaise chose d'avoir des lunettes…

– Mais mes yeux sont gros !

Je dois avouer que les triples foyers ne lui font pas de cadeau.

– Comme ça, on voit à quel point ils sont beaux, répliqué-je.

– Je ne veux pas qu'ils soient beaux ! Je veux qu'ils soient normaux. Si tu allais voir les garçons à la récré pour leur dire d'arrêter de m'embêter ? Tu leur ferais peur !

Si seulement la vie était aussi simple…

– Je t'ai déjà parlé de Méduse ? lui demandé-je.

Je tapote la créature mythologique tatouée sur le côté de mon crâne. C'est la première des œuvres que l'on a gravées sur ma peau. Après la fuite de Shirley, je me suis promis de ne plus jamais me laisser aveugler par une nana.

Je peux peut-être modifier un peu l'histoire pour remonter le moral d'Alexander.

– Oui, elle change en pierre ceux qui croisent son regard, déclare-t-il.

– Je vais t'avouer un secret. Tu veux l'entendre ?

Mon neveu hoche vigoureusement la tête. Je poursuis :

– Quand elle était enfant, Méduse portait des lunettes exactement comme les tiennes. C'était l'époque où elle n'avait pas encore son pouvoir. Lorsqu'elle allait à l'école du mont Olympe, les autres divinités se moquaient d'elle.

– Comme moi !

– Oui, comme toi. Et puis elle a grandi. Elle était tellement en colère et triste qu'un jour, elle s'est réveillée avec un étrange don : celui de métamorphoser quiconque croisait son regard en une statue de pierre pour l'éternité. Pour elle, ce présent était une véritable aubaine. Elle s'en est servi sur tous ceux qui se moquaient d'elle… Elle s'est laissée dévorer par la colère et a transformé tellement de gens que Zeus a dû intervenir et l'isoler sur une île déserte.

– Mais ce n'est pas juste ! Ce sont les autres qui se moquaient…

À mon tour de piquer un bonbon dans le saladier.

– C'est vrai, dis-je. Sauf qu'elle a prêté tant d'attention au regard des autres que le sien a fini par devenir mortel. Plus personne ne vient lui rendre visite parce qu'elle fait peur. Tout ça pour te dire que ça n'arrangera rien si je me pointe dans ton école avec ma Harley. Les méchants ne t'embêteront plus, mais les gentils comme Pamela ne voudront plus te parler. Tu vois où je veux en venir ?

Alexander opine.

– Si j'avais le pouvoir de Méduse, je l'utiliserais seulement contre les gens qui se moquent de moi, déclare-t-il.

– Imagine ce que ressentiraient tes copains ! Ils n'oseraient plus te défier ou te contredire. Ils finiraient par s'éloigner.

– Tu crois ?

– J’en suis sûr. Bref, te focaliser sur ces petites brutes ne sert à rien. Concentre-toi sur tes amis, eux seuls valent le coup.

Alexander pousse un long soupir et saute de la chaise. Mon laïus ne l’a sans doute pas vraiment aidé, mais je n’ai pas envie qu’il devienne un enfant rongé par la colère.

– Je dois rentrer, oncle Ash, dit-il. Tu sais, tu devrais faire comme grand-père et donner des cours à l’université.

Mon paternel bosse quelques heures par semaine à la fac de Black Lake. Difficile d’imaginer ce molosse entouré d’étudiants, mais il paraît qu’on l’apprécie.

– J’y réfléchirai, lancé-je, même si c’est un mensonge.

– À demain !

Je salue mon neveu de la main en me disant qu’il faudra quand même que j’aille voir son directeur. Cette histoire doit s’arrêter.

À la dernière seconde, il se retourne et lâche :

– Je me suis toujours demandé pourquoi la femme aux serpents était triste.

– Ah ouais ?

– Maintenant, je sais. C’est parce qu’elle fait du mal aux gens sans le vouloir.

L’histoire de ma vie, mon gars…

– Tu as raison.

Sur ce, Alexander s’éclipse, passant devant Heden. Elle patiente contre l’encadrement de la porte du salon depuis un moment déjà. J'ai senti sa présence dès l'instant où elle est entrée.

– Méduse, c'est la fille aux serpents ? me demande-t-elle.

– Ouais.

Heden traverse la pièce avec légèreté et vient s'appuyer contre le comptoir. Son odeur m'enivre, s'insinuant partout en moi.

– Ton père est prof ? enchaîne-t-elle, choquée.

J'éclate de rire.

– Ouais, il donne des cours de civilisation antique à ses heures perdues. Il tient aussi plusieurs commerces, et c'est le meilleur grand-père de la planète. Je ne sais pas comment il fait pour tenir la cadence.

Heden m'observe en souriant. Il n'y a aucune colère dans son regard, on dirait qu'elle ne m'en veut pas d'avoir foutu le camp samedi matin. D'ailleurs, elle aborde un sujet inattendu :

– Je viens de recevoir un mail m'informant que mon inscription tardive pour le concours de mangeurs de hot-dogs du week-end prochain a bien été prise en compte.

– Cool. Tu vas pouvoir bouffer jusqu'à te faire éclater la panse.

– Comment est-ce possible alors que je n'ai rempli aucun formulaire ?

– Le destin ?

– Il a réussi à avoir mon adresse mail, le destin, réplique Heden, amusée. C'est fou quand même.

Rien ne semble pouvoir mettre cette nana en colère. Elle dégage une aura de sérénité apaisante. Elle est le jour et moi la nuit.

Face à mon silence, elle annonce avec une conviction sans faille :

– Je vais jeûner toute la semaine à venir. Comme ça, je le gagnerai, ce concours !

– Tu veux dire que tu ne vas rien avaler ?

– Rien du tout. C'est pour le bien de la mission, Ash.

Elle me fait marrer, parce qu'elle le pense ! Mais si elle croit que je vais la laisser se sous-alimenter pour un foutu concours de hot-dogs, elle rêve.

– Tu ne tiendras pas deux jours, prédis-je. La bouffe domine ta vie.

Ses sourcils se froncent.

– Tu as peut-être raison. Bon, en tout cas c'est chouette. J'ai hâte d'y être.

Elle lance un coup d'œil à la fleuristerie à travers la vitrine de mon salon de tatouages, puis ajoute :

– Je suis chargée de fermer ce soir. J'y retourne avant qu'un autre client arrive…

Elle esquisse un pas pour s'éloigner, mais je crochète son poignet. Mes doigts s'entortillent aux siens d'une façon bien trop naturelle.

– Ce mec en costard, il te faisait du gringue ? lui demandé-je.

– Oh ! Non, pas du tout, il cherchait des fleurs pour sa copine.

– Il voulait se faire pardonner de quoi ?

– Ash ! Les fleurs ne servent pas qu'à ça ! Sache qu'elles rendent aussi heureux. Elles transmettent de la joie à ceux qui les reçoivent. Vraiment, tu…

Je ne sais pas trop ce qui la fait taire. Mon expression ou mon rire ? Elle tique, puis lève le menton en déclarant :

– Tu as raison, en fait, il avait un gros truc à se faire pardonner.

– Ah ouais ? J'aime les potins. Vas-y, je t'écoute.

À la manière d'une commère prête à déballer tout un tas de conneries sur ses voisins, Heden se penche vers moi et murmure :

– Il est parti de chez sa dernière conquête sans même un « au revoir ».

J'accuse le coup comme je peux.

– Quel blaireau, ce mec, commenté-je avec une grimace.

– Tu as raison.

– Tu crois qu'elle lui pardonnera ?

Heden hausse les épaules.

– Aucune idée. Elle se demande sans doute si c'est officiel entre eux.

Mon estomac se noue. Dans ma tête, la réponse est claire : absolument. Si mes réactions sont en contradiction avec mes pensées, c'est parce que je suis une brêle dans ce genre d'histoires. Donner à Heden ce qu'elle veut de moi va être compliqué. Je suis comme un putain de champ brûlé où les plantes ont du mal à pousser. Je ne suis pas certain que mon cœur soit déjà capable de refleurir.

J'attrape l'autre main de l'Amérindienne. Immédiatement, le visage de cette dernière se teinte d'inquiétude face aux écorchures sur mes phalanges.

Quel con, je les avais oubliées.

– Tu ne les avais pas samedi, constate-t-elle.

C'est pour cela que je ne suis pas retourné chez elle après l'épisode du junkie : je voulais lui éviter d'avoir à s'inquiéter pour moi. Je préfère qu'elle me considère comme un con plutôt que de la savoir rongée par l'angoisse.

– Juste un incident à régler.

– Tu vas bien ?

– Très bien, arrête de t'en faire. Dis-moi, la fille à qui le blaireau va offrir les fleurs… Elle se pose vraiment cette question ?

À ma grande surprise, Heden n'insiste pas pour savoir d'où viennent les blessures. Elle se contente de crocheter mes doigts et de caresser mon épiderme à vif tout en lâchant :

– Oui.

– Ce blaireau a besoin de temps pour manœuvrer sa barque. Ce serait cool que sa nana puisse faire preuve d'un peu de patience.

– Tant que la barque ne se retourne pas et que la fille ne se noie pas dans le Styx… bien sûr.

La référence à la mythologie m'en bouche un coin. Elle a bien appris sa leçon, la petite fleuriste.

– Non, il sera là pour la rattraper s'il le faut, affirmé-je.

– Bah, elle sait nager, réplique Heden en haussant les épaules. Elle est la fille d'un dieu, je te rappelle.

Sur ce, elle me sourit et quitte le salon de tatouages pour retourner chez *Perséphone*.

CHAPITRE 30

HEDEN

Dans la semaine qui suit, Kris fait tracter sa moto jusque dans la remise derrière la fleuristerie. Nous nous mettons d'accord sur un prix et un paiement en plusieurs fois, puis je lance une commande groupée pour les pièces les moins coûteuses. Celles qui valent plus cher, papa se propose de me les « procurer ».

Chaque soir, quand mon emploi du temps me le permet, je bichonne ma merveilleuse Betty. Je commence par la dépose des vieux pneus, les remplace par de nouveaux, je polis la carrosserie pour retirer l'oxydation et nettoie les filtres encore potables. Puisque je suis limitée niveau outils, je me charge seulement des réparations les plus basiques. Kris m'a prêté un peu de matériel mais j'ai hâte de compléter ma panoplie.

Même si la graisse s'acharne à rester sous mes ongles et que je dors peu, m'investir ainsi vaut le coup. Je m'imagine déjà sur le dos de Betty, défiant l'asphalte, le vent, le monde.

À mes seize ans, papa m'a offert ma première Harley. Une machine de guerre que nous avons retapée ensemble pendant des heures. Ce souvenir me donne envie de pleurer. À la fois beau et douloureux, il me rappelle que l'insouciance est éphémère. J'ai vendu la bête pour payer mes études. Je ne voulais pas dépendre de mon père financièrement.

Par ailleurs, travailler sur Betty me permet de ne pas trop songer à Ash.

Ash...

Il transpire la force et la puissance, mais dissimule des failles profondes. Il s'acharne à conserver une certaine distance entre nous, comme s'il ignorait comment se comporter avec moi. Parfois, sa fougue le transporte. La seconde d'après, elle le brûle et l'oblige à reculer. Je ne sais pas encore ce que représente exactement notre histoire à ses yeux. Nous n'en parlons pas. À aucun moment il ne m'a invitée à déjeuner ni n'a émis le désir de revenir chez moi, même si ses petites attentions se multiplient : ses baisers, ses SMS, ses visites intempestives chez *Perséphone*.

Ça ne me suffit pas.

Peut-être qu'il regrette ? Peut-être que papa avait raison, que je ne suis qu'une fille de plus avec qui il veut passer du bon temps ? Je tente de ne pas y penser, parce que ça fait mal.

Le dimanche matin, des coups monstrueux frappés contre ma porte me tirent du sommeil. Mes paupières pèsent une tonne, mon corps aussi. Qui peut bien s'acharner sur ce pauvre battant ? La tête dans le brouillard, la démarche traînante, je traverse l'appartement. Lorsque j'ouvre, la présence d'Ash dissipe ma fatigue, sa beauté sombre me percutant de plein fouet.

– Comment va la Belle au Bois dormant ? me demande-t-il.

Dans son jean délavé, ses bottes de moto et son tee-shirt noir moulant, il ressemble à un dieu. J'ai une furieuse envie de lui sauter dessus pour l'embrasser. Mais il n'est pas seul. Appuyé contre le mur du couloir, Snack se roule une cigarette. Je n'ose même pas penser à l'image que je renvoie dans mon vieux pyjama décoré de canards.

– Salut, les garçons, dis-je.

– Tu ne répondais pas à ton téléphone, déclare le tatoueur.

– Je l'avais éteint pour dormir. Tu… vous… qu'est-ce qui se passe ?

– Elle a oublié, soupire Snack. Je m'en doutais. Tu me dois vingt dollars, Ash.

– Boucle-la.

Ils ont parié sur moi ?

– Le concours de mangeurs de hot-dogs, tu te rappelles ? demande Snack en me sondant.

Ah oui, ça me revient…

– Il est encore tôt, fais-je remarquer.

– Mon petit chat, il va être midi.

Ah. Mince.

– Je prends une douche et je vous rejoins dans un quart d'heure, annoncé-je.

D'un mouvement du menton, Ash ordonne à Snack de quitter l'immeuble. Dès que nous sommes seuls, il me demande :

– Pourquoi as-tu l'air aussi triste ?

– Je… je croyais que le concours ne tenait plus.

– Pourquoi ?

Il se moque de moi ? Un rire nerveux m'échappe. Je passe une main dans mes cheveux, comme si ce geste allait m'aider à trouver les mots adéquats.

– Parce que tu as eu ce que tu souhaitais ? finis-je par lâcher.

Les sourcils d'Ash se froncent, la tension entre nous augmente. Tout à coup, j'ai le sentiment d'étouffer.

– Ce que je souhaitais ? gronde le biker.

Histoire de ne pas reculer, je me campe, bien droite dans mes pantoufles fantaisie.

– Coucher avec moi. Nous ne nous sommes pratiquement pas vus de la semaine, alors j'en ai tiré les conclusions qui s'imposent.

Ash secoue la tête, agacé.

– Tu te goures, affirme-t-il. Je t'ai parlé du garage que les Styx Riders vont ouvrir ? J'aide un pote à finir la paperasse, ça m'a pris tout mon temps ces derniers jours.

– Quelle idée de te charger d'autant de travail.

– Ça ira mieux très bientôt. Heden, je ne pige pas… Tu crois que je voulais te sauter ?

Je hausse un sourcil. Il se marre.

– OK, je voulais te sauter, reprend-il, mais pas seulement.

– Tu n'as pas émis le souhait de réitérer l'expérience, rappelé-je.

Il pousse un soupir blasé, puis m'informe :

– J'ai sonné chez toi plusieurs fois cette semaine. Tu n'étais pas là.

Je grimace en me rappelant les heures que j'ai passées dans la remise de la fleuristerie avec Betty. Je crois bien que je me suis fait un film toute seule… Finalement, on dirait que je ne suis pas plus douée qu'Ash en matière de relations amoureuses.

– Tu ne m'as pas envoyé de message pour me dire que tu te trouvais devant ma porte, répliqué-je dans une vaine tentative pour me dédouaner.

– Je ne suis pas le genre de mec à foutre des barreaux autour d'une nana une fois que j'ai mis le grappin dessus, tu te rappelles, petit chat ?

– Désolée… Avec la réponse assez vague que tu m'as donnée l'autre jour, à ton salon de tatouages, je pensais que… Enfin, laisse tomber. Envoie-moi un SMS la prochaine fois, je ne suis jamais loin de mon appartement.

À ma grande surprise, Ash ne m'interroge pas sur la raison de mes absences. Face à son silence, je m'enhardis et demande :

– On est quoi, toi et moi ?

Une étrange lueur brille dans les iris du biker. Ça cogite là-dedans, deviné-je.

– Heden… souffle-t-il.

– Tu es mon petit ami ?

Voilà, la question vient de franchir la barrière de mes lèvres. Je me sens soudain beaucoup plus légère. Un peu nerveuse, aussi. La réponse déterminera la suite de ma relation avec Ash, quelle qu'elle soit. Cette fois, il n'a pas intérêt à me sortir une métaphore mythologique.

– Ton petit ami… répète-t-il, sonné.

À la vitesse de la lumière, je débite :

– Je te préviens, je refuse d'être juste la nana que tu sautes de temps en temps. Je ne suis pas ce genre de fille, d'accord ?

J'aime ma mère de tout mon cœur et je sais que son histoire avec papa l'a brisée en mille morceaux. Je n'ai pas envie d'avoir à supporter la même chose. Jamais.

Ash pousse un profond soupir, puis m'embrasse. Sans sommation, alors que je ne me suis pas brossé les dents. Son corps presse le mien, ses bras m'entourent. Ensuite, il me libère et recule.

– Ne doute pas de mes intentions envers toi, dit-il. Même si parfois je me comporte comme un abruti… Fais-moi confiance. Si je vais trop loin, en revanche, fous-moi une patate.

Je reste pantoise en le regardant descendre les premières marches de l'escalier.

– Qu'est-ce que tu fous, Ash ? J'ai la dalle ! s'exclame Snack depuis le hall d'entrée.

– Ta gueule. Règle tes histoires de bouffe avec ma copine, OK ?

« *Ma copine.* » C'est tellement bon d'entendre ces mots ! Une fois Ash au rez-de-chaussée, je sautille partout en retenant mes cris de joie.

– On t'entend, clame le tatoueur.

J'inspire profondément pour reprendre le contrôle de mes émotions, puis file à l'intérieur.

Trois quarts d'heure plus tard, je me gare face à un établissement du centre-ville, précédée par les motos des garçons. Leurs Harley attirent immédiatement l'attention sur eux. Ils en ont l'habitude : ils ne semblent pas déstabilisés par les regards insistants.

Moi non plus. Quand je voyage avec mon père, on a souvent droit à ce genre de comportements. Les tatouages, le cuir, les motos, l'appartenance à un club les provoquent assez souvent.

Je reste à côté de ma voiture en détaillant le restaurant qui me fait face. *Chez Rosi*, indique une pancarte sur la devanture. Il est décoré dans un style Far West. Un *food truck* vend des hot-dogs juste à côté, aidé d'un type déguisé en sandwich qui danse pour attirer la clientèle. Détaillant la pancarte qui tournoie entre ses doigts, je souris. Des enfants lui demandent de faire des figures acrobatiques ; le pauvre obtempère. Il rate la plupart de ses numéros, mais, au moins, cela met son public de bonne humeur.

Quand j'allais à la fac, j'ai dû porter un costume de canard afin de faire la publicité d'un fast-food dans le cadre de l'un de mes petits boulots. Sans doute l'une des pires expériences de ma vie.

– Snack est parti chercher vos billets, me dit Ash.

– D'accord. Tu as déjà participé à un concours comme celui-là ?

Il secoue la tête avec une grimace.

– Non, mais j'ai déjà vu l'un des compétiteurs tomber dans le coma.

– Tu me charries !

– Je te jure. Le mec s'est levé, la gueule peinturlurée de ketchup, et il est retombé aussi sec. C'était il y a quatre ans, il ne s'est pas encore réveillé. On raconte que c'était à cause d'un truc dans les saucisses. Mais t'inquiète, je pense que les services sanitaires ont réglé le problème.

Je tente de déterminer si Ash plaisante, sauf qu'il reste parfaitement impassible.

– Il faut que tu arrêtes de mentir aussi bien, soupiré-je.

– Moi, mentir ?

– Oui.

Ses paupières se plissent et il approche son visage du mien.

– Tape « Calvin Matthew » sur Google, me dit-il. Tu verras que ce n'est pas du pipeau.

Une chance qu'ici, je capte Internet. Je sors mon téléphone et m'exécute. Les images qui apparaissent sur mon écran me tirent un hoquet de surprise ; je range l'appareil dans mon sac aussi sec. Cet homme – visiblement acteur de films pour adultes – n'a jamais fait de concours de hot-dogs.

Ash se marre, dévore l'espace entre nous, glisse ses mains le long de mes bras.

– Si tu survis à ce qui t'attend, je t'emmène au lac ensuite, m'annonce-t-il.

– Avec plaisir ! J'ai bien envie de piquer une tête.

– Et moi, de piquer ta petite culotte.

Mes joues s'embrasent, mon corps se réveille. Il veut sentir celui d'Ash contre lui, s'abreuver de ses caresses, de ses baisers. La mine innocente, je m'approche du biker, me tends sur la pointe des pieds et chuchote à son oreille :

– Je ne porte pas de culotte.

Un grondement s'échappe d'entre ses dents. La seconde d'après, son bras s'enroule autour de ma taille et je me retrouve acculée contre la portière de ma Mini. Ash enfonce son visage au creux de mon épaule, mais ce qui me coupe le souffle, c'est sa main qui se faufile sous ma jupe et remonte avec lenteur.

– Putain, murmure-t-il quand il comprend que je ne mens pas. Tu vas me tuer, je te jure.

– J'espère bien que non.

Un rire silencieux secoue ses épaules. Ses lèvres enflamment mon cou, remontent le long de mon menton, emprisonnent ma bouche. Contrairement à celui qu'il m'a donné un peu plus tôt, ce baiser n'a rien de sauvage. Au contraire, la douceur avec laquelle Ash titille ma langue allume un incendie destructeur dans mon ventre. Sa main n'a pas quitté mon fessier, elle va même jusqu'à frôler mon intimité. Une chance que son corps de titan fasse écran avec le reste du monde.

– Arrête, on va nous voir ! protesté-je en me tortillant.

Il enfonce les mains dans ses poches, sûrement pour ne pas les laisser s'introduire autre part.

– Prête ? me demande-t-il.

– Maintenant ? Où ça ?

– Je parlais du concours, ricane-t-il.

– Oh. Bien sûr.

Pour ma défense, la situation m'avait totalement fait oublier la compétition…

Snack nous rejoint quelques minutes plus tard avec nos tickets de participation.

– Vous faisiez quoi ? nous demande-t-il en fronçant les sourcils.

– Rien, réponds-je en rougissant.

– Tu as la même tête que les nanas de l'université lorsqu'elles acceptent que je les tripote.

– Tu… mais… non ! Tu vas à la fac ?

Ash rigole et précise :

– Juste pour soulever les jupes des étudiantes.

– Mais non, j'ai beaucoup d'amies ! affirme Snack.

Nous entrons dans le restaurant et traversons une foule de gens bien décidés à faire la fête, jusqu'à une grande table dressée au fond de la salle. Des participants sont déjà installés face à des plateaux remplis de hot-dogs. La vue de toute cette nourriture réveille mon estomac. Je meurs de faim !

Ash éclate de rire. Je me tourne vers lui et demande :

– Que se passe-t-il ?

– Oh, rien, l'ogre vient de sortir de son antre, c'est tout.

Snack ne me laisse pas le temps de répliquer. Il m'attrape par le bras et m'emmène à ma place.

– On est les Styx Riders, déclare-t-il.

– Euh… d'accord.

– Si tu ne te sens pas bien, ne te force pas. Je n'ai pas envie que tu gerbes partout et que tu bousilles la réputation du club.

Sur ce, il frappe dans ses mains, se passe la langue sur les lèvres puis ajoute :

– Allez, c'est parti !

Une femme, que j'identifie comme étant Rosi, fait un rapide discours en rappelant que le duo gagnant pourra venir manger à l'œil ici pendant un an. J'avais cru comprendre ça dans le mail.

– Prête à tout déchirer ? me souffle Snack.

Plus que jamais.

Je décoche un sourire à Ash, qui ne m'a pas quittée du regard depuis que je me suis assise. Son clin d'œil me donne envie de me lever, de sauter par-dessus la table et de me perdre dans ses bras. Il m'a manqué ces derniers jours. Je m'en rends compte maintenant, alors qu'il est à la fois si proche et si loin.

Une cloche retentit soudain. Je me jette sur mon plateau rempli de sandwiches.

Au bout d'une éternité – et quatorze hot-dogs –, mon estomac menace d'exploser. Peut-être même que c'est déjà fait. Mon sang s'est transformé en moutarde, mes larmes en ketchup. Incapable d'avaler une bouchée de plus, je me penche sur Snack.

– Je te laisse terminer, il faut que je m'éloigne de cette nourriture.

Je m'assure auprès de Rosi que ma sortie de table ne disqualifiera pas l'équipe des Styx Riders, puis je me creuse un passage jusqu'à Ash. Une lueur taquine dans les iris, il me demande :

– Tu vas survivre ?

– Oui. Non. Je n'en sais trop rien.

Je me presse contre lui. Ses bras m'entourent, me promettent de me retenir si je m'écroule. Je hume son parfum masculin, laisse mes muscles se détendre.

– Si tu me gerbes dessus, je romps, grogne-t-il. Normalement, je ne cautionne ce genre de délires qu'à partir du quatrième rencard.

Il plaisante. Je pourrais bien lui vomir sur le crâne qu'il continuerait de me serrer contre lui, j'en suis sûre. Je me dévisse la tête afin de le regarder.

– Tu crois que je te laisserais t'en aller maintenant que je suis ta petite amie officielle ? dis-je.

Il fronce les sourcils, la moue soucieuse, puis lâche :

– Vu tout ce que tu as mangé, je t'imagine mal me courir après.

– Je roulerai pour te rattraper. Et je t'écraserai au passage.

– C'est la menace la plus bizarre que j'ai jamais entendue.

Son front se pose contre le mien et il ferme les paupières. Je crois que je ne l'ai jamais vu aussi en paix avec lui-même.

Nous restons ainsi un long moment, sans ressentir le besoin de briser notre silence serein.

– Si tu avais mangé un hot-dog de plus, on aurait gagné, intervient Snack en nous rejoignant un peu plus tard. Le concours est terminé.

– La prochaine fois, je laverai l'honneur de notre équipe, lui promets-je.

– Tu as intérêt.

Je secoue la tête en m'écartant d'Ash. Sa main reste toutefois accrochée à la mienne.

– C'était génial ! m'exclamé-je. Ce concours. Les hot-dogs. Oh, mon Dieu !

Le tatoueur se marre.

– Tu es toute verte, souligne-t-il.

– Mais non, ça baigne. Vous permettez ? Je vais aux toilettes, je reviens dans une minute.

CHAPITRE 31

ASH

Heden a la démarche d'un alcoolique rentrant d'une tournée des bars. Même si elle tente de garder la tête haute, elle vacille, les gestes incertains. Je ne peux pas m'empêcher de trouver ça mignon.

Elle disparaît dans les toilettes ; je me doute qu'elle en a pour un certain temps avant de revenir.

Snack s'installe sur ma gauche, commande une bière, me fixe du regard. Longtemps.

– Arrête de me mater comme si tu voulais me baiser, prospect, finis-je par lui lancer.

– À vos ordres, sergent.

Une poignée de secondes passe. Mon frangin reçoit sa commande et, dans la foulée, me demande :

– Alors, toi et Heden Otila ?

– Moi et Heden Otila.

– La vache, je suis trop content. C'est du sérieux ?

– En quoi ça te regarde ?

– Tu vas en faire ta régulière ?

La question me fait déglutir. Chez les bikers, prendre une régulière est l'équivalent d'un mariage dans le civil. Pas de retour en arrière possible, pas de divorce : la femme que nous choisissons devient la moitié de nous-même, la prunelle de nos foutus yeux. Heden compte pour moi, que tous les dieux m'en soient témoin. Mais suis-je prêt à prendre une telle décision ? Ça se réfléchit, et pas autour d'un verre dans un endroit qui pue le hot-dog et l'orange.

– Trop tôt, comprend Snack en grimaçant.

– Carrément.

– C'est quand même du sérieux entre vous ?

Je jette un coup d'œil à la porte des toilettes. La réponse s'impose d'elle-même : je n'ai pas pour habitude d'emmener des nanas sur ma moto ou à des concours en tout genre. J'emballe plus que je ne trimballe.

– Ça ouais, petit, dis-je. Tu n'as pas idée.

– Cool, glousse Snack. Je veux devenir le parrain de votre gosse, pigé ?

Il peut toujours courir. Si un jour je me retrouve avec un marmot sur les bras, c'est Gun qui aura cet honneur.

– Vous savez que vous êtes le sujet de conversation principal au club, ces temps-ci ? enchaîne mon prospect.

– Merde, à ce point-là ?

Il ricane devant ma tronche d'ahuri et ajoute :

– Notre sergent préféré s'est dégoté une meuf capable de le foutre à genoux, tu verrais comment ça jase…

L'idée me plaît moyennement. Il faudra que je réunisse les gars pour leur donner un cours de self-défense, histoire d'avoir une bonne excuse pour les tabasser. Ça leur remettra les idées en place.

– Ils disent quoi ? demandé-je, soupçonneux.

– Les paris tournent. Certains misent sur le fait que son paternel te tranchera les couilles…

Possible.

– D'autres sur votre rupture.

– Je veux des noms.

– Plutôt crever.

Snack boit une gorgée de sa bière, puis conclut :

– Le reste pense que tu finiras par la prendre comme régulière. J'aime bien l'idée. Elle me plaît, cette fille.

Pas autant qu'à moi…

Heden reste aux abonnés absents. Et si elle avait fait un malaise ?

Remarquant que je scrute une fois de plus la porte des toilettes, Snack intervient :

– Elle va bien, laisse-la. Mieux vaut au-dessus d'une cuvette que sur tes bottes, nan ?

Sauf que je n'arrive pas à me détendre. M'inquiéter, c'est mon boulot.

Alors que je m'apprête à me lever pour aller voir ce qui se passe, un garçonnet roux se prend les pieds dans mon tabouret et s'étale par terre. Trop sonné pour chialer, il reste étendu là jusqu'à ce que je l'aide à se relever.

– Rien de cassé ? lui demandé-je.

Aucune larme dans ses grands yeux verts, alors je suppose que oui. Il hoche la tête, fasciné par mes tatouages.

– Tu courais où comme ça, bonhomme ? enchaîné-je.

– Riley, mon cœur, tout va bien ?

Je reconnais cette voix sans même avoir besoin de tourner la tête. Shirley… Elle se penche vers son gamin, puis remarque ma présence.

– Bonsoir ! J'ignorais que tu étais là, me dit-elle.

Moi aussi. Comment se fait-il qu'une épouse de toubib devenue aussi « respectable » se pointe ici, à un concours de mangeurs de hot-dogs ? Mais ça me revient, à présent : Rosi fait partie de sa famille – c'est sa tante. À l'époque où on sortait ensemble, Shirley faisait parfois des heures dans ce bar contre de l'argent de poche.

Silencieusement, je me détourne et reprends ma place sur le tabouret. Si je fais comme si de rien n'était, peut-être que la tempête passera ?

D'un signe de la main, j'ordonne au barman de me servir un autre bourbon. Oui, ignorer mon ex-fiancée me semble la meilleure option. Je me vois mal céder à mon désir de lui péter les mâchoires sur le comptoir.

Autour de moi, la température vient de chuter de dix degrés. Des frissons remontent le long de mes bras, dans mon dos, et même sur mon visage. Du coin de l'œil, je remarque le môme en train de jouer avec les cheveux de sa mère. Elle le presse contre son cœur mais, au-delà de l'amour maternel, je perçois aussi chez elle de la tension.

– Hé, frangin, s'inquiète Snack, il y a un problème ?

Je lève mon verre en direction du prospect, histoire de lui signifier que je gère.

– C'est qui ? demande-t-il.

– Une meuf qui n'en vaut pas la peine.

Si je l'ignore, elle va se barrer. Forcément ! Elle ne va pas rester plantée là dans l'espoir que je lui parle, n'est-ce pas ?

Je ferme les yeux, inspire. Le visage d'Heden s'impose derrière mes paupières. Je me raccroche à ses traits pour chasser ma tension, le froid…

– Ash, souffle Shirley. Je suis tellement désolée, si tu savais…

Ses mots me frappent directement dans les côtes. Longtemps, j'ai attendu ses excuses. Aujourd'hui, je n'en ai plus rien à carrer. D'une traite, je finis mon verre, puis me lève.

– Les choses ne devaient pas se passer comme ça, continue-t-elle.

– Elles devaient se passer comment, alors ? grondé-je en me retournant brusquement pour lui faire face.

Surprise, elle recule. Son môme transpire la peur, je le devine à deux doigts de pleurer. Des têtes se tournent vers nous, des murmures s'élèvent. Je vois déjà les gros titres des journaux locaux : un biker s'attaque à une mère de famille. Dans la foulée, le toubib rapplique, les sourcils froncés. C'est le genre de mec qu'on imagine facilement en blouse blanche, traversant les couloirs de l'hosto sous l'œil fasciné des infirmiers. Pourquoi a-t-il choisi Shirley ? Ça m'échappe.

– Tout va bien ? demande-t-il en se dressant entre nous.

– Elles devaient se passer comment ? répété-je à l'attention de mon ex en ignorant le médecin. Si tu n'avais pas pris la décision de te barrer le jour du mariage, tu serais partie plus tard ? Quand on aurait eu des mômes, peut-être ?

Shirley papillonne des paupières. Et voilà, son gamin chiale.

– Je ne voulais pas… tente-t-elle.

– Si, tu le voulais !

Des mecs en blouson de cuir se matérialisent autour de moi. Des gars du club, conclut la partie de mon cerveau capable de réfléchir. J'en ai repéré quelques-uns en compagnie de leur petite famille, en rentrant dans le restaurant.

J'ai bien conscience de passer pour l'enfoiré de service, mais à ce stade j'en ai rien à faire. Elle veut régler nos histoires ici, devant son mari ? Ainsi soit-il.

– On n'en serait pas là si tu avais eu le courage de me parler, dis-je. Tu croyais que je ne t'aurais pas laissée partir ? Du coup, tu as préféré la fuite ?

– Pas ici, pas maintenant, lance Gold.

Il a raison. Incapable de détourner mon regard de Shirley, je laisse toute ma déception, ma rage, ma peine y briller. Elle perçoit mes émotions, je le devine aux larmes qui coulent sur ses joues.

« Excuse-moi », murmure-t-elle du bout des lèvres.

– Tu m'as trahi, sifflé-je. Tu m'as humilié !

Je n'en veux pas, de ses excuses à la con. Je n'en veux plus.

– Chérie, viens, on s'en va, intervient le toubib.

– Dis-moi, enfoiré, tu la voyais déjà pendant qu'on était ensemble ? lui lancé-je.

Il tique.

– C'est ridicule, ce que vous dites. Comportez-vous en adulte, bon sang.

Lui, il va crever salement.

Gold se tend, semblant lire dans mes pensées. Il est prêt à me retenir si je bondis sur le médecin.

Des griffes invisibles lacèrent ma poitrine. Mes poumons peinent à me maintenir en vie. Mes muscles sont tellement bandés que je ne peux plus faire le moindre mouvement. Les battements de mon cœur résonnent dans mon crâne, en écho à la musique que Shirley et moi avions choisie pour son entrée dans l'église. Je me revois l'attendre, plus heureux que jamais.

Sauf qu'elle n'a jamais remonté l'allée fleurie.

– On s'en va, déclare son mari en l'attrapant par le bras. Cette situation est grotesque.

– Ouais, faites donc ça. Barrez-vous.

Le toubib a alors le malheur de me regarder droit dans les yeux en secouant la tête. Un voile noir obstrue mon champ de vision, mes neurones grillent un par un. Les sons meurent autour de moi.

Je m'apprête à faire l'une des plus grosses bourdes de ma vie.

Sauf que deux mains saisissent mon visage, qu'un parfum de pomme verte et de fleurs envahit mon esprit. Heden… Ses traits inquiets déchirent le rideau sombre qui me séparait du monde.

– Ash, tu m'entends ?

Ouais, je l'entends. J'enlace mes doigts aux siens. Ma colère décroît, cesse de cramer mes organes. Shirley et sa petite famille en profitent pour se barrer. Une autre émotion prend le dessus en moi : le soulagement. Celui d'avoir Heden près de moi, de pouvoir encore ressentir de l'attachement pour une nana, et qu'elle soit attachée à moi en retour. Même si je ne suis pas certain de le mériter. De *la* mériter.

– Tu tombes bien, mon petit chat, dis-je.

– Tu veux qu'on sorte ?

Je secoue la tête, caresse sa joue, puis dépose un baiser sur son front.

– Non, on reste.

À cet instant, je me jure de ne plus laisser Shirley me désarçonner au point d'oublier la chance que j'ai d'avoir trouvé ma jolie Amérindienne. Si quelqu'un doit se barrer de chez *Rosi*, ce n'est clairement pas Heden et moi.

CHAPITRE 32

HEDEN

Peu à peu, Ash reprend le contrôle, même si sa respiration évoque celle d'un athlète après une course de soixante kilomètres. La rage sur son visage s'estompe au profit de la culpabilité.

Je m'aperçois un peu plus de l'impact qu'a encore son ex-fiancée sur lui. Ça devrait me rendre méfiante, mais, pour l'instant, seule la nécessité d'aider le biker à gérer ses démons m'obnubile.

Il renifle, puis se rassoit sur son tabouret. De nombreux regards sont braqués sur lui, pourtant il les ignore. Je reste près de lui, à son contact. Je suis heureuse d'être parvenue à le calmer. Au moment où je l'ai forcé à plonger ses yeux dans les miens, l'incendie destructeur en lui s'est éteint. Dans un sens, ça me touche : au moins, il peut guérir. Je meurs d'envie de lui poser des questions sur Shirley, mais je me retiens.

– Ash, tout va bien ? demande un géant à la coupe militaire et aux allures de Viking, portant le patch des Styx Riders sur son blouson.

Mon petit ami le regarde et opine. L'inconnu s'éloigne, les mains dans les poches. À nouveau, nous nous retrouvons seuls, Ash, Snack et moi.

– Je suis largué, commente le prospect. C'est quoi cette histoire de mariage ?

Oups, mieux vaut ne pas remuer le couteau dans la plaie. Je frappe dans mes mains avant de proposer :

– Bon, qui est partant pour un fondant au chocolat ?

Les deux hommes me dévisagent comme si je débarquais d'une autre planète.

– Tu t'es fait gerber ? me demande Snack en grimaçant.

– Bien sûr que non !

– Dans ce cas, comment peux-tu encore penser à manger après tous les hot-dogs que tu as avalés ?

– Vous c'est l'alcool, moi la nourriture, les gars, répliqué-je.

Ash retrousse les lèvres en un sourire indigné. On dirait que changer de sujet l'apaise un peu.

– Tu as une vision des bikers tellement cliché, soupire Snack. J'ai mal, là.

On commande trois parts de gâteau. Devant la mine ahurie de mon petit ami, j'en reprends même une seconde ensuite. Il faut bien que je récupère des forces, puisque mon estomac n'a pas su résister à la pression des hot-dogs !

Pendant que nous mangeons, Snack me raconte sa vie. Il vient d'une famille de soldats mais a refusé de suivre le même chemin que ses parents. À ses dix-huit ans – l'année dernière –, il a failli partir en prison pour recel. Entrer dans le club lui a évité l'incarcération : dès l'instant où il a signé chez Bradley Devon, les avocats des Styx Riders l'ont défendu. Le nombre de personnes de loi engagées par les clubs pour les sortir du pétrin le cas échéant me surprendra toujours.

C'est seulement en début de soirée que nous décidons de quitter le restaurant. Ash n'a pas oublié sa promesse de m'emmener au lac et j'en suis ravie. Lorsque, en riant, je lui assure que j'ai bien pensé à faire un plein d'essence histoire de ne pas me retrouver en rade en pleine nuit quand je rentrerai chez moi, il déclare avec le plus grand sérieux :

– Qui parle de rentrer ? Tu peux rester chez moi ce soir.

Alors là, je viens de me prendre une claque mentale !

– Vraiment ?

Ash prend le temps de sortir une cigarette et de l'allumer. Un peu en retrait, Snack discute au téléphone en effectuant les cent pas.

– Tu en dis quoi ? me demande finalement le biker.

– Je suis partante si tu me jures que la prochaine fois tu accepteras de te réveiller chez moi.

– Marché conclu. Tu m'attends deux secondes ? Je dois voir quelqu'un.

L'incident avec Shirley me semble si lointain à présent… Je ne me leurre pas, cependant. Ash souffre, c'est une évidence. Son passé s'accroche toujours à lui pour le tirer vers le bas.

– Bien sûr, lui dis-je.

D'un pas léger mais empreint d'une profonde assurance, il rejoint Snack, lui glisse deux mots, puis disparaît dans l'obscurité. Je reste immobile une poignée de secondes, attendant son retour. Et s'il s'en prenait au mari de son ex ? Non, je le vois mal me laisser ici pour répondre à un instinct de ce genre.

Très vite, Snack raccroche. Angoissée, je lui demande :

– Où est Ash, à ton avis ?

– Dans le coin.

– Qu'est-ce qu'il a vu ?

Le prospect se marre.

– Tu sais, Heden, Ash est du genre à percevoir des trucs qui échappent à la plupart d'entre nous. C'est son job.

Le hurlement de douleur d'une moto en train de se faire torturer attire soudain notre attention, coupant court notre conversation.

– Bordel de… Tu vas démarrer ? s'écrie un type.

Je me dirige vers lui, Snack sur mes talons. La moto, une sportive, a dû être un jour en bon état.

Aujourd'hui, la pression des pneus laisse à désirer, la carrosserie rouille, les feux ne fonctionnent plus. Ce genre de maltraitance me scandalise. Histoire de ne plus m'inquiéter pour Ash, je décide d'intervenir.

– Elle ne démarrera pas, déclaré-je. Votre chaîne secondaire vient de se briser. Une chance que vous n'ayez pas eu de passager, il aurait pu être blessé gravement aux jambes.

Incrédule, l'homme me fixe du regard, les sourcils froncés, puis observe ce que je lui désigne. Un morceau de la chaîne est enroulé autour du pignon de sortie de boîte et bloque la roue arrière. Ce genre de désagrément arrive quand on ne prend pas soin de sa bécane et, malheureusement, cette panne provoque la casse du carter. Résultat des courses : de grosses dépenses en perspective, parce qu'il faut démonter le moteur pour tenter de réparer.

Lorsque je termine mon explication, le pilote se redresse de toute sa stature pour me faire face. Dans la seconde, Snack s'interpose. Sa mine joviale est trompeuse : il se tient prêt à essuyer une éventuelle attaque.

– Tu as compris la demoiselle ? dit-il. Tu devrais amener ta moto au garage. Une chance que les Styx Riders ouvrent le leur la semaine prochaine. Je te file notre carte, ça te fera dix pour cent de réduction.

L'homme recule d'un pas, prenant malgré tout le morceau de papier tendu par l'Hispanique. Puis il laisse sa bécane sur place et rentre chez *Rosi*.

Du bout des doigts, je frôle la Yamaha sans doute destinée à la casse. Quelle tristesse…

– Pour une fleuriste, tu t'y connais plutôt bien en mécanique, s'étonne Snack.

– Mon père m'a tout appris.

Je jette un regard à la ronde. Ash ne revient toujours pas. Cette fois, je commence vraiment à m'inquiéter…

CHAPITRE 33

ASH

Le gamin de la supérette m'attend dans la ruelle, à côté de chez *Rosi*. Il m'épie depuis le milieu de l'après-midi. À aucun moment il n'a fait signe d'approcher, se contentant de rester dans l'ombre. Mais l'ombre, c'est mon territoire. On ne le foule pas sans que j'en sois averti.

– Je vais finir par croire que tu veux clamser, lui dis-je.

Il me dévisage de ses yeux marron. Ce môme maîtrise autant que moi le camouflage des émotions. Impossible de savoir à quoi il pense : ses intentions restent aussi floues que son identité. La main posée sur mon flingue, je désigne celui qu'il tient.

– Tu veux encore te la jouer gros caïd, constaté-je.

– Je t'ai vu péter les plombs avec la meuf et son gosse, réplique-t-il. C'est quoi, ton histoire ?

– Pourquoi je t'en parlerais ?

J'avance lentement, afin d'éviter de le pousser à faire un truc débile. Du genre me tirer dessus.

– Retourne chez toi, lui conseillé-je. Tes parents ne s'inquiètent pas ?

Cette fois, la façade d'impassibilité de l'adolescent se craquelle. On dirait que je viens de mettre le doigt sur un sujet fâcheux.

– Tu as bien des parents, hein ? insisté-je.

– Pourquoi je te le dirais ?

– Pour ne pas passer les prochaines heures à regretter ton silence ? Je pourrais croire que ce clébard de Crayson t'envoie, qu'il cherche à m'atteindre à travers toi. Es-tu un ennemi, petit ?

Son masque de dureté s'efface une fraction de seconde. J'ai la réponse à ma question. Il l'a été, il ne l'est plus. La preuve, je suis encore debout.

– Qu'est-ce que tu fous là, gamin ? ajouté-je.

– Va te faire foutre, Devon. Arrête de me traiter comme un enfant !

C'est qu'il est déterminé à titiller mes nerfs, le morveux !

– Pourquoi tu me suis ? lui demandé-je sans tenir compte de ses protestations.

– J'ai envie de te tuer, tu ne peux pas savoir à quel point…

Il a soufflé ces derniers mots sans colère, mais avec une profonde lassitude. Comme s'il était fatigué de ses propres émotions négatives. Je connais ça par cœur.

– Si tu me donnais ton nom ? lui suggéré-je. J'aime bien connaître l'identité de mes ennemis.

Encore une fois, il me sonde. Puis il m'avoue :

– Alex. Alex Agora.

Sérieux, il a presque le même prénom que mon neveu ? Quelle foutue blague !

– Si on discutait, Alex ? lui proposé-je.

Je sors une clope, l'allume, fais mine de me détendre. En vérité, je suis toujours sur mes gardes.

– Qui dit que je veux parler avec toi, Devon ? crache-t-il.

– Tu ne m'as pas tiré dessus.

Une grimace retrousse les lèvres d'Alex. L'espace d'une seconde, il a l'air paumé, fragile. Comme le gamin qu'il est encore. Il n'y a que ses yeux qui donnent l'impression qu'il est bien plus âgé, qu'il en a trop vu pour un môme.

– Putain !

Il glisse une main dans ses cheveux, continue de gerber des insultes, se met à faire les cent pas. Immobile, j'attends qu'il se calme. Une fois qu'il a repris le contrôle sur ses émotions, je lâche :

– Dis-moi ce que tu veux, j'ai pas que ça à foutre.

– Enrôle-moi.

Un ange passe. Non, toute une armée de légionnaires du ciel ! J'éclate de rire, les côtes en feu, les yeux pleins de larmes.

– Arrête de te foutre de ma gueule ! s'énerve Alex.

– On ne se fait pas « enrôler » dans un club, lui dis-je. On se bat pour mériter sa place, on fait ses preuves. Les Styx Riders ne sont pas des gangsters.

– Je m'en tape. Tu me dois bien ça.

– Je ne te dois rien du tout.

Pour entrer chez nous, il faut avoir dix-huit ans. La plus jeune de nos recrues, Snack, a ramé des mois avant qu'on l'accepte dans nos rangs. Et il peut dégager à tout moment, il ne porte pas encore le patch officiel.

– Tu es un Red Bird, continué-je.

– Un ancien Red Bird. Tu as dissous mon gang, tu te rappelles ?

Pour m'affronter comme il le fait, il a un sacré courage.

– Pourquoi tu veux faire partie des Styx Riders ? lui demandé-je.

– Pour la thune.

Clair, net, précis.

– Trouve-toi un job, répliqué-je.

– Laisse-moi une chance ! J'ai vu comment vous vous comportez les uns avec les autres. On sent qu'il y a un véritable lien entre vous. Je veux trouver des frères, des alliés.

– Non.

Le visage d'Alex se décompose. Il a raison concernant les frangins : quand on entre dans un club, on trouve une famille. Mais l'adolescent semble avoir appris cette phrase comme une poésie, histoire de me caresser dans le sens du poil.

– J'ai besoin d'argent, se met-il à crier d'une voix brisée. Tu piges pas ?

Ma poitrine se serre. C'est moi, ou traîner avec Heden me rend sentimental ?

– T'en dois à qui ? le questionné-je.

Ce gosse me fout tellement les boules que je suis prêt à l'aider financièrement. Mais, brusquement, son mépris me saute à la gorge. On dirait que je viens de lui balancer un seau de merde sur la tronche.

– Alex…

– Va te faire foutre.

– Attends…

Trop tard, il tourne les talons et s'enfuit à toutes jambes. Il est plutôt rapide. À coup sûr, il ferait un bon *enforcer*. Mes hommes sont souvent amenés à en traquer d'autres à travers la ville, courant parfois pendant des kilomètres pour choper des enfoirés.

Je sors mon portable et compose le numéro de Buck, notre pirate informatique et trésorier.

– Ouais, Ash, comment va ? lâche-t-il en décrochant.

– Comme sur des roulettes. Tu peux me filer des infos sur un certain Alex Agora ?

– Pas de problème, laisse-moi quelques minutes pour allumer mon matos.

Le silence tombe au bout du fil. Je me cale contre le mur, les paupières closes. Même si j'ai l'air de gérer la situation depuis mon tête-à-tête avec Shirley, en réalité, il se passe un truc en moi.

Les excuses de mon ex résonnent à mes oreilles chaque fois que je baisse ma garde. Une partie de moi me conseille de les accepter afin de passer à autre chose. Si je joue au con, ma relation avec Heden est vouée à l'échec.

– Attends, c'est un môme ! s'exclame soudain Buck.

– Je sais. Tu peux me dire quoi sur lui ?

Nouveau silence. Puis il me liste :

– Il a dix-sept ans. Il a été arrêté plusieurs fois, mais jamais inculpé. Son dossier scolaire est aussi long que mon bras, il a été viré de pratiquement tous les bahuts de Black Lake. C'est un Red Bird, tu le savais ?

– Ouais. Donne-moi son adresse, s'il te plaît.

Buck s'exécute sans me poser de question. Je m'apprête à raccrocher quand il m'annonce :

– En parlant de Red Birds… Une de nos brebis vient d'être retrouvée morte. Milan doit tenir Bradley au jus, mais ça ressemble à ce que l'autre bouffon faisait aux filles.

Merde ! Crayson a décidé de revenir ? Lorsqu'il a quitté la ville, Gun l'a fait suivre par quelques gars pour le tenir à l'œil. Quand il s'est avéré qu'il se noyait dans l'alcool en squattant un vieil appartement près d'Indianapolis, on a arrêté de le fliquer.

– Tu ne pouvais pas commencer par là ? grondé-je.

– Qu'est-ce que ça change ? Je comptais te le dire de toute façon, rétorque Buck. Ce qui est sûr, c'est qu'on ne risque rien, selon nos avocats. La fille venait souvent au *Purgatoire*, mais rien ne nous relie au meurtre.

Crayson va salement regretter ! Le bannissement ne suffit pas pour certaines personnes, malheureusement.

– OK… Merci pour l'info.

Je mets fin à la communication et appelle mon paternel. Je lui raconte ma première rencontre avec Alex, je lui parle de son lien avec l'ex-chef de gang et de son envie de rejoindre le club. Ses pensées suivent le même cheminement que les miennes, puisqu'il conclut que le môme sera sans doute capable de nous aider à retrouver Crayson. On reste encore quelques minutes au téléphone, le temps d'échafauder une stratégie, puis je retourne auprès d'Heden. Elle observe une affiche pour un futur repas à thème chez *Rosi*.

– Encore faim ? lui demandé-je.

Avant qu'elle puisse se retourner, j'enroule mes bras autour de sa taille.

– On rentre ? se contente-t-elle de me proposer.

La tension dans sa voix pique ma curiosité.

– Ça va ?

Elle me décoche un sourire faux, puis soupire :

– C'est juste que… je m'inquiétais. Pour toi.

– Pourquoi ?

– Avec ce qui s'est passé tout à l'heure, je… Enfin, je veux dire… Je n'ai pas envie de m'immiscer dans les affaires du club, bien sûr. Mais là, j'ai le sentiment qu'il y a plus que ça. Je te sens à cran. Pas vrai ?

– Tu as raison.

Il me vient l'idée de lui confier mon histoire avec Shirley. Je me ravise. Pas maintenant, pas ici.

Heden se détache de moi pour me faire face. La détermination brille dans ses yeux chocolat.

– Je peux tout entendre, déclare-t-elle. Alors, quand tu auras le courage de me parler, n'hésite pas.

Sur ce, elle se dirige vers sa voiture. Planté là, je me demande si j'ai encore tout foiré lorsqu'elle se retourne et me sourit.

– Chez toi ? me demande-t-elle.

Le soulagement balaie ma tension.

– Chez moi, confirmé-je. À tout de suite, mon petit chat.

CHAPITRE 34

HEDEN

Lorsque j'arrive près du lac, la maison d'Ash brille de mille feux. Décorée de lampions, elle ressemble à ces habitations de rêve présentées dans les magazines de vacances. La lumière des lanternes se reflète sur l'eau avec celle de la lune, la couvre d'une nappe de diamants étincelante. La magie semble vibrer dans l'air, sous mes pieds, dans mon cœur.

Définitivement, j'aime cet endroit.

Je grimpe les marches qui mènent au chalet, puis remarque le mot épinglé sur la porte d'entrée. Ça ne m'étonne pas qu'Ash soit arrivé avant moi, en moto le trajet est bien plus rapide qu'en voiture… Sur le papier, je lis :

« Au bout du ponton. »

Un vent léger souffle, ce soir, mais il ne fait pas froid. Je traverse la plate-forme flottante baignée par les éclairages tamisés. Assis au bord de l'eau, les bras autour des genoux, Ash contemple le paysage montagneux plongé dans le noir.

– Quand j'avais dix-neuf ans, j'ai failli me marier, dit-il.

Surprise, je m'arrête à un mètre de lui. Je m'attendais à tout, sauf à ce qu'il m'avoue une chose pareille.

– Avec Shirley, la nana que tu as vue tout à l'heure, poursuit-il. On se connaissait depuis qu'on avait douze ans, on s'est mis ensemble très tôt… à quinze ans, tu vois ? Ma mère venait de foutre le camp, mon paternel gérait déjà son club, rien n'allait vraiment dans ma vie. Ça s'est fait naturellement entre nous, comme si c'était le destin ou une connerie comme ça. Être avec elle m'a permis de gérer la situation. Notre histoire se passait plutôt bien, on était heureux et j'ai fini par intégrer les Styx Riders. Je crois que c'est à ce moment-là que c'est parti en vrille…

Il expulse un rire plein de morgue. Je m'approche et m'assois à côté de lui. Sa colère crépite, électrique.

– À dix-huit ans, je lui ai proposé de m'épouser et, douze mois plus tard, tout était prêt pour la cérémonie, reprend-il. Rien ne s'est passé comme prévu. J'aurais peut-être dû m'en douter. Avec le recul, je me dis que je ne la rendais pas aussi heureuse que je le pensais, elle me faisait sans cesse des reproches à propos du club. Bref, le jour de notre mariage, elle est partie. Sans explication, sans un mot, sans rien. Pendant des semaines, j'ai essayé de la retrouver. C'est pourtant mon truc de pister les gens. Mais elle avait tout fait pour couper les ponts avec moi.

J'ai froid, tout à coup. Prétendre que je suis triste est bien au-dessous de la vérité.

– Je suis désolée, soufflé-je.

– Ne le sois pas. Je voulais mettre les choses à plat avec toi pour que tu ne te sentes pas à l'écart. Je voulais aussi te dire que les Styx Riders sont toute ma vie et que je ne supporterais pas que tu me demandes un jour de quitter le club.

– Je n'en ai pas l'intention. C'est ce que voulait Shirley ?

– Elle ne me l'a jamais dit clairement, mais nos disputes concernaient souvent les gars.

Ash marque une pause, puis ajoute :

– Écoute, si un jour j'agis comme un connard avec toi, préviens-moi. Ne pars pas sans rien dire en me donnant l'impression d'être le plus mauvais copain de la planète, OK ?

Son honnêteté me touche. Elle prouve qu'il est prêt à faire des efforts, à commencer à écrire une autre histoire. La nôtre…

Ash manque d'assurance et il est encore hanté par des fantômes. On va devoir bosser sur ça si on veut construire une relation solide.

– Est-ce que… tu l'aimes encore ? demandé-je timidement.

Ma question étouffe le biker. Sans blague, un rire étranglé s'échappe avec peine d'entre ses lèvres. Tendue, j'attends qu'il me réponde, en espérant qu'il sera toujours aussi franc.

– Putain, non, finit-il par lâcher.

– Alors qu'est-ce qui te met autant en colère quand tu penses à elle ?

Il pousse un long soupir, passe une main sur son crâne rasé, puis avoue :

– Sa trahison. J'aurais eu mal si elle était venue me voir en disant qu'elle voulait rompre nos fiançailles et annuler le mariage, mais je l'aurais accepté. Elle ne s'est même pas donné cette peine. Elle m'a tourné le dos. Et aujourd'hui elle revient et se conduit comme si rien ne s'était passé ?

Je comprends son sentiment. À sa place, je l'éprouverais aussi. Cela dit, la haine consume les meilleures parties de nous-mêmes. Elle n'arrange rien, au contraire. Ash est sous l'emprise de cette émotion destructrice. Il suffit de voir comment il a réagi chez *Rosi*.

– Désolé que tu aies dû assister à ça, lâche-t-il.

– C'est important de connaître les démons qui hantent les gens qu'on aime, répliqué-je. Comment les aider à les exterminer, sinon ?

Il me couve d'un regard à la fois surpris et tendre. Je le devine plus détendu, même si je n'irais pas jusqu'à prétendre qu'il est serein. Au vu des événements de cet après-midi, ce n'est déjà pas si mal.

– Et toi, petit chat, quels sont tes démons ? me demande-t-il.

Dans l'immédiat, je préfère ne pas y penser. Alors, au lieu de lui répondre, je bondis sur mes pieds, m'étire en levant les bras au-dessus de ma tête et ôte mes vêtements.

– Si on allait se baigner ? proposé-je.

Le regard enflammé du tatoueur parcourt mon corps nu.

– Je te laisse t'en tirer par une pirouette, mais juste pour cette fois, ironise-t-il.

– Trop gentil.

Sur ce, je saute dans le lac. D'accord, ce n'est pas l'idée du siècle. Mon sang se transforme en glace et mon cerveau cesse de fonctionner. Quand je remonte à la surface, j'expulse un :

– Oh mon Dieu !

Ash est hilare, à moitié écroulé sur le ponton. Mes bras battent l'eau autour de moi. Je nage jusqu'aux planches et m'y suspends du bout des doigts.

– Tu n'étais pas obligée de tenter le suicide si tu ne voulais pas répondre à ma question, s'esclaffe le biker.

– Très drôle. Pourquoi ne m'as-tu pas dit que l'eau était gelée ?

– J'ai envie de tester ta résistance physique. Tu comptes rester là-dedans ?

Et frôler l'hypothermie ? Non merci.

– Aide-moi à remonter, demandé-je.

Ash se lève, attrape mes poignets et me soulève sans aucun problème. La seconde d'après, je me retrouve collée contre son torse. Il se rassoit et je l'imite, à califourchon sur ses jambes. Mes membres tremblent tellement qu'on dirait que je suis prise de convulsions.

– C'était complètement con, commente le biker.

– N'en rajoute pas. Réchauffe-moi, OK ?

Il entreprend de frictionner mon corps. Au bout de deux minutes, les mouvements à répétition dessinent des traces rouges sur mon épiderme halé mais, au moins, je n'ai presque plus froid.

– Tu sais quoi ? J'ai mieux pour te réchauffer, lance Ash avec un sourire en coin.

– Ah oui ?

Ses mains emprisonnent alors mes hanches, ses doigts pressent ma chair plus fort. La lumière des lanternes éclaire la moitié de son visage, laissant l'autre plongée dans l'obscurité. Je ne peux pas m'empêcher de penser que c'est un bon reflet de sa personnalité. Je connais son côté sombre chargé de lourds secrets, de regrets plus meurtriers encore, mais je vois aussi une autre part de lui. Celle capable d'aimer. Du moins, c'est ce que j'espère.

Nos regards ne se lâchent pas, et je suis certaine qu'il peut lire dans le mien le désir qu'il attise chez moi. Les mots quittent ma bouche avant même que la pensée ne se forme dans mon esprit :

– Embrasse-moi.

Ma voix n'est qu'un murmure, mais il m'a entendue. Il se redresse brusquement, me maintient contre lui, se moque de mon petit cri surpris. Ma poitrine s'écrase contre ses pectoraux. Il saisit ma nuque pour attirer mon visage plus près du sien, et j'en profite pour enrouler mes bras autour de son cou. Dans cette position, nos bassins frottent l'un contre l'autre ; je n'ignore rien de son excitation de plus en plus prononcée.

Sa bouche joueuse caresse la mienne, avant de devenir plus entreprenante. Il happe mes lèvres entre les siennes. Son baiser se fait plus ardent tandis que ses mains descendent le long de mes hanches pour empoigner mes fesses. Je gémis tout bas, et il s'écarte un peu pour mieux me dévisager.

– Mon petit chat sait ronronner, s'amuse-t-il.

Je lui adresse une grimace, en partie parce que je suis frustrée qu'il ait arrêté de m'embrasser. Et aussi parce que j'ai envie de le provoquer.

– Je pourrais bien sortir les griffes… soufflé-je.

Une lueur malicieuse traverse son regard bleu pâle.

– Je demande à voir.

Il m'empêche de répliquer en reprenant possession de ma bouche. Cette fois, je sens qu'il n'est plus question d'échanger des piques, aussi délicieuses que soient nos joutes verbales. Rien ne vaut l'étreinte que nous partageons.

Ash caresse mes cuisses dénudées, les embrase de l'intérieur. Ses doigts remontent le long de ma peau ;

je me redresse un peu pour leur ouvrir le passage vers mon intimité. La chaleur du toucher du biker contraste avec la fraîcheur de la nuit, pourtant les frissons qui couvrent ma peau ne sont pas dus à la température… Un désir violent inonde mon ventre, ma respiration se bloque dans ma poitrine. Ash sait exactement quoi faire pour attiser les flammes qui me consument. Je me soumets volontiers au plaisir qui enfle en moi, se déverse dans chacune de mes terminaisons nerveuses. Il court-circuite mes pensées, mes questions, tout ce que je suis.

CHAPITRE 35

ASH

À 4 heures du matin, mon téléphone vibre sous mon oreiller. Le réveil pique. Il faut dire que j'ai dû dormir deux heures à tout casser. Pas que ma nuit ait été torride sur sa durée entière, quoique je ne cache pas qu'Heden et moi n'avons pas passé tout notre temps à dormir. Mais même lorsqu'elle s'est endormie dans mes bras, je n'ai pas réussi à fermer l'œil. Trop de trucs en tête. Ma relation avec l'Amérindienne, bien sûr, mais aussi d'autres beaucoup plus merdiques : Shirley, Alex, Crayson, le meurtre de la brebis. Je vais retrouver cet enfoiré de chef des Red Birds, lui faire tellement mal qu'il chialera en appelant sa mère, et je le buterai.

En silence, je sors de mon pieu, puis file prendre une douche au rez-de-chaussée. Vingt minutes plus tard, je pousse ma Harley le long du lac sans la démarrer, histoire de ne pas réveiller Heden. J'espère revenir avant l'aube pour ne pas avoir à lui expliquer la raison de mon brusque besoin d'air. J'enfourche bientôt ma bécane, prenant la direction des quartiers les plus misérables de Black Lake. Alex Agora vit dans un coin pourri où le sang et la violence règnent en maîtres. Les gamins d'ici finissent à la rue ou dans un gang, si ce n'est pas au cimetière, avant même d'avoir atteint l'âge adulte.

Je me gare au bout de la rue et la remonte à pied jusqu'à une vieille maison de plain-pied. Le silence règne autour de moi. La plupart des lampadaires sont brisés, les zones d'ombre se comptent par dizaines. J'attends de voir si un loubard va en sortir mais, visiblement, la délinquance locale pionce.

Je saute la clôture et contourne l'habitation. Forcer la serrure de la porte arrière me prend deux minutes. Selon Buck, la famille Agora n'a pas de clébard, une chance pour moi. Une fois à l'intérieur, je visite les pièces une à une. La mère du môme peine à joindre les deux bouts, ça se voit aux vieilleries qu'elle entrepose. Même la télé date. Pourtant, les membres des Red Birds étaient réputés pour amasser de la thune grâce au racket, au vol et aux trafics en tout genre auxquels ils se livraient. Dans quoi Alex dépensait-il l'argent qu'il gagnait ? Il n'a même pas de console.

Je m'arrête devant une porte marquée d'un « A » peint en noir et entouré d'un cercle. Soit je suis tombé sur le bureau local des anarchistes de Black Lake, soit c'est la chambre d'Alex. Je penche pour la seconde option. Sans faire le moindre bruit, je pénètre dans la piaule. Adolescent, j'accrochais des posters de Harley partout et je customisais mes murs de scènes gores. Pas Alex. L'absence de déco me frappe d'emblée. Le mobilier est sobre et manque de fantaisie. Un truc ne tourne vraiment pas rond…

L'ancien gangster dort la bouche ouverte, la respiration profonde. Je me baisse, glisse une main sous son sommier. Un neuf millimètres y est planqué. Je vide le chargeur, me redresse, et pars m'appuyer contre le mur. De là, je balance les balles à la figure d'Alex histoire de le réveiller. Il bondit sur ses pieds, encore ensommeillé.

Si j'avais eu un appareil photo, j'aurais immortalisé sa gueule d'ahuri.

– Putain, qu'est-ce que tu fous chez moi ? s'exclame-t-il. T'es entré comment ?

Paniqué, il jette un coup d'œil à la porte.

– Tu as fait quoi à ma mère ? continue-t-il.

L'inquiétude déforme son visage, de même que la colère.

– Rien du tout, le rassuré-je. Je suis là pour toi.

– Pourquoi ?

– Pas pour te tuer, alors relax.

Il se fige, méfiant. Je reprends :

– Crois pas que si je suis ici c'est de gaieté de cœur. Bordel, tu n'as jamais pensé à accrocher des posters ? C'est triste à mourir dans ta piaule.

– Comment as-tu trouvé mon adresse ?

– Là n'est pas le sujet. Les Styx Riders ont besoin d'infos.

– Des infos ?

Lentement, je me dirige vers la fenêtre et fais mine d'observer le paysage. En vérité, pas un seul mouvement d'Alex ne m'échappe.

– Crayson, lâché-je.

– Crayson ?

– Si tu arrêtais de répéter tout ce que je dis, hein ? Figure-toi que j'ai appris un truc très énervant hier. On a retrouvé le corps d'une de nos brebis en effectuant une ronde en ville. Elle avait été rouée de coups. Ça ne te rappelle rien ?

Après une poignée de secondes, Alex pige enfin où je veux en venir.

– Rouée de coups… souffle-t-il.

– Là, faut vraiment que tu arrêtes.

Il inspire profondément et passe une main nerveuse dans ses épais cheveux noirs. Le reflet de ses tatouages sur la vitre me fait grimacer. Le gars qui les lui a gravés sur la peau devrait être flagellé pour incompétence.

– Impossible, Crayson a quitté la ville, déclare Alex.

– C'est ce qu'on croyait tous. Mais, à moins qu'un imitateur ait pris la relève, on dirait bien que ton cher chef de gang hante à nouveau Black Lake.

– Fait chier ! siffle-t-il.

– Je n'aurais pas mieux dit. Maintenant, tu me suis. Mon président veut te parler.

– Je n'ai rien à voir là-dedans ! se rebiffe-t-il avec une pointe de terreur dans la voix. Je ne savais pas qu'il s'en prenait à des filles. Personne ne savait, jusqu'à ce que vous vous pointiez pour le bannir !

– Encore heureux. Le prés' va juste te poser quelques questions, tu ne risques rien. Tu te souviens que tu m'as demandé d'entrer chez les Styx Riders pas plus tard qu'hier ?

Je me tourne vers lui. Il soutient mon regard un bon moment avant d'opiner.

– Habille-toi, on y va, décrété-je.

Quelques minutes plus tard, je quitte la chambre, Alex sur les talons. J'ai juste le temps de me plaquer contre un mur avant qu'une porte ne s'ouvre sur une inconnue et que la lumière inonde le couloir. Du coin de l'œil, je détaille la femme, d'origine hispanique. Elle a donné la couleur charbon de ses cheveux à son fils, mais son teint crayeux fait peine à voir.

– Chéri, à qui parles-tu ? demande-t-elle d'une voix faible.

– À personne, m'man, répond Alex. Je passais juste un appel. Va te coucher, d'accord ? Je reviens vite, on prendra le petit déjeuner ensemble.

Je n'ai jamais perçu autant de douceur chez l'adolescent. Pour un ancien Red Bird, il se défend plutôt bien en matière de tendresse.

– Il est cinq heures, fait remarquer sa mère.

– Je sais, je dois juste régler un truc.

– Encore avec ces voyous ?

Suite à son exclamation, elle est prise d'une quinte de toux incontrôlée. Alex la rassure aussitôt :

– Non, je te jure. Suis-moi, je te ramène dans ton lit. Tu ne dois pas te lever, le médecin te l'a dit.

Mère et fils échangent quelques mots, puis Alex revient et me dépasse. Une fois dehors, il garde le silence. Je respecte sa vie privée et ne commente pas ce qui vient de se passer, me contentant de montrer une vieille caisse garée dans son allée.

– T'as le permis ? demandé-je.

– Ouais.

– OK, alors tu me suis avec cette voiture.

Dès qu'on arrive au *Purgatoire*, je salue Buck, Gold et Reed, postés devant la porte. Même si je sais qu'Alex ne planque aucune arme, je laisse les gars le fouiller. La tension rigidifie ses muscles. Je le conduis ensuite à l'intérieur en lui promettant que tout se passera bien tant qu'il ne jouera pas au con. Après, il sera libre de partir.

Mon paternel nous attend dans une arrière-salle, une clope à la main.

– Bonjour, Alex. Installe-toi.

Le môme reste debout et me lance une œillade surprise. Il ne doit pas avoir l'habitude qu'on soit poli avec lui. Ou alors, il pensait être accueilli à coup de chaînes.

Le silence s'étire pendant plusieurs minutes. Je mate ma montre et finis par soupirer :

– Assieds-toi, on n'a pas que ça à foutre.

Si Heden se réveille et qu'elle remarque mon absence, la situation pourrait déraper. Je n'ai pas envie qu'elle croie que je me barre chaque fois qu'on baise. D'ailleurs, pourquoi il se passe un truc de merde chaque fois qu'on baise ?

Alex capitule et prend place. Sans hésiter, mon paternel lui lance :

– Tu n'es pas sans savoir que des jeunes femmes se font tuer en ville, n'est-ce pas ?

– Je n'ai rien à voir là-dedans.

– Une chance pour toi. On sait tous ici qui est le responsable. Depuis combien de temps côtoies-tu Crayson ?

Alex me fixe du regard avec un rictus, auquel je réplique par un sourire encourageant.

– Deux ans, lâche-t-il après plusieurs secondes.

– Mon fils m'a fait part de ton désir d'intégrer nos rangs, déclare mon père.

– Ouais.

– « Oui », pas « ouais », petit, le corrige mon paternel.

C'est bon signe : il ne se donne pas la peine de reprendre ceux qui n'ont aucune valeur à ses yeux. Il voit sûrement chez Alex le potentiel que j'ai décelé en lui dès notre première rencontre. Il est plein de courage et de sang-froid, des qualités appréciées chez les Styx Riders.

– Si tu nous aides à coincer ce pourri, j'envisagerai de réfléchir à une admission, reprend mon père.

À nouveau, Alex se braque. À mon avis, il doit se dire qu'on lui prépare un coup fourré. Il me fait penser à une grenade qu'on vient de dégoupiller.

– Me prenez pas pour un con… grogne-t-il.

– On a fait des recherches sur toi, réplique mon paternel. Je sais exactement pourquoi tu veux faire partie de la famille. L'argent n'est pas une mauvaise raison quand il est utilisé pour faire de bonnes actions.

Ah, Bradley Devon dans toute sa splendeur !

D'abord surpris, Alex ne réagit pas puis, peu à peu, se détend.

– Je veux une contrepartie financière, réclame-t-il alors.

– Je te donne mille dollars sur-le-champ en échange d'une info utile pour retrouver Crayson.

– Marché conclu. Montrez-moi les billets.

Mon père dépose une liasse sur la table. Un truc me fait quand même tiquer : si on peut acheter ce gamin aussi facilement, sa candidature ne va mener nulle part. Mais, dans le fond, on ne lui a jamais promis qu'il deviendrait l'un des nôtres.

– J'ai besoin d'un papier et d'un crayon, dit-il. Je vais vous noter tous les lieux qu'il aime fréquenter.

Une demi-heure plus tard, Alex rentre chez lui. Il ne le sait pas, mais il est surveillé désormais. S'il retourne sa veste, on le saura.

J'ordonne à mes *enforcers* de se rendre dans chacun des endroits inscrits sur la liste. Je les charge aussi de m'appeler s'ils trouvent Crayson ou une info importante. Ensuite, alors que je m'apprête à retourner au lac, mon paternel me retient.

– Alors, elle a accepté ton rôle, lâche-t-il.

Il n'a pas besoin de préciser qui est « elle », nous le savons tous les deux.

– Elle est la fille d'Isha, poursuit-il. J'avais bon espoir qu'elle ne fuirait pas. Le sang, fils, a un pouvoir insoupçonné. C'est du sérieux entre vous ?

– Oui.

– Pour un sergent d'armes, briser les règles d'un club est assez ironique, tu ne trouves pas ?

Aucune colère ne transpire dans la voix de mon père. Après tout, je suis majeur et vacciné, je prends la responsabilité de mes actes. Il me rappelle toutefois :

– Tu aurais dû demander l'autorisation d'Otila avant de te mettre avec Heden.

– Il viendra, assuré-je. Je lui parlerai à ce moment-là.

– S'il accepte de discuter et qu'il ne tire pas en premier.

– Bah, cette fille vaut toutes les balles du monde, ricané-je.

CHAPITRE 36

HEDEN

En milieu de semaine, alors que je viens de vider la chambre froide pour la nettoyer, Kris me rejoint avec son petit sourire qui me prévient qu'on va avoir une discussion personnelle et non professionnelle. Je suis penchée en avant pour ramasser les pétales de fleurs quand elle lance sans sommation :

– Jeudi, toi et moi, soirée au bar !

– Ah bon ?

– On a besoin de se détendre.

Je dois avouer que penser à autre qu'à Ash ou Betty pourrait me faire du bien. Alors j'accepte, pour le plus grand bonheur de ma patronne. Le jeudi venu, elle passe me prendre à la maison afin qu'on aille étancher notre soif au *Purgatoire*.

– Ça nous donnera l'occasion de faire plus ample connaissance ! déclare-t-elle sur la route.

– Je ne crois pas qu'il y ait grand-chose à savoir sur moi, répliqué-je.

– Bien sûr que si, tu couches avec mon frère.

– Kris ! m'exclamé-je, outrée.

Je suis victime d'une combustion spontanée. Quand ma patronne s'en rend compte, elle éclate de rire. Il n'en faut pas plus pour que je l'imite.

– Ce que je veux dire par là, c'est que mon frangin ne craquerait jamais pour une nana inintéressante, reprend-elle. Comment ça se passe avec lui ?

Très bien. Malgré son emploi du temps chargé, il ne m'oublie pas. Et pourtant, je le sens à cran, en ce moment.

– Oui, mon père et lui sont sur les traces d'un mec qui s'en prend à des filles proches du club, me révèle Kris en grimaçant. Ça fait froid dans le dos.

– Ce n'est pas à la police de s'occuper de l'enquête ?

– Au vu du rapport de ces nanas avec le MC, les Styx Riders sont obligés d'intervenir. Si les fédéraux décident de leur coller ces assassinats sur le dos, ils risquent d'avoir de gros problèmes.

Oh, bon sang ! Je n'avais pas compris à quel point la situation était critique.

– Je n'aime pas ça, soupiré-je.

– Tout va bien se passer, Heden. Te stresser n'était pas dans mes intentions. Parlons d'autre chose.

Très bonne idée ! Histoire de ne pas gâcher l'ambiance, je décide de ravaler mon inquiétude pour les heures à venir.

À l'intérieur du *Purgatoire*, Kris et moi trouvons une table libre au milieu de la pièce. Ma patronne paie la première tournée, et nous nous retrouvons bien vite à boire des bières dans des pintes énormes.

– On repartira en taxi, décide-t-elle en avalant sa boisson d'une traite.

– Bonne idée !

À mon tour, je plonge les lèvres dans le liquide ambré. Le goût âcre me fait grimacer mais, au bout de plusieurs gorgées, je ne le sens plus.

L'alcool brise la barrière de l'intimité chez Kris, remarqué-je quand elle commence à me parler de sa position sexuelle préférée. Je me marre. Je ne me souviens même pas comment nous en sommes arrivées à discuter de ça.

– Et la tienne ? me demande-t-elle.

– Je ne sais pas trop, je les aime toutes.

À cet instant, une silhouette se dresse dans mon dos, étendant son ombre au-dessus de la table. Avant que je puisse me retourner, deux mains chaudes s'écrasent sur mes épaules et une voix familière me souffle à l'oreille :

– Toutes ?

– Toutes, confirmé-je en déposant un baiser sur la joue d'Ash.

Ma réponse le satisfait, à moins que ce soit le contact de mes lèvres sur sa peau.

– Intéressant, commente-t-il. Je sens qu'on va bien s'amuser à l'avenir.

Kris fait mine de vomir. Mon tatoueur ricane :

– Dites donc, serait-ce ma frangine préférée ?

– La meilleure de toutes celles que tu aurais pu avoir.

– Qu'est-ce que vous foutez là ?

– Moi, je suis venue pour l'alcool, dis-je.

– OK, je vous paie la prochaine tournée, décide Ash.

– Nos consommations sont déjà gratuites, pouffe Kris. Je suis la fille du président, tu te rappelles ?

Pas étonnant qu'elle ait choisi de venir ici !

– Allez, je vous laisse, lâche le biker. À plus tard, mon petit chat.

Il plaque un baiser sur mon front, puis s'éloigne. Je ne peux m'empêcher d'observer son fessier de rêve moulé sous son jean.

– J'en connais une qui est amoureuse… me taquine Kris.

J'en connais une qui n'a peut-être pas tort. Mes sentiments pour le Styx Rider deviennent plus forts chaque jour. Mais je ne suis pas prête à avoir cette conversation pour l'instant…

Ma patronne m'entraîne dans une partie de billard, puis de fléchettes et de poker. Des clients du bar se joignent à nous comme si nous nous connaissions. Ainsi, je rencontre Brent, Archie, Carrie et Sophia. Ces deux dernières sont des brebis, je le devine à leur façon de s'habiller et de draguer les membres du club.

Carrie m'invite à prendre l'air quelques minutes entre deux parties. Je la suis avec plaisir devant le

Purgatoire, où des projecteurs éclairent le parking plein de motos.

– Heden, je te trouve trop, trop sympa ! lance la jolie brune en posant sa tête sur mon épaule.

– Merci. Toi aussi.

– Certaines filles te détestent, mais pas moi, je te le jure.

Je me tourne vers elle, surprise, et elle ajoute :

– Permets-moi de remettre cette remarque dans son contexte, mon cœur : tu as pécho un gradé sans même avoir eu besoin de lever le petit doigt, alors que nous, on trime à mort pour essayer de nous maquer avec un biker… Mais bon, moi, je t'aime. Même si on se connaît depuis dix minutes.

J'opine sans savoir quoi répondre. Ma mère m'a parlé du monde impitoyable des brebis. Elle voulait que je sache que ces filles finissent souvent paumées, abandonnées, déprimées. Ou bien le cœur brisé, comme elle.

Complètement ivre, Carrie s'exclame soudain :

– Si on allait à la piscine ? Je connais une villa dont les proprios sont jamais là. Leur jardin est dément !

– Non, je reste ici, dis-je. Ce n'est pas très prudent de nous balader seules de nuit, par les temps qui courent. Désolée… Une autre fois ?

Déçue, elle soupire, se dirige vers la porte et lâche :

– Je vais me remonter le moral en allant boire.

– J'arrive dans une minute.

Je viens juste de recevoir un SMS de mon père. Lui aussi a appris pour le dernier meurtre commis. Je lui réponds que je vais bien, mais l'inquiétude me saisit brutalement. Je me mets à regarder autour de moi, comme si un monstre allait surgir de l'obscurité.

– Tu devrais rentrer.

La voix de Gun me fait sursauter. Je me retourne tandis qu'il ajoute :

– Il y a peu de risques qu'il t'arrive un truc avec autant de bikers dans le coin, mais on ne sait jamais.

Sans demander mon reste, je file à l'intérieur du *Purgatoire* pour me mêler aux joueurs de poker. Puisque je suis nulle, je perds, évidemment, mais Carrie détrousse les trois mecs avec qui on joue. Kris et moi éclatons de rire face à leur tête démunie, puis nous retournons nous installer à notre table. Comme c'est elle qui est allée chercher les boissons la dernière fois, je m'y colle. En plus, cela me donne une occasion de rejoindre Ash, installé au comptoir.

Cependant, alors que je me dirige vers lui, une femme au corps sublime me devance. Je marque un temps d'arrêt. Mon cœur l'a reconnue avant mon cerveau et ça me fait l'effet d'une gifle. Son parfum de pamplemousse et de cannelle réveille en moi des souvenirs enfouis, certains si douloureux qu'ils me déchirent l'âme.

La jolie blonde, habillée seulement d'un soutien-gorge noir et d'une mini-jupe, ne me remarque pas.

Son rire cristallin résonne dans mon crâne. Je nous vois toutes les deux à l'entrée du cinéma de mon ancien quartier, sur une balançoire, dans ce fast-food où elle aimait m'emmener quand maman rentrait tard du travail…

Je me détourne, prise d'une soudaine envie de fuir. Mais, comme on ne peut pas échapper aux souvenirs, je me contente de retourner voir Kris, près de qui Carrie et Sophia se sont assises entre temps.

– Et nos verres ? demande ma patronne, étonnée.

– Euh… j'ai oublié ce que tu voulais boire. Ça t'ennuie d'aller commander ?

– Non, pas de problème. Je prends aussi pour vous, les filles ?

Elles hochent la tête. Pendant qu'elles choisissent leurs consommations, Kris me glisse :

– Ça va, ma belle ? Tu as l'air un peu… chamboulée ?

C'est le cas de le dire. Je ne m'attendais pas à ce que le passé me frappe avec une telle violence ce soir. Du coin de l'œil, j'observe Vanessa, la meilleure amie de ma mère, toujours en train de discuter avec Ash. C'est dingue, elle n'a pas changé en douze ans. Elle est toujours aussi belle. La revoir me plaît, sauf que d'affreux souvenirs menacent de me submerger…

Ne voulant pas parler de tout ça à Kris, je lui assure que tout va bien. Elle ne semble pas dupe mais n'insiste pas. Elle s'éloigne ; Carrie et Sophia se mettent à discuter maquillage. Je ne parviens pas à me concentrer sur ce qu'elles disent. Le visage de ma mère s'impose dans mon esprit. Mais pas pétillant et plein de vie ; non, c'est son teint blafard, son corps allongé dans un cercueil qui me reviennent en mémoire. Sur mon épaule de fillette qui pleure sa mère, Vanessa pose une main en prétendant que tout ira bien.

Je prends une profonde inspiration pour me concentrer de nouveau sur le présent. Dès que Kris revient, je descends ma boisson d'une traite sous l'œil ahuri de mes trois compagnes de table.

– J'avais soif, me justifié-je en grimaçant.

J'ai surtout besoin de courage. J'espère qu'en allant voir Van je pourrai contrôler le flux d'images qui me donne envie de pleurer.

– On voit ça, se marre Carrie. Tu veux un autre verre ?

– Non, je vais… parler à quelqu'un. Je reviens tout de suite.

Je souffle, prête à plonger dans les enfers, puis je m'approche à nouveau d'Ash et de Vanessa. Chaque pas est plus difficile que le précédent, mon cœur s'emballe. Je n'ai pas le droit de reculer. Pas le droit de fuir. Ma mère m'a appris à faire face à n'importe quelle situation. Mais, à mesure que j'avance, l'enterrement me revient en mémoire, bien trop douloureux.

Je m'arrête encore. Peut-être que j'aurais dû avaler un second shooter.

– Dis-moi, sergent, est en train de dire Vanessa d'une voix narquoise, tu sais où se trouve Lady ?

– J'ai une tronche à savoir où se planquent tes filles ? réplique mon petit ami d'un ton bourru.

– Étant donné que tu t'en fais quelques-unes, je dirais que oui. Barman ! Sers-moi une tequila. Et offre à mon jeune ami un bourbon.

Je suis toujours incapable de bouger, le regard rivé sur la peau artificiellement hâlée de Vanessa. Elle déteste son prénom, préférant le diminutif que vient d'utiliser Ash.

– Vois avec Gold, continue mon tatoueur.

– Pourquoi Gold ?

– Ils ont l'air de plutôt bien s'entendre.

Je leur tourne le dos. Les larmes me brûlent les yeux. Le timbre assuré et rieur de la meilleure amie de ma mère perfore ma poitrine. La dernière fois que je l'ai vue, c'était juste après l'enterrement.

Van, pourquoi maintenant ? Pourquoi ici ? C'est donc là que tu es allée te cacher après le drame ?

J'aimerais lui poser ces questions. J'en suis incapable.

– Comme ça, il paraît que tu as une copine ? demande-t-elle à Ash.

Mon cœur bat si fort qu'il résonne dans mes tempes. Et j'entends cette musique dans ma tête ! Cette maudite musique qu'avait choisie Van pour le dernier voyage de ma mère. *Hurt* de Johnny Cash.

If I could start again
A million miles away...[2]

– Qu'est-ce que ça peut bien te faire ? lance Ash. Tu es trop vieille pour moi, de toute façon.

Van éclate de rire.

– Qui est l'heureuse élue ?

Il faut que je prenne l'air, je n'arriverai pas à lui faire face. Elle ne mérite pas de me voir dans cet état, Ash non plus.

– Qu'est-ce qu'il y a, Heden ?

L'intervention de Kris fiche tout par terre. À présent, des larmes m'échappent, mais je les essuie à la hâte. Je tente d'ouvrir la bouche, d'ordonner à ma patronne de me laisser une minute, de lui dire que tout ira bien ensuite. Je n'y parviens pas.

– Qu'est-ce qui t'arrive ? insiste-t-elle. Parle-moi.

Une plaie vient de se rouvrir, lancinante, encore purulente malgré les années. Je remarque le brusque silence dans mon dos et devine qu'Ash a entendu sa sœur. Je ne peux plus faire comme si de rien n'était.

– Heden, ça va ?

Le bruit d'une chaise sur le parquet résonne, puis la présence du biker m'englobe alors qu'il ne me touche même pas. Je baisse la tête, inspire. Kris

---

2. « Si je pouvais recommencer
À un million de miles d'ici… »
Extrait de la chanson *Hurt* de Nine Inch Nails, reprise par Johnny Cash.

explose. Rapidement, la situation m'échappe. Enfin, comme si je la contrôlais jusque-là…

– Non, mais j'hallucine ! crie ma patronne. Tu bécotes la gérante du club de strip-tease devant Heden ?

– Arrête ! soufflé-je. Ce n'est pas ce que tu crois.

Je fais face à mon passé en me retournant net, pour affronter cette personne que j'aime encore de tout mon cœur et qui pourtant, sans le vouloir, me l'écrase.

Van écarquille les yeux en croisant les miens. Elle passe de la surprise à la joie, puis de la joie à la peine et de la peine à l'hésitation. Kris continue de brailler sur son frère ; ce dernier semble largué. Il pose la main sur mon épaule, la mine inquiète.

– Heden, regarde-moi, me demande-t-il d'un ton sans appel.

Sans doute par instinct, il se place entre Van et moi, comme si elle représentait une menace. Quant à la meilleure amie de ma mère, elle me lance :

– Tu vas me regarder encore longtemps comme ça ou me faire un câlin, ma jolie ?

CHAPITRE 37

ASH

Heden hésite. Tout chez elle, de sa posture à son visage crispé, trahit un grand bouleversement. Elle finit par sourire à Vanessa, avec peine. Va falloir m'expliquer.

Ma frangine ne hurle plus à l'adultère, aussi surprise que moi. Notre étonnement augmente d'un cran quand ma petite amie me contourne et prend la patronne du club de strip-tease dans ses bras.

– Ça fait trop longtemps, commente Van. Si je pensais te recroiser un jour…

Heden s'accroche à elle de toutes ses forces. Je comprends qu'elles sont plus que de simples connaissances. Depuis quand, je l'ignore encore.

L'Amérindienne parvient enfin à reprendre le contrôle sur ses émotions, car elle se sépare de Van en essuyant ses larmes.

– Ça fait douze ans… souffle-t-elle. J'ignorais que tu étais venue vivre à Black Lake.

C'est vrai, je viens de me rappeler que Vanessa habitait à Los Angeles avant de débarquer ici. Elle a été envoyée à mon paternel avec les recommandations d'Isha Otila en personne…

– Oui, j'ai pensé à t'écrire de nombreuses fois mais la situation était compliquée, déclare la blonde.

– Compliquée dans quel sens ? demande Heden, un brin virulente.

Van hésite, puis avoue :

– J'ai eu quelques problèmes personnels à régler en venant ici.

Des problèmes de drogue. La patronne de la *Luxure* a mis des années avant de décrocher de la cocaïne.

– D'accord, tu m'en parleras ? propose ma petite amie.

– Il y a des tas de choses dont nous devrons parler, ma jolie.

Heden opine, même si je la sens à cran. Elle se tourne vers ma sœur et moi et déclare :

– Voici Ash, mon petit copain. Mais vous vous connaissez déjà, on dirait. Et voici Kris, je travaille pour elle depuis mon arrivée à Black Lake.

Van me glisse un coup d'œil, fronce les sourcils… puis éclate de rire.

– Ash Devon a donc choisi Heden Otila comme copine ? C'est du sérieux ?

Une bonne partie des têtes autour de nous se tournent pour me mater. On dirait bien que ma réputation de salaud incapable de se poser me colle à la peau. Agacé, je tique, avant de crier :

– Ouais, je suis maqué, pigé ? Elle s'appelle Heden et le premier qui la regarde, je le jette dans le lac.

Les brebis, même à plusieurs mètres, s'écartent de moi comme si je les avais brûlées. Voilà, je ne fais officiellement plus partie des gars qui les intéressent. Quant à mes frères, ils lèvent leurs verres dans ma direction.

Je ratisse la salle du regard. Je viens de revendiquer ma copine devant le club, ce n'est pas rien.

– Ash Devon, tu m'étonneras toujours, souffle Van. Si on allait s'asseoir, Heden ? On a des choses à se raconter.

L'intéressée se tourne vers Kris et lui demande si ça ne l'ennuie pas d'inclure la patronne de la *Luxure* dans leur groupe. Bien sûr, ma sœur accepte. Résultat, je me retrouve seul comme un con. Le barman me ressert un autre verre.

– Ma femme a un club de lecture, maugrée-t-il, je sais ce que c'est d'être évincé. Quand ses copines se pointent à la maison, je me sens de trop.

George est un associé du MC. Il n'en est pas membre, mais il est lié à nous par son emploi au *Purgatoire*. C'est un gars bien, père de trois gosses, dont un déjà marié.

– Ouais, je vois ce que tu veux dire, lui réponds-je.

Je me tourne vers les filles. Elles sont déjà en pleine conversation. Kris n'est plus en rogne, Heden n'est plus triste et Van a l'air heureuse.

Tant mieux.

– À ces meufs qui nous retournent le cerveau, trinqué-je en levant mon verre.

George hoche la tête avec un petit sourire de connivence.

– Tu vas les rejoindre ? me demande-t-il.

– Sans façon.

À la place, je me rapproche de quelques gars pour une partie de billard. Je m'attends à ce qu'ils me charrient, et ça commence au bout d'à peu près trois secondes.

– Bordel, cette annonce viendra forcément aux oreilles de son paternel, se moque Snack. Il va te buter pour ne pas l'avoir consulté avant de la revendiquer.

Le prospect se mange une tape derrière le crâne, ce qui lui fait rater son tir.

– Tais-toi et joue, lui ordonné-je.

Mais nous continuons de nous envoyer des moqueries pendant tout le reste de la partie.

Du coin de l'œil, je remarque soudain mon père sortant d'une pièce au fond du bar. Je pose ma queue de billard sur le tapis, signale à mes partenaires que je reviens et le rejoins.

– Comment va, fils ? me demande-t-il.

– Parfaitement bien.

Étant donné que je n'ai pas envie qu'il me parle d'Heden tout de suite, je lui annonce que mes *enforcers* et moi cherchons toujours Crayson.

– J'ai chargé Buck de pirater le canal des flics, m'apprend-il, et j'ai aussi prévenu les brebis du club de se tenir sur leurs gardes quelque temps. Bien entendu, certaines n'en font qu'à leur tête.

– J'ai hâte de retrouver cet enfoiré.

– Et moi donc… Personne ne défie les Styx Riders de la sorte.

Le silence s'installe entre nous.

– Et Alex ? le questionné-je. Tu as des nouvelles ?

Je n'ai pas revu le gamin depuis le week-end dernier.

– Il se tient à carreau, me répond mon père. Les gars qui le surveillent n'ont remarqué aucun mouvement suspect. Je crois qu'il a définitivement décroché des Red Birds.

– Tu comptes le recruter ?

– Ce garçon est paumé, je sens une grande souffrance en lui et une solitude plus profonde encore. S'il a besoin d'une famille et qu'il prouve qu'il la mérite, je ne la lui refuserai pas.

– Bien dit. Je pense qu'il fera une excellente recrue s'il garde la tête sur les épaules.

Mon paternel se tait et me fixe. Je sais d'avance que la suite de la conversation ne me plaira pas.

– J'ai eu vent de ton entrevue avec Shirley chez *Rosi*, lâche-t-il finalement.

– Je n'ai rien à dire là-dessus.

– Pourtant, tu as failli perdre le contrôle.

– *Failli.* Toute la nuance est là.

Je m'apprête à m'éloigner, mais mon père me retient.

– Fils, je vais te donner un conseil qui va te paraître plus con que jamais. Cruel, aussi.

Alors là, je m'attends au pire. Je m'arrête, surpris.

– Lequel ? m'interrogé-je.

– Pardonne à Shirley.

C'est à la hauteur de mes attentes…

– Quand ce sera fait, continue mon paternel, tu seras enfin en paix avec toi-même. Tu ne peux rien construire tant que la colère te ronge. Rien de sérieux, du moins.

Conneries ! Qu'est-ce que mon père connaît à ce genre de situations merdiques ? OK, ma mère l'a quitté, mais ils se sont séparés dans les règles de l'art. Elle ne l'a pas abandonné sans raison.

Je le laisse pour retrouver les gars autour du billard. Mon humeur vient d'en prendre un sacré coup, mais elle s'apaise dès que je regarde Heden.

En peu de temps, cette femme est devenue l'une des personnes les plus importantes de ma vie. Cerise sur le gâteau : elle m'accepte comme je suis. J'ai l'impression qu'un truc cloche, que le destin va encore me sauter à la gueule en hurlant : « Surprise ! » Tout a été trop vite entre nous, je crains un peu que notre relation ne finisse par dérailler. Mais mon père se trompe. Je n'ai pas besoin de faire face à Shirley maintenant que j'ai Heden pour dissiper ma fureur.

– Hé, l'amoureux, à toi de tirer.

J'offre mon majeur dressé à Snack et joue. Mes enfoirés de frangins et lui ont triché pendant mon absence ; du coup, je ne suis pas près de gagner.

Des éclats de voix résonnent soudain dans la pièce. Je me tourne vers la source du bruit. Un mec en rogne domine une nana de toute sa hauteur. Je la reconnais, c'est l'une de nos brebis.

– Barre-toi, salope ! lui ordonne le type. Vas-y, dégage !

Ce gars n'est pas un Styx Rider, juste un habitué du bar ; je l'ai déjà vu repartir avec une fille quelques soirs.

– Va baiser ces autres connards dans l'espoir d'intégrer le club ! continue-t-il. Tu n'y arriveras jamais, de toute façon. Tu n'es qu'un trou à leurs yeux.

Il crache aux pieds de la gonzesse. Cette dernière ironise :

– Le garçon à maman est vexé parce qu'il n'a pas pu profiter du trou en question ?

La rage du type enfle encore un peu.

– Vous, les brebis, vous êtes toutes pareilles ! crie-t-il. De sales putes sans aucune valeur !

C'est le moment que choisit Heden pour s'interposer. Elle qui est habituellement si calme et si douce réagit avec une impulsivité qui me surprend.

– Pour qui tu te prends ? hurle-t-elle.

Le silence tombe. Il faut dire que voir ce bout de femme se dresser devant un titan tout en muscles, ça a de quoi surprendre. Pour ma part, j'interviens rapidement. Je chope le bras du mec, lui envoie un coup de pied dans l'estomac et percute son genou avec mon talon. Un craquement retentit, suivi d'un hurlement.

– Qu'est-ce que tu fous ? grondé-je à l'attention d'Heden.

Elle ne se démonte pas. Ce qui se dégage de sa personne à cet instant précis, jamais je ne l'ai perçu chez elle. Qu'est-ce qui la met dans cet état ?

Dans la foulée, Vanessa me rejoint et tente de la ramener vers leur table.

– C'est bon, ma belle, laisse-les régler ça, dit-elle.

Il n'y a plus rien à régler, en réalité. Le mec chiale à mes pieds en se tenant la jambe. Je prends conscience que mes mains tremblent encore. Mais, si je suis en colère, ce n'est plus à cause de lui.

C'est à cause d'Heden.

– C'est quoi ton problème ? lui sifflé-je. Il aurait pu te blesser !

Cette éventualité me troue les tripes.

Comme si elle ne me voyait pas, le regard de l'Amérindienne reste figé sur le gars.

– Heden, insiste Van.

– Il se trompe, elles ne sont pas toutes des putes sans valeur, articule ma petite amie d'une voix blanche.

Sans crier gare, elle se tourne vers la brebis que l'autre con vient d'agresser et lui ordonne :

– Ne laisse plus jamais quiconque te traiter comme ça !

– Attends, tu es qui pour intervenir, toi ? ricane la brunette.

– Personne ne devrait avoir le droit de te juger !

Van soupire.

– Une féministe ? Sérieux ? s'enfonce la brebis.

Ça m'agace, alors je lui lance :

– Barre-toi. Bouge d'ici, rentre chez toi !

– Mignonne, ta petite copine, réplique-t-elle avec un sourire ironique. Tu l'as trouvée où ?

Sur ce, elle se casse.

– Je m'en vais aussi, déclare Heden.

Elle attrape sa veste, son sac, et passe devant moi sans même ralentir.

– Heden ! l'appelé-je.

Mais elle ne se retourne pas. Vanessa lâche alors :

– Ma belle, ce n'était pas ta mère.

Cette fois, l'Amérindienne s'arrête.

– Qu'est-ce que ça change ? gronde-t-elle.

– Tout.

Heden secoue la tête et quitte le bâtiment comme une furie. Je compte la rejoindre, mais Vanessa me retient par le bras.

– Non, laisse-la se calmer.

– C'est quoi cette connerie ?

– Disons que ce soir, des souvenirs qu'elle aurait désiré garder enfouis sont revenus à la surface.

– Qu'est-ce que sa mère a à voir dans tout ça ? insisté-je.

– Elle t'en parlera.

– Je veux savoir tout de suite.

La patronne du club de strip-tease grimace, puis soupire :

– Sa mère était ma meilleure amie, je l'ai rencontrée quand je bossais pour Isha. Tu sais pourquoi on s'est bien entendues, elle et moi ? On était pareilles. On avait dix-neuf ans toutes les deux et on tournait autour des motards. En peu de temps, Teresa est devenue l'une des brebis personnelles du père d'Heden.

Je commence à comprendre.

– Sa mère était une brebis ?

– Oui.

– Mais… pourquoi ?

Jusque-là, je ne me suis jamais trop demandé ce qui motivait vraiment ces femmes, en dehors du cul et de la possibilité de devenir un jour une régulière.

– Parce qu'elle est tombée amoureuse du mauvais homme, Ash, me répond Vanessa. Elle aimait Isha au point d'accepter qu'il couche avec d'autres nanas dans l'espoir qu'un jour…

– … il la choisisse ? complété-je.

– Oui, mais ce n'est jamais arrivé. Un beau jour, elle s'est trouvée enceinte de lui, et il a reconnu l'enfant à la naissance. Teresa n'a pas changé de statut à ses yeux pour autant.

– C'est pour ça qu'Heden s'est mise en colère tout à l'heure ? Parce que la manière dont le gars a traité cette brebis lui rappelait sa mère ?

– Exactement. Ne sois pas trop dur avec elle, Ash.

Je me détourne et quitte le bar. Je me fous de savoir qui sont les parents d'Heden. Le plus important c'est qui elle est, elle. Et, parce qu'elle m'aide à apaiser la rage qui brûle en permanence au fond de moi, je compte bien faire pareil avec sa tristesse.

CHAPITRE 38

HEDEN

Mes pas résonnent sur le bitume, chacun plus appuyé que le précédent. Dans l'obscurité de la nuit, jamais je ne me suis sentie aussi stupide. Pour la première fois depuis longtemps, j'ai laissé libre cours à ma peine et à ma colère. Van, par son retour dans ma vie, a ouvert une brèche dans mon âme douloureuse. Un mur est tombé, et ce qui se dissimulait derrière m'a écrasée.

Je suis désolée, maman. Je t'ai vue à travers cette fille, j'ai songé à la façon dont les hommes te traitaient sans savoir qui tu étais réellement. Mais tu n'es pas elle, Van a raison.

Je sors mon téléphone afin d'envoyer un message d'excuse à Kris. Elle propose de me ramener mais, au moment où je m'apprête à lui dire qu'un taxi suffira, le hurlement familier d'un moteur de moto retentit dans la rue. Son phare fend les ténèbres, s'approche, grossit. Consciente de n'avoir d'autre choix que d'affronter Ash, je l'attends de pied ferme. Il s'arrête à ma hauteur, plante son regard dans le mien, et patiente. Si j'ouvre la bouche, il est probable que je pleure sans pouvoir en placer une. Certains soirs, mon cœur devient aussi perméable qu'une éponge, là où j'ai appris à le blinder comme une armure en temps normal.

– Je te dépose quelque part ? finit par me demander le biker.

L'agressivité avec laquelle il m'a parlé au *Purgatoire* n'est plus qu'un souvenir. L'inquiétude brille dans ses iris. Franchement, je n'ai pas envie de ça. Je me détourne, la gorge sèche.

– Si tu as un truc à me reprocher, fais-le tout de suite, lâché-je. Je ne suis pas d'humeur, Ash.

Son visage trahit une certaine tension. Pourtant, c'est d'une voix maîtrisée qu'il me demande :

– Depuis quand les agneaux s'attaquent-ils aux loups, mon petit chat ?

– Depuis que les loups s'en prennent aux brebis.

Je sais qu'il ne comprendra pas. Les bikers ne comprennent jamais, y compris papa. J'ai pourtant essayé de lui ouvrir les yeux après la mort de maman. Peut-être qu'à l'époque c'est moi qui ne saisissais pas dans quel monde je venais d'entrer.

– Je sais que ces filles font partie intégrante des mœurs des clubs, dis-je. Je connais leur rôle. Mais…

Ça me fait mal.

– Après l'enterrement de maman, continué-je, j'ai assisté à une scène similaire impliquant mon père. J'avais dix ans à l'époque, j'étais perdue, je n'avais plus conscience de grand-chose en dehors de ma peine. Ça m'a brisé le cœur, tu n'as pas idée ! C'est en partie pour ça que papa m'a éloignée de son monde.

Ma chaussure frappe une pierre et je m'arrête, surprise de constater que j'effectue les cent pas depuis une petite minute.

– Je ne suis peut-être pas faite pour toi, en fait, soufflé-je.

Des tas d'idées noires s'emboîtent dans mon crâne, grillent peu à peu ma raison.

– Monte, ordonne Ash en me tendant son casque.

Je ne suis pas certaine qu'il ait capté le sens de mes paroles.

– Je viens de te dire que…

– Oui, j'ai saisi, je ne suis pas con. Monte.

– Où est-ce qu'on va ?

Avant qu'il me rejoigne, j'avais dans l'idée de rentrer. Je me laisse convaincre : je grimpe à l'arrière de sa Harley et enroule mes bras autour de son ventre. Ses muscles se crispent à mon contact. Je pose la joue contre son dos, les yeux fermés. Son odeur me submerge, tellement délicieuse… Même si je ne le montre pas, je suis heureuse qu'il soit venu me chercher, qu'il ne m'ait pas inondée de questions gênantes.

Il démarre, et je me laisse bercer par les vibrations de la moto. Le vent sauvage s'engouffre dans mes cheveux. Aussi indomptable que dangereux, c'est lui qui apporte aux bikers la sensation grisante de défier le monde sur les bandes d'asphalte. Il a cette capacité de geler les pensées, de bousculer les émotions, de les éparpiller.

Peu à peu, j'oublie le type du bar, la brebis, mon comportement, le fait que ma mère me manque. Ash et moi roulons sans ralentir pendant une éternité. Je garde les paupières closes pendant tout le voyage. Quand la moto commence à freiner, j'ouvre les yeux pour découvrir que nous venons de nous arrêter devant de hautes grilles noires en fer forgé. Des lanternes allumées donnent un côté hyper flippant à la scène, sans compter le léger brouillard qui règne. « Cimetière », peut-on lire en lettres rouillées au-dessus du portail entrouvert. Par-delà, éclairés par la pleine lune blafarde, de vieilles croix en pierre et des restes de stèles brisées se dessinent.

– Voici l'ancien cimetière de Black Lake, m'explique Ash. Il a été fermé en 1929.

– Pourquoi m'as-tu emmenée ici ?

– Pour te tuer et cacher le cadavre, bien sûr. Tu vois une autre possibilité ?

– J'ai embrassé mon premier petit copain dans un cimetière, avoué-je. J'avais dix-sept ans.

Ash me décoche un regard méfiant, puis secoue la tête, la mine désespérée.

– Pourquoi ça ne m'étonne pas ? souffle-t-il. Non, je ne coucherai pas avec toi ici.

– Je n'ai jamais parlé d'une chose pareille ! m'offusqué-je.

– Bon, d'accord : si tu insistes, je peux te prendre dans un mausolée. Tu as accepté la partie la plus sombre de moi-même, je peux bien faire un effort pour accepter la tienne.

– Ash !

Il se marre.

– Allez, viens, on va être en retard, me dit-il.

– En retard pour quoi ?

Sans me répondre, il m'attrape par la main et m'oblige à franchir les vieilles portes rouillées. Même si une pointe d'appréhension me parcourt, je trouve l'initiative du biker originale, excitante et inattendue. Nous évoluons entre les pierres tombales et je constate que certains trous n'ont jamais été rebouchés. Avec la lampe torche de mon téléphone, j'éclaire parfois des cercueils cassés. Ça fout les jetons !

– Pourquoi ce cimetière a-t-il fermé ? demandé-je.

– Glissement de terrain, m'indique Ash. Imagine la tête des propriétaires des maisons en contrebas quand, un matin, ils se sont réveillés avec plein d'ossements dans leur jardin.

Un ange aux deux bras brisés me regarde en pleurant. Du bout des doigts, je caresse ses petites joues potelées, saisie de frissons.

– Flippant, commenté-je.

– Tu m'étonnes.

Le cimetière s'élève en pente douce ; Ash m'explique qu'il a été bâti à flanc de colline. Lorsque nous arrivons au sommet, je remarque aussitôt un écran géant qui crève l'obscurité. Face à lui, de nombreuses silhouettes sont assises. Le hurlement de l'héroïne du film résonne dans la pénombre. Les yeux rivés sur l'image en noir et blanc, je laisse un sourire étirer mes lèvres.

– Une séance de cinéma en plein air ! deviné-je.

– Bingo ! Il y en a tous les jeudis soirs, ici.

Ash slalome entre les spectateurs déjà présents, m'entraînant à sa suite. Il s'arrête une seconde, demande une couverture à un couple, puis reprend notre avancée avec son trophée.

Nous nous installons sous un vieil arbre mort aux branches noircies. Je suis aux anges. J'adore les films d'horreur, et je suis touchée qu'Ash s'en soit souvenu. Une brusque envie de le prendre dans mes bras me saisit, mais il est en train d'essayer d'étendre la couverture par terre. Il manque de tomber à cause du peu d'éclairage, gronde, se fait rabrouer par l'assistance et lâche un « ta gueule, bouffon ».

Le summum du romantisme.

Pourtant, je trouve la situation trop mignonne. Détail que je garde pour moi, bien entendu. Mon sergent d'armes n'est pas prêt à entendre ce mot, même venant de ma bouche. Enfin, il s'échoue sur les fesses, se cale contre le tronc, écarte les jambes et tapote le sol pour que je le rejoigne. Je ne me fais pas prier. Trente secondes plus tard, appuyée contre son torse, je souris de plus belle. Ici, le temps semble s'être arrêté. Ma tristesse ne m'a pas suivie, ma colère non plus : elles sont restées toutes les deux devant les grilles du cimetière. C'est exactement ce qu'il me fallait. Les bras d'Ash m'entourent, telles des barrières empêchant la réalité de se fracasser contre mon âme.

Nous regardons le film sans dire un mot. Notre silence n'a rien de gênant, il est plutôt empreint de réflexion pour moi. Concernant le biker, je ne sais pas trop. Se pose-t-il des questions sur la manière dont j'ai réagi au *Purgatoire* ? Se dit-il que j'ai été stupide ? Parce qu'avouons-le, c'est le cas. Me frotter à cette armoire à glace impolie, on a vu mieux en matière de prudence.

– Arrête, murmure-t-il à mon oreille.

Je cesse de mâchouiller mes cheveux, prenant conscience que je viens de trahir ma nervosité.

– Quoi ?

Ash fixe toujours l'écran du regard. On dirait qu'il s'adresse aux oiseaux meurtriers projetés dessus. Son visage ne laisse filtrer aucune émotion, surtout dans la pénombre.

– Ça arrive à tout le monde de péter les plombs, lance-t-il. Même aux fleuristes accros aux chocolats et à la malbouffe.

Je laisse une poignée de secondes s'écouler. Alors que l'air devient plus froid, l'obscurité plus étouffante, le paysage plus glauque, je souffle :

– Je connais bien Van.

– J'avais compris.

– Elle a été une seconde mère et une amie fidèle pendant mon enfance. Mais elle est partie du jour au lendemain après l'enterrement de ma mère. Je n'ai jamais compris. La revoir ce soir… Ça m'a bouleversée.

Un rire sans joie secoue le torse d'Ash. Il resserre son étreinte autour de moi et ses lèvres se pressent contre ma nuque.

– Je connais ça, me dit-il. Je suis loin de pouvoir te blâmer. Quand les fantômes du passé ressurgissent, ils laissent une foutue empreinte indélébile dans le présent. Difficile de composer avec, de faire comme s'ils ne nous saignaient pas à blanc.

Il a raison. Même si j'adore Van, j'accuse le coup avec difficulté.

J'inspire profondément et décide d'entrer dans le vif du sujet avec Ash. C'est mon tour de m'ouvrir à lui, de lui prouver que je lui accorde ma confiance.

– Ma mère s'appelait Teresa, lui révélé-je.

Tout à coup, les images projetées sur la toile blanche perdent leur forme, leur sens. Mon esprit se concentre uniquement sur le visage de ma mère, qui flotte derrière mes paupières. La gorge nouée, je continue :

– Toutes ces filles avec qui tu couches, à qui vous ne donnez pas d'importance, vous, les bikers… Celles que vous prenez juste pour des objets sexuels… Ma mère était l'une d'entre elles. Les gens la traitaient de catin et la jugeaient. Ils ignoraient qu'elle enchaînait deux boulots pour subvenir à nos besoins, qu'elle adorait chanter des berceuses en me caressant les cheveux jusqu'à ce que je m'endorme. Qu'elle ne se plaignait jamais, qu'elle passait plusieurs heures par semaine dans une salle de boxe, qu'elle m'emmenait faire les boutiques lors de chacun de mes anniversaires, qu'elle avait pour projet de m'offrir des billets pour Disneyland. Les gens ne voyaient pas tout ça, bien sûr. Ils ne voyaient que la femme facile qui aimait se frotter aux bikers du coin.

Je crache ces derniers mots avec aigreur. Finalement, la colère m'a suivie au-delà du portail du cimetière. Mais c'est peut-être un mal pour un bien.

– Elle était tellement plus que ça, Ash, reprends-je. Magnifique, lumineuse. J'ai hérité de son sourire, de son appétit féroce, de ses mains si fines, de sa passion pour les fleurs, de son amour pour les films d'horreur. Quand elle riait, le monde s'éclipsait ! Elle n'était pas qu'une brebis, non. Pourtant, quand elle est morte, c'est ainsi que tout le monde la considérait.

Ma bouche s'assèche. Ash reste silencieux. Cela me convient. Je ne veux pas qu'il soit désolé pour moi, qu'il me prenne en pitié, qu'il fasse semblant de changer de vision sur les brebis juste pour me faire plaisir. Il a été élevé au milieu de ces femmes, il ne connaît que leur côté aguicheur. Je l'accepte, comme j'ai accepté au fil des années que mon père voie ainsi les filles qui gravitent autour de son club.

Je veux simplement que mon tatoueur sache quelle femme géniale m'a donné la vie….

– Tu parles de « toutes ces filles avec qui je couche », reprend-il après un moment. Je ne baise plus qu'avec une seule nana, figure-toi.

Je souris malgré moi.

– Il y a des bikers qui se maquent, mais qui continuent de s'envoyer en l'air à droite et à gauche, ajoute-t-il. Pas moi. Tant qu'on sera ensemble, je te resterai fidèle. Si je ne peux pas l'être pour la meuf que je kiffe, comment veux-tu que je le sois pour mes frangins ? Ça, c'est le premier point que je tenais à soulever. Mais ce n'est qu'une parenthèse.

Touchée, j'appuie la tête contre son épaule et me dévisse le cou afin de déposer un baiser sur son menton. La seconde d'après, il m'allonge légèrement dans ses bras et emprisonne mes lèvres entre les siennes. Des fourmis envahissent mon corps, mes mains crochètent sa nuque. Il presse son front contre le mien, nos souffles s'emmêlent.

– Point numéro deux, et le plus important… Ta mère, me murmure-t-il.

Une boule d'angoisse enfle dans mon ventre tandis qu'il poursuit :

– Ton paternel a continué à la traiter mal, même après ta naissance ?

– Je ne sais pas trop. Maman ne m'en parlait jamais mais, parfois, après une conversation avec lui, elle pleurait.

– Putain !

Ash pousse un long soupir, puis appuie sa tête contre le tronc de l'arbre.

– Il faut que tu acceptes une chose importante à propos des brebis : ça te paraît horrible, mais elles ont choisi cette vie, me dit-il. Elles mènent une existence à la dure, comme nous. Elles savent à quoi s'en tenir quand elles tournent autour des bikers. On ne les prend pas de force. C'est vrai, parfois on les traite avec rudesse, et c'est injuste. Mais ça restera ainsi. Ce qu'elles aiment, ce n'est pas seulement les bikers… C'est le danger, la noirceur, c'est pénétrer un monde que peu de gens connaissent. Je suis désolé de te dire ça, mais ta mère…

Ash se tait, pourtant j'entends ses mots comme s'il les prononçait à voix haute.

Ta mère a fait son choix.

– Elle savait, termine-t-il.

– Tu es en train de me dire que tu aurais réagi comme mon père avec ma mère ?

– Elle ne représentait rien pour lui, alors qu'elle était tout ton monde.

Je ne trouve rien à rétorquer à cela parce que, dans le fond, je devine que c'est la vérité. Ça ne rend pas la situation plus facile à accepter.

– Mais tu veux savoir un truc, petit chat ? ajoute le tatoueur. Si ta mère était encore là aujourd'hui, quelle que soit sa place au sein du club de ton père, je l'aurais adorée. Je ne doute pas une seconde de sa beauté intérieure ou de sa gentillesse… Elle t'a mise au monde, après tout.

– Merci, Ash. Toi, elle t'aurait détesté.

Il rit, et je me joins à lui. Je prends le temps de récupérer le contrôle sur mes émotions avant de soupirer :

– Pourquoi s'est-elle infligé une telle vie ? Je me suis toujours posé la question.

– Les brebis évoluent autour des clubs dans l'espoir de devenir une régulière un jour. Tu sais ce qu'est une régulière, n'est-ce pas ?

– Une fille que l'un d'entre vous se réserve personnellement ?

Ash ricane.

– Faux. Je n'en reviens pas que ton paternel ne t'en ait jamais parlé. Sache, mon petit chat, que les régulières sont bien plus que ça. En choisir une, c'est lui donner son cœur à jamais. Lui offrir le *cut* est la promesse d'un futur à deux. Les régulières sont plus importantes que n'importe qui pour nous.

– Et les brebis veulent obtenir ce statut ?

– Ça n'arrive jamais. Ou presque.

Ma mère aurait aimé devenir la régulière de mon père, je pense. Qu'il lui accorde de l'importance comme il m'en a toujours donné. Je suis triste de me dire qu'elle n'a connu des bikers que le rejet et la dureté. Quand je regarde Ash, je sais qu'il existe une autre facette à leur univers, beaucoup plus agréable.

– Est-ce que Shirley… commencé-je.

– Non, on s'est contentés d'un mariage civil, répond-il à ma question informulée. Enfin, c'était le plan de base.

Quelques secondes de silence passent, puis Ash me demande :

– Tu n'es jamais sortie avec un biker jusqu'à maintenant ? Pas même un des Faucheurs ?

– Non. Il faut dire que je ne les côtoie pas vraiment. Papa a été très protecteur avec moi. Je n'ai qu'une connaissance théorique des clubs.

– Ça explique bien des choses.

Après cela, nous ne parlons plus jusqu'à la fin du film. Lorsque le générique défile, les spectateurs se lèvent puis quittent peu à peu les lieux. Ash ne fait pas mine de bouger, alors je reste dans ses bras. L'écran s'éteint, des spots s'allument et inondent le sommet de la colline. Des employés rangent le projecteur sans nous jeter un regard.

Bientôt, le biker et moi sommes les seules âmes vivantes dans le coin.

– Et maintenant ? finis-je par demander.

– Maintenant, tu me suis, décrète Ash. Je dois te montrer un truc au salon de tatouages.

CHAPITRE 39

ASH

Je suis aussi nerveux que lors de ma première vente d'armes. Ce qui est débile, puisque je m'apprête juste à montrer à Heden la peinture dans l'arrière-salle de ma boutique. Celle où elle est représentée, où elle s'est imposée avec une telle force que j'en ai encore des crampes aux doigts. Pourquoi est-ce que mon cœur bat comme si je devais cacher des cadavres ? Je suis en train de me ramollir, ça devient grave.

J'ouvre la porte de ma boutique, allume la lumière et invite Heden à me suivre. Méfiante, elle reste sur le seuil à me regarder comme si je lui préparais un coup fourré.

– Pas de tatouage ce soir, c'est promis, lui dis-je.

– Alors pourquoi est-on ici ?

– Je vais te montrer un truc que personne n'a encore vu. Aie confiance, mon petit chat.

Elle opine et finit par me suivre.

Quand j'arrive devant la porte fermée à clé de l'arrière-salle, j'hésite. Et si elle flippait ?

– Ash ?

Ses bras s'enroulent autour de mon torse, comme lorsqu'elle grimpe à l'arrière de ma bécane. Son visage se pose contre mon dos, son étreinte se resserre.

Rassemble ton courage, sergent d'armes de mes deux !

– Ça va ? me souffle Heden.

Très bien. Trop bien. Tu me rends dingue, mon petit chat.

Sans lui donner de réponse à voix haute, j'ouvre la porte. Les lampes murales inondent la pièce de lumière et laissent apparaître les Enfers de la mythologie grecque. Même le sol est peint, couvert de galets enflammés, ou parfois entourés d'une gangue de glace. Parmi eux se dissimulent des pierres précieuses plus vraies que nature.

Il y a un truc dont je ne douterai jamais dans ma vie : je suis plutôt doué en dessin. Très bon, même.

Je reste dans l'encadrement de la porte, laissant Heden pénétrer en ce lieu où j'ai déversé une partie de mon âme. Ses yeux écarquillés dévorent les monstres gravés sur le mur, glissent d'une fresque à l'autre. On dirait qu'elle ne sait plus où donner de la tête.

Plus elle avance vers le fond, plus ma poitrine se tord d'appréhension. Enfin, elle la voit. Entourée de flammes immenses, habillée d'une robe blanche piquetée de diamants, tenant un sceptre surmonté d'une tête de mort.

Perséphone... Ma Perséphone.

La reine des enfers nous domine de toute sa majesté. Ses cheveux noirs entremêlés de quelques plumes forment une cascade autour de son visage hâlé. Du bout des doigts, Heden frôle la joue de la déesse aux traits semblables aux siens. Elle me tourne le dos : je suis incapable de savoir si elle grimace ou si elle sourit. Si elle est heureuse ou si elle flippe.

Quand elle fait volte-face pour me regarder, elle chiale. Ce qui ne m'aide pas des masses non plus. Sa lèvre inférieure tremble, ses mains aussi lorsqu'elle essuie les larmes. Bordel ! J'ai merdé. Fait chier !

– Mon petit chat, je…

– Merci.

– Quoi ?

Je ne m'attendais pas à ça. Franchement, je l'imaginais déjà me balancer un tas de merde à la tronche, que j'aurais mérité de recevoir. Au lieu de quoi, elle me remercie ?

– Merci de me faire une place dans ta vie, poursuit-elle. De me donner une si grande importance, de m'offrir… tout ça.

Elle désigne la fresque dans sa globalité. J'entre dans la pièce, referme la porte derrière moi. En trois pas, je l'ai rejointe.

– Ne me remercie pas, Heden, lui dis-je. Si je t'ai montré ça, c'est pour te faire comprendre un truc. On s'en balance de savoir ce que faisait ta mère et avec qui. Comment les gens la percevaient, ce qu'ils pensaient d'elle. On s'en carre, parce que le plus important c'est qu'elle a mis au monde une reine. Tu représentais tout pour elle et je peux déjà imaginer comment elle était, rien qu'à voir la façon dont elle t'a élevée. On emmerde tous ces gros enfoirés de mes deux qui la considéraient comme une pute, ton père y compris. Pigé ?

Ma petite amie papillonne des paupières, frappée par mes paroles.

– Une reine descend d'une reine, conclus-je. Peu importe ce qu'en disent tous ces abrutis.

Elle tente de me répondre, mais aucun son ne sort de sa bouche. À la place, elle plaque ses lèvres salées contre les miennes, ce qui me va tout aussi bien. Ce baiser trahit un désespoir étouffé, une peine immense, mais aussi… de la joie. Son sourire que je sens naître imprime mon esprit à jamais. Je sais déjà depuis un moment que je suis foutu, de toute façon. Heden a sur moi un pouvoir qu'aucune autre femme n'a jamais eu.

Elle glisse les mains sous mon tee-shirt pour griffer mon dos. Il n'y a pas à dire, elle sait y faire. Elle est aussi délicate dans la vie que bestiale au lit. Deux facettes d'une même pièce… Je la plaque contre le mur, me nourris du parfum de son cou, de la douceur de sa peau. Elle pousse un gémissement quand ma main emprisonne son sein, se cambre en arrière en sentant mon érection contre elle.

Soudain, quelqu'un tambourine à la porte du salon. Heden se fige, moi aussi. Il est plus d'une heure du matin, bordel !

– Tu ne vas pas répondre ? me demande l'Amérindienne dans un souffle.

– Non.

Mais les coups redoublent. Je m'écarte d'Heden avec une foutue trique et une envie de meurtre en prime. Je rajuste mon tee-shirt pour revenir dans la pièce principale. J'ouvre la porte de la boutique, gronde un « quoi ? », puis me fige en découvrant Alex, l'ancien Red Bird. Heden se place à côté de moi, crochetant mon bras pour y appuyer son visage. Je grille illico qu'un truc ne va pas chez le gosse. Ses yeux sont vides. Les bras ballants, il m'observe, jette un regard à ma copine, puis revient sur moi.

– Qu'est-ce que tu fais ici, petit ? lui demandé-je.

D'habitude, il m'aurait envoyé un « va te faire foutre » bien cinglant. Là, il reste mutique.

– Qui est-ce ? me souffle Heden.

– Alex Agora, un gars qui nous aide sur une affaire importante au club.

– Il y avait de la lumière et… je me promenais et j'ai vu ta bécane, murmure le gamin.

Sa voix n'a plus rien d'assuré.

– Qu'est-ce qui se passe ?

Il tourne les yeux vers le ciel, glisse une main tremblante dans ses cheveux, se mord la lèvre inférieure si fort qu'il se fait saigner. Heden me libère ; je me plante devant l'adolescent, l'attrape par les épaules et l'oblige à reporter son attention sur moi.

– Bordel, réponds-moi, insisté-je.

– C'est ma mère, réussit-il à articuler. Elle vient de mourir.

Le dernier mot se brise dans sa gorge, ouvrant une porte béante sur sa souffrance. Les larmes se mettent à couler sur son visage. Je sens ses jambes le lâcher ; je le plaque contre moi avant qu'il perde l'équilibre. Ses sanglots déchirent la nuit et, tout à coup, il n'a plus rien d'un gangster. C'est juste un môme paumé à qui la vie vient d'arracher ses maigres repères.

– Amène-le à l'intérieur, me conseille Heden d'une voix emplie de tristesse.

Je croise son regard. Elle sait exactement ce que subit Alex. Je conduis ce dernier dans la salle d'attente. Il se laisse tomber dans un fauteuil, le visage déformé par la peine, les yeux empreints d'une douleur infinie. Je vais lui chercher un verre d'eau ; Heden reste avec lui. Je l'entends lui murmurer des choses. À mon retour, elle serre sa main dans la sienne.

– L'argent n'a servi à rien, me dit-il lorsque je lui donne le gobelet. Ça ne l'a pas sauvée…

Je m'installe à ses côtés.

– Qu'est-ce qui s'est passé ? Raconte-moi.

– Elle… elle était en phase terminale. Mais elle ne voulait plus prendre ses médicaments depuis longtemps, elle avait mal, trop mal !

Encore une fois, il éclate en sanglots. Heden le serre dans ses bras. Il s'accroche à elle de toutes ses forces, tel un animal blessé.

– C'est arrivé quand, Alex ? demandé-je.

Il bafouille un truc que je ne comprends pas.

– Ce soir, traduit ma copine.

– Tu as appelé quelqu'un ?

Il secoue sa tignasse sombre.

– OK, je m'en charge, décidé-je. Reste avec lui, Heden.

Je passe quelques coups de fil. Un de nos gars, Milan, bosse à la morgue de l'hôpital. Malgré sa tête dans le cul, il accepte de gérer le rapatriement du corps pour une autopsie. Il constatera le décès pour qu'on puisse s'occuper de l'enterrement ensuite. Dans la foulée, je préviens mon paternel. Comme je m'y attendais, il décide de prendre tout en charge financièrement. Le président des Styx Riders peut être cruel, mais il est juste. Lui aussi avait compris que si Alex traînait dans des affaires sales, c'était dans l'espoir de sauver sa mère.

– Tu as de la famille ? demandé-je à au môme après avoir raccroché.

– Oui, ma tante. Mais… ça fait des années que je ne l'ai pas vue. Ma mère et elle…

Il prend une grande inspiration, puis avoue :

– Elles ne s'entendaient plus.

Il a l'air d'aller un peu mieux, assez pour pouvoir s'exprimer. Même si je suis bien conscient qu'il peut replonger à tout moment. Il a besoin de retrouver un semblant de famille auquel il pourra se cramponner.

– Elle habite où ? reprends-je.

– Black Lake, répond-il sans émotion.

Il me donne l'adresse, et j'envoie un SMS à mon père pour qu'il demande à Buck de récupérer le numéro de téléphone de ladite tante. Ça prend une heure. Une heure pendant laquelle Heden parle à Alex sans discontinuer. Il semble accepter sa présence, ce qui est un bon point. Elle est plus à même de l'aider que moi.

Enfin, je reçois un message avec une simple suite de chiffres et un nom : Amaria Anson. Je tente de l'appeler, mais personne ne décroche.

– Écoute, mes gars se chargent de ta mère, lancé-je à Alex. Toi, tu vas venir chez moi jusqu'à ce qu'on parvienne à contacter ta tante.

– Pourquoi tu m'aides ? me demande-t-il, les yeux gonflés.

– Parce que tu en as besoin, répond Heden à ma place. Je vais vous accompagner.

J'opine en lui décochant un sourire.

– Tu peux prendre ta caisse et l'emmener au lac ? Je vous suis en moto.

Elle n'hésite pas une seconde.

Une heure plus tard, je me retrouve assis sur la terrasse de la maison, épuisé. Alex s'est endormi illico après s'être écroulé sur le lit d'une chambre d'ami. Même dans son sommeil, il chiale.

Merde, un drame pareil ne devrait pas arriver à un môme de dix-sept ans ! Il ne m'a jamais parlé de sa mère, mais il l'aimait de tout son être, je l'ai compris quand elle a failli me griller la dernière fois, chez eux.

Heden me rejoint et me tend un café. Elle boit une gorgée du sien, s'installe à côté de moi et scrute le lac plongé dans le noir.

– Comment as-tu rencontré ce garçon ? me demande-t-elle.

Elle a l'air d'avoir aussi mal que le gosse, je le devine à sa voix. Sans réfléchir, je lui raconte comment mon chemin a croisé celui d'Alex et comment, par la force des choses, il est devenu un allié.

– Tu es un homme bien, finit-elle par lâcher.

Un rire dénué de joie franchit mes lèvres. J'ai tué plus de personnes que j'en ai sauvé dans ma vie… Heden se trompe, mais un truc me dit qu'elle ne me laissera pas la contredire.

CHAPITRE 40

HEDEN

Un bruit feutré me tire du sommeil. Ash, lui, dort encore comme une souche.

Ma mère m'a hantée une partie de la nuit. Plus particulièrement les images de son enterrement. Van n'est pas la seule responsable de mon état ; Alex y a également contribué. Son état émotionnel résonne en moi avec trop d'intensité pour que je puisse l'ignorer.

Je sors du lit, incapable de fermer l'œil. Comme si une force étrange me guidait, je me dirige vers la cuisine. J'y trouve l'adolescent, assis à table. Il a l'air épuisé et désespéré. Un verre tourne entre ses doigts et il fixe des yeux une bouteille de vodka.

– Salut, lui dis-je. Est-ce que je peux entrer ?

Il sursaute. Je lève les mains pour lui faire comprendre que tout va bien, qu'il ne risque rien. J'ai envie de parler avec lui, mais j'ignore s'il sera disposé à accepter ma présence.

– Je ne suis pas chez moi, me lance-t-il en guise de réponse.

Je prends de l'eau au robinet, puis reste appuyée contre l'évier à l'observer. Il mène un combat intérieur que je connais bien pour l'avoir affronté, moi aussi. Avec lenteur, il enfouit son visage entre ses mains, laissant deviner une fragilité déchirante. Des soubresauts secouent ses épaules, même s'il n'émet aucun son. Je prends une feuille d'essuie-tout et m'approche de lui.

– Tiens.

Il l'attrape, renifle, se mouche, mais reste silencieux. Il boit une gorgée de son verre en retrouvant une contenance. L'alcool dissipe la douleur, même si son effet est éphémère.

Je troque à mon tour l'eau contre ce liquide beaucoup plus fort. Une éternité s'écoule sans que ni Alex ni moi n'ouvrions la bouche. L'adolescent s'habitue peu à peu à ma présence : son corps se relâche, son visage se détend. D'une voix enrouée par le chagrin, il finit par me demander :

– T'es la copine d'Ash, c'est ça ?

– Oui.

– Un plan cul ou votre relation est officielle ?

J'ignore si mes réponses l'intéressent vraiment. Je pense qu'il a surtout besoin de parler d'autre chose que du drame de cette nuit.

– Elle est officielle, dis-je.

– Je ne m'attendais pas à ce qu'Ash ait une nana. Ce mec est un psychopathe, ma parole !

J'éclate de rire ; Alex ne laisse échapper que l'ombre d'un rictus. Il lui faudra du temps pour sourire comme avant.

– Tu as une petite amie, toi ? enchaîné-je.

– La vodka, ça compte ? ricane-t-il en se servant un autre verre.

Il m'en offre un en prime. Je sais qu'il n'a pas l'âge légal pour boire, mais il a des circonstances atténuantes.

– Non, reprend-il après plusieurs secondes. Les filles que je fréquente ne peuvent pas être considérées comme des petites amies.

Il expire tout l'air de ses poumons, puis ajoute :

– Cette maison… Elle est magnifique. Il cache bien son jeu, ton biker.

– Je ne te le fais pas dire. J'ai eu la même réaction que toi la première fois que je suis venue ici. J'imaginais un repaire de voyous avec des armes dans tous les coins.

Alex hausse les épaules.

– On parie combien qu'il planque du sacré matos par ici ? lance-t-il.

La pente savonneuse sur laquelle nous nous avançons ne me plaît pas beaucoup. Plutôt que de répondre, je préfère proposer des biscuits à l'adolescent. Il secoue la tête, mais en chipe un quand même dès que je pose le paquet sur la table. La première bouchée lui tire une grimace.

– Plus aucun goût, n'est-ce pas ? deviné-je.

Il opine.

– Ça reviendra, lui promets-je.

Un nouveau silence s'installe, puis Alex me demande :

– Tu fais quoi dans la vie, Heden ?

– Je suis fleuriste.

– Qu'est-ce qu'une fleuriste fout avec Ash Devon ? Tu es là contre ta volonté ? Tu peux me le dire, je t'aiderai.

– Non, je suis là par choix.

– Quelle idée. Si tu changes d'avis, je suis célibataire.

– Et la vodka ?

– Un coup d'un soir.

Bien entendu, je devine que son humour n'est qu'un masque derrière lequel il dissimule sa tristesse. Dès qu'il retombera, son chagrin reprendra le dessus. D'ailleurs, ça ne tarde pas. Son rire haché se transforme en un sanglot déchirant et il pose la tête sur son bras. Je tends la main, attrape la sienne et serre ses doigts avec force, consciente qu'aucun mot ne parviendra à l'aider. Pas cette nuit, ni demain, ni la semaine prochaine. Une blessure comme celle qui vient d'être ouverte dans son cœur met une éternité à se refermer.

Nous restons là longtemps sans plus toucher à la bouteille. Les pleurs d'Alex se tarissent, ses renifle-ments cessent. Je sens que c'est le bon moment pour me confier.

– Quand j'avais dix ans, j'ai perdu ma mère, moi aussi, commencé-je. Une maladie l'a emportée. Je connais l'épreuve que tu traverses et si tu veux en parler, je suis là.

La main de l'adolescent comprime la mienne. Tout dans son attitude exprime le désespoir. Mes propres larmes m'échappent, inondent mes joues.

– Je pensais être prêt à la voir partir, souffle Alex. Depuis deux ans, elle luttait... on luttait contre son cancer.

Sa tête reste enfoncée contre son bras tandis qu'il s'exclame :

– Ce n'est pas juste !

Dieu sait à quel point je suis de son avis...

– Tu veux bien rester un peu avec moi ? me demande-t-il, si bas que je manque de ne pas l'entendre.

– Bien sûr.

À partir de cet instant, il se tait. Au fil des minutes, son souffle saccadé devient plus régulier.

– Alex ?

Pas de réponse. *Il dort*, deviné-je.

Ash se matérialise dans la cuisine, aussi silencieux qu'une ombre. Il pose un plaid sur le dos de l'adolescent, puis me demande de le suivre sur la terrasse d'un geste du menton. Dans la foulée, il attrape la bouteille de vodka. Avant même que nous ne sortions, il en a déjà descendu la moitié. Je le devine sur les nerfs.

– Pauvre gosse, lâche-t-il une fois que nous sommes face au lac. Il devrait y avoir une foutue formule magique à la con pour l'aider !

– Tu as réessayé d'appeler sa tante ?

– Elle ne répond pas. Buck a obtenu plus d'infos sur elle : elle est flic, alors j'ai contacté son commissariat. Ils se chargent de la joindre.

Je m'appuie contre la balustrade toujours décorée de lanternes multicolores. Pour une fois, je suis insensible à leur beauté.

Dans mon dos, j'entends Ash boire plusieurs gorgées d'alcool.

– Et son père ? demandé-je alors.

– Aux abonnés absents depuis sa naissance.

Mon estomac se serre. La vie n'a pas fait de cadeau à Alex, et elle continue de le frapper.

– Que va-t-il lui arriver, Ash ? m'interrogé-je en me retournant.

Penché en avant, les coudes posés sur ses genoux, mon biker fixe le plancher du regard. Quand il lève les yeux vers moi, je perçois la colère qui l'habite.

– Les services sociaux vont s'occuper de lui jusqu'à ce que sa tante le prenne chez elle, gronde-t-il. Si elle accepte.

– Il a fait partie d'un gang ? J'ai vu ses tatouages.

– Ouais.

– Alors il replongera si on l'enferme entre les murs d'un centre.

– Je sais. Mon paternel fera le nécessaire pour qu'il reste à Black Lake si jamais sa tante refuse de l'accueillir. En attendant, je garderai un œil sur lui. Dans tous les cas, je lui proposerai un job au garage quand il ira mieux, ce sera un bon début. Gold sera d'accord.

Excellente idée. Il n'y a pas meilleur remède qu'un dur labeur pour oublier ses peines.

– Qu'est-ce qui s'est passé avec Vanessa ? me questionne soudain Ash. C'est quoi votre histoire ?

Je ferme les yeux, soupire, puis réponds :

– On s'aimait bien, puis elle a fui lors de la pire période de ma vie. En y repensant, je me dis que c'est la peine qui l'a poussée à s'en aller. L'incapacité à faire face au deuil. Ma mère et elle étaient très proches. Malgré tout…

Je tourne mon regard vers le ciel étoilé, cherchant les mots adéquats.

– Ça te fout dans une rage de malade de ne pas savoir, comprend Ash.

Je hoche la tête, et il affirme :

– Je sais ce que c'est.

Je suppose qu'il parle de Shirley, mais je ne peux pas m'en assurer car il ajoute aussitôt :

– Van bosse pour les Styx Riders, tu le savais ?

Je me laisse tomber près de lui. Sa chaleur, son parfum mêlé à l'odeur de vodka m'entourent.

– Le club de strip-tease vous appartient ? demandé-je.

Ash hoche la tête, abandonne la bouteille à ses pieds, se redresse et s'étire, les bras levés au-dessus de sa tête. Puis il déclare :

– C’est ton paternel qui nous a envoyé Vanessa il y a une dizaine d’années.

L’aveu me fait l’effet d’une claque.

– Mon père ? m’étonné-je. Pourquoi a-t-il fait ça ?

– Pour éloigner Van de Los Angeles, je suppose.

Non, pas de Los Angeles : de moi.

Je n’en reviens pas. Comment a-t-il pu faire une chose pareille ? Et me le cacher aussi longtemps ?

– Heden, je t’ai pas dit ça pour te foutre en rogne… intervient Ash lorsqu’il constate que la fureur est en train de monter en moi.

– J’ai un coup de fil à passer. Attends-moi.

Les jambes tout aussi lourdes que le cœur, je descends au bord du lac par un escalier sur le côté de la terrasse. L’esprit envahi de questions, de colère, de regrets, je compose le numéro de mon père. Il décroche dès la seconde tonalité. Malgré l’heure, sa voix ne trahit aucune fatigue.

– Bonsoir. Il est tard… ou tôt, selon le point de vue. Tu as un problème ?

Un gros, oui, et ça me brise le cœur.

– Toi ! m’exclamé-je.

– Quoi ?

Je pointe l’obscurité du doigt, comme si mon père se trouvait en face de moi.

– J’ai retrouvé Vanessa aujourd’hui, la meilleure amie de maman, révélé-je. Tu te souviens d’elle ?

Dans un premier temps, j’ai droit à un long silence. Ça me permet de réfléchir, de me forcer à me calmer. Puis mon père gronde :

– Ah, Vanessa. Je me disais que tu finirais par tomber sur elle, comme tu traînes avec les Styx Riders…

Ces derniers mots ressemblent à une accusation. Je passe outre, préférant rester concentrée sur Van.

– Sois honnête : tu l'as obligée à quitter Los Angeles après l'enterrement ? demandé-je.

– Heden…

– Je veux savoir !

Des larmes coulent sur mes joues : le trop-plein d'émotions accumulées cette nuit déborde.

– Oui, finit par m'avouer mon père.

– Pourquoi ?

– Tu n'étais pas prête pour mon monde, Heden. Tu avais dix ans, tu pleurais ta mère, tu avais besoin de stabilité. Et bordel, Vanessa était tout, sauf stable ! Elle se droguait jusqu'à finir dans les chiottes du bastion à la limite de l'overdose. Tu voulais que je te laisse la côtoyer ? Plutôt crever !

Une boule obstrue ma gorge, si grosse qu'elle me fait mal. Incapable de parler au risque d'éclater en sanglots, je ferme les yeux.

– Ce n'est pas un hasard si je t'ai envoyée en internat, assène mon père. Ce n'est pas un hasard si je t'ai tenue à l'écart de mon club… Je continue à penser que tu te noieras dans nos ténèbres si tu t'agrippes aux bikers.

Il a tort sur toute la ligne. Je ne suis pas une chose fragile et sans défense.

– Évidemment, je fais aussi référence à Ash Devon, conclut-il. Cette histoire entre vous va mal finir !

Je raccroche sans lui donner la moindre explication. Il ne les mérite pas. À la place, je lui envoie un message.

Ne t'en mêle pas.

Bien entendu, il n'est plus question de la meilleure amie de ma mère.

Sa réponse me parvient quelques secondes plus tard.

Aucune chance.

CHAPITRE 41

ASH

La tante d'Alex entre en contact avec le club le lendemain de la mort de sa sœur. Elle refuse qu'on prenne en charge les frais d'enterrement. Elle est flic : c'est évident qu'elle a une mauvaise image des bikers. Mais je m'en tape, ce qui m'intéresse c'est qu'elle s'occupe bien d'Alex. Il part vivre chez elle juste après la mise en terre. Le voir s'en aller me fout un sacré coup au moral, parce que je l'apprécie, ce môme. Je me ramollis, faut croire. Avec les gars, on l'aide à déménager ses affaires dans sa nouvelle maison : une chouette baraque dans une banlieue calme. Ça le changera de la zone. J'espère que ça lui permettra de remonter la pente, qu'il coupera les ponts avec le milieu des gangs.

De mon côté, je croule sous le boulot. Je dois gérer une vente d'armes à un groupe d'Irlandais tout en continuant à tatouer et à filer un coup de main à Gold pour finaliser les derniers détails de l'ouverture de son garage. Résultat des courses : à la fin de la semaine, je suis mort.

Le dimanche matin, vers 5 heures, mon téléphone sonne. Un instant, je pense à Heden. Il faut dire que je viens de sortir d'un rêve la concernant et que c'était plutôt chaud ! J'en ai une trique de malade. Je regrette qu'elle ait refusé de passer la nuit chez moi, auquel cas je n'aurais pas été aussi frustré en lâchant à mon interlocuteur :

– Sérieux, tu ne dors jamais ?

Alex ne répond pas tout de suite, ce qui me permet d'émerger. Ça fait plus d'une semaine que sa mère est morte, une semaine qu'on parle par SMS le plus souvent possible. La plupart du temps, il est le premier à m'envoyer des messages.

– Crayson vient de m'appeler, annonce-t-il.

Je me redresse d'un coup.

– Il t'a dit quoi ?

Depuis le début, j'espère qu'un truc pareil se produise. En général, les chefs de bande – même déchus – n'abandonnent pas facilement leurs gars. Ils font en sorte de rester entourés pour se protéger. Forcément, qu'un des anciens Red Birds fricote avec les Styx Riders ne plaît pas à leur ex-leader.

– Que je l'avais trahi.

La voix d'Alex ne laisse filtrer aucune émotion. Depuis l'enterrement, un truc s'est brisé en lui. Il s'est renfermé, blindé. On dirait que plus rien ne peut l'atteindre. Les rares fois où il a souri ces derniers temps, c'est en discutant avec Heden. Elle a ce don d'illuminer les gens perdus dans les ténèbres.

– Des gars te surveillent, tu ne risques rien, assuré-je à l'adolescent.

– Il veut qu'on se voie. Sans doute pour me buter.

– Je ne pense pas. S'il voulait te tuer, il ne te donnerait pas rendez-vous. À mon avis, il souhaite te soutirer des infos sur le club.

Alex renifle avec dédain. Son visage baigné de larmes s'impose à ma mémoire. Je ne peux pas m'empêcher de lui lancer :

– T'es en sécurité.

– J'ai jamais eu peur de clamser, Ash, réplique-t-il. Et, aujourd'hui, la perspective est presque alléchante. Je sais qu'on m'attend de l'autre côté. Je n'ai pas peur, putain.

Non, il ne flippe pas, en effet. Je pourrais lui conseiller de ne pas balancer ce genre de conneries, mais ce serait peine perdue : il y croit dur comme fer.

– T'as répondu quoi à Crayson ? me contenté-je de lui demander.

– J'ai accepté de le rencontrer. On se voit mercredi soir dans un night-club.

Un lieu public et fréquenté, évidemment. Il est loin d'être débile, le gangster.

– Envoie-moi les infos par SMS, ordonné-je. Je suppose qu'il t'a contacté avec un numéro privé ?

– Oui. Je fais ça de suite.

Avant que je puisse lui demander s'il va bien, Alex raccroche. Il a besoin de temps, j'en suis bien conscient. J'informe mon paternel et Gun de ce que je viens d'apprendre. Ce rendez-vous avec Crayson arrange bien nos affaires, il faut le dire…

Incapable de me rendormir, je passe la matinée sur ma bécane. À midi, j'envoie un SMS à Heden pour la prévenir que je passerai chez elle après une messe éclair au *Purgatoire*. Elle me répond qu'elle compte manger avec Vanessa. Elle m'a raconté qu'elle s'est disputée avec son père au téléphone et qu'elle souhaite renouer avec la meilleure amie de sa mère. Je n'ai rien contre cette idée. Ça fait douze ans que le club bosse avec Van, on la connaît. Elle ne fera pas de mal à Heden.

Histoire de me détendre, j'invite ma frangine à déjeuner. Mon neveu a l'air d'aller mieux, je le trouve… serein. Alors qu'il part jouer dans les structures gonflables du restaurant, j'interroge Kris sur son état.

– Une cellule contre le harcèlement a été ouverte dans son école, m'informe-t-elle. Ça l'aide, je crois.

– Il était temps.

– Oui. Je suis allée voir les parents des mômes qui s'en prenaient à lui, aussi. Je leur ai dit que s'ils ne recadraient pas leurs gamins, j'emploierais la manière forte.

Je lève mon verre et trinque :

– Aux manières fortes.

– Je ne sais pas trop ce qu'ils ont pensé que je ferais, mais ça a marché. Alors, ouais, aux manières fortes !

Nous entrechoquons nos verres de Coca.

– Tu es une Devon, ça impressionne, dis-je.

– Et donc ? Je ne comptais pas leur péter les jambes ou cramer leur bagnole, pouffe ma sœur. Je songeais juste à porter plainte. Tu aurais vu leur tronche, je te jure ! Je bénis les Styx Riders, pour le coup.

Soudain, mon portable sonne. Je regarde l'écran et annonce :

– C'est Gun. Quel hasard, hein ?

Kris me jette un coup d'œil surpris. Je me lève et quitte le restau pour prendre l'appel.

– Ouais ?

– Faut que tu rappliques, me lance mon vice-président.

– Qu'est-ce qui se passe ?

Rien de grave, sinon je l'aurais deviné à son timbre de voix.

– Tu as de la visite… de Los Angeles, me révèle-t-il.

Merde !

– Sérieux, Isha est là ? m'exclamé-je.

– Ouais, au *Purgatoire*.

– Il est comment ?

Gun se marre. Tâter le terrain avant de rappliquer me semble pourtant important. Faut que je sache si je dois m'armer ou pas.

– Pressé de te voir, s'amuse mon meilleur ami.

– Dis-lui que je suis là dans une demi-heure.

Lorsque je me gare devant le bastion, je suis plein d'appréhension. Snack fume devant l'entrée, occupé à mater une Breakout 114 customisée de peintures tribales.

– Le président des Faucheurs s'est pointé sans prévenir, m'explique-t-il. Il fait presque autant flipper que ton père. D'ailleurs, ils partagent un verre ensemble dans l'arrière-salle. Tu sens cette odeur de brûlé ? C'est ton cul qui prend cher, mec.

– Ta gueule, gamin. Il est venu avec qui ?

– Tout seul. Enfin, je crois.

J'entre et me dirige immédiatement vers la pièce indiquée par Snack. En effet, mon paternel et Isha y discutent, installés dans des fauteuils en cuir, tels des hommes d'affaires respectables. Là où mon père porte une épaisse barbe et brille par son absence de bronzage, le visage buriné de l'Amérindien est rasé de près. Ses traits taillés au couteau, ses cicatrices, son regard ténébreux font passer l'envie de le croiser dans un mauvais jour.

Or, malheureusement, il semblerait que nous soyons dans l'un d'eux.

– … camion piégé. Deux de mes hommes sont morts.

Ce morceau de phrase me révèle la raison de son humeur massacrante. Comme quoi je n'en suis pas le seul responsable…

Je me sers un verre au bar alors que mon père demande :

– T'as trouvé les coupables ?

– Oui, c'est un MC qui me pose problème depuis un certain temps. Je vais régler ça au plus vite. Au vu des circonstances, je me dis que c'est une bonne chose qu'Heden soit loin de Los Angeles dans l'immédiat.

Je tends l'oreille, curieux de savoir s'il va embrayer sur sa môme.

– On l'a fait surveiller au début de son séjour, histoire de nous assurer qu'elle ne courait aucun danger, affirme mon père. Tu peux être tranquille, aucun de tes ennemis ne l'atteindra ici.

– Et pour ce qui est des vôtres, Bradley ? Je sais qu'une femme a été assassinée il y a peu. D'autres ont été rouées de coups, si je ne me trompe pas.

Cette fois, à mon tour d'intervenir :

– Heden n'a pas le profil des victimes.

Aussitôt, le président des Faucheurs plonge son regard dans le mien. Un sourire carnassier étire ses lèvres.

– Tiens, sergent… C'est justement toi que je venais voir.

– On m'a donné l'info.

– Tu es en train de m'assurer qu'il n'arrivera rien à ma fille maintenant que tu l'as revendiquée publiquement ?

Ah, voilà qu'on entre dans le vif du sujet.

– On est sur le point de coincer le meurtrier, affirmé-je.

– J'espère pour toi…

Otila termine sa bière d'une traite, puis repose sa pinte sur la table dans un choc sonore. Ça pue les embrouilles… Je prends une chaise et m'installe à califourchon dessus, le ventre contre le dossier. Si l'Amérindien décide de me tirer dessus, j'aurai au moins une chance de m'en sortir. Peut-être aurais-je dû prévoir un gilet pare-balles ?

Mon père éclate soudain de rire, attirant mon attention. Il se lève, m'envoie un clin d'œil et lâche :

– Je vous laisse discuter.

On dirait bien que la situation risque de se corser pour moi… Mon paternel tapote mon épaule avec une fausse sollicitude puis me laisse seul avec le président des Faucheurs.

À trop jouer avec le feu, on finit par se brûler. Mais, franchement ? Heden vaut le coup que je me fasse latter la gueule par son vieux.

– Courageux de débarquer chez les Styx Riders sans escorte, déclaré-je après un instant de silence.

– Courageux de baiser ma fille sans mon consentement, réplique Otila.

Touché, coulé.

– On peut considérer qu'on est quittes, alors ?

Un rire silencieux secoue les larges épaules de l'Amérindien. Avec lenteur, il replace une mèche couleur jais qui s'est échappée de sa tresse, puis il me répond :

– Quand je t’aurai explosé les burnes, on sera quittes, mon gars.

Bien qu’il me menace, il reste d’un calme olympien. Ce mec est né pour régner, c’est un fait.

– J’ai toujours tout fait pour éloigner ma fille du monde des bikers, gamin, continue-t-il d’un ton égal. Voilà qu’elle décide d’explorer d’autres horizons en solitaire et qu’elle tombe sur toi. Sans crier gare, tu arraches les protections que j’ai érigées autour d’elle, tu lamines mes efforts pour la garder à distance de notre univers… T’as pas idée de ce que j’ai envie de te faire subir.

Oh si, je le perçois dans ses iris.

– Je ne l’ai pas entraînée de force, elle m’a suivi, fais-je remarquer.

– Ça change quoi ?

– Tout. Le libre arbitre, papa poule, tu connais ?

Le visage d’Isha se ferme, la tension grimpe dans l’air. S’il me frappe, je n’aurai aucun scrupule à lui rendre la pareille. Il me casse les couilles avec ses paroles moralisatrices, alors qu’il a écrasé le cœur de sa fille pas plus tard que la semaine dernière.

– Ne joue pas au plus malin, gronde-t-il.

Il se lève. Lentement, je l’imite et lui fais face. Un ordre de sa part et tous les Faucheurs du pays me traqueront pour avoir ma tête. Je me rassure en me disant qu’il est là en tant que père, pas en tant que président.

– Ton sang coule dans ses veines, bordel ! lancé-je. Tu croyais quoi ? Qu'elle resterait éternellement une nana innocente qui sautille dans les prés ?

– Le problème, ce n'est pas qu'elle se soit intéressée aux bikers ! C'est que tu en as profité pour la toucher, pour la foutre dans ton pieu, pour la rendre… fragile.

– Fragile ?

Otila avance d'un pas. Je reste immobile. Plutôt crever que reculer.

– Les sentiments fragilisent, et je sais qu'elle en a pour toi, assène le Faucheur. Je connais ma fille, elle ne se serait jamais engagée dans une relation si ce n'était pas le cas.

Je hausse les épaules et réplique :

– Marrant que tu me parles de ça… C'est pas toi qui as traité sa mère comme de la merde pendant plus de dix ans ? Ça t'aurait fragilisé de t'en rapprocher, histoire de donner un semblant de famille à ta gamine ?

La seconde d'après, deux bras me plaquent contre le mur derrière moi. Le besoin de riposter pulse dans mes veines, mais je résiste.

– Je te préviens, petit enfoiré de mes deux, un pas de travers avec Heden et tu le regretteras, grogne Isha. S'il lui arrive quoi que ce soit, tu en seras tenu pour responsable.

Il me libère, fait mine de replacer le col de mon *cut*, puis me tourne le dos.

– C'était un plaisir, commenté-je avec ironie.

CHAPITRE 42

HEDEN

La journée qui vient de s'écouler a été lourde en émotions. J'ai dû livrer des fleurs dans deux églises différentes, pour un enterrement et un mariage. Je suis claquée, j'ai mal aux bras et je n'arrive pas à me débarrasser de la tristesse qui me colle à la peau. Pour me remonter le moral, je me suis mise au lit avec un livre dès que je suis rentrée chez moi. Maintenant, je meurs de faim. Ma commande de sushis arrive d'ailleurs à point nommé ! J'en ai pris double dose pour Ash, il adore le poisson cru. J'ai essayé de convaincre Alex de se joindre à nous par SMS, mais rien à faire : l'adolescent évite les contacts directs. Je ne m'en offusque pas. On a tous notre façon de surmonter le deuil.

Alors ce sera tête-à-tête avec mon biker. Ce soir, on a prévu de lézarder devant la télé… même s'il y a de fortes chances qu'on ne voie rien du film.

Je pousse un soupir rêveur en me dirigeant vers la porte. Le livreur insiste sur la sonnette. Un billet de vingt dollars à la main, j'ouvre.

Et reste stupéfaite face celui qui se tient devant moi.

– Papa ?

Mon père est immobile sur le palier, à m'observer. Il a défait sa longue tresse, laissant un rideau noir corbeau entourer son visage aux mâchoires carrées. Comme d'habitude, il porte une chemise en jean bleu et sa paire de santiags poussiéreuse. Son odeur évoque les plaines arides du désert, avec des notes de cèdre et de bois de santal. Une vive émotion me prend à la gorge et, malgré notre récente dispute, je me jette dans ses bras. Une plume me caresse la joue tandis qu'il me souffle :

– Tu m'as manqué, mon amour.

– Toi aussi ! répliqué-je. Tu aurais pu me prévenir que tu venais. Mais je suis super contente que tu sois là.

Nous restons pressés l'un contre l'autre, oubliant les tensions entre nous. Je redeviens sa petite fille et lui, mon papa bourru rempli de tendresse.

– Entre ! m'exclamé-je lorsque nous nous séparons enfin. Je vais te faire visiter !

Il pénètre dans mon appartement ; j'appréhende un peu sa réaction. À Los Angeles, il habite un ancien entrepôt transformé en loft spacieux. Comparé à son intérieur, le mien ne paie pas de mine.

– C'est un peu petit, je sais…

– *Hygge*, rectifie-t-il.

– *Hygge* ?

Face à mon coup d'œil amusé, il prend un air féroce.

– Ne dis jamais que j'ai prononcé ce mot un jour, grogne-t-il. C'est l'un de mes prospects danois qui le sort à tout bout de champ, ça me les casse. Cette bière est *hygge*, qu'il dit. Quel flingue *hygge*. Tiens, ta Harley est trop *hygge*. Ça veut dire « chaleureux ». J'ai fini par craquer et lui dire que s'il répétait ce mot encore une fois, il allait se prendre mon canon *hygge* dans le cul.

Bon sang, ses histoires me font toujours autant rire ! Il prend soin de sélectionner les plus drôles, laissant de côté les sordides. Un jour, peut-être, il comprendra que je ne suis plus une adolescente naïve.

– Va pour *hygge*, dis-je. Remercie le Danois pour moi.

– Aucune chance, il va prendre le melon.

Mon père détaille le salon décoré de bougies parfumées, de tableaux colorés, de coussins, de plaids.

– Ça te ressemble tellement, commente-t-il.

Les fleurs que j'ai disposées un peu partout embaument la pièce de leur parfum. Papa se dirige vers un bouquet de roses et de lys. La composition préférée de ma mère. Est-ce un hasard s'il l'observe à cet instant ? Mon cœur se serre. J'ai envie de croire que non, qu'il connaissait un minimum les goûts de maman.

Du bout des doigts, il caresse les pétales pastel, laissant un sourire étirer ses lèvres. Puis il se détourne et me suit à la cuisine.

– Je vois que tu as su faire de ton premier logement un endroit agréable, déclare-t-il. Dis-moi que tu heureuse.

Ses bras m'entourent, je ferme les yeux.

– Absolument, réponds-je.

– Bien, approuve-t-il d'un ton bourru. Très bien.

Il me libère et continue son exploration. Lorsqu'il s'arrête devant un cadre accroché depuis peu à côté de mon réfrigérateur, il se raidit soudain. Je m'appuie contre la table, les bras croisés.

– Magnifique, tu ne trouves pas ?

Le dessin représente un bouquet de fleurs reflété par un miroir au cadre sombre, à côté duquel repose une grenade dégoupillée. Quand Ash me l'a offert, j'ai songé à notre histoire. Est-ce ainsi qu'il voit notre couple : la douceur accompagnée de la violence ? Je lui ai posé la question, et il a grogné :

– Ce n'est qu'un gribouillis, il n'est pas obligé de signifier quoi que ce soit.

J'avais conscience que c'était un mensonge, mais j'ai lâché l'affaire.

– Je te sers un café ? proposé-je à mon père.

– Ce dessin est d'Ash Devon ?

– Oui.

Étant donné qu'il a laissé sa signature au bas du papier, pourquoi nier ?

– « Pour mon petit chat », sérieusement ? ricane papa.

– C'est affectueux, répliqué-je, vexée.

– C'est possessif, surtout. Tu sais ce que c'est qu'un chat ? Un putain d'animal de compagnie.

– Tu es venue me voir à cause de lui, n'est-ce pas ?

Sans me répondre, mon père me contourne et s'installe sur une chaise. Les minutes s'écoulent, silencieuses. Je n'ai pas envie de commencer la discussion fâcheuse. Mais quand il faut y aller…

– Tu ne dois pas t'en mêler, déclaré-je.

Mon père éclate d'un petit rire, avant de reprendre son sérieux et d'assener :

– On a plusieurs points à aborder ensemble, et puisqu'on est lancés on va parler d'Ash. Depuis quand est-ce sérieux entre vous ?

– Qu'est-ce qui te dit que ça l'est ?

– Il a clamé au *Purgatoire* que tu es sa copine, selon les rumeurs. Ce n'est pas aussi important qu'offrir une place de régulière, mais ce n'est pas négligeable.

Je fronce les sourcils.

– Tu me fais suivre ? demandé-je, soupçonneuse.

– Mon cœur, je veille sur toi, me répond mon père. Non, je n'ai pas envoyé d'hommes à Black Lake. Mais les Faucheurs et les Styx Riders sont alliés. On s'arrange pour que les nouvelles les plus importantes circulent correctement entre nos deux clubs…

Je me masse le front, un peu larguée.

– C'est faire tout un foin pour rien. Oui, je sors avec Ash, et alors ?

– Et alors tu es la fille d'un président et lui un sergent d'armes. Tu ne sembles pas avoir conscience de l'impact que peut avoir une telle histoire.

– Je t'écoute.

– Tu es au courant que son rôle est d'éliminer toute menace relative aux Styx Riders ?

– Oui.

Mon absence de réaction allume un éclat dans le regard de mon père. Je ne parviens pas à déterminer si c'est de la fierté ou de la colère.

– Il a plus d'ennemis que n'importe qui dans cet État, reprend-il.

– Où veux-tu en venir ?

– Il se peut qu'un jour tu sois utilisée pour l'atteindre.

J'ai bien conscience de cela, mais Ash ne me parle jamais des affaires des Styx Riders. Il s'arrange pour me laisser en dehors de leurs histoires.

– Et tu es ma fille, conclut papa. Sache que si jamais il t'arrive malheur à cause de cet homme, je le tuerai.

Mes mains se crispent autour de ma tasse.

– Arrête, sifflé-je.

– Vois-tu, il y a une règle chez les Faucheurs qui s'applique aussi bien à mes hommes qu'à ceux des clubs avec qui je m'allie, poursuit mon père sans tenir compte de mon intervention. Considère ça comme une clause ajoutée. N'importe quel biker souhaitant approfondir une relation avec toi doit d'abord recevoir mon aval.

Alors ça, c'est la meilleure !

– Tu te moques de moi ?

– Non.

– Je suis majeure !

– Je te rappelle que tu n'as que vingt-deux ans. Majeure ou pas, tu es jeune et malléable. Je ne laisserai aucun des mecs qui gravitent dans mon monde t'atteindre d'une façon ou d'une autre. C'est ce que je me suis promis le jour de ta naissance. Puis voilà que cet enfoiré d'Ash Devon fout tout en l'air.

– Ce n'est pas un enfoiré ! Et tu n'as pas le droit de décider ce qui est bon pour moi ou pas. Je te rappelle que tu es loin d'être un modèle. Si maman était là, elle ne dirait pas le contraire.

Mes paroles glissent sur mon père alors que je voulais qu'elles le percutent.

– Tu es amoureuse de lui, se contente-t-il de constater.

– En quoi ça te regarde ? Je ne te répondrai pas.

– Ce n'est pas une question, Heden. Tu es amoureuse de lui, c'est ce que je craignais.

Je me laisse tomber sur ma chaise, les yeux pleins de larmes de colère et de frustration.

– Ne gâche pas tout, soupiré-je.

Papa plonge son regard sombre dans le mien.

– Je viens d'avoir une discussion avec lui, m'apprend-il. On dirait bien qu'il ne compte pas lâcher l'affaire.

Il se lève.

– Et moi non plus, promet-il. Habille-toi plus chaudement, on part faire un tour en moto.

– Quoi ? Non. Je n'ai plus envie de sortir avec toi. Parlons de Van, plutôt.

L'évocation de la meilleure amie de ma mère ne suscite aucune réaction chez mon père.

– Le sujet est clos, je t'ai dit tout ce que j'avais à te dire à propos de cette histoire au téléphone, déclare-t-il.

– Tu ne comptes pas t'en tirer comme ça ? Tu sais ce que je viens de comprendre ? Tu cherches à régenter ma vie ! À décider qui la partagera ou non… Et tu n'hésites pas à évincer mes proches pour ça.

À nouveau, mon père se plante devant le cadre accroché près du réfrigérateur, les mains dans le dos.

– Tu l'as fait avec Vanessa, murmuré-je d'une voix brisée. Tu souhaites recommencer avec Ash.

– Tu te trompes. Concernant Ash, la seule raison pour laquelle je ne lui ai pas foutu une balle entre les deux yeux, c'est parce que je voulais m'assurer de tes sentiments pour lui. Je suis pas un enfoiré, je vais pas buter le mec que tu aimes, à moins d'y être obligé. Même si, avouons-le, je crève d'envie de lui enfoncer son arrogance là où je pense. Pour ce qui est de Vanessa, c'est vrai, je lui ai ordonné de quitter Los Angeles pour l'éloigner de toi. Mais ce n'est pas moi qui en avais eu l'idée.

– Quoi ?

Avec lenteur, papa se dirige à nouveau vers le bouquet de lys et de roses, puis il me révèle :

– Je n'ai fait qu'appliquer la dernière volonté de ta mère. Te tenir à l'écart de la luxure, des ténèbres et des personnes capables de t'y entraîner…

CHAPITRE 43

ASH

Heden fixe son verre du regard, perdue dans ses pensées. Martia, la femme de Reed, essaie de lui parler, mais elle ne tire d'elle que de rares monosyllabes.

– Invite-la, m'ont dit les gars ce matin. Ce sera l'occasion de faire sa connaissance et de voir comment elle va s'intégrer au club.

Ça ressemblait à une bonne idée. Mais un truc perturbe Heden et l'empêche de se raccrocher à l'instant présent. Depuis que son paternel a rappliqué, elle se renferme…

Je prends appui contre la table de billard, l'attention rivée sur elle. Gold me fait remarquer que c'est à mon tour de jouer, mais je m'en carre.

– Tu crois que c'était trop tôt ? me demande le Viking. Qu'elle n'était pas prête ?

– Pas sûr que ça ait un rapport avec nous, réponds-je.

Heden lève la tête au moment où Martia lui tend des tacos maison. Elle les refuse. Nom de Dieu, depuis quand ma copine refuse-t-elle de la bouffe ? C'est comme si un prêtre avait la flemme de prier ! Elle sourit, mais son expression pue le factice à des kilomètres à la ronde.

– Je prends une pause, annoncé-je aux frangins.

Sur ce, je les laisse en plan et m'approche d'Heden. Elle est en train de prétendre à l'épouse de Reed qu'elle a mal à l'estomac.

– Tu nous laisses une minute ? suggéré-je à Martia.

Elle acquiesce et s'éloigne. Heden lance un coup d'œil au billard.

– Tu as terminé de jouer ?

– Ouais, j'ai besoin d'un verre.

Je me glisse derrière le comptoir, me sers une bière, et prépare un Martini pour ma copine. Reed et Gold m'adressent un doigt d'honneur quand ils comprennent que je ne jouerai pas la boniche pour eux. Heden se marre. Dans la foulée, elle se penche par-dessus le plan de travail et m'interroge :

– Martia porte le *cut* du club. C'est donc une régulière ?

– Oui.

– « Propriété de Reedson Dex », récite-t-elle en faisant référence à l'écusson cousu au dos de la veste. Ça fait très femme-objet, non ?

Je secoue la tête.

– C'est pourtant tout le contraire, répliqué-je. Les régulières sont nos piliers, nos ancrages. Ce qui est inscrit sur leurs *cuts* permet simplement de les différencier des brebis lors des événements importants, et ça les protège.

– Ah… d'accord, lâche-t-elle. Martia est sympa. Pour changer de sujet, dis-moi… vous préparez un truc ?

– Qu'est-ce qui te fait supposer ça ?

– La tension ambiante.

En effet, le tête-à-tête d'Alex avec ce fils de pute de Crayson a lieu ce soir. L'ancien chef de gang va se prendre le coup de pied du siècle dans les burnes. On ne compte pas lui faire de cadeau. On le chope et on l'élimine.

Mais plutôt crever que de parler de cette affaire avec Heden. Les histoires du club ne la regardent pas, quand bien même elle serait ma régulière.

– Ne te préoccupe pas de ça, lui dis-je.

Elle lève les yeux au ciel, et je me rends compte de la sécheresse du ton avec lequel je lui ai répondu. Je tente de me justifier :

– C'est juste que…

– C'est bon, me coupe-t-elle. J'ai compris. Pas besoin de te rappeler qui est mon paternel, n'est-ce pas ?

Son sourire ressemble un peu trop à une grimace.

– Si tu me racontais ce qui te tracasse ? l'encouragé-je.

Elle hausse les épaules.

– Rien, me répond-elle, surprise. Je réfléchis, c'est tout.

– Non, tu rumines, c'est différent. Je t'écoute.

– Tout va bien, Ash. Je te jure, ce n'est pas important. Avec Martia, on attend juste Alex.

Ma bière passe de travers.

– Alex ?

– On discute souvent par SMS, m'apprend-elle. J'ai vécu l'enfer qu'il subit actuellement, je crois qu'il a besoin de se confier. Sa tante le laisse sortir de temps à autre, alors je lui ai proposé de venir cet après-midi. Ça ne t'ennuie pas ?

Heden a raison : si quelqu'un connaît la douleur endurée en ce moment par Alex, c'est bien elle. J'ignorais toutefois qu'ils étaient en contact. Pendant un instant, je crains qu'il lui ait parlé de l'affaire de ce soir. Alors j'essaie de tâter le terrain :

– Il t'a dit un truc en particulier ?

– Sur quoi ?

Heden boit une gorgée de Martini. Soit elle ment très bien, soit je devrais consulter pour soigner ma parano.

– Oublie, on s'en tape, répliqué-je. Ça tombe bien que tu sois là : ce soir, je dois partir avec des gars du club pour remplir une mission…

Le visage de ma petite amie perd ses couleurs et ses yeux s'écarquillent d'inquiétude. Quel abruti de lui balancer une connerie pareille sur le ton d'un parrain de la mafia qui s'apprête à flinguer un cartel, aussi…

– Rien de dangereux, rassure-toi, ajouté-je précipitamment. La routine.

– La routine ?

– Ouais. Mais Alex va insister pour nous accompagner, alors j'ai besoin que tu le persuades de rester avec toi. Invente un truc, emmène-le manger une glace ou faire un bowling, j'en sais rien, ce que tu veux. Il ne faut surtout pas qu'il s'implique dans cette histoire.

Heden fronce les sourcils, et je me rends compte que je viens de trahir l'importance de la mission de ce soir.

– Alex fait partie des Styx Riders ? demande-t-elle.

– Non.

– Alors pourquoi va-t-il souhaiter venir avec vous ? Ça a un rapport avec sa mère ?

– Non… Écoute, je ne peux pas t'expliquer. Pas maintenant. Fais-moi juste confiance, OK ?

Heden triture son verre entre ses doigts. J'ai l'impression de m'enfoncer dans une merde sans nom. Enfin, elle opine. Bon sang, je me voyais déjà assommer le gamin et l'enfermer dans un placard à balais pour l'obliger à se tenir loin des Styx Riders ce soir…

– Très bien, je vais le convaincre de rester avec moi, déclare ma copine.

Je contourne le comptoir, rejoins Heden, crochète son visage entre mes mains et pose mes lèvres sur les siennes.

– Merci, lui dis-je. Maintenant, parle-moi. Tu croyais que je lâcherais l'affaire aussi facilement ? Ne me force pas à te torturer.

– Me torturer ?

– Ouais, je sais où foutre mes doigts pour te faire ouvrir la bouche.

Elle pouffe, rougit, puis soupire :

– Écoute…

Son sourire fane peu à peu, au profit d'une moue triste. Son état me tue.

– Papa est venu me voir ce week-end et il a décidé de rester une semaine en ville, ajoute-t-elle.

– C'est sa présence qui te perturbe ?

– Non. On a un peu discuté, lui et moi, vois-tu. Certaines de ses révélations me restent encore en travers de la gorge.

– Qu'est-ce qu'il t'a dit ?

– Tu m'as raconté qu'il avait envoyé Vanessa chez les Styx Riders pour l'éloigner de moi, tu te rappelles ?

Je hoche la tête. Heden poursuit :

– Il m'a avoué une chose qui m'emplit de colère et de tristesse à la fois. Ça concerne ma mère.

Mon portable vibre sur le comptoir. Un SMS. Je ne le consulte même pas, l'attention rivée sur ma petite amie.

– C'était sa dernière volonté, s'étrangle-t-elle, au bord des larmes. Me tenir éloignée du monde des bikers, c'était la dernière volonté de ma mère. Elle a fait promettre à mon père de s'en assurer une fois qu'elle serait morte. Ça concernait aussi bien les Faucheurs que tous ceux qui s'y rattachent… y compris Vanessa. Tu te rends compte, Ash ? Papa a passé toute sa vie à ignorer ma mère, et pourtant il lui a obéi quand elle lui a demandé un truc pareil.

Le moins qu'on puisse dire, c'est que ça ne plaît pas à Heden… Martia, en retrait, lui décoche un coup d'œil étonné. Il faut dire qu'elle vient de hausser le ton sans s'en rendre compte. Du coup, elle se renferme illico. À voix basse, elle m'avoue :

– Il y a vraiment des jours où je le déteste ! Ça l'a bien arrangé d'écarter Vanessa de ma vie. Pourquoi maman a-t-elle souhaité une telle chose, à ton avis ?

La réponse s'impose d'elle-même. Du moins, une possible réponse.

– J'imagine que c'est lié à son problème de drogue.

– Papa aurait pu aider Van au lieu de l'envoyer ailleurs !

Heden lâche une bordée d'injures entre ses dents. Je m'apprête à la charrier sur son langage quand la porte du bar s'ouvre sur Alex. Elle perd immédiatement son expression renfrognée. Le gamin, la mine fermée, nous rejoint.

– Salut, nous lance-t-il en s'asseyant.

Mon petit chat descend de son tabouret, étreint l'adolescent, puis sautille devant lui comme si elle était soudain surexcitée. Une actrice du tonnerre…

– Pizza, ça te tente ce soir ? demande-t-elle à Alex. Rien que nous deux !

L'Hispanique me mate, fait la navette entre ma copine et moi, puis éclate de rire.

– Tu me dragues ? s'esclaffe-t-il.

– Non, je cherche quelqu'un pour regarder des films d'horreur toute la nuit avec moi. Tu pourrais dormir à mon appartement, si ta tante est d'accord.

– Désolé, j'ai un truc de prévu avec Ash.

– Tu n'as rien de prévu, interviens-je.

– Si. Je viens avec vous.

Je lui tapote l'épaule et lui montre l'arrière-salle du bout du pouce.

– Suis-moi, faut qu'on cause.

Je me lève, et il me suit. J'ouvre la porte de l'arrière-salle, lui ordonne de rentrer, referme derrière nous. Son regard parcourt la pièce avec méfiance, puis il lâche :

– Pourquoi je suis là, Devon ?

– Tu veux toujours entrer chez les Styx Riders ? répliqué-je.

Immédiatement, l'intérêt vient illuminer ses prunelles.

– Oui, affirme-t-il avec espoir.

– Désolé de te l'annoncer comme ça, mais tu as raté ton test. Maintenant, barre-toi.

Il écarquille les yeux, comme si je venais de lui envoyer un coup de poing en pleine face.

– Tu te fous de ma gueule ? gronde-t-il. Quel test ?

– Celui de l'obéissance. Tu n'es pas sans savoir qu'un MC est hiérarchisé. Je suis l'un des officiers du club. Si je demande à un gars de sauter du pont, il le fera sans réfléchir. La loyauté, c'est quelque chose d'important chez les bikers. Si un aspirant commence déjà à grimacer quand un gradé lui impose un truc, tu peux être certain qu'il finira par retourner chez lui la queue entre les jambes. Tu veux entrer dans le club ? Sache que la première règle est celle-ci : j'ordonne, tu obéis. Maintenant, barre-toi. Tout de suite. N'approche plus les Styx Riders, ne fais même plus mine de vouloir entrer en contact avec nous.

Je m'attendais à ce que le gamin explose, furieux, mais, à la place, c'est le désespoir qui déforme ses traits.

– Putain, non, s'exclame-t-il. Me fais pas ça !

– Trop tard.

Je le dépasse et retourne vers la porte.

– Ne m'abandonne pas, Ash ! me supplie-t-il. Je t'en prie… pas maintenant.

Un sourire étire mes lèvres. Voilà une bonne chose de faite ! Rien de tel qu'une trouille bleue pour recadrer les nouvelles recrues potentielles.

– Donne-moi une seule raison de revenir sur ma décision, lâché-je.

– Je t'obéirai. Je ferai ce que tu m'ordonneras, pigé ? Je suis loyal.

– Tu es buté.

– Je suis désolé. Crois-moi, mec. Je resterai avec Heden si tu me le demandes. Je sauterai de n'importe quel pont, je nettoierai même tes chiottes malgré ma foutue fierté. S'il te plaît…

Je fais mine d'hésiter, même si ma décision est déjà prise.

– D'accord, je te laisse une nouvelle chance, déclaré-je. Juste une.

– OK, souffle-t-il.

Sur ce, je le plante là pour retourner dans la salle principale. Je rejoins Heden et dépose un baiser sur son front en lui annonçant :

– Je t'ai trouvé un compagnon de film d'horreur pour ce soir. Rends-moi un service : fous-lui les jetons au point de le faire gerber. Ce gamin me casse les burnes.

– Qu'est-ce que tu lui as dit ? me demande-t-elle, soupçonneuse.

– Rien. Je lui ai juste fait part d'un détail important s'il veut intégrer le club. Je dois y aller, je passe chez toi ce soir après la mission.

Elle attrape ma main, la serre avec force et m'ordonne :

– Sois prudent.

– Évidemment ! « Prudent », c'est mon deuxième prénom… Enfin, mon troisième, après « Bête de sexe ».

Je lance un coup d'œil à mes *enforcers*. Ils ont perçu le changement dans l'air. L'ambiance est passée de fraternelle à professionnelle.

– Allez, on s'arrache, les gars, leur lancé-je.

CHAPITRE 44

HEDEN

– Elle est en état de rouler ? s'enquiert Alex.

– Presque. Il me reste le câble d'embrayage à changer et elle sera comme neuve.

Impressionné, l'adolescent contourne Betty afin de l'observer sous toutes les coutures. La Harley ne ressemble plus du tout au tas de ferraille que j'ai acheté à Kris. Elle rutile, fière de sa nouvelle apparence.

– Tu l'as retapée toute seule ? enchaîne Alex.

– Il y avait peu de pièces à remplacer, le plus gros du travail consistait à réparer.

Du bout des doigts, il caresse la carrosserie bleu électrique. Son regard refuse d'accrocher le mien depuis qu'il a mis les pieds chez moi.

– Elle est démente, dit-il. C'est un super boulot.

– Tu as le permis moto ?

Alex hoche la tête. D'après Ash, il souhaite intégrer les Styx Riders. Je n'y connais pas grand-chose en recrutement mais je suppose que posséder son propre engin est la base.

– J'ai toujours voulu avoir une bécane, me révèle-t-il. Je m'en achèterai une. Tu m'aideras à la choisir ?

Ah, enfin, j'ai réussi à éveiller chez lui autre chose que de la tristesse.

– Avec plaisir, lui réponds-je. Quel modèle te tente ?

– Je ne sais pas trop.

– Qu'en disent ta tante et ton oncle ?

– Ils ne savent pas que je veux entrer chez les Styx Riders.

– Ils te traitent bien ?

– Ouais, c'est pas ça le problème.

– C'est quoi, alors ?

Un ricanement secoue les épaules d'Alex. Ça y est, il se retourne et plonge ses iris sombres dans les miens. La douleur que j'y lis me donne des frissons.

– C'est moi, Heden.

Avant que je puisse lui dire qu'il se trompe, il ajoute :

– Ton mec m'a proposé de travailler au garage que le club va ouvrir.

Message reçu cinq sur cinq. Parler de sa vie personnelle lui demande beaucoup d'efforts, il préfère éviter.

– Il m'en a touché un mot, confirmé-je. Tu vas accepter ?

– Sûrement. Ça me permettra de souffler. Ash m'a filé les coordonnées du type qui va gérer l'affaire. Gold, je crois. Tu sais qui c'est ?

– Oui : le baraqué qui était présent au *Purgatoire* tout à l'heure. Bâti comme un titan, barbe et cheveux blonds, tatouages, yeux verts.

Alex baisse la tête et soupire.

– Je connais que dalle à la mécanique. Ils vont me recaler au bout d'une semaine, c'est sûr.

– Ils t'apprendront, lui assuré-je en tirant près de moi la caisse à outils. En quoi es-tu doué ? Je veux dire… tu as des passions ?

Je lui tends la clé à douille et attrape le tournevis cruciforme.

– J'aime bien lire, me révèle-t-il alors. Genre, beaucoup, depuis que je suis gosse.

J'écarquille les yeux de surprise et il se marre.

– Ouais, je sais, on dirait pas, hein ? Ma mère était prof de littérature, je tiens ça d'elle. Je n'ai pas toujours appartenu à un gang… Bon, tu me montres quelques trucs ?

Je me lance dans le remplacement du câble d'embrayage, en expliquant chacune des étapes à Alex. Nous mettons quarante-cinq minutes à nous en occuper, aussi concentrés l'un que l'autre. Je pense que ce moment lui fait du bien…

– Et tu es fleuriste ? lance-t-il lorsque nous avons terminé. Tu aurais fait un bon mécano !

Mon père pense la même chose. D'ailleurs, il n'attend que mon feu vert pour m'offrir un poste dans son garage, à Los Angeles. Il n'a pas compris que cette voie n'est pas la mienne…

– Mais je suis une meilleure fleuriste, répliqué-je à Alex. Tu as des projets pour plus tard ?

À cet instant, je reçois un SMS d'Ash :

RAS de votre côté ?

Je tape aussitôt en retour :

RAS. Tout va bien ?

Prenant conscience qu'Alex n'a pas répondu à ma question, je lève la tête de mon téléphone. L'adolescent a le regard perdu dans le vague.

– Qu'est-ce qu'il y a ? lui demandé-je.

– Rien, c'est juste que… je n'ai jamais vraiment pensé à mon futur. Avant, j'avais un but précis : prendre soin de ma mère. Mais maintenant…

L'adolescent laisse mourir sa voix. Il semble sur le point de se fermer à nouveau. À l'époque où je traversais la même épreuve que lui, j'avais des crises de larmes, de colère. Papa tentait de garder ma tête hors de l'eau, sans y parvenir. L'internat m'a aidée à me calmer, à travailler sur moi-même. Là-bas, un entraîneur de boxe m'a donné des cours chaque semaine jusqu'à ce que mes coups ne trahissent plus aucune rage.

Mon portable vibre. C'est encore un message d'Ash.

Ouais. Le môme te drague pas trop ?

– Tu es proche de ton père ? me demande tout à coup Alex.

– Oui… et non, réponds-je. Je n'ai jamais vécu avec lui, mais il a toujours été là pour moi. Lors de chaque période de vacances, il m'emmenait sur les routes. Il me racontait des légendes au coin du feu, me faisait rire quand je n'allais pas bien, m'apprenait tout un tas de choses. La mécanique en fait partie.

Alex se gratte le front en passant une jambe par-dessus la selle de Betty. Une fois installé, il saisit les poignées et pose ses talons sur les repose-pieds. Sa veste remonte ; je remarque la crosse du pistolet qu'il cache dans son dos.

– Cool, lâche-t-il. Mon propre paternel a foutu le camp quand j'avais trois ans. Le tien pense quoi de ton histoire avec Ash ? Il est où, là, d'ailleurs ? Pourquoi n'as-tu jamais vécu avec lui ?

Je devine pourquoi il me pose autant de questions : m'entendre parler l'empêche de réfléchir. Il pourrait tout aussi bien me supplier de lui donner un cours sur les différents types de carburateurs de moto.

– Mon père n'est pas le plus grand fan de mon couple… expliqué-je. Il vit à Los Angeles, mais il est à Black Lake pour le moment. Il voulait s'entretenir avec Ash et moi sur notre « relation », justement.

– Ils se connaissent ?

– Un peu. Mon père est le président des Faucheurs. Ils sont alliés aux Styx Riders.

Alex écarquille les yeux.

– Trop cool ! Il cherche de nouveaux gars dans son MC ?

– Jeune homme, je croyais que tu désirais intégrer les Styx Riders !

– Oui, mais s'ils ne veulent pas de moi, je pourrai me rabattre sur le club de ton père.

– Je doute que les choses fonctionnent ainsi. Choisis ta bataille et mène-la jusqu'au bout.

L'adolescent éclate de rire et descend de Betty. Il s'allonge bientôt sur le ciment froid du sol, les bras écartés. La crasse lui importe peu.

– J'aurai dix-sept ans la semaine prochaine, m'apprend-il. Il faut que j'attende encore un an avant d'espérer faire partie des Styx Riders. C'est dans ce club que je veux être. Avec Ash, avec Bradley Devon. Ils m'ont davantage aidé en quelques jours que mon père dans toute mon existence.

Entrer chez des bikers, c'est adopter une nouvelle famille. Alex a besoin de ça : d'une meute solide, solidaire, prête à tout pour le soutenir.

– Je croise les doigts, alors, lui dis-je.

– Merci.

Quelques secondes s'écoulent, puis je pose la question qui me brûle la langue depuis plusieurs minutes :

– Pourquoi es-tu armé ?

– Par habitude, je suppose, me répond Alex. Avant, je traînais avec des gars pas super fréquentables. Encore maintenant, ça me rassure d'avoir un flingue. Mais ne t'inquiète pas, tu ne risques rien. Je…

La fin de sa phrase se fait emporter par une détonation si puissante que je la ressens dans chacun de mes os. Surprise, je fixe l'inconnu qui se tient dans l'encadrement de la porte de la remise. Une longue cicatrice parcourt son visage buriné, mais c'est son pistolet qui attire mon attention. L'arme avec laquelle il vient de tirer sur Alex sans sommation… Une mise à mort, ni plus ni moins.

Mes pensées s'emboîtent à nouveau tandis que je fais face à l'horrible vérité.

Oh, mon Dieu, Alex !

Le type lève son pistolet dans ma direction. Je plonge au sol ; une balle se fiche dans le mur. À une seconde près, c'est dans ma tête qu'elle se logeait. Un goût cuivré poisse ma bouche. Je crie le prénom d'Alex, mais je n'entends pas ma propre voix. J'ai l'impression que mes tympans ont explosé.

Par-dessous Betty, je vois l'adolescent essayer de respirer, une main posée sur son torse ensanglanté. L'air peine à entrer dans ses poumons, ses lèvres entrouvertes expulsent des jets de sang. Les larmes envahissent mes joues au moment où je comprends qu'il lui reste peu de temps à vivre. Avec horreur, je vois les bottes du tireur l'enjamber alors qu'il se dirige vers moi. Terrorisée, je rampe sous un établi et parviens à me glisser derrière des sacs de sable. Par chance, mes doigts sont tellement crispés qu'ils sont restés serrés autour de mon téléphone. L'écran est toujours ouvert sur ma conversation avec Ash.

911

C'est la seule chose que je parviens à envoyer à mon tatoueur avant qu'une paire de mains crochète mes chevilles et me tire hors de ma cachette. Mon agresseur me retourne sur le dos, envoie valser mon portable et crache une série de mots que je ne comprends pas – mon ouïe commence tout juste à revenir.

Le corps de l'homme s'échoue sur le mien, me coupant le souffle.

– Arrêtez ! tenté-je de protester.

Mais les doigts du tireur saisissent ma gorge, la pressent. Mon instinct de survie prend le dessus : je balance mon poing dans le nez de mon agresseur. Dans la panique, mon coup manque de vigueur. Résultat, l'homme m'envoie une violente gifle.

– Tu crois franchement que tu es de taille ? s'amuse-t-il.

Du bout des doigts, je tâtonne à la recherche d'une arme, de n'importe quoi qui me permettrait de me libérer de l'emprise de ce malade. Enfin, je touche ce qui semble être une batterie de moto. Brave Betty ! Je la balance dans la tête du balafré. Sous le choc, il s'effondre sur le côté. Je me redresse, le cou en feu, les jambes tremblantes.

– Alex !

Je me jette à côté de l'adolescent, presse sa blessure avec mes mains.

– À l'aide ! crié-je. Aidez-nous, à l'aide !

Je refuse de quitter la remise. Je n'ai pas envie de laisser Alex à la merci de notre agresseur. Dans mon dos, ce dernier grogne :

– Je vais te tuer, petite conne !

Je fais volte-face. À nouveau, l'homme me tient en joue de son arme. Je garde les mains appuyées sur la plaie sanglante du petit. J'espère qu'Ash a saisi l'urgence de la situation…

– Pourquoi vous en prendre à nous ? demandé-je dans l'espoir de gagner du temps. Nous ne vous connaissons même pas !

D'un revers de manche, le tireur essuie le sang sur son visage.

– Deux raisons. D'abord, sa trahison, siffle-t-il en désignant Alex du bout du menton. Et ce que ton mec m'a fait subir.

– Il va mourir ! m'insurgé-je en parlant de l'adolescent.

– Tant mieux. Il m'a vendu auprès des Styx, ce fumier.

– Ce n'est qu'un enfant !

– Alex ? Tu te fous de moi ? Ça fait un bail qu'il n'est plus un gamin, malgré sa tronche. Je l'envoyais braquer des maisons et piquer des caisses. Tout ça pour de la thune. Ce petit merdeux a eu ce qu'il méritait. Mais tu veux connaître l'ironie du sort ?

À la base, je venais juste pour toi. Je n'étais pas au courant que vous traîniez ensemble.

– Comment saviez-vous que je me trouvais ici ? Gagner du temps ! Je n'ai pas le choix.

– Je te surveille, m'avoue l'homme. Ton mec est complètement con, hein ? Le piéger a été d'une simplicité déconcertante.

Il s'avance vers moi, contournant Betty. Je n'ai d'autre choix que de laisser Alex pour reculer avec lenteur, jusqu'à toucher l'établi à côté de la porte.

– Pense même pas à fuir, parce que je te tirerais dans le dos, me menace le gangster.

– Comme tu as tiré sur Alex ? Regarde-le ! Il se vide de son sang !

L'imbécile cesse de me fixer et jette un œil à l'adolescent. Je passe à l'action : je récupère le petit extincteur posé sur l'établi et le balance sur mon agresseur. Par réflexe, il tire ; un nuage de flocons blancs éclate dans la pièce. J'en profite pour me jeter sur Alex. Je passe une main sous son corps, attrape la crosse de son pistolet et prie pour qu'il soit chargé. Puis j'ôte le cran de sécurité, vise le gangster et tire à mon tour.

La balle touche le type, qui s'effondre. La poudre de l'extincteur n'a même pas encore fini de recouvrir les objets dans la remise. Cramponnée à la crosse du pistolet d'Alex, je me redresse, le cœur lancé à mille à l'heure. J'ai l'impression de peser une tonne. Au sol, mon agresseur reste étendu, immobile.

Toutefois, je me tiens prête à appuyer une nouvelle fois sur la gâchette s'il fait le moindre geste.

D'un mouvement du pied, j'écarte son arme. Cinq secondes s'écoulent. Dix. Quinze.

Je baisse ma garde, à la fois soulagée et terrifiée. J'ai envie de vomir, mais je ne peux pas me laisser aller maintenant. Alex a besoin de moi… Je me jette sur lui et crie son prénom. Il ne réagit pas.

– Réponds-moi, je t'en prie !

Je m'apprête à poser deux doigts sur son cou dans l'espoir de sentir son pouls, quand une masse lourde me percute.

Notre agresseur. Encore en vie.

À l'instant où mon crâne heurte le sol, je regrette de ne pas avoir tiré plusieurs fois. Tout aurait été tellement plus simple…

– Tu… vas… crever !

Les coups que je me prends au visage envoient valser ma raison. La remise se noie sous un brouillard blanc et jaune, qui tourne bientôt au rouge. Le goût du sang envahit ma bouche tandis que je sombre dans l'inconscience.

Quand je me réveille, je suis assise sur une chaise, incapable de bouger, le corps vidé d'énergie.

Le mec à la cicatrice me lorgne, l'air mauvais. Du sang poisse sa tempe et sa joue gauche, ses lèvres tremblent de rage.

Pourquoi Ash n'intervient-il pas ? Ou papa ?

– Regarde ton pote, m'ordonne le type. Il va clamser d'une minute à l'autre…

La cage thoracique en feu, je tourne mon regard vers Alex. J'essaie de me concentrer sur son ventre pour voir s'il respire encore, mais les larmes m'empêchent d'en être sûre.

– Et toi aussi.

Le gangster s'approche de moi, attrape mon menton entre ses doigts. Son sourire malsain me donne la nausée.

– Une dernière volonté ? me demande-t-il.

– Tout ça pour… une vengeance ? réussis-je à articuler. C'est sacrément lâche… de ne pas s'en prendre aux personnes… concernées.

Chaque inspiration me fait un mal de chien.

– Tu crois que je suis lâche ? grogne l'homme.

– J'en suis sûre.

Ma remarque attise la rage dans ses yeux. Je me suis fait une raison concernant mon sort : je vais mourir. Alors autant garder la tête haute jusqu'au bout, non ?

Il m'envoie un coup dans la mâchoire. Sa violence manque de me faire chavirer dans l'inconscience.

– Crève, sale conne ! me crie-t-il.

– Tu sais quoi, fils de chien ? crache une voix familière qui perce le brouillard autour de moi. C'est toi qui crèves !

Un son devenu trop familier à mes oreilles me fait sursauter. Je tente de garder les yeux ouverts, de me concentrer sur Ash, dont la silhouette se dessine dans l'encadrement de la porte. Il appuie sur la gâchette une deuxième, une troisième, une quatrième fois.

Enfin, il est là. Il va pouvoir sauver Alex. Il doit sauver Alex !

J'essaie d'ouvrir la bouche pour le supplier, mais je ne la sens plus. En fait, je ne sens plus grand-chose, en dehors d'une envie de dormir si puissante qu'elle balaie brutalement ma conscience, malgré tous mes efforts pour garder mes paupières ouvertes.

CHAPITRE 45

ASH

Mes doigts tremblent à force d'appuyer encore et encore sur la gâchette jusqu'à ce que le corps de Crayson ne soit plus qu'un amas de bouillie sanguinolente. Mais ce n'est même pas la colère qui domine en moi : c'est l'inquiétude. L'état d'Heden me plonge dans une angoisse incontrôlable. Je m'agenouille devant elle, essayant de lui faire ouvrir les yeux.

– Mon petit chat, tu m'entends ?

Dans un état de semi-conscience, elle laisse sa tête rouler entre mes mains. Ses paupières closes sont humides, sa poitrine se soulève avec peine, son visage est ensanglanté.

– Alex, murmure-t-elle.

Les secours arrivent. Elle va s'en sortir. Elle *doit* s'en sortir. Alex, en revanche… Je me tourne vers Gun, penché sur le gamin. Mon meilleur pote croise mon regard, y lit ma question silencieuse.

Son hochement de tête m'apprend que l'adolescent vit encore.

– Heden, l'appelé-je encore une fois. Tu m'entends ?

Elle ne réagit pas. Je n'ose pas la déplacer : j'ignore de quelles blessures internes elle souffre. Vu la manière dont Crayson s'est acharné sur elle, elle pourrait avoir des hémorragies. Rien que d'y penser, la fureur m'envahit.

– Fils, intervient mon paternel dans mon dos, on doit gérer cette histoire avant l'arrivée de la cavalerie.

Il a raison : ce n'est pas le moment de me laisser aller. Déjà, il faut virer le corps de Crayson, dissimuler les preuves de sa présence, nettoyer la remise. J'inspire profondément, me force à ravaler ma peur pour récupérer le contrôle sur mes émotions, puis me redresse.

– Je m'en charge, déclaré-je.

Mon père pose la main sur mon épaule pour m'obliger à le regarder. Ce qu'il perçoit assombrit son expression.

– Tu vas y arriver ? s'inquiète-t-il. Je peux demander à un autre gars, sinon.

– Je m'en occupe, je t'ai dit.

– Bien sûr. Je t'envoie un SMS dès que l'ambulance emmène Alex et Heden. On se retrouve à l'hosto, pense à te changer avant de nous y rejoindre.

Je hoche la tête, les mâchoires douloureuses à force de les crisper, puis je me détourne de ma petite amie.

– Comment va Alex ? demandé-je en m'agenouillant à côté de Gun.

Mal, c'est évident. Le gamin a perdu trop de sang, il est d'une pâleur extrême.

– Il tient le coup… pour l'instant, déclare mon meilleur ami.

– OK, soufflé-je. Je m'occupe de Crayson. Le lac fera l'affaire.

– Ça roule, ma poule. On dit quoi aux flics ? Cambriolage qui a mal tourné ?

C'est mon père qui répond à ma place :

– Ouais. Heden nous a appelés à l'aide, on a rappliqué, le voleur était déjà parti.

Ça me va. De toute façon, on n'a pas le temps de trouver mieux, les flics vont se pointer d'une minute à l'autre. Dès qu'il est question de blessures par balle, les secours les mettent directement au courant.

J'opine, puis je fais l'erreur de tourner la tête vers ma petite amie. Son état me chope à la gorge. Mes tripes prennent feu, j'ai une soudaine envie de tout cramer. Mon père lui parle, tente de la réveiller.

– Maintenant, Ash, m'ordonne Gun.

Je quitte la remise. L'air frais suffit à peine à chasser la puanteur de l'hémoglobine et de l'huile pour moto de mes narines. Reed et Gold s'apprêtent à grimper dans la bagnole de Crayson pour l'emmener loin d'ici. Je les retiens et les préviens qu'on va en avoir besoin pour transporter ce fils de chien. Dès que Reed a fourré son cadavre dans des bâches en plastique, on l'enferme dans le coffre. J'ordonne à

Gold de rester pour nettoyer au mieux les lieux afin d'éviter que les flics comprennent qu'un « blessé » a disparu.

– Tu as deux minutes, grouille-toi, lui dis-je.

– Largement suffisant, réplique-t-il avec un sourire assuré.

Black, qui a déjà pensé à ramasser les douilles, me rejoint lorsque je lui fais signe. Je lui file les clés de ma Harley et lui demande d'aller la planquer derrière le salon de tatouages. J'irai la chercher avec ma propre caisse quand j'aurai terminé le boulot du côté du lac.

Enfin, je grimpe au volant de la voiture de Crayson en compagnie de Reed et prends la route. Je fais gaffe de ne pas dépasser les limitations de vitesse, même si je meurs d'envie d'écraser la pédale de l'accélérateur pour retrouver Heden au plus vite.

Nous roulons depuis à peine une minute trente lorsque nous croisons des bagnoles de flics et une ambulance, sirènes hurlantes. Reed brise le silence pesant de l'habitacle en demandant :

– Comment elle va ?

– Elle s'en remettra, réponds-je. Mais Alex… putain, pas sûr qu'il survive.

– C'était une vengeance, devine mon frangin. Le gamin faisait partie des Red Birds, Crayson a peut-être voulu l'éliminer pour avoir collaboré avec nous.

– Oui, sans doute.

– C'est la grosse merde, mais on ne pouvait pas savoir qu'il l'attaquerait, continue Reed.

À croire qu'il lit dans mes foutues pensées.

– On aurait dû envisager cette possibilité, grondé-je.

Nous arrivons enfin au bord du lac, que nous contournons jusqu'à ce que nous nous trouvions à l'exact opposé de chez moi. Immerger le corps nous demande une vingtaine de minutes : nous prenons tout le temps nécessaire pour nous assurer qu'il ne remontera pas à la surface. Ensuite, nous parcourons deux kilomètres de plus pour que je puisse balancer mon flingue à l'eau. Enfin, nous faisons disparaître la bagnole de Crayson.

Après ça, en coupant à travers les bois, nous rejoignons ma maison en une heure. Les nerfs encore à vif, je jette mes fringues par terre en ordonnant à Reed de les cramer dans la cheminée, et je pars sous la douche. Quand je redescends au rez-de-chaussée, mon frangin se fait dorloter par mes trois chatons.

– Le président a appelé, il t'attend à l'hosto, me prévient-il. Alex est en soins intensifs.

– OK. On prend ma caisse, je te ramène chez toi et je vais là-bas.

J'ai encore les mains qui tremblent, et une main invisible m'écrase la poitrine. Pourtant, je fais tout pour ne pas le montrer. Rester fort, c'est le *credo* des Styx Riders.

Si Heden n'avait pas survécu à cette nuit, j'aurais été obligé d'agir exactement pareil.

Je grimpe dans ma voiture, un vieux modèle des années 1970 que Gold a retapé. Le trajet jusqu'à chez Reed me donne l'impression de durer des heures.

– Appelle si tu as besoin, me lance mon *enforcer* en descendant de la caisse.

– Embrasse Martia pour moi, réponds-je. Je demanderai à un des gars de remorquer ta bécane.

Après ça, j'appuie sur le champignon. Rien à foutre d'être arrêté. Tout ce que je veux, c'est voir Heden au plus vite. La serrer contre moi, lui dire que tout ira bien.

J'arrive à l'hôpital sans embûche, le cœur lancé à un million de kilomètres à l'heure. Il est tard, mais le parking est bondé. Je me gare sur une place réservée au personnel – la plus proche de l'entrée – et m'engouffre dans le hall. L'odeur du désinfectant me saute à la gorge, morbide. J'avale ma salive et me présente au comptoir d'accueil. La nana assise derrière m'aiguille vers la salle d'attente numéro huit. Mon paternel y fait déjà les cent pas, tendu.

– Reed m'a dit qu'Alex était en soins intensifs. Du nouveau ? demandé-je.

Il secoue la tête. Ça craint.

Il m'apprend ensuite qu'Heden a été mise sous calmants jusqu'à demain matin. Personne ne peut la voir tant que les flics ne l'auront pas interrogée. Forcément, c'est un témoin dans une sale histoire de tentative de meurtre. Il ne faut surtout pas qu'elle raconte que j'ai flingué l'enflure qui l'a tabassée.

Mais, connaissant Heden, je suis certain qu'elle tiendra sa langue. Elle est loin d'être stupide, ma petite Amérindienne.

Les policiers ne tardent pas à se pointer. Ils insistent pour interroger mon paternel dans une pièce à part, puisqu'il était sur le lieu du drame au moment où ils sont arrivés. Je ferme les yeux dans l'espoir de me calmer un minimum. La vie de ma petite amie n'est pas en danger, contrairement à celle d'Alex. C'est déjà ça.

Les minutes passent, mais ne me tranquillisent pas. Mon palpitant bat beaucoup trop fort. La dernière fois que je me suis senti aussi mal, c'est… jamais, en fait. Même pas lorsque Shirley m'a quitté.

Gun apparaît soudain, s'installe à côté de moi et pousse un soupir.

– Café ? me propose-t-il.

– Ouais.

– Les gars sont partis avant que les flics débarquent à la remise, m'apprend-il en me tendant un gobelet. Il ne restait que Bradley et moi. J'ai déjà été interrogé. Le cambrioleur a foutu les voiles avant notre arrivée, fin de l'histoire. Comment tu te sens ?

– Tu en as d'autres, des questions à la con ?

Nous restons silencieux un long moment. Je ne vois pas trop de quoi nous pourrions parler, et je ne suis franchement pas d'humeur.

Soudain, Isha Otila apparaît au bout du couloir.

Eh merde.

Il marche droit dans ma direction, les poings serrés, la mine meurtrière. Il arbore sa longue tresse noire piquetée de plumes, ainsi que son *cut*. Avec un soupir résolu, je rends le café à Gun.

– Tu me tiens ça ? lui demandé-je.

– Je peux filmer ? réplique-t-il.

– Ta gueule.

Je me lève, déterminé à ne pas me défendre. Le poing d'Otila s'écrase contre mon visage avec une violence telle que je manque de perdre l'équilibre. Mes nerfs me lâchent ; je pars dans un éclat de rire plus sinistre que la morgue de l'hôpital.

Le moins qu'on puisse dire, c'est qu'Isha a de la chance d'être le paternel d'Heden. Je me sens d'attaque pour faire disparaître un second corps, cette nuit.

– Ça te fait marrer, sale merdeux de mes couilles ? gronde l'Amérindien en me plaquant contre le mur.

– Pas ici, intervient Gun d'un ton sans appel.

Otila écrase toujours mon dos contre le mur, hésitant entre me flinguer, m'envoyer un deuxième coup ou me lâcher. Il choisit la troisième option.

– Sacré crochet du droit, commenté-je en essuyant le sang sur mon menton.

– Je t'avais prévenu ! gronde le Faucheur. Je t'avais dit que s'il arrivait quelque chose à ma fille tu prendrais cher !

Il a raison : tout ça ne se serait pas produit si je n'étais pas entré dans la vie d'Heden ou d'Alex.

Voilà pourquoi je ne cherche pas à répliquer, même si ce n'est pas l'envie qui m'en manque.

– Tu étais où ? enchaîne-t-il.

– En mission. Et toi, papa poule ? En train d'engrosser une autre brebis ?

Cette fois, j'évite le coup de poing et la main de l'Amérindien percute le mur en béton. Outch, ça doit faire mal. Pourtant, Otila ne frémit même pas.

– Ton arrogance te tuera, Devon, gronde-t-il.

Sur ce, il me tourne le dos et s'éloigne à grands pas.

– Si je pensais assister à ça un jour, se moque Gun.

– Ta gueule. Franchement… ta gueule. J'ai besoin d'un autre café.

CHAPITRE 46

HEDEN

L'effet des calmants se dissipe au petit matin. Le brouillard autour de moi s'évapore, les sons reviennent, ainsi que les souvenirs, la souffrance. L'engourdissement laisse place aux tiraillements sur mon visage, aux élancements dans mes côtes.

Une grande baie vitrée illumine ma chambre, mais je ne la vois pas. Une partie de mon cerveau refuse de quitter la remise. Mon agresseur se dresse toujours devant moi ; ses poings me percutent, encore et encore.

La porte finit par s'ouvrir sur une femme habillée d'une blouse. Une infirmière. Voyant mon sursaut, elle s'arrête et me sourit.

– Tout va bien, je suis là pour faire vos soins, me dit-elle.

J'aimerais tellement ne plus ressentir cette angoisse logée dans mon estomac, ne plus trembler des pieds à la tête… Certaines personnes occultent totalement les traumatismes qu'elles subissent, jusqu'à les effacer de leur mémoire. Pas moi. Chaque détail me revient avec une violence surréaliste. Mon esprit refuse de me faire oublier une seule seconde de mon calvaire…

Mais je fais de mon mieux pour masquer mon trouble à l'infirmière. Je m'astreins au calme lorsque je souffle :

– Il y avait un garçon avec moi…

– Celui qui a reçu une balle ? me demande-t-elle.

Des frissons glacials dévalent mon dos.

– Oui.

– Il est au bloc, je n'en sais pas plus pour l'instant.

La soignante m'apprend que mes blessures sont superficielles. J'ai mal partout en raison de la crispation de mes muscles au moment de l'attaque, mais je n'ai rien de cassé. C'est déjà une bonne nouvelle.

– La police souhaite vous voir, m'informe l'infirmière. Je peux les faire entrer ?

La police ?

– Ils sont là pour vous poser des questions concernant Alex Agora, précise-t-elle.

– Plus tard. Si possible, j'aimerais dormir un peu avant de les rencontrer. D'autres personnes sont là pour moi ?

– Oui, deux baraqués avec des vestes en cuir. L'un porte des tatouages, l'autre des plumes.

Ash et papa… Je ressens une brusque envie de les serrer tous les deux dans mes bras jusqu'à les étouffer. Pas maintenant, toutefois. Pas dans mon état.

– Pouvez-vous leur dire de revenir cet après-midi ? demandé-je à l'infirmière.

– Vous savez, ils sont restés là toute la nuit. À mon avis, ils patienteront encore le temps qu'il faudra. Mais je leur passerai le message. Reposez-vous. Si vous avez besoin de quoi que ce soit, appuyez sur ce bouton, à côté de votre oreiller.

Elle quitte la chambre en m'adressant un ultime sourire bienveillant. Très vite, un homme lui aussi vêtu d'une blouse entre à son tour dans la chambre. Grand, les cheveux coupés très courts et la carrure athlétique, il ressemble à l'un de ces médecins hyper sexys dans les séries télé.

– Heden Otila ?

– Oui ?

Il referme derrière lui avant de me révéler :

– Je m'appelle Milan, je suis médecin légiste.

Mon cœur s'arrête. Mon cerveau me montre immédiatement une image d'Alex allongé sur la table métallique d'une pièce glaciale.

Comme s'il lisait dans mes pensées, le type ajoute :

– Relax, je suis juste là pour vous toucher deux mots à propos de ce qui s'est passé. Ce sont Ash et le président qui m'envoient. Je suis un Styx Rider, moi aussi.

Je ne m'y attendais tellement pas qu'un éclat de rire incontrôlé m'échappe. Milan ne s'en formalise pas.

– Oui, en général, c'est comme ça que les gens réagissent quand ils l'apprennent, reprend-il. Je suis le mec chargé de recoudre les plaies des gars et d'extraire les balles qu'ils se prennent quand c'est nécessaire. Puisque vous n'avez le droit de recevoir aucune visite avant votre tête-à-tête avec les flics, votre copain m'a envoyé pour synchroniser votre version des faits avec la sienne. Tenez.

Il me tend une feuille, puis s'en va aussi vite qu'il est venu. Je lis les deux phrases griffonnées sur le papier.

Vol qui a mal tourné. Reste évasive. A.

Rester évasive ? C'est dans mes cordes. Je déchire le mot, le froisse et pars le jeter dans les toilettes. Puis, la gorge sèche, la bouche pâteuse, je me roule en boule dans le lit et ferme les yeux.

À mon réveil, le soleil est haut dans le ciel. Une douce chaleur flotte dans la pièce. Je n'ai pas rêvé de mon agression, ni de quoi que ce soit d'autre. L'avantage, c'est qu'au moins je ne tremble plus. Je descends du lit. Chaque pas me donne l'impression de peser une tonne. Je passe aux toilettes, puis m'oblige à me poster face à la glace de la salle de bains, même si je meurs de trouille à l'idée de ne plus me reconnaître. Céder à la terreur ne m'aidera pas. Je suis plus forte que ça.

Je m'appuie sur le lavabo, le souffle coupé. La fille sur la surface polie ressemble à une championne de boxe après un combat difficile. Ma peau mate a viré au violet sur mes joues, mon front et sous mes mâchoires. Mon œil gauche s'ouvre à peine, entouré par de monstrueuses boursouflures. Ma lèvre inférieure est fendue. Par instinct, je passe la langue sur la plaie, avant de le regretter. La douleur m'arrache un chapelet de jurons.

Mon agresseur ne m'a pas ratée.

Superficielles, me répété-je. *Mes blessures sont superficielles.*

Pas celles d'Alex. Il risque de ne pas s'en sortir. De mourir. Alors pourquoi ai-je envie de m'apitoyer sur mon sort, de me rouler en boule pour pleurer ?

Je ferme les yeux, le visage inondé de larmes. Je compte jusqu'à dix, puis ôte mes vêtements. Après un brin de toilette, je retourne dans ma chambre. Incapable de m'allonger dans le lit, je me positionne derrière l'immense vitre, espérant que le soleil me réchauffera.

– Mademoiselle Otila, pouvons-nous entrer ?

Je tourne la tête en direction de deux policiers sur le seuil de la porte. Je me doutais bien qu'ils ne tarderaient pas à venir m'interroger. La gorge asséchée, je leur désigne les chaises dans un coin de la pièce. Plus tôt j'accepterai de leur parler, plus tôt ils partiront.

Le premier agent se présente : officier Lan. Plutôt beau garçon, il doit avoir mon âge. Son équipier, l'officier Kino, me paraît proche de la retraite. Détectera-t-il mes mensonges ? Mes non-dits ?

– Nous souhaiterions vous poser quelques questions, êtes-vous disposée à y répondre ? me demande-t-il, armé de son stylo et de son calepin.

Mes doigts tremblent à nouveau. Je ferme les poings dans l'espoir de me calmer. Je m'assois au bout du lit et me force à regarder les agents en face.

– Vous sentez-vous prête à nous donner votre déposition ? insiste Kino.

– Oui, soufflé-je. Je vais tenter de vous aider, même si je ne me rappelle plus grand-chose.

Faux. L'agression tourne encore et encore dans ma tête. Je revois Alex étendu sur le sol, agonisant. À ces images terribles se superposent celles de mon biker en proie à ses instincts les plus féroces.

Hadès. J'ai vu Hadès. Le dieu chargé d'appliquer les peines les plus monstrueuses dans un monde de ténèbres. En tant que sergent d'armes, Ash porte sur ses épaules un fardeau similaire.

– Ce ne sera pas long, m'assure le policier.

Les premières questions défilent : que faisais-je dans la remise ? Pourquoi Alex était-il là ? Qui est-il pour moi ? J'y réponds sans difficulté. Je réparais ma moto en compagnie de mon ami afin de lui remonter le moral. Les hommes n'ignorent pas le passé du petit, parce qu'ils ne prennent pas la peine d'approfondir les raisons de son abattement.

Puis l'interrogatoire se corse.

À quel moment l'agresseur a-t-il surgi ? Que voulait-il ? Pourquoi avoir tiré sur Alex sans sommation ? Est-ce que je connais cet homme ? M'a-t-il parlé ? Me suis-je défendue ? À quoi ressemblait-il ?

Mon cerveau tourne à mille à l'heure, focalisé sur un objectif précis : ne pas trahir Ash.

L'agresseur est arrivé alors qu'on discutait, Alex et moi. Je ne sais pas ce qu'il voulait, j'ignore pourquoi il a tiré sur l'adolescent, pourquoi il n'a pas pris la peine de m'abattre sur-le-champ. Non, il ne m'a pas parlé. Oui, je me suis défendue. Non, je ne sais plus à quoi il ressemble.

Vérité. Mensonge. Mensonge. Vérité. Mensonge.

Une migraine monte progressivement dans mon crâne, et j'ai de plus en plus de mal à supporter la lumière. Je suis obligée de me concentrer sur des couleurs sombres afin de garder les paupières ouvertes.

J'attends le moment où l'officier me questionnera sur le corps de mon agresseur mais, à ma grande surprise, il ne fait pas référence au cadavre, aux balles trop nombreuses qu'il a reçues, à la quantité astronomique de sang qui a dû couler. Je comprends pourquoi lorsqu'il me demande quand il s'est échappé. Ash et son père ont dû faire disparaître le corps…

Comme demandé par mon biker sur le mot, je reste allusive sur la fin de mon agression.

Quand monsieur Devon est-il arrivé ?

Je ne sais pas.

L'agresseur était-il déjà parti à ce moment-là ?

Je ne sais pas.

– Mademoiselle Otila ? m'interpelle l'officier Kino.

– Oui ?

– Vous allez bien ?

– Oui. Enfin, non, je suis fatiguée.

– Ça suffira. Si des éléments vous reviennent, appelez-nous.

Sur ce, il me tend sa carte, et son collègue et lui quittent la pièce. Du sang goutte sur ma main. Je desserre les dents autour de ma lèvre inférieure en réalisant que ma plaie s'est rouverte. Sur mon poignet, l'hémoglobine trace des sillons écarlates. Dans mes souvenirs, le sang sous le corps d'Alex avait une teinte bien plus sombre. La quantité l'obscurcit-elle ? Et pourquoi cette question ?

Je sais : parce que l'adolescent ne quitte pas mes pensées. Parce que je meurs d'envie d'aller demander de ses nouvelles.

– Bébé ?

La voix de mon père me pousse à lever la tête.

– Je suis désolée !

Voilà les premiers mots qui sortent de ma bouche. Mes larmes affluent, intarissables.

Surpris, papa reste sur le pas de la porte, immobile, les yeux rivés sur moi. Je serais presque tentée de me détourner afin qu'il ne me voie pas dans cet état.

Mais lui et moi sommes des Otila.

Nous ne fuyons pas.

– Je suis désolée, répété-je, plus bas.

– De quoi ?

De tout ? De rien ? Franchement, aucune idée. Je n'ai plus envie de penser, de réfléchir, de ressasser.

Mon père s'avance vers moi d'un pas déterminé, mais les traits creusés par l'inquiétude. C'est la première fois que je le vois dans cet état. En temps normal il ne dévoile jamais ses faiblesses, ni à moi ni à quiconque. Mais, à cet instant, la rage côtoie l'angoisse dans ses yeux sombres.

– Putain, murmure-t-il.

– Je vais bien, le rassuré-je. Enfin, j'irai mieux. Comment va Alex ? Tu as des nouvelles ? Ah, c'est vrai, tu ne le connais pas.

Avant qu'il puisse répondre, une autre silhouette habillée tout en noir attire mon attention. Mon cœur s'emballe, mais pas de terreur cette fois. À l'instant où Ash plonge ses iris bleus dans les miens, une partie de ma peur s'envole.

Tout ira bien, il est là. Il m'a sauvée.

– Alex est en vie, mon petit chat, me dit-il.

Incapable de prononcer un seul mot, je hoche la tête, sous le coup de l'émotion. Je me redresse, ignore les éclairs de souffrance dans ma cage thoracique et me dirige vers Ash.

– Tu devrais rester…

Sa protestation meurt lorsque mes bras entourent ses épaules. Mon corps parcouru de frissons se presse contre le sien.

– … assise, termine-t-il.

J'enfonce mon visage dans son cou en resserrant ma prise. Son odeur m'apaise, mêlée à celle du lac, des montagnes, des forêts. Brusquement, j'ai envie qu'il me prenne sur sa moto et qu'il m'emmène loin d'ici. Je veux retourner sur le pic d'Hadès, manger un taco au *food truck*, oublier cette histoire. Tout oublier.

Les mains d'Ash envahissent mon dos, trop peu assurées. Je me dévisse le cou afin de le regarder. Dans ses yeux brillent les braises d'une colère encore brûlante, additionnées à une bonne dose d'anxiété, de culpabilité et de fatigue.

– Merci, soufflé-je.

Il ne me demande pas pourquoi, la réponse est évidente.

– Tu te souviens de ce qui s'est passé quand je suis arrivé ? De ce que j'ai dû faire ? enchaîne-t-il.

Il souhaite savoir si je crains la partie violente de son être, refusant de comprendre que je l'ai déjà acceptée depuis longtemps.

– Je me rappelle… tout, lui réponds-je. Et je t'aime.

Le soulagement l'envahit. Je retrouve l'ombre de son aplomb habituel dans son demi-sourire. Ça me tranquillise, et me donne l'illusion que rien d'horrible ne s'est produit.

– Tu m'aimes ? répète-t-il.

– Oui.

Les lèvres de mon biker frôlent les miennes, chuchotent une réponse silencieuse à mes mots.

Ses sentiments me transpercent, ses non-dits aussi. Je ne lui en veux pas de ne pas être capable de m'avouer ses sentiments en retour. Parce qu'il me prouve qu'ils l'habitent depuis déjà plusieurs semaines. Il n'y a pas plus puissant que les actes, n'est-ce pas ?

– Bordel, Devon, libère ma fille, grogne mon père. J'ai déjà assez la gerbe comme ça.

Je me retiens de rire. Entourée des deux êtres qui me sont le plus chers, je me sens plus légère.

– Allez, va te rallonger, m'encourage Ash.

Mes jambes tremblent, s'alourdissent. Mon tatoueur m'accompagne jusqu'au lit, remonte la couverture sur mes jambes nues et attrape mes mains. Elles tremblent toujours, et pour longtemps, j'en suis certaine. Il les entoure de ses paumes, leur communique un peu de chaleur.

Je m'appuie sur l'oreiller, le corps pesant. Mon père se penche au-dessus de moi, dépose un léger baiser sur mon front, puis murmure une série de mots que je suis la seule à comprendre. Il prie les esprits pour moi, leur réclamant protection, force, puissance. Je lui souris ; il grimace.

– Comment te sens-tu ? me demande-t-il en lakota.

– Joker. L'un de vous a apporté du chocolat ?

Ash, mon sauveur, en sort plusieurs barres de sa poche.

– J'ai dévalisé la machine à bonbons, m'apprend-il. Je me disais que tu aurais la dalle.

– Tu as vu, papa ? lancé-je avec innocence. Mon petit ami sait comment se comporter avec les femmes.

L'intéressé grommelle. Mon tatoueur, lui, ricane. Je suis prête à mettre ma main à couper que sa lèvre fendue est un cadeau de mon papounet chéri.

– Ash ? l'interpellé-je.

– Petit chat ?

– Comment as-tu su où je me trouvais, hier soir ? Je ne t'ai jamais parlé de la remise.

Mon petit ami prend une profonde inspiration, décoche un regard de travers à papa, puis me répond :

– Grâce à la fonction de géolocalisation de Snapchat. J'ignorais que tu étais amie avec Snack. Ça nous a bien aidés, cette connerie.

Mais oui ! Mon coéquipier dévoreur de hot-dogs m'envoie souvent des photos de nourriture sur mon compte. Ce type mange tout le temps, c'est incroyable…

– J'ai besoin de savoir deux choses, Heden, reprend Ash. Premièrement : qu'as-tu raconté aux flics ? Donne-moi chaque détail.

Je me concentre pour lui faire un bilan de ma déposition, et conclus en lui assurant que je n'ai pas parlé des coups de feu qu'il a tirés sur mon agresseur.

– OK, tu as bien fait de rester évasive. Deuxièmement, pourquoi Alex et toi étiez dans la vieille remise de Kris ?

La question est légitime : il ne connaît pas encore ma passion pour les motos. Je voulais lui faire une surprise, débouler un beau jour en hurlant : « TADA ! Viens goûter l'asphalte avec moi ! » Manque de bol, ce plan tombe à l'eau…

– Je réparais Betty, expliqué-je. Je l'ai achetée à ta sœur pour la retaper. Elle est bientôt terminée et je voulais remonter le moral d'Alex, alors je lui ai appris à changer le câble d'embrayage.

Ma gorge se serre. Faire référence à ma Harley, me remémorer ma discussion avec l'adolescent, la graisse sous mes ongles… Tout cela rend la scène bien trop réelle à mon goût. Une digue cède dans mon cœur et je m'exclame d'une voix brisée :

– Je voulais l'aider ! J'ai fait pire que mieux, c'est ma faute !

– Respire, mon amour, respire, murmure mon père.

Il me serre contre lui avec précaution. Je m'accroche à lui, la tête posée contre son torse. Je me sens stupide. Faible. Perdue.

– Tu n'as rien à te reprocher. Rien du tout, compris ? insiste-t-il.

J'opine, renifle, le repousse. Ash se tient maintenant debout contre le mur, les bras le long du corps, les poings fermés. Crispé, il arbore la même expression terrifiante qu'hier soir, dans la remise.

– Il était là pour moi, déclaré-je.

Les deux bikers froncent les sourcils.

– Parce que tu lui as fait quelque chose, continué-je à l'attention d'Ash.

Mes paroles le percutent de plein fouet

– Putain… lâche-t-il.

Il n'avait pas compris ? Lorsque je lui pose la question, il secoue la tête.

– Ce mec, c'était Crayson, l'ancien chef de gang d'Alex. Je pensais que c'était lui qu'il visait…

La rage qui se dégage d'Ash à cet instant alourdit l'air.

– Qu'est-ce que tu lui as fait pour le mettre dans cet état ? demandé-je.

Mon tatoueur ferme les yeux, les rouvre, puis m'explique :

– Ce mec butait des femmes ou les brutalisait de façon à les briser. Je lui ai rendu une petite visite récemment, de la part des Styx Riders. On voulait mettre fin à ses agissements et qu'il quitte la ville.

– Pourquoi ne pas l'avoir tué sur-le-champ ? intervient mon père.

– Parce que je ne suis pas comme lui, Otila, répond Ash. Mais si j'avais su…

Papa gronde, se lève, puis fait mine d'épousseter son jean. Ses yeux harponnent les miens, et mon cœur accélère.

Je connais ce regard. Il n'augure rien de bon. À mes douze ans, mon père a affiché le même avant de m'annoncer que je partais pour l'internat.

– Dès ta sortie d'hôpital, tu rentres avec moi à Los Angeles, décrète-t-il.

L'oxygène déserte la salle en une fraction de seconde ; mes poumons cessent de fonctionner.

– Non, protesté-je.

– Je ne te laisse pas le choix, réplique papa. Ni à toi ni à lui ! Il vient de confirmer ce que je pensais : c'est sa faute si tu as été blessée hier soir ! Maintenant, je vais rentrer à mon hôtel pour prendre une douche et régler les détails de notre départ. Je reviens vite.

Mon petit ami devient aussi blême que les draps de mon lit. Mon père ne lui jette aucun regard et quitte la chambre dans un silence terrible.

– Ash… soufflé-je lorsque nous nous retrouvons seuls.

– Il a raison, lâche-t-il. Toute cette merde est arrivée à cause de moi.

Alors là, s'il compte jouer cette carte, il se fourre le doigt dans l'œil. À nouveau, je sors de mon lit, manquant de perdre l'équilibre. Mon biker se positionne devant moi et tente de m'aider à rester debout. D'un mouvement, je dégage sa main.

– Tu sais, des tas de femmes se font agresser tous les jours et elles ne fréquentent pas forcément un motard ! m'agacé-je. C'est vrai, ce Crayson s'en est pris à moi parce que tu décidé de l'épargner… Oh, mon Dieu, Ash, c'est horrible, tu n'es pas un meurtrier de sang-froid ! Quelle déception !

L'ironie dans ma voix le fait grimacer. Sans lui laisser le temps réagir, je poursuis :

– La vie, c'est une succession de choix. Des bons, des moins bons, des très mauvais. Mais si on pouvait connaître l'avenir en les faisant, ça se saurait. Je t'interdis de culpabiliser. Et, surtout, je t'interdis de me larguer sous prétexte que je serais mieux sans toi. Parce qu'on sait tous les deux que c'est faux. Je ne vous laisserai pas décider de ma vie à ma place, papa et toi. On reste ensemble, point final. Sinon, je te tue.

– Tu me tues ?

– Sans la moindre hésitation.

Il demeure un instant silencieux. La perspective qu'il ne veuille pas se battre pour moi me ronge de l'intérieur.

– Si tu savais à quel point tu me tues déjà, mon petit chat… finit-il par soupirer.

– La peur n'évite pas le danger, Ash Devon. Ne me quitte pas.

Il lève les yeux au ciel.

– Bordel, elle te vient d'où, cette idée à la con ? Je ne compte pas rompre.

– Vraiment ?

Il pose les mains sur les parties les moins abîmées de mon visage.

– Ouais, j'ai juste eu… un coup de mou, déclare-t-il.

– Rattrape mon père, lui ordonné-je. Montre-lui que personne ne nous séparera. Sinon, c'est moi qui y vais. Dans cette tenue. Avec ma culotte Mickey.

– OK, Mickey m'a convaincu. Reste là, je reviens.

Ash pose un dernier baiser sur mon front puis, à son tour, il quitte la chambre.

CHAPITRE 47

ASH

Personne ne m'arrachera Heden. Pas même son père. Je n'en ai rien à carrer qu'il soit le président d'un club de bikers renommé. Avant de rencontrer sa fille, l'amour avait pour moi ce goût de merde laissé par Shirley. J'ai passé dix longues années à vivre en marge de toute histoire sentimentale. Je croyais ne jamais m'en remettre. L'envie m'en manquait, de toute façon. J'avais fini par trouver ma place au milieu de mes frangins, par me forger une carrière de tatoueur, de vendeur d'armes du tonnerre. Le reste m'importait peu. Trouver une nana ? La grosse blague. Je n'étais pas prêt à mettre mon cœur en danger encore une fois.

Et puis Heden est apparue. Elle a ouvert les portes du *Purgatoire* autant que celles de mon âme. Elle a poussé telle une fleur colorée au milieu de la terre désolée de mes sentiments. En quelques jours, elle a mis à bas toutes mes convictions pourries sur l'amour. Je l'ai trouvée, ma perle rare. Mon âme sœur. Bonne chance à qui voudra l'emmener loin de moi.

– Otila !

Ma voix résonne dans le parking souterrain de l'hôpital. Isha s'arrête à deux pas de sa bécane, les muscles tendus.

– Te mêle pas de ça, Ash, gronde-t-il. Cette histoire ne te concerne pas.

– Va te faire foutre, sale enfoiré de mes deux !

L'insulte le pousse à se retourner. La seconde d'après, je me mange un violent coup de boule dans le pif. Ma réaction est immédiate : mon poing le percute en pleine face. La violence de l'attaque le fait reculer.

– Avoue-le : c'est ce que tu voulais depuis le début, hein ? m'exclamé-je. Une bonne vieille baston à la bikers !

Un rictus naît sur sa face sanguinolente.

– Je n'en demandais pas tant, mon gars, réplique-t-il.

Il me saute dessus. Je me prends un coup dans la poitrine, puis dans la mâchoire. J'évite le troisième d'un pas sur le côté, crache une salive rougie, envoie mon talon dans les côtes d'Otila. Son dos percute un pilier en béton. Essoufflé, il se marre. Ce n'est pas un rire amusé, non. C'est un foutu rire glauque, plus sombre que les enfers.

J'avance d'un pas. La seconde d'après, le canon d'un flingue se pose sur mon thorax. Les poings serrés, les jambes tremblantes d'adrénaline, le sang aussi bouillant qu'un volcan en éruption, je m'immobilise. Mon palpitant résonne dans mon crâne, ses battements forment une musique de plus en plus assourdissante.

– Tu n'aurais pas dû faire ça, déclare Otila.

– Au point où j'en suis, je te ferais pire pour protéger Heden.

– La protéger de quoi ?

– De toi. De tes décisions à la con.

J'ai bien conscience de me noyer dans l'insolence chaque fois que j'ouvre la bouche. Mais je ne compte pas rester planté là sans me défendre. Ce mec ne me connaît pas. Il a entendu les rumeurs qui courent sur moi, c'est tout.

Il me scrute d'un regard glacial. Je me sens observé jusqu'aux tréfonds de mon âme. Otila possède une énergie palpable, un truc mystique qui l'entoure et qui fait flipper.

– Je veux la préserver de l'existence qu'elle mènera à tes côtés, finit-il par assener. Que lui apporteras-tu, hein, en dehors du sang, de la violence et de la peur ? Regarde-toi, Devon. Dès l'instant où je t'ai vu au *Purgatoire*, j'ai senti ta rage. Tu ne mérites pas ma fille. Et je n'ai pas le temps pour ton petit jeu. Heden repartira avec moi à Los Angeles, que tu le veuilles ou non.

D'un revers de manche, Isha essuie son visage amoché. Je me tâte, entre lui bousiller la cage thoracique à coup de botte de moto et lui briser la nuque.

– C'est ma copine, déclaré-je, buté. Elle m'a choisi.

– C'est ma fille. Mon sang.

Une voiture passe à cet instant, mais Otila ne baisse pas son flingue. Il est prêt à en découdre : il peut m'éliminer sur-le-champ et veut me le faire comprendre.

Dans mon dos, une voix retentit :

– Si on arrêtait ce tas de conneries et qu'on discutait comme des gens civilisés ? Isha, mon frère, si tu continues à pointer ce flingue sur mon fils, je te l'enfonce dans le cul. Quant à toi, Ash, arrête de te comporter comme un adolescent. Tu es un homme, nom de Dieu !

Mon père se matérialise à côté de moi. Bien droit, assuré, il se campe solidement sur ses jambes, les mains dans les poches. Ni Otila ni moi ne bougeons. L'air a un goût de sang mélangé à la terre. Cendré, étouffant.

– Je ne te le répéterai pas une seconde fois, Isha, ajoute mon paternel.

– C'est une guerre que vous voulez ? rétorque l'Amérindien.

Il vaudrait mieux éviter. Les Styx Riders, contrairement aux Faucheurs, sont limités en nombre. Mais s'il veut mêler nos clubs à cette histoire, alors on va jouer aussi !

– Il est des causes qui valent qu'on se batte pour elles, sifflé-je.

– Se battre, petit, c'est autre chose que gagner.

La pression du flingue contre mon torse disparaît. Pourtant, la menace reste tangible.

– Si on demandait à ton président ce qu'il en pense ? reprend Otila.

Lui et moi tournons la tête vers mon père. Ce dernier est en train de se rouler un joint avec calme. Plus détendu, on crève.

– Me demander ce que je pense de quoi ? lâche-t-il. Si je suis d'accord avec le fait que tu remettes notre alliance en cause ? Tu n'es pas stupide, Isha. On sait tous les deux que tu n'iras pas jusqu'à briser notre contrat parce que mon connard de fils se tape ta gamine. Tu as besoin des armes que te fournissent les Styx Riders, de notre réputation. Les Faucheurs sont puissants, mais nous ne sommes pas loin derrière. Tu l'as oublié, mon frère ?

L'Amérindien range son arme, attrape son casque, puis saute sur sa moto. L'oxygène me revient d'un coup. C'est comme remonter à la surface de l'eau après être resté immergé pendant cinq minutes.

Isha démarre, arrête sa bécane devant mon père, et lance :

– Il a de la chance d'être ton fils, Devon. Mais ma décision restera la même à propos d'Heden. Il n'est pas prêt pour une fille comme elle. Il y a trop de colère en lui.

Je reste immobile, les yeux posés sur la Harley du Faucheur, jusqu'à ce qu'elle disparaisse. Mes pieds sont comme collés au sol.

Mon paternel allume son joint, tire une latte, puis me le tend. Je l'amène à mes lèvres et laisse le shit combattre ma tension. Il m'en faudrait trente comme ça pour que je parvienne à décompresser complètement.

– Tu t'es battu avec Otila, déclare mon père après un long moment.

– Ouais.

– Ton impulsivité finira par te tuer, fils.

Je me contente de m'appuyer sur une bagnole, les yeux fermés. Ce n'est pas le noir qui envahit ma tête lorsque je ferme les paupières, mais le rouge.

– Il a raison sur un point, continue papa.

– Lequel ?

– Exorcise la bête en toi avant de prétendre pouvoir protéger Heden. Tu sais comment faire. Ça va te broyer les tripes, te donner envie de vomir, mais tu vas devoir t'y coller.

Je sais à quoi il pense. À *qui* il pense. Une main invisible me chope à la gorge, un froid anormal parcourt mes veines. Mon humeur continue de s'assombrir.

– Elle ne le mérite pas, grogné-je.

– Mais Heden, si. Tu tiens à elle autant que tu l'affirmes ? Alors bouge-toi le cul.

Je passe une main dans mes cheveux. Le visage tuméfié de mon petit chat flotte dans mon esprit, tout comme le corps ensanglanté d'Alex. Ça ne m'aide pas des masses de l'accepter, mais Isha a raison : j'ai merdé.

– Tu aimes Heden ?

La question de mon père me ramène au présent.

Si je l'aime ? C'est une évidence.

Je me contente de hocher la tête, parce que ces mots-là brûleraient ma bouche. Je souffre encore de la douleur que m'a infligée l'autre femme à qui je les ai dits.

– Bien, alors prouve-le à toi-même, reprend mon paternel. Ensuite, prouve-le à Heden. Puis à Isha. Il n'existe pas mille façons de la garder près de toi sans qu'il se dresse entre vous. Mais es-tu prêt pour ça ? Si la réponse est non, laisse-la partir.

Je secoue la tête, un goût dégueulasse sur la langue. La perspective de quitter mon petit chat me déchire le palpitant, me bousille de l'intérieur.

– Il est temps de faire la paix avec ton passé si tu souhaites un avenir avec elle, termine mon père. Maintenant, si tu retournais la voir ? Moi, je vais prendre des nouvelles du gamin.

J'acquiesce mécaniquement, puis je sors du parking pour remonter au rez-de-chaussée de l'hôpital. Des agents de sécurité en patrouille passent à côté de moi dans le couloir. Ils me matent avec une méfiance à laquelle je me suis habitué. Méfiance qui n'a jamais existé dans le regard d'Heden. Elle, elle m'a accepté sans hésiter. Tout entier, y compris ma part la plus sombre. Alors aucune chance que je la laisse partir.

Je m'appuie contre le chambranle de la porte de sa chambre, sans annoncer mon retour. Mon cœur rate un battement quand je grille qui est dans la piaule avec elle, engoncé dans une blouse blanche.

Nom de Dieu !

– Je vais très bien, vous l'avez dit vous-même, déclare Heden. Ça veut dire que je peux quitter l'hôpital ?

– Vous pourrez partir demain. Cette nuit, on vous garde en observation. Vous voulez que je vous apporte quelque chose ? Certains patients oublient des livres dans les chambres, je peux vous en trouver. Ça vous occupera, même si je vous conseille de dormir.

Le mari de Shirley sert un sourire plein de compassion à ma petite amie. Je suis incapable de bouger le petit doigt.

– Est-ce que je peux avoir un taco ? réclame-t-elle.

– Un taco ?

– Je meurs de faim !

Le médecin se tourne vers le plateau-repas encore rempli.

– Vous n'avez pas mangé votre petit déjeuner, constate-t-il.

– J'avais envie de quelque chose de plus consistant. Laissez tomber, va pour un bouquin. Si jamais vous trouvez un Stephen King, je suis preneuse.

Le docteur promet qu'il essaiera de lui rapporter ça. Alors qu'il se détourne pour prendre quelques notes dans un dossier médical, Heden perd son sourire.

– Dites, le garçon qu'on a emmené au bloc quand je suis arrivée, celui qui s'est pris une balle… Comment va-t-il ? s'enquiert-elle.

Le mec se masse le front, hésitant. Ma petite amie lui décoche le genre de regard auquel personne ne peut résister, pas même moi. Je décide enfin d'entrer et vais m'asseoir sur la chaise juste à côté du lit. Heden attrape ma main, la presse avec angoisse.

– C'est mon ami, vous savez ? insiste-t-elle auprès du médecin. Il ne mérite pas ce qui lui est arrivé. Dans quelques jours, il fêtera ses dix-sept ans.

Sa voix se brise. Je fais courir mon pouce sur son bras.

– Il est en vie, nous assure le toubib. Je ne peux pas vous en dire plus, je ne suis pas autorisé à vous communiquer davantage d'informations. Je vous invite à entrer en contact avec la famille pour cela.

Alors que le docteur s'apprête à quitter la pièce, il me fait signe de le suivre. Je ne sais pas à quoi m'attendre ou quoi dire, alors je m'exécute. Une fois que nous sommes dans le couloir, il ferme la porte de la chambre, sans doute pour qu'Heden ne nous entende pas.

– Monsieur Devon. Vous n'êtes pas là pour causer un nouveau scandale, j'espère ? me demande-t-il, de la suspicion dans la voix.

– Je suis là pour elle, répliqué-je en montrant le battant. Pour ma copine.

Le médecin continue de m'observer avec une certaine méfiance. Je m'appuie contre le mur, les mains dans le dos.

– D'accord, finit-il par lâcher. Veillez à ne pas faire de vagues.

Je suppose que je l'ai méritée, cette remarque. Cela dit, l'entendre de la bouche de ce gars me tire un grognement.

– Vous aimez encore Shirley ? enchaîne-t-il.

– Quoi ?

La question me semble carrément inappropriée.

– C'est simple. Est-ce que vous aimez encore Shirley ? répète le toubib. La dernière fois que vous l'avez vue, dans le restaurant de sa tante, vous sembliez si… affecté.

– Non ! protesté-je avec véhémence. Je n'éprouve plus rien pour elle.

– Alors pourquoi avoir réagi ainsi ?

Plutôt courageux, le doc ! Si je n'étais pas aussi déglingué et crevé, sans doute l'aurais-je remis à sa place.

– Vous êtes au courant pour le mariage ? soupiré-je.

– Absolument, et depuis très longtemps. Shirley ne m'a jamais caché son passé.

– Alors vous pouvez me dire pourquoi elle a fait ça ? Pourquoi elle ne s'est jamais pointée à l'église ?

Le médecin fronce les sourcils et se masse le front, puis rétorque :

– Ce n'est pas à moi de le faire. Ma femme essaie de vous fournir des explications depuis son retour à Black Lake. Peut-être que vous devriez l'écouter. Ce n'est pas sain de garder autant de colère en soi, monsieur Devon.

Sur ce, il hoche la tête en guise de salut et commence à s'éloigner. Mais à peine a-t-il fait quelques mètres qu'il s'arrête, se retourne et m'interpelle de nouveau :

– Monsieur Devon ?

– Mmh.

– Parfois, on prend conscience qu'on a choisi une voie qui ne nous correspond pas, et il arrive que ce soit au moment où on s'y attend le moins… comme le jour de son propre mariage, par exemple.

– Tu parles, craché-je.

– Que pense mademoiselle Otila du fait que vous ne parveniez pas à tourner la page de votre rupture avec votre ex-fiancée ? J'ignore si vous dites vrai concernant votre… absence de sentiments pour Shirley, mais alors votre colère est difficile à appréhender.

Lui, il a de la chance que je ne veuille pas me retrouver en taule pour les prochaines soixante-douze heures !

Il disparaît enfin. Je reste quelques secondes immobile, puis retourne dans la chambre d'Heden.

Je me fige en la voyant debout près du lit, la mine défaite.

– J'ai… entendu ta conversation avec le médecin, m'avoue-t-elle. Je le reconnais, c'est celui que tu as failli frapper chez *Rosi*, n'est-ce pas ?

Il ne manquait plus que ça : qu'Heden nous grille…

Je ferme la porte derrière moi, puis confirme dans un soupir :

– Ouais.

– Tu sais, Ash, j'ai compris à quel point tu es important pour moi. Me retrouver si près de la mort m'a fait ouvrir les yeux sur pas mal de choses…

Pourquoi je sens le « mais » se pointer ?

– … mais je ne veux pas être ta roue de secours. Je ne veux pas être la nana qui te fait oublier celle que tu aimes vraiment.

Alors là, je suis largué.

– De quoi tu parles ? demandé-je en fronçant les sourcils.

– Shirley, me répond Heden. Tu m'as dit que tu ne l'aimais plus, au bord du lac. Tu en es sûr ? Est-ce seulement de trahison qu'il est question ?

Je n'en reviens pas d'avoir cette conversation. Je me lève pour combler l'espace entre ma petite amie et moi. Ses blessures me rendent déjà fou, mais si en plus elle me prend pour un enfoiré…

– OK, je lui en veux encore ! m'exclamé-je. Mais je lui en veux parce que… parce qu'elle m'a laissé sur le carreau pendant qu'elle, elle reprenait une vie normale. Elle a évolué, alors que moi…

Je prends la main d'Heden pour essayer d'expliquer ce que je ressens. Pour la tranquilliser, lui faire comprendre qu'elle est aussi importante pour moi que je le suis pour elle.

– Tu es devenu un sergent d'armes, tu as grimpé les échelons, tu as acheté ta maison, me fait-elle remarquer. C'est quoi le problème ?

– Elle a réussi là où je suis resté bloqué. Elle s'est mariée, elle a eu des gosses, elle vit le bonheur absolu. J'ai cru que ça allait me rendre dingue, tu sais ? Sauf que je t'ai rencontrée. Ça a été rapide entre toi et moi, à tel point que ça me choque encore un peu quand j'y pense. Mais tu m'as permis de retrouver un certain équilibre, même si je dois avouer que, des fois, ça ne se voit pas des masses.

Je pousse un soupir. Je trouve ça tellement compliqué d'extérioriser mes émotions… J'ai toujours été habitué à les enfermer dans une boîte. Et voilà qu'une Pandore amérindienne débarque et l'ouvre sans crier gare.

– Je ne l'aime plus, OK ? insisté-je. Je t'assure.

– Ash… je crois qu'il faut que tu règles tes comptes avec Shirley. Tant que tu ne sauras pas ce qui l'a poussée à t'abandonner, la plaie en toi ne se refermera pas. Et tu conserveras cette colère qui effraie tant mon père. Il est important qu'on lui prouve que tu l'as laissée derrière toi.

Je me contente de hocher la tête. À croire que mon paternel, le toubib et Heden se sont donné le mot.

– Tu le feras ? souffle-t-elle.

– Oui. Pour toi, je ferai n'importe quoi.

Même affronter mon passé.

– Bien. Maintenant, dis-moi pourquoi tu as des traces de coups, enchaîne Heden. Tu t'es battu avec mon père ?

– Bah…

– Viens.

Elle me fait une place dans son lit, et j'y grimpe pour la prendre contre moi. Cette nana me rend dingue ! Là, quand je la tiens au creux de mes bras, j'ai la certitude qu'on est faits pour être ensemble. À moi de ne pas tout gâcher.

Heden se crispe soudain. Je devine que ses blessures se réveillent, qu'une décharge de souffrance la traverse. La rage monte en moi alors que ce que lui a fait Crayson me revient en mémoire. Ce fils de pute, la rouant de coups sans discontinuer… J'ai chaud, brusquement ; un filet de sueur dévale mon dos. On se croirait dans un foutu sauna ! Les poumons écrasés, la respiration sifflante, je me lève.

– Ash, ça va ? s'inquiète ma copine.

– Non. Oui. Faut que j'aille prendre l'air.

Si je ne quitte pas la chambre au plus vite, je vais exploser. À défaut de pouvoir buter Crayson une seconde fois, je dois trouver un moyen de m'apaiser.

Quand faut y aller…

– Je reviens vite, dis-je. Tiens.

Je fourre un billet de cinquante dollars entre les doigts d'Heden et ajoute :

– De quoi dévaliser tous les distributeurs du rez-de-chaussée. Si tu en trouves, prends-moi des Skittles.

– Merci d'être là, murmure-t-elle.

– Toujours.

Sur ce, je quitte la chambre, le crâne plein à craquer de pensées merdiques. Pour ne plus songer à Crayson, pour ignorer ma culpabilité envers Alex, je me concentre sur les paroles de mon paternel.

Es-tu prêt pour ça ? Si la réponse est non, laisse partir la petite.

J'ai toujours cette crainte dans les boyaux, ces questions sans réponse qui me hantent depuis dix piges. Ma rage a forgé le sergent d'armes que je suis. Avant de tenter un truc sérieux avec Heden, je dois m'exorciser. Ça va faire un mal de chien, me retourner le cerveau, me filer la gerbe, mais peu importe.

Pour elle, je traverserais les enfers.

En me dirigeant vers l'entrée de l'hôpital, je remarque les coups d'œil qu'on me jette. Pas étonnant : je n'ai pas dormi depuis plus de vingt-quatre heures et j'ai l'allure d'un mec en route pour braquer une satanée banque.

À l'extérieur, Gun fume une clope à côté de ma moto. Je le croyais parti depuis un bail mais, visiblement, il m'attendait. Si ma tronche le fait hausser un sourcil, il a la bonne idée de ne pas me demander d'explication.

– Comment elle va ? s'enquiert-il plutôt.

– Elle réclame un taco.

Mon pote se marre.

– Je suppose qu'elle s'en remettra vite, alors. Tu rentres au bercail ? On part ensemble, si tu veux.

Je secoue la tête et réponds :

– Non. J'ai un truc important à faire.

– Bien, sergent. Fais pas le con…

J'éclate d'un rire tendu. Les mains enfoncées dans les poches de mon jean, je frôle la plume que m'a offerte Heden lors de notre rencontre. Mes doutes disparaissent illico, comme si l'oiseau avait décidé de prendre son envol et de les emporter.

Oui, ce que je m'apprête à faire sera compliqué.

Mais ça en vaut la peine.

– Fais gaffe, me prévient Gun, une tempête se prépare.

En effet : le vent se lève, l'air pue l'humidité…

Un dernier salut à mon meilleur ami, puis je monte sur ma bécane. Au lieu de me diriger vers les beaux quartiers de Black Lake, là où habite Shirley, je quitte la ville, lancé à plus de deux cents kilomètres à l'heure.

La dernière fois que je suis allé sur le pic d'Hadès, c'était avec Heden. Aujourd'hui, c'est ma colère que j'emporte. Je compte bien la laisser là-bas. L'offrir à la reine des enfers pour qu'elle en fasse ce qu'elle désire.

J'emprunte la route goudronnée qui mène au sommet. La pluie s'abat sur moi avec une violence presque surnaturelle. Le ciel m'envoie-t-il un message, ou Isha m'en veut-il au point d'avoir demandé aux esprits de me buter ? Les deux, sans doute.

Les nuages sombres forment un rideau impénétrable au moment où j'arrive à destination. Franchement, je m'en tape : je ne suis pas venu pour le paysage. Mes entrailles me tiraillent. L'image de Crayson me hante toujours.

Le silence m'entoure, m'écrase, semble attendre une réaction de ma part. Je ferme les yeux et lève le visage vers les cieux. Trempé pour trempé…

L'orage se déchaîne. Un éclair illumine le panorama, la roche craque, la végétation souffre. J'attends. Cinq secondes. Dix. Quinze. À l'instant même où le tonnerre explose, je hurle, à m'en laminer la gorge.

Puis, à bout de souffle, l'esprit en vrac, je laisse mes genoux s'enfoncer dans la boue. L'eau dévale mon visage, mon corps, emportant ma tension. J'ouvre à nouveau la bouche et crie de toutes mes forces. Encore et encore. Jusqu'à ce que ma colère s'éteigne. Jusqu'à ce que Crayson disparaisse. Jusqu'à ce qu'il ne reste qu'Heden.

Mon Heden…

Plus léger, je me redresse. Ça fait un bail que je ne me suis pas senti aussi serein. En phase avec moi-même. Avec l'univers.

Mais le plus dur m'attend, j'en ai bien conscience.

Je retourne à ma bécane, saute sur la selle et démarre. Sans plus de cérémonie, je roule jusqu'à la nouvelle maison de Shirley.

CHAPITRE 48

HEDEN

Tout mon corps me fait mal, mais ma souffrance physique ne fait pas le poids face à mon inquiétude à propos d'Alex. Bien que les infirmiers m'aient conseillé de me reposer, je me lève, enfile un peignoir et quitte ma chambre. Je ne sais pas vraiment où aller : tant pis. Je finirai bien par trouver le service de soins intensifs, non ? J'ignore si Alex y est encore, cependant rester dans mon lit à me poser mille questions ne m'aidera pas. Et puis, cela m'empêche de ressasser la décision de mon père et de m'alarmer à propos du comportement d'Ash juste avant qu'il ne quitte l'hôpital.

Chacun de mes pas m'envoie une décharge électrique dans les côtes. À plusieurs reprises, je m'arrête pour reprendre mon souffle. Enfin, miracle ! La salle d'attente que je cherche apparaît. Épuisée, une femme assise sur une chaise orange jette des regards fatigués aux portes battantes derrière lesquelles s'étend la partie du service réservée aux médecins, comme si elles allaient s'ouvrir par magie.

– Je vais chercher des cafés, annonce l'homme installé à côté d'elle en se levant.

Je n'ai jamais vu cette femme auparavant mais, instinctivement, je sais qui elle est. Sa ressemblance avec Alex est frappante. Ils possèdent les mêmes iris sombres, des yeux en amande ourlés de cils noirs, des lèvres creusées par un V sur la partie supérieure…

Sa tante.

Elle soupire, se redresse contre le dossier de sa chaise et passe une main dans ses longs cheveux noirs. Les pieds lourds, je m'approche. Il faut que je lui parle, j'en ai la certitude. Il ne me reste plus qu'à déterminer comment je vais l'aborder.

– Madame Agora ? tenté-je.

Elle se lève d'un bond et m'observe, les sourcils froncés.

– C'est Anson, je suis mariée, rectifie-t-elle. On se connaît ?

– Je m'appelle Heden, je suis…

Celle qui accompagnait votre neveu, la nuit dernière.

– Cette fille avec qui Alex s'est lié d'amitié récemment ? complète Mme Anson.

Je suis surprise que l'adolescent lui ait parlé de moi. Prise de court, je me contente d'opiner.

– Vous étiez avec lui quand on lui a tiré dessus, ajoute la femme. Vous aussi, vous êtes liée aux Styx Riders ?

– Oui, confirmé-je. Mon petit ami est l'un d'eux.

– Vraiment ?

– C'est si surprenant que ça ?

Mme Anson se fend d'un demi-sourire. Je me sens obligée de préciser :

– Alex n'est pas un Styx Rider.

– Je sais bien, le président du club me l'a assuré.

Du bout du pouce, elle me désigne quelqu'un sur sa droite. Surprise, je découvre un type barbu d'une cinquantaine d'années, aux longs cheveux bruns attachés en chignon. Son visage porte les stigmates d'une vie emplie d'aventures à moto et de mésaventures mystérieuses. Même si je devine qu'il nous entend, il paraît absorbé par la lecture d'un magazine *people*, les jambes étendues sur une table basse.

Bradley Devon. Le père d'Ash.

Embarrassée, j'inspire profondément puis explique :

– Je suis désolée de ce qui est arrivé à Alex. On était dans cette remise, on parlait de moto et on allait commander une pizza quand… cette brute est arrivée.

Me remémorer la scène me donne des haut-le-cœur. Ma voix se brise ; je suis incapable de continuer.

– Arrêtez, ne vous mettez pas dans cet état, intervient Mme Anson. Ce n'est pas vous qui avez appuyé sur la gâchette, que je sache. Mon mari et moi attendons des nouvelles du petit. Asseyez-vous.

Elle devrait me détester, non ? Ou m'ensevelir sous les reproches ? Me poser un millier de questions ? Je m'installe à côté d'elle, l'estomac noué.

– Le mec ne vous a pas ratée non plus, commente-t-elle. J'ai hâte qu'on mette la main dessus. Il va regretter d'être né, celui-là.

C'est déjà fait, j'imagine...

Le silence se fait. Pendant un long moment, personne ne parle. Perdue dans mes pensées, je fixe le sol des yeux sans le voir. Les secondes s'étirent, deviennent des minutes. Peut-être des heures ? On perd la notion du temps ici. Un gobelet de café apparaît devant moi. À ma grande surprise, Bradley Devon me sourit sous sa barbe touffue.

– Si on discutait ? propose-t-il en me montrant une rangée de chaises orange à l'autre bout de la salle.

J'accepte de le suivre. Nous nous asseyons, puis il lâche :

– Mon fils me parle de toi. Tout le temps.

– Oh...

J'ignore comment je dois prendre ses paroles, parce qu'à moi, Ash n'a pas parlé de son père. Du moins, trop peu pour que je puisse prétendre le connaître.

– Comment va ta tête ? embraye le président des Styx Riders.

– Bien, compte tenu des circonstances, réponds-je. J'ai eu de la chance.

Je bois une gorgée de café, savoure le liquide chaud, puis murmure :

– L'homme qui nous a attaqués…

– Il ne fera plus de mal à quiconque. Une goutte ?

M. Devon me tend une flasque contenant du whisky – en tout cas, quelque chose qui en a l'odeur. J'en verse un peu dans mon café. Le goût est horrible ! Mais la chaleur qui se diffuse dans mon corps vaut bien de supporter ça.

– Dites, monsieur Devon… trouvé-je le courage de commencer.

– Bradley, me reprend-il.

– Bradley. Vous ne voyez aucun inconvénient à ce que je côtoie votre fils ?

Le barbu éclate de rire, boit une gorgée de sa flasque, la range dans sa poche puis me répond :

– Aucun. Je n'ai jamais vu Ash aussi heureux que depuis qu'il te connaît. Même si ses démons se sont réveillés.

– Que voulez-vous dire ?

– Il t'a parlé de Shirley ?

– Oui.

– Quand elle l'a abandonné… Certains laissent des dettes à leurs conjoints, d'autres de vieux meubles crasseux. Elle, elle a laissé à mon fils un vide dont il s'est servi pour ranger sa colère, sa violence. Ce n'est pas un hasard s'il est devenu sergent d'armes. Il est bon dans ce qu'il fait, sans doute un peu trop.

– Il est instable ?

– Pour l'instant, oui.

– Et vous pensez que je peux l'aider ?

Bradley passe une main dans son chignon et se pince l'arête du nez, à la recherche des mots adéquats.

– Tu l'as fait en entrant dans sa vie, finit-il par affirmer. Ash sait ce qu'il a à perdre, aujourd'hui. Si tu n'avais pas été là, je suppose que la gentille petite famille de Shirley ne se porterait pas si bien.

Tout à coup, un froid terrible me saisit.

– Vous croyez qu'il aurait pu les… éliminer ? demandé-je dans un souffle.

– Tout de même pas. Disons que tu l'as empêché de s'en prendre à eux en lui offrant une alternative pour combattre la douleur. Mais ses sentiments pour toi sont à l'égal de la haine qu'il ressent pour elle. Espérons qu'il parvienne à faire le bon choix.

Bradley se penche en avant, les coudes sur ses genoux, et me décoche un regard calme mais scrutateur.

– Je me sens obligé de te poser cette question, Heden, me dit-il. Es-tu prête à te battre pour lui ?

Je n'ai même pas besoin de réfléchir pour répondre :

– Oui.

– Bien. Tu m'en vois ravi. Alors tu as un combat à gagner.

– Contre Shirley ?

– Non : ça, c'est la bataille de mon fils. Toi, tu dois persuader quelqu'un que votre histoire vaut le coup.

– Papa, deviné-je.

Bradley se lève et tapote mon épaule. Il dégage une sérénité relaxante. Je suis sûre qu'on s'entendra bien, lui et moi. Il m'apaise, me redonne confiance.

À cet instant, un médecin franchit les portes du service de soins intensifs. Le président des Styx Riders rejoint la famille Anson. Je ne peux m'empêcher d'approcher aussi et de tendre l'oreille.

– Alex est hors de danger, il a bien réagi à l'opération, déclare le chirurgien. Il n'aura pas de dommage permanent, mais il devra prendre beaucoup de repos dans les mois à venir.

Le soulagement m'envahit.

Alex va vivre.

Bradley me lance un clin d'œil, agrémenté d'un sourire.

D'un coup, ma journée vient de s'éclairer.

CHAPITRE 49

ASH

La tempête s'est calmée. Du moins, celle qui grondait dans le ciel de Black Lake. Celle qui me bousille le cœur à coup de lames, elle, est loin d'être apaisée.

Incapable de descendre de ma moto, je fixe du regard la maison de banlieue de l'autre côté de la rue. Des jouets sont éparpillés sur la pelouse du jardin, autour d'une balançoire en métal. Shirley avait-elle compris que je ne l'emmènerais jamais vivre dans un quartier de ce genre ? Est-ce pour cela qu'elle a fui ? Mais peut-être que je me goure. Peut-être que si elle avait dit « oui » le jour du mariage on aurait acheté une baraque comme celle-là, avec une caisse familiale plus grosse qu'un minibus.

Et Heden, où voudrait-elle habiter ? Je me rends compte que je ne lui ai jamais posé la question. L'appartement au-dessus de la fleuristerie, ça va deux secondes. Il y a forcément un lieu magique dans lequel elle voudrait se poser.

Je pousse un soupir, toujours planté là comme un abruti. Certains jours, je souhaiterais foutre ma conscience en pause et reprendre le contrôle plusieurs heures plus tard, quand toute la merde qui m'attend est passée. Tu parles de courage !

Les jambes lourdes, je marche jusqu'à l'allée de graviers qui mène à la porte de la maison. Il me faut dix bonnes minutes pour me décider à traverser le jardin. Enfin, je frappe contre le battant en bois du 1219 avenue Miracle Mile.

Ouais, ma présence ici relève grave du miracle...

Les secondes s'écoulent. Dingue comme le temps paraît long quand nos entrailles sont en feu...

Des bruits de pas résonnent, mes poings se serrent.

Ne pas faire le con. Penser à Heden.

Je suis ici pour elle. Pour nous.

Mon ex m'ouvre, perchée sur des escarpins hors de prix. Marrant : à une époque, elle m'aurait inspiré une attirance immédiate. Aujourd'hui, j'ai juste envie de vomir en la voyant.

Elle se fige, les yeux écarquillés, ses lèvres rouge sang formant un « o » parfait. Les mains dans les poches, je reste immobile moi aussi.

Je prends une profonde inspiration. Souffle. Recommence.

Pour Heden.

– Ash, que fais-tu ici ? finit par me demander Shirley.

– On doit causer, lui réponds-je. C'est ce que tu veux depuis le début, non ?

Elle regarde dans la rue, comme si elle s'attendait à ce qu'une armée de bikers m'accompagne. La blague. Sans attendre de réponse de sa part, je lui tourne le dos et m'appuie contre la barrière qui entoure le porche. Les yeux rivés sur la balançoire inerte, je demande :

– Pourquoi ?

Shirley m'épargne un hypocrite « pourquoi quoi ? ». À la place, elle vient se poster à côté de moi. À une époque, on aimait faire de la moto ensemble, emmerder les riches du coin avec le bruit de nos bécanes, se comporter comme de gros cons… On aimait ça. On s'aimait. Ou, du moins, on aimait la vie qu'on avait à deux.

– Je me doutais bien que tu finirais par vouloir ces explications, me dit-elle après plusieurs secondes. Quelque chose a changé chez toi depuis la dernière fois qu'on s'est vus, Ash.

– Contente-toi de répondre à ma question.

– La vérité ne va pas te plaire.

– Balance quand même.

Il faut que je sache. Shirley a raison, un truc a changé chez moi depuis notre tête-à-tête chez *Rosi* : je sais ce que je ne veux pas perdre. Alors je n'ai pas d'autre choix que de maîtriser ma rage avant de l'éteindre complètement.

Sans réfléchir, je sors la plume qu'Heden m'a offerte. Elle est abîmée : je ne l'ai pas laissée longtemps dans son cadre. Marrant comme aujourd'hui je me raccroche à elle.

– Tu n'étais pas prêt à faire ta vie avec moi, Ash, lâche Shirley.

J'accuse le coup. Bordel, elle se fout de moi ? Heureusement que je me suis juré de garder le contrôle… Je serre les dents. Mon ex continue d'un ton déterminé :

– Cette fille, chez *Rosi*…

– Heden.

– Heden. Tu l'aimes ?

Je garde le silence. Shirley pousse un soupir, puis me demande :

– C'est ta régulière ?

– Qu'est-ce que ça peut te foutre ? On n'est pas là pour parler d'elle.

– Tu as tort. Tu vas très vite comprendre où je veux en venir, Ash. C'est ta régulière, oui ou non ?

– Bientôt.

J'espère.

– Tu la connais depuis combien de temps ?

– On s'en fout, Shirley !

– Six mois ? Un an ? Deux ans ?

– Tu sais quoi ? Laisse tomber, je me tire !

Je m'éloigne à grands pas, jusqu'à ce que mon ex m'assène :

– Nous, ça faisait cinq ans qu'on était ensemble. Cinq ans. Et tu ne m'as jamais regardée comme tu l'as regardée, elle. Tu n'as jamais envisagé de me proposer le *cut*, tu me gardais toujours à l'écart du club.

– Parce que tu détestais les Styx Riders !

– Je ne détestais pas le club, je détestais l'attention que tu lui portais. Je détestais passer après lui, avoir moins d'intérêt pour toi qu'il n'en avait.

Je fais volte-face et proteste :

– On allait se marier ! Ne me dis pas que tu n'avais pas d'intérêt pour moi.

– Tu m'as proposé un mariage, alors que déjà à cette époque ta vie tournait autour du club ! J'ai attendu, mais tu ne m'as jamais demandé de devenir ta régulière.

– On avait dix-neuf ans.

OK, je ne vois pas pourquoi je viens de sortir cette connerie.

– L'âge importait peu, réplique Shirley. Nous étions bien plus matures. Tu sais bien qu'on côtoyait un monde qui ne nous permettait plus d'être des ados. La vie nous avait déjà plus amochés que la plupart des adultes de ce quartier.

Je passe une main dans mes cheveux, ferme les yeux, les ouvre à nouveau. Elle me disait quoi, déjà ? Que la vérité ne me plairait pas ? C'est un euphémisme.

– Arrête, grondé-je.

– Ça ne serait jamais arrivé, poursuit mon ex implacablement. Je ne serais jamais devenue ta régulière. Me proposer un mariage revenait à m'exclure de ton monde définitivement. Je ne pouvais pas me contenter de vivre avec un morceau de toi. Je te voulais tout entier ! Mais tu n'étais pas prêt à t'ouvrir à moi.

– Ce monde, tu ne l'acceptais pas, je te rappelle !

– J'aurais réussi à composer avec.

Je secoue la tête, parce que c'est faux. Elle aurait fini par me demander de choisir. Et je ne lui aurais pas donné la réponse qu'elle attendait.

Quelque part, c'est une chance qu'on ne se soit pas mariés…

– Putain… lâché-je.

Elle a raison. Je voulais Shirley pour femme, pas pour *régulière*. Il y a une très grosse différence. Ça ne m'est jamais venu à l'esprit de lui filer le *cut*, et heureusement. Ça n'aurait pas fonctionné. Elle haïssait ces soirs où je ne rentrais pas, ceux où je revenais avec des blessures, ces semaines pendant lesquelles je m'enfermais dans un silence de mort. Elle n'était pas capable de m'accepter tout entier.

– Tu es partie en me laissant devant l'autel, bordel, lui reproché-je. Tu aurais pu m'en parler !

– C'est ce jour-là que la vérité m'a éclaté au visage, m'explique-t-elle. Tu ne m'aimais pas assez pour me laisser entrer dans ton royaume. Quand je t'ai vu avec Heden, la dernière fois… j'ai su. Que tu l'avais prise dans ton obscurité. Que tu en avais fait le centre de ton existence, au même titre que ton club. Tu lui as montré tes faiblesses, tu te reposes sur elle. Elle est déjà ta régulière, blouson ou non.

Lorsqu'on était ensemble, tu ne m'as jamais donné la même importance.

– Il n'empêche que je t'aimais !

– Pas assez. On n'était pas faits pour être ensemble. Tu m'en veux parce que je suis partie aussi brutalement ? Sache que j'en suis désolée !

À cet instant, je prends conscience que je ne suis plus tellement en colère. Juste pressé de foutre le camp, de retrouver Heden. Shirley a raison : elle n'est pas la seule à s'être mal comportée. J'ai aussi mon lot de torts dans notre histoire. Elle aurait voulu que je « l'emmène dans mon royaume », comme elle le dit si bien. Au risque de la rendre malheureuse ? C'est vrai que je n'ai même pas essayé.

– Ash, souffle-t-elle.

– Je suis désolé.

Shirley écarquille les yeux, ébahie.

– Quoi ?

– Je suis désolé de ne pas avoir compris ce que tu voulais vraiment, développé-je. Et en même temps, je suis désolé de te dire que ça n'aurait jamais pu arriver. Mais j'aurais compris, si tu étais venue me voir. Franchement, Shirley, tu crois que je t'aurais forcé à rester avec moi ?

Elle ouvre la bouche, mais choisit de ne rien répondre. Des larmes coulent sur ses joues.

– Je te pardonne, affirmé-je en conclusion. Je suis là pour tourner la page.

– Pa… Pardon ?

– Tu m'as bien entendu. Je te rends tes démons, fais-en ce que tu veux.

Un drôle de truc se passe en moi à cet instant précis. On dirait qu'on vient de m'enlever cent dix kilos d'un coup.

– Tu ne m'en veux plus ? s'étonne Shirley.

– Peut-être encore un peu, faut pas abuser, répliqué-je. Mais, pour moi, tu n'es plus qu'un fantôme. Tu finiras par complètement disparaître, et ma rage avec toi. Tu as raison : il n'y aurait jamais eu autre chose qu'un mariage entre nous. C'était tout ce que je pouvais t'offrir.

Sur ce, je tourne les talons.

– Ash, m'interpelle mon ex alors que je m'éloigne. Tu es amoureux de cette fille ?

Je me retourne et décoche à Shirley un coup d'œil qui lui signifie de ne pas s'engager sur ce terrain. Mais elle continue avec un petit sourire triste :

– Tu l'aimes plus que tu m'aimais, n'est-ce pas ?

Pas de jugement dans sa voix, rien de sombre. C'est peut-être pour cela que je lui confie :

– Elle m'accepte corps et âme. Aussi bien le biker que le mec un peu paumé.

– D'accord… Tant mieux, je suppose. Moi aussi, je suis désolée pour tout ça. Et puis, finalement, nous avons trouvé le bonheur chacun de notre côté, n'est-ce pas ?

Elle bien plus tôt que moi. J'ai dû attendre dix ans, alors qu'elle a rapidement commencé à fréquenter son médecin. Je trouvais cela injuste. Maintenant… je me dis que je dois accepter ce qui se présente à moi et ne plus trop réfléchir.

– Si tu le dis, lâché-je. Au fait, mes condoléances pour ton grand-père.

– Merci, Ash.

Cette fois, je rejoins ma moto, l'enfourche et reprends la route. Tout ça avec des mouvements mécaniques. Je suis en train de tenter d'analyser ce qui m'arrive. De me demander si ma vie n'aurait pas été plus simple si j'avais accepté les explications de Shirley avant aujourd'hui.

Mais je suppose qu'il y a un temps pour tout, même pour la rédemption.

Je fais un détour par le fast-food le plus proche avant de retourner à l'hôpital. À ma grande surprise, mon paternel squatte encore les couloirs aseptisés du bâtiment. Je suis prêt à parier qu'il en est à son cent vingtième café.

– Alors, fils ? me demande-t-il sans me regarder.

– C'est fait.

– Bien, très bien. Comment tu te sens ?

– Joue pas ton psy. Tu peux me filer ton portable ? Je dois demander à Snack d'aller chez le tanneur et je n'ai plus de batterie.

Mon père ne commente pas, mais son air satisfait trahit ses pensées. Il me tend son appareil datant de Mathusalem. Ce truc sait appeler et envoyer des messages, pas plus.

– Donc, tu vas le faire, se marre-t-il en buvant une gorgée de café. Quelle surprise.

– Heden mérite le meilleur.

– Toi aussi. Tu m'excuses ? Je vais aller offrir cette merde en gobelet à la tante d'Alex.

– Comment il va ?

– Mieux.

Mon paternel tapote mon épaule et s'éloigne. Je le retiens en lui lançant :

– Tu avais raison.

– À propos de quoi ?

– J'ai plus d'amour pour Heden que de colère pour Shirley. C'était ça que tu voulais que je comprenne en me rendant chez elle, non ?

Mon père hausse les épaules.

– Je suis content, tu viens de saisir ce que tout le monde a pigé depuis un bail. Souhaite bon appétit à ta copine de ma part, conclut-il en montrant le sachet de bouffe que je tiens.

CHAPITRE 50

HEDEN

À mon réveil, Ash est assis dans le fauteuil à côté de mon lit. Une douce odeur de nourriture flotte dans la chambre, et je comprends qu'elle vient du sachet posé sur ses jambes. Je me redresse, les côtes encore en feu mais l'estomac beuglant comme une vache affamée.

– Oh mon Dieu, tu sais comment traiter une femme ! m'exclamé-je.

– Je sais comment te combler, *toi*, réplique mon tatoueur. C'est déjà pas mal. Comment est le réveil ?

Douloureux, brumeux, mais plus apaisé qu'à mon arrivée ici, parce que je sais qu'Alex ira mieux. Il a perdu beaucoup de sang, sa convalescence sera longue, mais il vivra.

– Ça va, dis-je. Et toi, tu vas bien, Ash ?

Au lieu de me répondre, il me pose une question à laquelle je ne m'attendais pas :

– T’as vu ce que j’ai fait à ce mec dans la remise ?

– Oui, confirmé-je.

Les coups de feu ne désertent pas ma mémoire, et je suppose qu’ils ne le feront pas avant un bon moment.

– Et tu as conscience de ce que je suis ? enchaîne mon biker. Que ce genre de conneries, je serai amené à les refaire… plus devant toi, je l’espère. Mais mon job, c’est ça, Heden.

Je vois maintenant où il veut en venir. Sentant l’angoisse monter en moi, je demande :

– Rassure-moi, tu ne comptes pas rompre ?

– Et toi ?

Aucune hésitation dans son regard. Il ajoute :

– Si tu n’es pas prête, si c’est trop dur pour toi, dis-le tout de suite.

– Non !

Je ne souhaite pas mettre fin à notre relation, même si la perspective d’être confrontée à une autre nuit d’horreur me terrifie. Même si l’image que je veux garder d’Ash est celle du petit ami attentionné qui me rapporte un taco parce que je l’ai réclamé, et pas celle du dieu de la mort vidant son chargeur sur un être humain ayant dépassé les bornes.

Un sourire étire les lèvres de mon biker. Tout à coup, je prends conscience que la fureur qui l’habitait au moment où il a quitté l’hôpital semble avoir disparu.

– Tu es juste allé chercher à manger ? demandé-je.

– Faire la paix avec moi-même aussi, me répond-il. J'ai parlé à Shirley.

Il se lève, pose le sachet de nourriture tiède sur mes jambes, puis se penche sur moi pour m'embrasser. Contrairement à nos baisers habituels d'une fougue animale, celui-ci trahit une tendresse profonde. Ses lèvres prennent garde à ne pas réveiller ma plaie encore à vif.

– Demain, je viendrai te chercher à la sortie de l'hôpital, déclare-t-il en s'écartant. Si je laisse faire ton paternel, il serait bien capable de te ramener tout droit à Los Angeles.

Je repense à la décision de mon père. Dans le fond, je sais pourquoi il agit comme il le fait : il a peur de me perdre. Mais il doit comprendre que je suis adulte. Mes décisions m'appartiennent ; il n'a pas le droit d'inférer avec elles.

– Je lui parlerai, dis-je.

– *On* lui parlera, renchérit Ash. Et j'ai bien une idée de ce qui le poussera à capituler. Mais, avant, il faut que je sache jusqu'où tu es prête à aller pour rester à Black Lake.

J'écarquille les yeux, la bouche sèche.

– On ne va pas le tuer ! protesté-je.

Ash éclate de rire.

– Non, je ne compte pas faire un truc pareil ! s'exclame-t-il. Je suis pas débile à ce point-là.

– Désolée. Alors, à quoi tu penses ?

– Tu m'aimes ?

La question me surprend, mais c'est sans hésitation que j'affirme :

– Oui.

– C'est tout ce qui compte. Fais-moi confiance. Je dois partir pour aller chercher un truc important en ville. Kris m'a chargé de te prévenir qu'elle passerait te voir dans la journée.

Je voudrais l'interroger sur cette chose qu'il doit aller récupérer, mais je me doute qu'il ne me dira rien. Alors je lui demande simplement :

– Tu reviendras, toi aussi ?

Son téléphone sonne dans sa poche. Ça me rappelle que le mien est resté dans la remise, en compagnie de Betty. Rien qu'à l'idée de retourner dans cette pièce, j'ai la nausée. Je ne suis pas prête à affronter ça pour l'instant. Tant pis : je n'ai jamais été une accro aux réseaux sociaux, de toute façon.

– Oui, je repasse cet aprèm, m'assure Ash après avoir lu son SMS.

Il y a quelque chose d'étrange dans la manière dont il me regarde à cet instant. La détermination brille dans ses iris bleus. J'ai le sentiment qu'un événement va se produire… pas aussi violent que celui de cette nuit, mais tout de même capital.

Quelques secondes plus tard, mon tatoueur quitte la chambre. Mon père y entre peu après, alors que je viens de finir mon taco. Il fronce le nez, lance un coup d'œil dubitatif à l'emballage vide et hausse les sourcils. Il a l'air d'être passé sous une moissonneuse : Ash n'y est pas allé de main morte avec lui…

De vrais enfants !

– Ne me juge pas, le mets-je en garde.

– Je te laisse expliquer au personnel de l'hôpital pourquoi ça pue la malbouffe dans cette piaule.

Papa se laisse tomber dans le fauteuil où était assis Ash. Il porte son *cut*, et son air est grave.

– Tu as vu ta tête ? me lance-t-il.

Je grimace. Je sais à quoi je ressemble, le miroir des w.-c. ne m'a pas fait de cadeau.

– Papa… tenté-je.

– Tu mérites tellement mieux qu'une vie auprès d'Ash Devon, assène-t-il.

– Ne recommence pas.

– Tu n'as pas les idées claires.

Je m'apprête à lui ordonner de s'occuper de ses affaires quand il affirme :

– Je t'aime, Heden.

– Moi aussi. Mais je ne te suivrai pas à Los Angeles.

Mes paroles lui font mal. Ça ne me plaît pas de le faire souffrir, loin de là ! Il ne me laisse pas le choix, cependant.

– Tu te souviens de notre première conversation téléphonique quand je suis arrivée à Black Lake ? lui rappelé-je. Je t'ai dit que si je me trompais je reviendrais auprès de toi. Tu m'as répondu que si je me trompais je n'aurais qu'à recommencer jusqu'à réussir. C'est ce que font les Otila, ils se battent !

– Je ferai ce qui est le mieux pour toi, bébé. Quitte à ce que tu me détestes…

– Je ne changerai pas d'avis. Si tu veux m'emmener, ce sera de force. Et, tout biker que tu es, tu n'es pas immunisé contre les lois.

À ma grande surprise, papa éclate de rire.

– Tu es en train de dire que tu m'enverras en prison pour kidnapping ? s'esclaffe-t-il.

– Oui.

Il pousse un soupir, puis répète :

– Je t'aime, Heden.

Il pose sur mon lit un exemplaire du dernier livre de Stephen King, puis ajoute :

– J'ai croisé un médecin qui m'a demandé de te donner ça. C'est un métier intéressant, docteur, non ? C'est mieux que tatoueur. Tu pourrais t'en trouver un…

– Tu es sérieux ?

– Tu sais quoi, bébé ? Ta mère serait fière de toi.

Ses paroles me touchent, me nouent la gorge. J'ignore pourquoi il vient de me balancer ça alors que lui-même semble au bord de la crise de nerfs me concernant.

– Merci, papa.

CHAPITRE 51

ASH

J'ai demandé une messe express en appelant les officiers, mon président et mon vice-président. Avant de foutre le boxon avec Otila, j'ai besoin de savoir si mes frères me suivront. S'ils considèrent que ma décision met le club en péril, alors je me mouillerai seul dans cette histoire.

Je montre le paquet enveloppé que j'ai posé sur la table. Tous ici savent ce qu'il contient : notre tanneur utilise toujours le même papier kraft jaune et bleu pour protéger ses articles.

– Demain, je donnerai cette veste à Heden, annoncé-je. Si elle l'accepte, son père risque de péter le câble de sa vie.

– Il est au courant de tes plans ? demande Gold.

– Non.

– Alors tu m'étonnes qu'il va rager !

– Il ne pourra pas contester la décision d'Heden. En revanche, il a les moyens de se venger en révoquant l'alliance entre nos clubs. C'est pour ça qu'on est ici, les gars. Je ne vous demande pas votre permission avant d'agir, je veux juste savoir si vous en êtes. Si je m'implique seul dans cette histoire ou si les Styx Riders me suivent.

Le silence plane dans l'arrière-salle du *Purgatoire*. Si la majorité vote pour me laisser dans la merde, alors je me débrouillerai. Ce ne serait pas une trahison, juste leur instinct de survie qui prend le dessus. C'est ma bataille, après tout, pas la leur.

Reed s'exprime le premier :

– Tu te rappelles cette fois où Martia a eu un pépin avec sa caisse, à deux cents bornes d'ici ? Je ne pouvais pas aller l'aider parce que tu m'avais envoyé chez un fournisseur à Miami. Quand je t'ai appelé, il était une heure du matin, pourtant tu n'as pas hésité. Tu as sauté sur ta moto, tu as fait l'aller-retour avec ma femme, puis tu es retourné sur place pour foutre de l'essence dans sa caisse. Je connais peu de gens qui feraient huit cents bornes d'affilée pour la meuf d'un pote.

– D'un frère, rectifié-je. Pas d'un pote.

Mon *enforcer* relève ses lunettes sur son nez et hoche la tête.

– Moi, j'en suis.

Déjà une voix. Gold et Black y ajoutent également la leur. Dans le fond, je savais que je pouvais compter sur eux. On forme une sorte d'unité d'élite indépendante dans le club : les liens entre nous sont indestructibles.

Josh, le trésorier des Styx Riders, est toutefois plus dubitatif.

– Ça pue le carnage, lâche-t-il. Tu es prêt à foutre en l'air notre alliance avec l'un des plus gros clubs du pays pour une nana ?

Je ne lui en veux pas de penser un truc pareil. Ce mec n'est jamais tombé amoureux, et puis il se situe un grade au-dessus du mien dans la hiérarchie.

– Désolé, frangin, je vote contre, annonce-t-il.

Trois autres mecs le suivent. On arrive à égalité, et seul Gun doit encore s'exprimer. Ensuite, mon père prendra la décision finale.

Mon meilleur pote manipule des cartes de jeu entre ses doigts habiles. Bien qu'il ait conscience d'être le centre de l'attention, il reste concentré sur son paquet qu'il coupe et recoupe.

– L'amour, quelle saloperie, hein ? finit-il par lâcher.

D'un seul coup, il tire un roi et le place devant lui.

– Tu sais bien que je t'adore, frérot, ajoute-t-il. Mais on ne peut pas impliquer les Styx Riders dans ce genre d'embrouilles.

Que les autres mecs refusent de me soutenir, je m'en tape. Concernant Gun, en revanche… Là, la pilule passe de travers. Et je sais que dans un cas comme celui-là mon père suivra l'avis de la majorité.

Malgré tout, je prends acte de la décision de mon ami et déclare :

– OK. Dans ce cas, je gère seul.

– Désolé, fils, me souffle mon paternel.

Sans répondre, j'attrape le paquet du tanneur et quitte la pièce. Je m'attendais à ce que les gars refusent de me soutenir, alors j'accepte leur choix. Ce sera moins facile de gérer sans eux, mais pas impossible.

Je saute sur ma moto et repars pour l'hôpital. Je passe l'après-midi avec Heden, ignorant les appels insistants de Gun. La présence de mon petit chat m'aide à gérer mes émotions, même si la vue de son visage tuméfié me crispe toujours autant.

Je ne lui parle pas de ma discussion avec les gradés du club. Inutile de l'inquiéter.

– Est-ce que tu peux aller récupérer mon sac à main dans la remise ? me demande-t-elle. Il y a mes clés d'appartement à l'intérieur. Si tu peux passer m'y chercher des vêtements pour demain, ce serait super.

– Tu me donnes quoi en échange ?

– Mon corps ?

Son corps ? Chaque mouvement lui arrache une grimace, comment peut-elle penser à ce qu'on couche ensemble ? Quand je lui fais remarquer ce détail, elle papillonne des paupières.

– Mes côtes ne sont pas cassées. Demain, on pourra s'envoyer en l'air.

Elle tend les bras, saisit mon tee-shirt et m'attire contre sa bouche. Je manque de m'écrouler sur elle et me retiens *in extremis* à la tête du lit. Ses dents crochètent mes lèvres, sa langue caresse la mienne. La chaleur envahit toutes mes cellules, mais je repousse Heden quand je constate que des larmes coulent sur ses joues.

– Je refuse de partir à Los Angeles, murmure-t-elle.

– On est bien d'accord là-dessus, lui assuré-je en faisant glisser mes pouces sur son visage. Je passe te prendre demain matin.

Une demi-heure plus tard, je suis à la remise. Le sang d'Alex tache encore le sol. Je m'agenouille, effleure le béton du bout des doigts.

Le gamin a suivi mes ordres. Résultat des courses : il souffre le martyre dans une chambre d'hôpital. Ça me donne envie de gerber.

***

Le lendemain, à 10 heures pile, j'embarque Heden dans son pot de yaourt sur roues. Conduire ce truc me rappelle pourquoi je préfère largement les motos aux bagnoles.

– Il va être furieux, déclare ma petite amie après un long silence.

– Tu as vingt-deux piges. On l'emmerde.

Elle éclate d'un petit rire qui manque de joie.

Au lieu de prendre la direction de son appartement, je suis la route du lac. D'un commun accord, on a décidé qu'il valait mieux qu'elle vienne chez moi. Si papa poule de mes deux rapplique, ce sera sur mon terrain.

Je suis prêt à parier qu'on le verra avant la fin de la journée.

Lorsque nous arrivons, il n'y a aucune moto à l'horizon en dehors de la mienne. J'attrape le sac de sport qui contient les affaires d'Heden, le paquet que je trimballe depuis hier, puis je rejoins ma copine sur la berge. Concentrée sur la surface de l'eau, elle se tient immobile.

Dès que je l'ai vue ce matin, j'ai compris qu'elle n'avait pas dormi de la nuit. Bienvenue au club… Contrairement à moi, je ne suis pas certain que ce soit la culpabilité qui la ronge, toutefois. Chacun ses monstres…

– Il n'est pas mauvais, déclare-t-elle.

– Non, juste bien relou. Et, franchement, il mérite des patates dans la gueule.

Un rire silencieux secoue Heden. Dans la foulée, elle enroule ses bras autour de mon torse et pose sa tête sur mon épaule.

– Tu crois qu'il me pardonnera ? me demande-t-elle.

Sa question me prend aux tripes, parce que sa voix transpire la souffrance. Que son père la tienne par les sentiments me donne envie de le noyer dans le lac.

– Il t'aime, finis-je par répondre. Il faudra peut-être du temps pour qu'il avale la pilule, mais il se fera une raison au bout du compte.

En réalité, je n'ai aucune foutue idée de la manière dont le président des Faucheurs va réagir.

Je ne le connais pas. Je formule juste à voix haute le souhait de mon Amérindienne en espérant qu'il se réalisera.

Le hurlement de plusieurs motos déchire soudain le silence paisible de mon royaume. Heden se tend. Mais ce n'est pas son père qui rapplique : ce sont mes *enforcers*, toujours là pour se battre à mes côtés. Et Gun est avec eux.

– Oh, tes frères ! s'exclame mon petit chat. Ils sont venus !

Pas mes frères, non. Mes potes. Ils ne portent pas le *cut* ; cette bataille ne concerne pas les Styx Riders.

Gun descend de sa bécane et me rejoint d'un pas assuré. Ce mec mérite mon poing dans la gueule ! Je dois me faire violence pour ne pas passer à l'acte. Après tout, je pourrais le faire, puisqu'il ne vient pas en tant que vice-président.

– Je suis là pour soutenir mon meilleur ami, me lance-t-il. Regarde un peu qui nous accompagne.

Mon paternel suit de près la joyeuse petite bande. Reed, Gold, Black, Gun, Bradley Devon. Un cocktail explosif.

– Tu sais très bien que je ne pouvais pas accepter d'engager le club, reprend mon vice-président sur un ton plus sérieux.

Ouais, ça ne m'empêche pas de me sentir trahi. Une partie de lui a refusé de s'investir dans cette histoire. L'ironie du sort ? Je comprends maintenant ce que Shirley a ressenti le jour du mariage.

Finalement, elle ne m'a pas trahi : je l'ai fait en premier. Elle a juste fui une évidence qui l'aurait hantée si elle était restée.

Les rôles sont inversés. Le karma vient de me faire un gros *fuck*.

Mon meilleur pote engage la conversation avec Heden. Pour ma part, je rejoins mon paternel.

– Il arrive, déclare-t-il. Et il est franchement de mauvaise humeur.

– Tu m'étonnes.

Je salue le reste de la bande. Isha choisit ce moment précis pour apparaître. À croire qu'il a pisté mes gars. Il gare sa bécane à l'écart des autres, retire son casque, me fixe du regard. La rage bouillonne dans ses iris. Sans le quitter des yeux, je lance aux mecs :

– Vous n'intervenez pas, sauf si ça devient un peu trop chaud.

Otila marche dans ma direction. Chacun de ses pas semble ébranler le sol. Mon père, en retrait, l'observe avec un sourire en coin. Je suis prêt à parier que je me prendrai une nouvelle patate dans trois, deux, un…

Il ne se passe rien.

Ça me surprend tellement que j'éclate de rire.

Qu'est-ce qui se passe ? Papa poule va la jouer à la régulière ?

Pendant une poignée de secondes, le silence nous écrase. Projeté dans un western, j'attends de voir qui de moi ou de mon adversaire dégainera en premier.

– Toi, tu le regretteras, finit par siffler l'Amérindien.

– Un jour, peut-être.

Un bras se glisse sous le mien. Isha décoche à sa fille un coup d'œil glacial. Loin de se démonter, Heden déclare :

– Je te l'ai dit, je reste à Black Lake.

Son père l'ignore, préférant s'adresser à moi :

– Tu crois que ta petite armée suffira à m'arrêter ?

Bordel, ça me tue qu'il ne prenne même pas la peine de répondre à sa fille. Comment peut-on être aussi borné, surtout face aux membres de sa propre famille ? Je serre les poings. Heden, elle, paraît blessée.

– Papa ! insiste-t-elle.

– Non.

– Tu n'as pas le droit de te comporter comme ça ! proteste-t-elle en se dressant devant lui.

Elle défie son paternel, la tête haute. Il n'en démord pas.

– J'ai tous les droits, tu es ma fille.

– Tu ne m'obligeras pas à rentrer à Los Angeles.

Le petit chat devient panthère. Absolument pas troublé, Isha rit.

– Je ne te laisserai pas te dresser contre moi, Heden, clame-t-il.

– Il serait peut-être temps de l'écouter, pourtant, non ? interviens-je.

Moins d'une seconde plus tard, je me retrouve avec le canon du flingue de l'Amérindien posé sur le front. Pathétique ! Il devrait franchement se renouveler en matière de menaces.

Offusquée, Heden s'apprête à crier sur son père. Quant aux gars, ils se tendent, dans l'attente de mon aval.

Isha ôte le cran de sécurité de son arme. Même pour quinze millions de dollars, je ne lui ferai pas le plaisir de reculer.

– Tire, l'encouragé-je. Parce que si tu ne le fais pas, Heden restera ici.

Il presse davantage le canon entre mes deux yeux. Mon petit chat s'accroche à mon bras avec la force du désespoir.

– Elle est ce que j'ai de plus cher, annonce Otila. Donne-moi une seule bonne raison de te la confier.

– Tu veux un scoop ? Elle est aussi ce que j'ai de plus cher.

À cet instant, je tends à Heden le paquet que j'ai récupéré chez le tanneur. Elle s'en saisit lentement, déchire le papier et tend devant elle la veste en cuir sans manches qui était emballée à l'intérieur.

Heden Otila, propriété d'Ash Devon.

Voilà ce qui est écrit en gros sur le cuir, côté dos.

– Putain, Devon, t'as osé, grogne Isha.

– Ouais, j'ai osé, répliqué-je. Pas parce que je veux te défier, mais parce que je l'aime.

Le coup de crosse que je me prends dans la mâchoire manque de me briser les dents. Le goût métallique dans ma bouche ne m'empêche pas de ricaner.

– Si on laissait Heden décider de la suite des événements, papa poule ?

Je crache une salive sanguinolente, essuie l'hémoglobine sur mon menton. Je douille sévère, mais il faudrait m'arracher les deux bras pour que je le montre. Otila cesse de me tenir en joue, recule d'un pas. Je suppose que ça veut dire qu'il ne me butera pas.

– Heden ? appelle-t-il.

L'intéressée reste immobile, déconnectée de la réalité. Elle ne cille pas, focalisée sur le *cut*.

CHAPITRE 52

HEDEN

Entre mes doigts, le cuir du *cut* me murmure mille promesses. Le nom de mon biker cousu sur le dos de la veste résonne dans mon âme. Les larmes me viennent ; je les maîtrise avec peine. Si, une minute plus tôt, le désespoir me faisait perdre la tête, maintenant le bonheur étreint ma poitrine.

« *Heden Otila, propriété d'Ash Devon.* »

Au premier abord, cette formule paraît possessive. Quiconque ne connaissant pas le réel message dissimulé derrière ces quelques mots aurait le sentiment de se trouver enchaîné. Pas moi. Au contraire, un nouvel horizon se dessine devant mon regard émerveillé.

Ash m'a choisie. Il me veut avec lui pour toujours.

Une main se pose au creux de mes reins. Sa chaleur me ramène à la réalité. Je ressens à nouveau le vent froid descendu des montagnes sur mon visage ; je perçois l'odeur humide des galets, j'entends le clapotement de l'eau du lac. J'aime ces parfums, ces sons. Ce lieu. Je veux m'y perdre, comme je me suis perdue dans les bras d'Ash. Papa n'y peut rien. On n'emprisonne pas l'amour, on ne le brise pas avec des menaces et de la distance. Ça me peine qu'il ait pensé cela, qu'il ait essayé.

Mon regard plonge dans celui de mon biker. Je m'y noie. Je me rends compte que je n'ai pas peur de l'avenir.

J'amène la main d'Ash jusqu'à mes lèvres et y dépose un baiser. L'angoisse sur son visage prouve l'importance que mon approbation a pour lui. J'imaginais que ma présence à ses côtés suffirait à lui assurer ce que je ressens pour lui. Mais son histoire avec Shirley l'a détruit. Il a besoin de certitudes.

– Oui, je le veux, affirmé-je. Enfin… Oui, je veux dire. Oui.

Les Styx Riders autour de nous se marrent. D'accord, je ne sais pas ce qu'on est censé dire quand on devient la régulière d'un biker ! J'ai été prise de court, sur ce coup-là.

Le soulagement envahit Ash, détend ses muscles. La pression de sa main sur la mienne diminue alors que sa bouche s'étire en un sourire à la fois fier et amusé. Son bras s'enroule autour de ma taille, prenant garde à ne pas éveiller la douleur dans mes côtes.

– Tu n'as pas idée de l'erreur que tu fais, Heden, déclare papa. Tu n'es pas assez forte pour ce monde.

Brutalement, la colère m'envahit. Comment peut-il prétendre une telle chose ? Son manque de confiance me fait exploser.

– Pas assez forte ? m'emporté-je en avançant d'un pas.

J'ai trop souffert pour accepter qu'on me rabaisse ainsi. Mon père me domine de deux bonnes têtes, mais je m'en fiche.

– Tu as tort ! enchaîné-je. Ce n'est pas moi qui suis faible. C'est toi qui me barres l'accès à ce monde, papa. Regarde-toi. Tu es terrifié ! Et ta peur t'empêche d'ouvrir les yeux.

Déterminée, je pose mon index sur l'écusson des Faucheurs brodé sur la veste de mon père. Il représente un ange en train de tomber du ciel, les ailes à demi disloquées.

– Ma peur ? ricane papa.

Son visage s'assombrit. Je serre le *cut* que m'a offert mon biker contre mon cœur et assène :

– Oui. J'ai accepté Ash, son rôle, les actes qu'il doit commettre. J'ai été rouée de coups par un psychopathe parce que je le fréquente. Chaque seconde qui passe me rappelle que j'ai failli mourir dans cette remise. Mais tu sais quoi ? Je me suis défendue. J'ai lutté pour ma survie. Je ne m'effondre pas, même si ce serait bien plus facile. J'encaisse !

Mon cri résonne sur la berge silencieuse. Je recule d'un pas, pleine d'une colère glaciale. Ignorant les protestations de ma cage thoracique blessée, j'enfile ma veste de régulière.

– Je n'ai plus douze ans, continué-je. Quoi que tu fasses, je resterai ici, papa. Pas parce que je ne t'aime pas. Mais parce que j'aime Ash.

L'intéressé se matérialise à mes côtés. Je me sens plus entière que jamais. Puissante. Capable d'affronter une horde de Faucheurs furieux.

Une grimace retrousse les lèvres de mon père. Son comportement me chagrine, parce qu'il ne connaît pas l'amour, il ne l'a jamais vécu. Maman en est la preuve.

– Tu es sûre de toi, Heden ? me demande-t-il.

– Certaine, assuré-je.

Il prend une profonde inspiration, ferme les yeux, puis recule, les bras écartés. Quand il rouvre les paupières, sa colère a reflué. Ses lèvres articulent des mots que je ne comprends pas.

À l'instant où il range son arme, le soulagement parcourt les Styx Riders. Je prends conscience que la situation aurait pu virer au drame.

– Très bien, bébé, déclare mon père. Ainsi soit-il.

Il sort plusieurs billets de cent dollars, en compte dix, puis range le reste dans la poche arrière de son jean.

– Je ne me dresserai pas sur ton chemin ou sur celui de Devon, ajoute-t-il. Et si tu te rends compte que tu t'es trompée, ma porte te reste ouverte.

Bradley fait un pas en avant, un sourire aux lèvres.

– Tu vois, vieux frère, commente-t-il.

– T’avais raison. T’as gagné… pour cette fois.

Papa tend l’argent au président des Styx Riders, qui s’en saisit.

– Qu’est-ce que ça signifie ? les interrogé-je.

– On a parié, me répond mon père.

– Vous avez *quoi* ?

– Tu avais fait ton choix avant même que j’arrive à Black Lake. Je devais m’assurer que tu étais assez forte pour l’assumer.

– Je lui avais affirmé que c’était le cas, précise Bradley. Après tout, tu as sauvé mon fils de lui-même. Il faut en avoir dans le froc.

Ash marmonne. Je crois entendre « conneries » et « bande d’enfoirés ».

– Tu m’as testée ? comprends-je.

Au lieu de me répondre, papa se dresse face à mon petit ami, féroce.

– Ce que je t’ai dit au *Purgatoire* tient toujours, sergent, lâche-t-il.

Il saisit ensuite mon visage entre ses mains calleuses, dépose un baiser léger sur mon front, et me tourne le dos pour rejoindre sa moto.

– Je pars demain, m’apprend-il. Tu peux passer la soirée avec ton vieux père, si tu veux.

Je craignais que ma décision brise notre relation. Visiblement, je me trompais. Un sourire aux lèvres, j’opine. Il m’annonce qu’il viendra me chercher ici à 20 heures pour m’emmener au restaurant, puis il démarre. Sa moto file sur la route qui longe le lac. Je fixe du regard l'asphalte jusqu'à ce qu'Ash enfouisse sa tête dans mon cou. Mon petit cri de surprise lui tire un rire moqueur, et il me montre la maison.

– Les gars vont prendre une bière, ça te dit ?

– Oui, dans une minute. Tu peux me prêter ton téléphone ? Je dois prévenir Kris que je vais bien.

Il me donne son portable, puis rejoint ses hommes. Le cœur lancé à mille à l'heure, je m'avance jusqu'au bord du lac, laissant l'eau frôler mes chaussures. Ma patronne décroche au bout de trois tonalités.

– Ouais, bouffon ?

– Salut, Kris.

La surprise passée, elle éclate de rire.

– Désolée, j'avais oublié que tu n'avais plus de téléphone, me dit-elle. Tu as quitté l'hôpital, je suppose ?

– Oui, je passe la journée chez Ash. Tu ne devineras jamais ce qui vient de se passer.

Un « ping » retentit à l'autre bout du fil, signe que mon amie vient de recevoir un SMS.

– C'est Gun, me dit-elle. Il est chez Ash, lui aussi. Barbecue géant au bord du lac, il m'attend avec Alexander. Bref, tu as un truc à me dire ?

– Il faut que je te raconte…

Je lui relate tout ce qui s'est passé aujourd'hui, de ma sortie de l'hôpital jusqu'à ma confrontation avec mon père. Bientôt, j'annonce :

– Ash m'a offert la veste.

– Quelle veste ? Attends… *la* veste ? Bon sang, cette veste-là ?

– Oui ! Tu y crois, toi ? Oh mon Dieu.

Kris hurle. Pendant au moins cinq minutes, elle jubile et je l'entends dire à son fils :

– Ton oncle me surprendra toujours. Mets ton blouson, chéri, on va chez lui.

À mon intention, elle reprend :

– J'arrive ! Tu me raconteras en détail comment ça s'est passé, je veux tout savoir.

J'éclate encore de rire, et nous raccrochons. Pendant une minute, je respire profondément, afin d'intégrer ce qui vient de se passer. Puis des pas résonnent dans mon dos et une paire de bras tatoués m'entoure.

– Merci, me murmure Ash en frôlant ma clavicule de ses lèvres.

– De quoi ?

Des frissons délicieux dévalent mon dos.

– D'avoir accepté de t'engager dans une histoire avec un enfoiré comme moi, me répond-il. Le *cut* te va bien.

– Je trouve aussi. Charon devient mon capitaine, c'est ça ?

– On peut dire ça, ouais. Tu viens ? On va rejoindre les gars. D'autres frangins vont rappliquer aussi.

– C'est une sorte de fête de bikers ?

Ma question fait rire mon tatoueur.

– Rien à voir, me répond-il. C'est juste un après-midi entre amis. Mais si tu te sens d'attaque, je t'emmène à la prochaine. Attention, c'est plutôt *hard*, si tu vois ce que je veux dire.

– Bien sûr que je veux voir une vraie fête de bikers ! J'ai trop hâte !

Nous grimpons les marches menant à la porte d'entrée. Juste avant de franchir le seuil, Ash s'arrête, me fait face, puis m'embrasse. Son baiser lent fait battre mon cœur plus vite. Peu à peu, le registre change : la volupté se transforme en une faim carnivore. La fougue de la langue de mon petit ami, de ses lèvres, de ses mains plaquées contre mes fesses embrase mon corps. Son début d'érection me tire un sourire sauvage. Mais, soudain, mon biker me libère de sa prise.

– Hé ! protesté-je.

– Il vaut mieux que nous attendions un jour ou deux. Voire trois ou quatre. Crois-moi, mon petit chat, ça me fait aussi mal qu'à toi.

Je bougonne, et il me lance :

– Boude pas, je t'aime quand même.

Sur ce, il m'attire dans la maison. Je ne suis même pas certaine qu'il se soit rendu compte de ce qu'il vient de dire.

Moi aussi, hurlent mon cœur, mon corps et mon âme. *Moi aussi, je t'aime…*

ÉPILOGUE

HEDEN

Alex regarde dehors, la tête penchée selon un angle qui m'est presque douloureux. Perdu dans ses pensées, il ne me voit pas arriver.

– Salut ! m'exclamé-je.

Puisque j'ai les bras chargés de paquets, je me sers d'un pied pour frapper contre la porte.

– Salut, Heden, me répond l'adolescent.

– Regarde ce que j'apporte !

– L'équivalent d'un camion de déménagement ?

Trois semaines se sont écoulées depuis qu'il est sorti du bloc opératoire. Il lui reste sept jours à tenir, ensuite il pourra rentrer chez lui et recommencer une nouvelle vie. Cette idée le terrifie. Il m'a avoué qu'en dehors de son gang, de sa mère et de son existence de hors-la-loi, il ne possédait pas de base solide sur laquelle s'appuyer.

– Tu vas y arriver, lui ai-je assuré. Les nouveaux départs font peur, mais je te connais. Tu es courageux.

Je ne doute pas un seul instant qu'il parviendra à se remettre sur pied pour retrouver une existence normale.

Après chaque fin de journée à la fleuristerie, je lui rends visite. Son oncle et sa tante travaillent beaucoup, et j'ai compris qu'il avait peu d'amis. Même si Ash vient régulièrement, je passe également de mon côté, sans lui. Il est des discussions qu'Alex ne peut avoir qu'avec moi, sans que mon biker soit présent.

Surtout celles qui concernent ses cauchemars, les ténèbres dans lesquels il se retrouve plongé la nuit. Les *limbes*, comme il les appelle.

Il m'avoue errer dans leurs brumes toutes les nuits, entendre la voix de sa mère sans jamais la trouver. Il m'a confié qu'il craignait de ne pas se réveiller un matin. De se retrouver piégé dans cet univers si terrifiant. À mon avis, son cerveau est influencé par l'ouvrage qu'il n'arrête pas de relire : *La Divine Comédie*, de Dante Alighieri. Alex l'a réclamé à Ash dès qu'il a été en état de parler.

Ce besoin qu'a l'adolescent de plonger dans les enfers ne me plaît pas. Mon biker pense que cela lui passera. Je l'espère… En attendant, pour lui remonter le moral, j'ai dévalisé les boutiques autour de l'hôpital. Peluches, magazines, livres, je lui ai réuni de quoi tenir encore un bout de temps.

Mais je ne lui ai pas encore donné la cerise sur le gâteau…

Je me plante à côté du lit d'Alex, les mains dans le dos, et annonce :

– J'ai une autre surprise pour toi.

– Vas-y.

– TADA !

Je pose une petite boîte sur ses genoux.

– Une bague de fiançailles ? suggère-t-il. Je croyais que ton cœur appartenait à Ash ?

– Arrête de faire l'idiot et ouvre.

Il s'exécute, un sourire aux lèvres. Dès qu'il voit les clés dans l'écrin en carton, il se fige. Je commence déjà à paniquer, craignant que mon cadeau ne lui plaise pas.

– Oh mon dieu, je suis désol…

– Non ! souffle-t-il. Betty ? Tu m'offres Betty ?

– Tu lui as tapé dans l'œil.

Il tend son bras dans ma direction, attrape le col de ma robe, puis me plaque contre lui.

– C'est le plus beau cadeau que j'ai reçu depuis… je ne sais même pas depuis combien de temps.

Je caresse son dos, puis l'oblige à me libérer.

– Heureuse que ça te plaise, lui dis-je. Ash t'a fait une surprise lui aussi, n'est-ce pas ? Qu'est-ce que c'est ? Il est resté muet comme une tombe.

Alex attrape un petit carnet sur sa table de chevet et me le tend.

– Regarde dedans.

Je saisis le cahier et lis ce qui se trouve sur les premières pages :

– Bon pour une modification de tatouage. Bon pour une modification de tatouage. Bon pour… Attends, il y en a combien ?

– 96. Ce mec est barré.

– Il t'aime bien.

– Je sais, ricane Alex. Des fois, je me demande vraiment pourquoi…

Je reste une heure de plus en sa compagnie, tentant de l'aider à résoudre des énigmes sur un des magazines que je lui ai apportés. En quittant l'hôpital, le cœur léger, j'envoie un SMS à mon biker :

Bon pour 96 modifications de
tatouages ?

La réponse arrive quand je démarre ma voiture.

J'espère que le mec qui les lui a faits
est mort. Tu arrives quand ?

Il m'emmène à une fête de bikers. Une vraie, de celles qu'il craint de me montrer.

Dans vingt minutes.

J'ai juste le temps de me garer derrière chez moi et d'enfiler mon *cut* que, déjà, Ash a fermé boutique et m'attend dans la rue piétonne, installé sur sa moto. Il a customisé un casque rien que pour moi, en le décorant de centaines de petites fleurs colorées. Je me rappelle le jour où il me l'a offert avec une grimace.

– Je vais perdre ma réputation, mais je suppose que tu vaux le coup, a-t-il soupiré.

– Je suppose aussi.

J'entoure son torse de mes bras et pose mon visage contre son dos. Ça fait seulement quelques jours que je peux remonter sur la moto, et je suis ravie de retrouver ce plaisir. Les longues balades m'avaient manqué. Chaque fois que nos jobs respectifs nous le permettent, Ash et moi prenons la route. Le pic d'Hadès est notre destination préférée. Notre endroit. Celui où nous aimons nous perdre.

Mais, ce soir, pas question d'explorer la nature. Le monde des bikers m'ouvre les bras. J'ai hâte d'y plonger !

Nous arrivons au *Purgatoire* à la tombée de la nuit. Le soleil couchant darde ses rayons sur le bastion, se reflétant sur des dizaines de motos.

– Tu es prête ? me demande Ash une fois que je suis descendue de sa Harley.

Je hoche la tête.

Plus que jamais !

Je ne sais pas si je dois être excitée ou terrifiée. Un peu des deux, sans doute. Kris a été assez sympa pour me prévenir du déroulement de ce genre de petites sauteries. Enfin, elle, elle a préféré les qualifier d'« orgies géantes ». D'après elle, les bikers présents boivent sans soif, jurent, et surtout baisent jusqu'à l'oubli. Une ambiance bien différente de celle à laquelle j'ai eu affaire le jour de mon arrivée à Black Lake ou lors de mes retrouvailles avec Vanessa.

– Dès que tu veux partir, fais-le-moi savoir, petit chat.

À l'instant où Ash ouvre la porte du *Purgatoire*, je me rends compte que Kris n'exagérait pas. L'endroit embaume le sexe, la sueur et l'alcool. Autour du bar, les rires fusent et la musique gronde. Le bastion s'est transformé en lieu de luxure.

Au milieu des couples échauffés et des brebis égarées à la recherche d'un biker, Ash se fond parfaitement dans le décor. Encore une fois, il me rappelle Hadès, le souverain en son royaume des Enfers… J'entrelace nos doigts plus fort. Il tourne la tête, me sourit.

– Bienvenue chez moi, mon petit chat, me souffle-t-il.

Curieuse, j'observe les alentours, à la recherche d'une tête familière. J'aperçois Gun installé dans un coin avec Gold et Black. Ils me sourient et lèvent leurs verres dans ma direction. Je réponds à leur salut, puis continue mon inspection, fascinée.

Une exclamation de surprise m'échappe quand je pose mon regard sur Snack. Adossé contre un mur, il sert de dîner à une jolie blonde qui ondule contre son corps, envahit sa bouche.

Les joues rouges, je détourne les yeux. Visiblement, le sexe en public ne pose aucun problème ici.

– Tu peux toujours prendre tes jambes à ton cou, se moque Ash.

Il rêve ! Maintenant que j'ai le *cut*, je le garde.

Du pouce, j'effleure le patch des Styx Riders cousu sur l'avant de mon blouson, et Ash glisse ses bras de chaque côté de ma taille. Des inconnus nous entourent, certains nous frôlent, mais une sorte de bulle nous entoure brusquement. Il ne reste que lui et moi. Ça a toujours été ça, de toute façon.

Nous deux.

Mon biker me presse contre lui et sa bouche emprisonne la mienne. J'enroule mes bras autour de sa nuque, me nourris de sa chaleur, de son parfum. Ses lèvres allument dans mon cou un brasier qu'elles seules savent contrôler. Quand ses dents frôlent ma clavicule, un soupir franchit la barrière de mes lèvres. Ça le fait sourire.

Nous restons pressés l'un contre l'autre pendant une éternité. Le temps n'a plus aucune importance. Plus rien ne semble nous atteindre.

Du moins jusqu'à ce qu'Ash recule, lance un coup d'œil à Gun et m'annonce :

– Mon petit chat, c'est l'heure de l'épreuve de la Grenade.

– « L'épreuve de la Grenade » ?

Il fait un signe de la main au vice-président, qui se lève immédiatement, ainsi que les gars du club qui l'entourent.

– Tous les couples qui officialisent leur relation au sein des Styx Riders doivent la subir, me précise mon tatoueur.

Je suis un peu larguée, parce que personne ne m'avait parlé de ça. Sans crier gare, Gun bondit sur une table et hurle :

– Mesdames, messieurs, bouclez-la !

Le silence s'abat sur le bastion. Il poursuit :

– Comme vous le savez tous, notre sergent d'armes a trouvé sa moitié ! D'abord, levons nos verres pour Heden !

Il dresse une bouteille de bière au-dessus de sa tête, alors qu'une véritable onde d'énergie traverse la pièce. Je rougis en entendant les hurlements de joie qui retentissent tout autour de moi, surprise par cette attention à la fois touchante et puissante. Pour la première fois depuis mon arrivée à Black Lake, je me sens réellement à ma place.

C'est ensuite Bradley qui grimpe sur la table. Le silence revient, et il déclare :

– L'heure de l'épreuve de la Grenade est venue. Heden, approche.

J'obéis, les jambes en coton. Le président me tend un plateau rempli de shots d'alcool.

– Ton premier défi consiste à boire autant de verres que possible d'une seule traite, sans recracher ou vomir, m'explique-t-il.

J'approche mon nez de l'un des shots et grimace. Ma réaction fait rire les bikers.

– Je dois vraiment boire ça ? demandé-je.

– Oui, me confirme Bradley.

– Et si je meurs ?

– Ash sait planquer les corps.

Bon, je suppose que si toutes les régulières passent par-là… J'attrape le premier verre, pousse un soupir déterminé et préviens mon petit ami :

– Si je fais un coma éthylique, tu ne me laisses pas dormir ici !

– Bien, m'dame !

Je prends une grande inspiration et avale le premier verre. La brûlure dans ma gorge manque de me faire tout recracher, mais je me force à tenir le coup.

Je compte.

Deux shots. Trois. Quatre. Cinq. Six. Sept.

Autour de moi, les Styx Riders m'encouragent en braillant :

– Bois, bois, bois, bois !

Au bout de huit verres, je n'y tiens plus. Mes yeux sont humides, ma gorge est en feu. Je ne sens plus ma bouche. Pourtant, je ris.

– C'est… à gerber…

Mon estomac le pense aussi.

– Bien ! On peut dire que tu as réussi la première épreuve, annonce Bradley. Ça va, petite ? Tu tiens debout ?

Pour l'instant, oui. Ça me rappelle les soirées étudiantes.

Un bras s'enroule autour de ma taille, et je me retrouve pressée contre le torse d'Ash.

– Mon dieu, ton parfum… Il me donne envie de te déshabiller, bredouillé-je. Si on allait au lac ? Non, sur le pic d'Hadès. J'ai encore envie d'un taco. Il reste de l'alcool ?

– Je crois qu'elle est opérationnelle pour la seconde épreuve, déclare mon tatoueur. Viens, Heden, on va prendre l'air.

Je le laisse me guider à travers la foule. Plusieurs bikers me félicitent, ça me fait rougir.

Une bouffée d'air frais me frappe de plein fouet lorsque nous débouchons à l'arrière du *Purgatoire*, suivis par une armée de blousons en cuir sous la garde de Charon. Je me tourne vers Ash, qui enfile un gilet pare-balles sur lequel une grenade est dessinée – le fruit, pas l'arme. Ça ressemble… mais oui, à une cible !

– Étape numéro deux, me lance Gun en me tendant un neuf millimètres. Tire sur ton mec.

Il plaisante ?

Ma tête doit valoir le détour, parce que tous les Styx Riders partent dans une crise d'hilarité. Sauf Ash. Lui s'écarte de quelques pas, jusqu'à ce que trois mètres nous séparent. Des brebis se sont invitées au spectacle. Je croise le regard de Carrie et Sophia, celles dont j'avais fait la connaissance le soir où j'ai retrouvé Van.

– Vas-y, Heden, flingue-le ! lance Carrie.

– Mais non ! protesté-je.

– Tu déclares forfait ? me demande Bradley.

– Je vais le tuer !

– Ce sont des balles à blanc. Essaie juste de ne pas viser la tête…

Je m'apprête à refuser. Pour rien au monde je ne tirerais sur mon petit ami. Même avec quarante grammes d'alcool dans le sang.

– Mais pourquoi cette épreuve ? soupiré-je.

– Parce que c'est drôle ? réplique Gun.

Bradley se penche vers moi et me précise :

– Elle a été inventée par Ash en personne il y a plusieurs années. Il pensait qu'il n'aurait jamais à la subir.

– Quelle idée. Qu'est-ce qui se passe si je refuse d'y participer ?

– Tu perds à jamais le respect des membres du club.

– Quoi ?

Gun enfonce le clou en indiquant :

– Et Ash devra faire tout ce que lui demanderont les prospects pendant une semaine.

Ces derniers semblent apprécier l'idée. Ils lèvent leurs verres dans ma direction comme si c'était du tout cuit.

– Mon petit chat, je préfère largement me prendre une balle que de devoir obéir à ces mecs, me prévient mon tatoueur. Tu n'as pas idée de ce que je leur ordonne, et j'ai l'intuition qu'ils en profiteraient pour prendre leur revanche.

Des balles à blanc. Juste des balles à blanc. Et papa m'a appris à tirer pendant nos escapades, il n'y a rien de compliqué.

– OK, j'accepte, lâché-je.

– Très bien, ricane Gun. Attends, je te montre comment…

Je ne lui laisse pas le temps de terminer sa phrase : je tends le bras, vise et presse la détente. La détonation éclate, une odeur particulière envahit mes narines. Je garde les yeux ouverts, malgré mes doigts tremblants, ma respiration sifflante. On dirait que le temps s'est arrêté : tous m'observent ou fixent Ash du regard. Ce dernier grimace de douleur : il vient de percuter le mur dans son dos. Au centre de la grenade sur son gilet pare-balles, un trou m'apprend que j'ai visé juste. Je lâche le flingue et éclate de rire.

– J'ai réussi ! m'exclamé-je.

Je me mets à sautiller, mais je manque de tomber, toujours embrumée par l'alcool. Gun me rattrape, la mine choquée.

– Tu sais tirer ?

– Papa m'a appris. Ash, j'ai réussi, tu as vu ! Ash ?

– Putain… la prochaine fois… préviens !

Mon petit ami retire son gilet pare-balles, le balance par terre et s'avance vers moi en se tenant les côtes. Je me tourne vers le président des Styx Riders, un grand sourire aux lèvres.

– J'ai réussi ?

– Avec brio, me confirme Bradley. Martia a failli castrer Reed quand elle a été mise à l'épreuve. Je dois dire que toi, tu as touché en plein dans le mille.

À l'aide de mon téléphone, je prends une photo d'Ash, que j'envoie à mon père. Nous avons retrouvé notre routine : il m'appelle plusieurs fois par semaine. Nous évitons simplement de discuter des Styx Riders ou de mon couple.

– J'ai… tiré… sur… Ash. Dans… la… poitrine. Tir… parfait, articulé-je à mesure que je tape mon SMS.

Ma vision devient de plus en plus floue. Mon tatoueur fronce les sourcils.

– Tu viens d'envoyer une photo de moi à ton paternel ? demande-t-il.

– Ouais, réponds-je.

– En lui disant que tu m'avais canardé ?

– Ouais. Fallait pas me forcer à faire un truc pareil. Vous êtes tarés, chez les Styx Riders !

Ash croise les bras sur son torse. Son petit sourire prétentieux me donne envie de lui coller une autre balle.

– Pourquoi tu rigoles, alors ? me questionne-t-il.

– Parce qu'on m'a fait boire ! Snack ! Snack, tu es là ?

Mon ami se matérialise près de moi.

– Viens, on va manger un taco, l'invité-je. Je conduis. Non, je n'ai pas ma voiture. Tu conduis ? Laissons ces prétentieux entre eux.

– Euh…

Deux bras emprisonnent ma taille dans une étreinte d'acier.

– Aucune chance que tu t'en ailles, me souffle Ash. Tu restes avec moi pour toujours.

Ses mots me font fondre.

Il m'aime.

Mon Dieu, il m'aime ! Ça me donne presque envie de pleurer. D'ailleurs, je pleure.

– Si tu m'emmenais faire du canoë sur le lac ? piaillé-je.

– On ne rentre pas ce soir, tu serais bien incapable de t'accrocher à moi sur le chemin du retour.

Ses lèvres se posent sur mon cou, envoient des décharges électriques dans tout mon corps. Brusquement, je n'ai plus envie de voguer sur le lac, de m'éloigner de lui, de manger à en exploser. Je le veux, lui. Son côté sombre, sa lumière, ses peurs, sa colère, ses regrets. Sans aucun filtre. Sans aucune retenue.

– Mais je t'emmène où tu veux, quand tu veux, glisse-t-il à mon oreille. Tu es la souveraine de mon royaume, je te rappelle.

Oui : comme Hadès, il errait seul dans les profondeurs des enfers.

Et, désormais, c'est ensemble que nous avançons dans son monde devenu le mien.

REMERCIEMENTS

Si cette saga existe, c'est surtout grâce à Maja, *alias* Romy Cole. Merci de m'avoir donné des cours sur les bikers, tu es la meilleure prof de club qui puisse exister.

Merci également aux personnes suivantes, qui ont contribué à l'écriture des *Styx Riders* : Estelle, Sixtine, Émilie, mes lectrices de Wattpad, celles de Fyctia… Mille mercis.

Ah, et à Mélanie G, ma future vice-prés', qui veut absolument fonder les *Styx Riders*.

Composition et mise en pages
Nord Compo à Villeneuve-d'Ascq